O MORCEGO

OBRAS DO AUTOR PUBLICADAS PELA EDITORA RECORD

Headhunters
Sangue na neve
O sol da meia-noite
Macbeth
O filho
O reino
O homem ciumento

Série *Harry Hole*
O morcego
Baratas
Garganta vermelha
A Casa da Dor
A estrela do diabo
O redentor
Boneco de Neve
O leopardo
O fantasma
Polícia
A sede
Faca

JO NESBØ
O MORCEGO

Tradução de
Gustavo Mesquita

6ª edição

EDITORA RECORD
RIO DE JANEIRO • SÃO PAULO
2024

CIP-BRASIL. CATALOGAÇÃO NA PUBLICAÇÃO
SINDICATO NACIONAL DOS EDITORES DE LIVROS, RJ

Nesbø, Jo, 1960-
N371m   O morcego/ Jo Nesbø; tradução de Gustavo Mesquita.
6ª ed. – 6ª ed. – Rio de Janeiro: Record, 2024.

Tradução de: The Bat
ISBN 978-85-01-07611-3

1. Romance norueguês. 2. Ficção norueguesa. I. Mesquita, Gustavo. II. Título.

16-33867   CDD: 839.82
                                                         CDU: 821.111(481)

TÍTULO ORIGINAL NORUEGUÊS:
Flaggermusmannen

Copyright © Jo Nesbø, 1997
Publicado mediante acordo com Salomonsson Agency.

Traduzido a partir do inglês *The Bat*.

Texto revisado segundo o Acordo Ortográfico da Língua Portuguesa de 1990.

Todos os direitos reservados. Proibida a reprodução, no todo ou em parte, através de quaisquer meios. Os direitos morais do autor foram assegurados.

Editoração eletrônica: Abreu's System

Direitos exclusivos de publicação em língua portuguesa somente para o Brasil adquiridos pela
EDITORA RECORD LTDA.
Rua Argentina, 171 – Rio de Janeiro, RJ – 20921-380 – Tel.: (21) 2585-2000, que se reserva a propriedade literária desta tradução.

Impresso no Brasil

ISBN 978-85-01-07611-3

Seja um leitor preferencial Record.
Cadastre-se no site www.record.com.br e receba informações sobre nossos lançamentos e nossas promoções.

Atendimento e venda direta ao leitor:
sac@record.com.br

Walla

1

SYDNEY

Algo estava errado.
A princípio, a oficial de imigração sorriu.
— Como vai, meu amigo?
— Vou bem — mentira Harry Hole. Fazia mais de trinta horas que havia decolado de Oslo, feito escala em Londres e, depois da conexão no Bahrein, ele se sentara no mesmo maldito assento ao lado da saída de emergência. Por razões de segurança, o encosto reclinava muito pouco, e sua lombar doía quando chegou a Singapura.

Agora a mulher atrás do balcão não sorria mais.

Ela inspecionava o passaporte com visível interesse. Era difícil dizer se tinha sido sua fotografia ou seu nome que inicialmente a deixara tão bem-humorada.

— Trabalho?

Harry Hole suspeitava que, em quase todos os países do mundo, os oficiais de imigração teriam acrescentado um "senhor" à pergunta, mas havia lido que esse tipo de formalidade não era exatamente comum na Austrália. Na verdade, pouco importava; Harry não era esnobe ou afeito a viagens internacionais, tudo o que queria era um quarto de hotel e uma cama o mais rápido possível.

— Sim — respondeu ele, tamborilando os dedos no balcão.

Os lábios dela se contraíram e articularam, em tom de escárnio:

— Por que não há um visto em seu passaporte, senhor?

Harry ficou consternado, como invariavelmente acontecia quando uma catástrofe se insinuava no horizonte. Será que "senhor" era usado apenas quando a situação ficava crítica?

— Sinto muito, esqueci — murmurou, procurando com afinco nos bolsos internos do paletó.

Por que não colaram o visto especial no passaporte, como fazem com os vistos comuns? Às suas costas, na fila, Harry ouviu o ruído distante de um walkman e se deu conta de que vinha do sujeito que sentara ao seu lado no voo. Ele tinha ouvido a mesma fita o tempo todo. Por que diabos nunca conseguia lembrar em que bolso colocava as coisas? Estava quente como o inferno, embora já fossem quase dez da noite. Harry sentia o couro cabeludo coçar.

Por fim, achou o documento e o colocou sobre o balcão, para seu grande alívio.

— Então você é policial.

A oficial da imigração ergueu os olhos do visto especial e o analisou, mas não havia mais sinal dos vincos nos cantos de sua boca.

— Espero que não estejam matando loiras norueguesas por aí.

A mulher soltou uma risada e, com firmeza, carimbou o visto especial.

— Bem, na verdade, só uma — respondeu Harry Hole.

O saguão de desembarque estava lotado de funcionários de agências de viagens e motoristas de limusine segurando placas com nomes, mas não havia nenhum Hole à vista. Ele estava quase pegando um táxi quando um homem negro de calça jeans azul-clara e camisa havaiana, com nariz largo e cabelos escuros encaracolados, abriu caminho em meio às placas e veio em sua direção.

— Sr. Holy, eu presumo! — disse ele, triunfante.

Harry Hole considerou suas opções. Decidira passar os primeiros dias na Austrália corrigindo a pronúncia do seu sobrenome. Sr. Holy, no entanto, era uma versão aceitável.

— Andrew Kensington. Como vai? — O homem sorriu e estendeu a mão enorme.

Parecia um espremedor de frutas.

— Bem-vindo a Sydney. Espero que tenha feito um bom voo — disse o estranho com evidente sinceridade, como um eco da fala da comissária de bordo vinte minutos antes. Ele pegou a mala surrada de Harry e pôs-se a andar rumo à saída sem olhar para trás. Harry o acompanhou de perto.

— Você trabalha na polícia de Sydney? — Ele puxou conversa.
— Com certeza, meu amigo. Cuidado!

A porta vaivém acertou Harry no rosto, bem no nariz, e fez seus olhos lacrimejarem. Um esquete pastelão ruim não poderia ter sido pior do que aquilo. Ele esfregou o nariz e praguejou em norueguês. Kensington lhe dirigiu um olhar solidário.

— Malditas portas, hein?

Harry não respondeu. Não sabia como responder a esse tipo de comentário na Austrália.

No estacionamento, Kensington abriu o porta-malas de um Toyota pequeno e bastante usado e socou a mala até que ela coubesse lá dentro.

— Quer dirigir, meu amigo? — perguntou ele, surpreso.

Harry se deu conta de que havia se sentado no banco do motorista. Claro, o volante fica do lado direito na Austrália. O banco do carona, no entanto, tinha tantos papéis, fitas cassete e lixo que Harry se espremeu no banco de trás.

— Você deve ser aborígine — disse Harry quando entraram na via expressa.

— Acho que não há como enganá-lo, detetive — respondeu Kensington, olhando pelo retrovisor.

— Na Noruega, chamamos vocês de negros australianos.

Kensington manteve os olhos fixos no espelho.

— Sério?

Harry começou a se sentir desconfortável.

— É... Mas com isso eu só quero dizer que os seus antepassados obviamente não faziam parte do grupo de prisioneiros mandados da Inglaterra para cá há duzentos anos. — Ele queria mostrar que conhecia ao menos minimamente a história do país.

— Verdade, Holy. Meus antepassados já estavam aqui um pouco antes deles. Quarenta mil anos, para ser exato.

Kensington sorriu para o retrovisor. Harry prometeu a si mesmo que manteria a boca fechada por algum tempo.

— Entendo. Pode me chamar de Harry.
— Ok, Harry. Eu sou Andrew.

* * *

Andrew conduziu a conversa pelo restante da viagem. Levou Harry até King's Cross falando sem parar o caminho todo: aquela região era o centro de prostituição e tráfico de drogas de Sydney, e, consequentemente, de todos os outros negócios escusos na cidade. Dentro daquele quilômetro quadrado, quase todo escândalo parecia ter ligação com algum hotel ou bar de striptease.

— Chegamos — anunciou Andrew de súbito. Ele estacionou junto ao meio-fio, saiu do carro e tirou a mala de Harry do porta-malas. — A gente se vê amanhã — completou, e, com isso, ele e o carro se foram.

Com as costas doloridas e começando a sentir os efeitos do *jet lag*, Harry e sua mala agora estavam sozinhos na calçada, em uma cidade cuja população equivalia praticamente à de toda a Noruega, em frente ao esplêndido Crescent Hotel. O nome estava impresso na porta, ao lado de três estrelas. A chefe de polícia de Oslo não era conhecida pela generosidade quando o assunto era a hospedagem de seus funcionários. Mas talvez aquele não fosse tão ruim, afinal.

Devia haver algum tipo de desconto para funcionários públicos, e ele provavelmente ficaria no menor quarto do hotel, Harry pensou.

E foi isso que aconteceu.

2

Gap Park

Harry bateu cautelosamente à porta do chefe da Divisão de Homicídios de Surry Hills.

— Entre — ressoou uma voz lá de dentro.

Um homem alto e gordo, com uma barriga impressionante, estava de pé junto à janela, atrás de uma mesa de carvalho. Abaixo de uma cabeleira que já rareava projetavam-se bastas sobrancelhas grisalhas, e as rugas ao redor dos olhos sorriram.

— Harry Holy, de Oslo, Noruega, senhor.

— Puxe uma cadeira, Holy. Você parece estar disposto demais para essa hora da manhã. Espero que não tenha topado com nenhum dos rapazes da Narcóticos, topou? — Neil McCormack soltou uma gargalhada.

— *Jet lag*. Estou acordado desde as quatro da manhã, senhor — explicou Harry.

— Claro. É só uma piada interna. Tivemos um escândalo de corrupção há alguns anos, sabe? Dez policiais foram condenados por, entre outras coisas, vender drogas... uns para os outros. As suspeitas surgiram porque dois deles ficavam ligados demais, o tempo todo. Não foi nada engraçado, na verdade.

Ele riu, satisfeito consigo mesmo, colocou os óculos e folheou os papéis à sua frente.

— Então você foi enviado para nos ajudar na investigação do assassinato de Inger Holter, cidadã norueguesa com visto de trabalho na Austrália. Uma jovem loira, bonita, de acordo com as fotos. Tinha 23 anos, certo?

Harry assentiu. McCormack estava sério agora.

— Foi encontrada por um pescador na orla de Watsons Bay; no Gap Park, para ser mais preciso. Seminua. Os hematomas sugerem que foi estuprada e então estrangulada, mas não foi encontrado sêmen. Em seguida, seu corpo foi transportado até o parque na calada da noite e atirado da beira do penhasco. — Ele fez uma careta. — Se o tempo estivesse um pouco pior, as ondas sem dúvida a teriam levado, mas, em vez disso, ela ficou presa nas rochas até ser encontrada. Como eu disse, não havia sêmen, isso porque a vagina foi fatiada como se fosse um filé de peixe, e a água do mar fez um trabalho de limpeza completo na jovem. Portanto, também não temos digitais, apesar de termos uma estimativa aproximada da hora da morte... — McCormack tirou os óculos e passou a mão pelo rosto. — Mas não temos um assassino. E o que diabos você fará a respeito, Sr. Holy?

Harry estava prestes a responder quando foi interrompido.

— O que você vai fazer é observar atentamente enquanto colocamos as mãos nesse desgraçado, dizer aos jornalistas noruegueses como trabalhamos bem juntos, como tivemos o cuidado de não ofender ninguém na embaixada da Noruega nem os parentes da vítima, e, fora isso, curtir umas férias e mandar uns cartões-postais para a sua querida chefe de polícia. A propósito, como ela está?

— Que eu saiba, bem.

— Uma mulher maravilhosa. Acredito que tenha explicado o que se espera de você.

— De certa forma, sim. Eu vou participar de uma invest...

— Ótimo. Esqueça tudo isso. Essas são as novas regras. Número um: de agora em diante, você obedece a mim, e apenas a mim. Número dois: você não vai participar de nada sem a minha autorização. E número três: se puser a pontinha do dedo fora da linha, vou colocar você no primeiro avião de volta para casa.

A explicação foi dada com um sorriso, mas a mensagem era clara: não se envolva. Estava ali apenas como observador. Poderia ter trazido sua sunga e a câmera.

— Fiquei sabendo que Inger Holter foi uma celebridade da TV na Noruega — comentou McCormack.

— Não era muito famosa, senhor. Ela apresentava um programa infantil que ia ao ar há alguns anos. Acho que, antes de isso acontecer, quase ninguém se lembrava dela.

— É, me disseram que os jornais de lá estão dando grande destaque a esse assassinato. Dois já mandaram gente para cá. Passamos as informações que temos para eles, o que não é grande coisa, então logo vão ficar entediados e dar o fora. Não sabem que você está aqui. Temos nossas próprias babás, então você não precisará se preocupar com eles.

— Obrigado, senhor — disse Harry, e foi sincero. A ideia de jornalistas noruegueses pegando no seu pé não era das mais bem-vindas.

— Ok, Holy, vou ser sincero com você e explicar como a banda toca. O governador já me informou em termos bem claros que os vereadores de Sydney gostariam de ver esse caso encerrado o mais rápido possível. Como sempre, tudo se resume a política e bufunfa.

— Bufunfa?

— Bem, nós calculamos que o desemprego em Sydney vai aumentar mais dez por cento este ano, e a cidade precisa de cada centavo que pudermos arrancar dos turistas. Os jogos olímpicos estão chegando, em 2000, e temos recebido muitos turistas escandinavos. Um assassinato, especialmente um que tenha permanecido sem solução, não é uma boa publicidade, por isso estamos fazendo o possível. Temos uma equipe de quatro detetives no caso, além de acesso prioritário aos recursos da polícia: todos os computadores, peritos, técnicos de laboratório. Essas coisas.

McCormack pegou uma folha de papel e, franzindo o cenho, examinou-a.

— Na verdade, você deveria trabalhar com Watkins, mas, já que solicitou especificamente Kensington, não vejo por que negar o seu pedido.

— Senhor, até onde eu sei, não...

— Kensington é um bom homem. Não há muitos policiais nativos que subiram de cargo como ele.

— Não?

McCormack deu de ombros.

— As coisas simplesmente são assim. Bem, Holy, se tiver algo mais que queira discutir, você sabe onde me encontrar. Alguma pergunta?

— É... Apenas uma formalidade, senhor. Estou na dúvida se *senhor* é o jeito certo de se dirigir a um superior neste país, ou se é um pouco....

— Formal demais? Sério demais? Sim, acho que provavelmente é. Mas eu gosto. Isso me lembra de que sou de fato o chefe neste lugar. — McCormack soltou uma gargalhada e encerrou a reunião com um aperto de mão de esmagar os ossos.

— Janeiro é a temporada de turismo na Austrália — explicou Andrew enquanto avançavam aos solavancos pelo trânsito em torno da Circular Quay. — Todo mundo vem ver a Ópera de Sydney, passear de barco pela baía e admirar as mulheres na praia de Bondi. É uma pena que você precise trabalhar.

Harry fez que não.

— Não tem problema. Atrações turísticas me fazem suar frio.

Eles pegaram a New South Head Road, e o Toyota acelerou rumo a Watsons Bay.

— A zona leste de Sydney não é exatamente como o East End de Londres — comentou Andrew ao passar por uma sucessão de casas elegantes. — Esse bairro se chama Double Bay. É a área dos ricaços.

— Onde Inger Holter morava?

— Ela morou com o namorado em Newton por algum tempo, então os dois terminaram e ela se mudou para um conjugado em Glebe.

— Namorado?

Andrew deu de ombros.

— O cara é australiano, engenheiro de computação. Os dois se conheceram quando ela passou férias aqui há dois anos. Ele tem um álibi para a noite do crime e não tem cara de assassino. Mas nunca se sabe, certo?

Eles estacionaram abaixo do Gap Park, uma das inúmeras áreas verdes de Sydney. Uma íngreme escadaria de pedra conduzia ao parque, que, erguendo-se sobre a Watsons Bay ao norte e o Pacífico a leste, era fustigado pelo vento. O calor os atingiu em cheio quando abriram as portas do carro. Andrew colocou óculos escuros enormes, e Harry achou que ele parecia um cafetão indolente. Por algum motivo, seu colega australiano usava um terno apertado, e ele achou que o aborígine de ombros largos tinha um ar ligeiramente cômico ao subir, gingando, os degraus até o mirante.

Harry olhou em volta. A oeste, via o centro da cidade e a Ponte da Baía de Sydney, ao norte, a praia e os iates em Watsons Bay. Mais adiante, o verdejante Manly, subúrbio no lado norte da baía. A leste, o horizonte se curvava em um espectro de vários tons de azul. A beira do penhasco se estendia diante deles e, lá embaixo, as ondas encerravam sua longa jornada, indo de encontro às pedras em um crescendo estrondoso.

Harry sentiu uma gota de suor escorrer pelas costas. Aquele calor estava lhe dando arrepios.

— Você pode ver o Pacífico daqui, Harry. A próxima parada é a Nova Zelândia, a uns 2 mil quilômetros — disse Andrew, dando uma cusparada na beira do penhasco. Os dois viram o cuspe cair por algum tempo, até que o vento o dispersou. — Que bom que ela não estava viva quando caiu. Deve ter se chocado com as pedras durante a queda; havia cortes bem profundos no corpo quando a encontraram.

— Há quanto tempo ela estava morta quando foi encontrada?

Andrew assumiu uma expressão de dúvida.

— O patologista disse quarenta e oito horas. Mas...

Ele fez um gesto, apontando para a boca com o polegar. Harry assentiu. Então o médico era uma alma sedenta.

— E você não gosta quando os números são redondos demais?

— Ela foi encontrada numa manhã de sexta-feira, então digamos que tenha morrido em algum momento na quarta à noite.

— Alguma pista aqui?

— Como você pode ver, os carros ficam estacionados lá embaixo, e a área não é iluminada à noite, então fica relativamente deserta. Não há depoimentos de testemunhas e, para ser franco, acho que não temos nenhuma.

— Então o que vamos fazer agora?

— Agora vamos fazer o que o chefe pediu: vamos a um restaurante gastar um pouco da verba da polícia. Afinal, você é o policial norueguês de mais alta patente num raio de mais de 2 mil quilômetros. No mínimo.

* * *

Andrew e Harry se sentaram a uma mesa forrada com uma toalha branca. O Doyle's, um restaurante de frutos do mar, ficava nos limites de Watsons Bay e era separado do oceano apenas por uma faixa de areia.

— Ridiculamente lindo, não é? — disse Andrew.

— Vista de cartão-postal.

Diante deles, uma menina construía castelos de areia com um menininho mais novo. Como cenário, o mar de um azul intenso, morros verdes luxuriantes e a altiva Sydney na linha do horizonte.

Harry pediu vieiras e truta da Tasmânia; Andrew, um linguado australiano do qual Harry, compreensivelmente, nunca tinha ouvido falar. Ele pediu também uma garrafa de chardonnay Rosemount, "uma escolha equivocada para essa refeição, mas é branco, é bom e cabe no orçamento", e ficou um pouco surpreso quando Harry disse que não bebia.

— Você é religioso? Quacre?

— Não, nada disso — respondeu Harry.

O Doyle's era um antigo restaurante familiar, considerado um dos melhores de Sydney, informou Andrew. Era alta temporada, e o lugar estava completamente lotado. Harry suspeitou que esse era o motivo de ser tão difícil fazer contato visual com os garçons.

— Os garçons daqui são como Plutão — comentou Andrew. — Eles orbitam na periferia, aparecem apenas a cada vinte anos e, mesmo nessas ocasiões, é praticamente impossível vê-los a olho nu.

Harry não conseguiu esboçar qualquer sinal de irritação com os garçons, então recostou-se na cadeira dando um suspiro satisfeito.

— Mas a comida é excelente. Isso explica o terno.

— Sim e não. Como você pode ver, o ambiente aqui não é muito formal. Mas, para mim, é melhor *não* usar calça jeans e camisa em lugares assim. Preciso fazer esse esforço por causa da minha aparência.

— Como assim?

Andrew encarou Harry.

— Os aborígines não são bem-vistos neste país, como talvez você tenha percebido. Há alguns anos, os ingleses escreviam para casa dizendo que os nativos tinham um fraco por álcool e crimes contra o patrimônio.

Harry escutava com interesse.

— Acreditavam que era genético. Um deles escreveu: "A única coisa boa que fazem é criar uma algazarra danada soprando longos tubos de madeira, que chamam de *didgeridoos*." Bem, este país se vangloria de ter conseguido integrar diversas culturas em uma sociedade coesa. Mas coesa para quem? O problema, ou a vantagem, dependendo do ponto de vista, é que ninguém mais se importa com os nativos.

"Os aborígines estão praticamente ausentes da vida social australiana, exceto pelos debates políticos sobre os interesses e a cultura de seu povo. Os australianos no geral os apoiam da boca pra fora, pendurando obras de arte aborígine nas paredes de suas casas. Enquanto isso, somos bem representados nas filas do auxílio-desemprego, estatísticas de suicídio e prisões. Se você é aborígine, a chance de acabar preso é vinte e seis vezes maior que a de qualquer outro australiano. Pense nisso, Harry Holy."

Andrew bebia o restante do vinho enquanto Harry refletia sobre o que ele tinha acabado de dizer. Também refletia sobre aquele que tinha sido o melhor peixe que ele havia comido ao longo de seus 32 anos.

— Mas a Austrália não é mais racista do que qualquer outro país. Afinal, somos uma nação multicultural; gente do mundo todo vem morar aqui. Ou seja, vale a pena vestir um terno sempre que você vai a um restaurante.

Harry assentiu. Não havia mais o que dizer sobre o assunto.

— Inger Holter trabalhava num bar, certo?

— Sim, trabalhava. O Albury, na Oxford Street, em Paddington. Achei que podíamos dar uma passada lá esta noite.

— Por que não agora? — Harry estava começando a ficar impaciente com todo aquele ócio.

— Porque primeiro precisamos conversar com o senhorio dela.

Plutão apareceu no firmamento sem ser chamado.

3

Um diabo-da-tasmânia

A Glebe Point Road se revelou um local aconchegante e não muito agitado, onde restaurantes pequenos, simples e, em sua maioria, étnicos conviviam lado a lado.

— Esse era o bairro boêmio de Sydney — explicou Andrew. — Morei aqui quando era estudante, nos anos setenta. Aqui você ainda consegue encontrar os típicos restaurantes vegetarianos para pessoas que só pensam em preservar o meio ambiente e têm estilos de vida alternativos, livrarias para lésbicas e por aí vai. Mas os velhos hippies e a turma do ácido se foram. Glebe se tornou o lugar da moda, os aluguéis subiram, e duvido que eu seja capaz de morar aqui, mesmo com o meu salário de policial.

Eles viraram à direita, subiram a Hereford Street e passaram pelo portão do número 54. Um pequeno animal peludo e preto veio na direção deles, latindo e revelando uma fileira de dentinhos afiados. O monstro em miniatura parecia estar seriamente irritado e tinha uma semelhança impressionante com a fotografia do diabo-da-tasmânia que constava no folheto turístico. "Agressivo, e, de modo geral, não é bom tê-lo pendurado no pescoço", era o que dizia. A espécie tinha sido quase totalmente extinta, o que Harry esperava que fosse verdade. Quando o animal investiu contra ele com a boca escancarada, Andrew ergueu o pé e o afastou com um chute, lançando-o nos arbustos ao longo da cerca, com o bicho ganindo.

Quando eles começaram a subir os degraus, um homem com uma barriga avantajada, que parecia ter acabado de acordar, estava parado à porta com uma expressão mal-humorada no rosto.

— O que houve com o cachorro?

— Ele está admirando as roseiras — informou Andrew com um sorriso. — Somos da polícia. Homicídios. Sr. Robertson?

— Sim, sim. O que vocês querem outra vez? Eu já disse que disse tudo que sei.

— E agora o senhor disse que nos disse que disse... — Houve um longo silêncio. Andrew ainda sorria, e Harry transferiu o peso de um pé para o outro. — Mil desculpas, Sr. Robertson, não viemos para exibir todo o nosso charme. Este é o irmão de Inger Holter, e ele gostaria de ver o quarto dela, se não for muito incômodo.

A atitude de Robertson mudou drasticamente.

— Desculpem, eu não sabia... Entrem! — O homem abriu a porta e subiu as escadas à frente deles. — Na verdade, eu nem sabia que Inger tinha um irmão. Mas, agora que você falou, é claro que dá para ver a semelhança.

Atrás dele, Harry olhou de esguelha para Andrew e revirou os olhos.

— Inger era uma jovem adorável e uma inquilina fantástica; motivo de orgulho para esta casa, inclusive, e talvez também para a vizinhança. — Ele cheirava a cerveja e sua fala já estava um pouco arrastada.

Não fora feita nenhuma tentativa de arrumar o quarto de Inger. Havia roupas, revistas, cinzeiros sujos e garrafas de vinho vazias por todo lado.

— É... A polícia disse para eu não tocar em nada por enquanto.

— Nós entendemos.

— Ela simplesmente não voltou. Desapareceu, do nada.

— Obrigado, Sr. Robertson, nós lemos o seu depoimento.

— Eu disse a ela que não passasse pela Bridge Road e pelo mercado de peixe ao voltar para casa à noite. É escuro por lá, e tem um monte de negros e japas... — Ele olhou para Andrew Kensington, horrorizado. — Desculpe, eu não quis...

— Tudo bem. Pode ir agora, Sr. Robertson.

Robertson desceu as escadas, e eles ouviram o tilintar de garrafas na cozinha.

No quarto havia uma cama, algumas prateleiras e uma mesa. Harry olhou em volta e tentou formar uma impressão a respeito de Inger Holter. Vitimologia: colocar-se no lugar da vítima. Mal conseguia se lembrar da jovem na tela da TV, engraçada, amável, jovial e com inocentes olhos azuis.

Ela definitivamente não era caseira. Não havia quadros nas paredes, apenas um pôster de *Coração valente*, com Mel Gibson — Harry só se lembrava desse filme porque, por algum motivo incompreensível, ele havia ganhado o Oscar de Melhor Filme. Mau gosto, pelo menos com relação a cinema, pensou. E com relação a homens também. Quando *Mad Max* transformou o sujeito em astro de Hollywood, Harry foi uma das pessoas que consideraram isso uma ofensa pessoal.

Uma fotografia mostrava Inger sentada em um banco, diante de algumas casas coloridas ao estilo do Velho Oeste, com uma turma de jovens cabeludos e barbudos. Usava um vestido roxo folgado. Seus cabelos loiros escorriam pelo rosto sério, pálido. Estava de mãos dadas com um rapaz que segurava um bebê.

Na prateleira havia um saquinho com tabaco. Alguns livros sobre astrologia e uma máscara de madeira rústica com nariz longo e curvo, como um bico. Harry a virou. *Made in Papua New Guinea*, era o que dizia na etiqueta do preço.

As roupas que não estavam espalhadas pela cama e pelo chão ocupavam um pequeno armário. Não eram muitas. Algumas blusas de algodão, um casaco surrado e um grande chapéu de palha em uma prateleira.

Andrew pegou uma embalagem de papel de cigarro que estava sobre a mesa.

— Smoking Slim King Size. Ela enrolava uns cigarros bem grandes.

— Vocês encontraram drogas aqui? — perguntou Harry.

Andrew fez que não e apontou para os papéis de cigarro.

— Mas, se vasculhássemos os cinzeiros, não duvido que encontraríamos restos de maconha.

— Por que isso não foi feito? O pessoal da perícia não veio até aqui?

— Em primeiro lugar, não há motivo para acreditar que o crime aconteceu aqui. Em segundo lugar, fumar maconha não é nada de mais. Aqui em Nova Gales do Sul, temos uma postura mais pragmática em relação à maconha do que em alguns outros estados australianos. Eu não descartaria a possibilidade de o crime ter ligação com drogas, mas alguns baseados dificilmente são relevantes nesse contexto. Não temos como saber com certeza se ela usava outras substâncias. Rola um bocado de cocaína e drogas sintéticas no Albury, mas ninguém com quem falamos mencionou qualquer coisa nesse sentido, e não havia nada no sangue dela. De qualquer forma, ela não usava nada pesado. Não havia marcas de agulha no corpo, e nós temos uma boa noção de quem é esse tipo de usuário.

Harry olhou para ele. Andrew pigarreou.

— Enfim, essa é a versão oficial, mas achamos que você pode nos ajudar com uma coisa.

Havia uma carta em norueguês. Começava com "Querida Elizabeth" e obviamente não tinha sido terminada. Harry correu os olhos pelo papel.

Bem, eu estou ótima e, ainda mais importante, estou apaixonada! É claro, ele é lindo como um deus grego, tem cabelos castanhos longos e cacheados, bumbum durinho e olhos que sempre dizem o que ele já sussurrou várias vezes no meu ouvido: que me quer — nesse instante — atrás do muro mais próximo, no banheiro, em cima da mesa, no chão, em qualquer lugar. Ele se chama Evans, tem 32 anos, foi casado (surpresa!) e tem um filhinho adorável de 1 ano e meio chamado Tom-Tom. Por outro lado, ele não tem um emprego propriamente dito, mas faz uns bicos por aí.

E, sim, eu sei que você está sentindo cheiro de problemas, mas prometo que não vou me envolver nas confusões dele. Por enquanto, pelo menos.

Já falei demais de Evans. Ainda estou trabalhando no Albury. "Mr. Bean" parou de me convidar para sair depois que Evans apareceu no bar uma noite, e isso, ao menos, é um progresso. Mas ele ainda me come com aqueles olhos remelentos. Eca! Na verdade, estou começando a ficar de saco cheio desse emprego, mas preciso continuar lá até conseguir a extensão do meu visto de trabalho. Falei com a NRK — eles estão planejando uma continuação da série de TV para o próximo outono, e eu posso participar se quiser. São tantas decisões!

A carta parava aí.

4

Um palhaço

— Aonde estamos indo agora? — perguntou Harry.
— Ao circo! Eu prometi a um amigo que apareceria por lá um dia. E hoje é um dia, não é?

No Powerhouse, uma pequena companhia de circo já havia começado a apresentação gratuita da tarde para uma plateia esparsa mas jovem e entusiasmada. O prédio havia sido uma usina de energia e uma estação de bondes na época em que Sydney tinha bondes, contou Andrew. Agora, era uma espécie de museu contemporâneo. Duas garotas atléticas encerraram um número de trapézio não muito espetacular, mas arrancaram aplausos simpáticos.

Uma guilhotina enorme foi empurrada para o picadeiro, e um palhaço entrou em cena. Vestia um uniforme de cores vivas e um chapéu listrado, obviamente inspirado na Revolução Francesa. Ele tropeçou, levantou e passou a fazer todo tipo de trapalhada, para a alegria das crianças. Então outro palhaço entrou em cena usando uma longa peruca branca, e Harry se deu conta de que ele fazia as vezes de Luís XVI.

— Por unanimidade, sentenciado à morte! — anunciou o palhaço com o chapéu listrado.

Logo o condenado foi levado até a guilhotina, e, depois de muito gritar e espernear — ainda para a alegria da criançada —, apoiou a cabeça no bloco abaixo da lâmina. Houve um breve rufar de tambores, a lâmina desceu e, para a surpresa de todos, inclusive de Harry, a cabeça do monarca foi cortada com um som que lembrava o de uma machadada na floresta numa luminosa manhã de inverno. A cabeça, ainda com a peruca, caiu e rolou para um cesto. As luzes se apagaram, e, quando foram acesas novamente, o rei decapitado estava sob os holofotes com a cabeça debaixo do braço. Agora, a euforia das crianças não tinha limites. Então as luzes se apagaram de novo, e, quando voltaram pela segunda vez, toda a trupe estava reunida saudando a plateia; a apresentação tinha chegado ao fim.

Enquanto o público se dirigia à saída, Andrew e Harry foram para os bastidores. No camarim improvisado, os artistas já tiravam os figurinos e a maquiagem.

— Otto, diga "oi" a um amigo da Noruega — gritou Andrew.

Um rosto se virou. Luís XVI tinha uma aparência menos majestosa com a maquiagem borrada e sem peruca.

— Ora, ora, se não é Tuka, o Aborígine!
— Harry, esse é Otto Rechtnagel.

Otto estendeu a mão de forma elegante, dobrando ligeiramente o pulso, e adotou uma expressão indignada quando Harry, um tanto perplexo, se contentou em apertá-la de leve.

— Não vai beijar minha mão, bonitão?
— Otto acha que é mulher. Uma mulher de ascendência nobre — esclareceu Andrew.
— Que tolice, Tuka. Otto sabe muito bem que essa mulher, na verdade, é um homem. Você me parece confuso, bonitão. Quer conferir? — Otto soltou um riso esganiçado.

Harry sentiu as orelhas esquentarem. Os cílios postiços de Otto se agitaram, repreensivos, na direção de Andrew.

— Seu amigo fala?
— Desculpe. Meu nome é Harry... hã... Holy. Foi um número interessante aquele. Belos figurinos. Muito... realista. E diferente.
— O número da Luísa? Diferente? Pelo contrário. É um clássico. Foi apresentado pela primeira vez pela família de palhaços Jandaschewsky apenas duas semanas depois da verdadeira execução, em janeiro de 1793. O público adorou. As pessoas sempre adoraram execuções públicas. Você sabe quantas vezes por ano o assassinato de Kennedy é reprisado na TV americana?

Harry fez que não.

Otto olhou para o teto, pensativo.

— Muitas.

— Otto se considera herdeiro do grande Jandy Jandaschewsky — explicou Andrew.

— É mesmo? — Famílias de palhaços famosas não eram uma das especialidades de Harry.

— Não acho que o seu amigo esteja entendendo, Tuka. Veja bem, os Jandaschewsky eram uma trupe itinerante de palhaços que veio para a Austrália no início do século XX e se radicou por aqui. Eles comandaram o circo até a morte de Jandy, em 1971. Eu o vi pela primeira vez quando tinha 6 anos. Daquele momento em diante, soube o que queria fazer da vida. E é o que faço.

Otto deu um sorriso de palhaço triste por trás da maquiagem.

— De onde vocês se conhecem? — perguntou Harry. Andrew e Otto se entreolharam. Harry viu a boca dos dois se contorcer e percebeu que havia cometido uma indiscrição. — Quer dizer... um policial e um palhaço... isso não é exatamente...

— É uma longa história — respondeu Andrew. — Acho que podemos dizer que crescemos juntos. Otto teria vendido a própria mãe para tirar uma lasquinha da minha bunda, é claro, mas, mesmo quando era moleque, eu já sentia uma estranha atração por mulheres e todas aquelas terríveis coisas de hétero. Deve ter algo a ver com genes e o ambiente. O que você acha, Otto?

Andrew deu uma risada ao se esquivar do tapa de Otto.

— Você não tem dinheiro, não tem estilo, e sua bunda é supervalorizada — guinchou Otto.

Harry olhou para os outros integrantes da trupe, que pareciam um tanto indiferentes àquela performance. Uma das trapezistas atléticas piscou para ele, provocante.

— Harry e eu vamos ao Albury hoje à noite. Quer ir também?

— Você sabe muito bem que eu não vou mais lá, Tuka.

— Você já devia ter superado isso, Otto. A vida continua, certo?

— A vida dos outros continua, você quer dizer. A minha para aqui, bem aqui. Quando o amor morre, eu morro.

— Você que sabe.

— Além do mais, preciso ir para casa e dar comida ao Waldorf. Podem ir, talvez eu apareça um pouco mais tarde.

— Até a próxima — cumprimentou Harry, levando, obediente, a mão estendida de Otto aos lábios.

— Não vejo a hora de nos vermos de novo, Harry Bonitão.

5

Uma sueca

O sol já havia se posto quando subiram a Oxford Street em Paddington e estacionaram em frente a um pequeno espaço aberto. "Green Park", dizia a placa, mas a grama estava marrom, queimada, e a única coisa verde era o pavilhão no centro do parque. Um homem de sangue aborígine estava deitado entre as árvores. Vestia trapos e estava tão sujo que sua pele parecia mais cinza que negra. Ao ver Andrew, levantou a mão como se o cumprimentasse, mas foi ignorado.

O Albury estava tão cheio que eles precisaram se espremer para passar pelas portas de vidro. Harry ficou parado por alguns segundos, estudando o cenário à sua frente. A clientela, variada, era formada basicamente por homens jovens: roqueiros de calça jeans desbotada, yuppies de terno com gel no cabelo, tipos artísticos com cavanhaque e bebendo champanhe, surfistas loiros bonitões de sorriso branco e motoqueiros — ou *motocas*, como os chamava Andrew — com jaquetas de couro preto. No centro do salão, no bar propriamente dito, o show estava a todo vapor, com mulheres seminuas de top roxo decotado e pernas compridas. Elas rebolavam e dublavam "I Will Survive", de Gloria Gaynor, com suas bocas vermelhas. As garotas se revezavam, de forma que aquelas que não estavam se apresentando serviam os clientes com piscadelas e flertes escandalosos.

Harry abriu caminho até o bar e fez seu pedido.

— É pra já, loirinho — disse a garçonete, que usava um capacete romano e tinha uma voz grossa e um sorriso malicioso.

— Me diga uma coisa, você e eu somos os únicos héteros nessa cidade? — perguntou Harry quando voltou com uma cerveja e um copo de suco.

— Depois de São Francisco, Sydney tem a maior população gay do mundo — explicou Andrew. — O *outback* australiano não é exatamente conhecido pela tolerância à diversidade sexual, então não é de surpreender que todas as bichas do interior queiram vir para cá. E não apenas da Austrália, por sinal; gays do mundo inteiro chegam à cidade todos os dias.

Os dois foram até outro bar nos fundos, e Andrew chamou uma garota atrás do balcão. Ela estava de costas para os dois e tinha os cabelos mais ruivos que Harry já vira. As madeixas escorriam até os bolsos de sua calça jeans apertada, mas eram incapazes de esconder as costas esbeltas e os quadris belamente esculpidos. Ela se virou, e uma fileira de dentes brancos como pérolas sorriu em um radiante rosto magro com dois olhos azul-celeste e incontáveis sardas. Que desperdício se isso não for uma mulher, pensou Harry.

— Você se lembra de mim? — gritou Andrew acima do barulho da música disco dos anos 1970. — Estive aqui perguntando sobre Inger. Podemos conversar?

A ruiva ficou séria. Assentiu, falou qualquer coisa com uma das outras garotas e os conduziu até um pequeno fumódromo atrás da cozinha.

— Tem alguma novidade? — perguntou a ruiva, e Harry não precisou de nada além disso para determinar quase com certeza que ela falava melhor sueco que inglês.

— Certa vez, eu conheci um velho — disse Harry em norueguês. Ela olhou para ele, surpresa. — Capitão de um barco no rio Amazonas. Três palavras dele em português, e eu soube que era sueco. O sujeito morava lá havia trinta anos. E eu não falo uma palavra de português.

A princípio, a ruiva pareceu perplexa, mas então riu. Um trinado radiante que fez Harry pensar em algum tipo raro de pássaro selvagem.

— Sério, é tão óbvio assim? — perguntou ela em sueco. Tinha uma voz tranquila e grave, e enfatizava suavemente os erres.

— Entonação — explicou Harry. — Você nunca se livra completamente da entonação.

— Vocês se conhecem? — Andrew os observava, desconfiado.

Harry olhou para a ruiva.

— Não — respondeu ela.

E isso é uma pena, pensou Harry consigo mesmo.

O nome da ruiva era Birgitta Enquist. Ela morava na Austrália havia quatro anos e trabalhava no Albury havia um.

— É claro que conversávamos no trabalho, mas nunca tive nenhum contato mais íntimo com Inger. Ela basicamente ficava na dela. Temos um grupinho aqui que sempre sai junto, e às vezes ela ia com a gente, mas eu não a conhecia muito bem. Inger tinha acabado de terminar com um cara de Newton quando entrou aqui. O detalhe mais pessoal que sei sobre ela é que, com o tempo, o relacionamento ficou sufocante demais para ela. Acho que precisava de um recomeço.

— Você sabe com quem ela saía? — perguntou Andrew.

— Não exatamente. Como eu disse, a gente conversava, mas Inger nunca falou muito da sua vida. Não que eu tenha perguntado. Em outubro, ela foi para o norte, para Queensland, e parece que conheceu um pessoal de Sydney por lá e manteve contato com eles. Acho que conheceu um cara; ele apareceu aqui uma noite. Já contei isso tudo antes, não contei? — disse Birgitta com um olhar inquiridor.

— Eu sei, minha querida Srta. Enquist, mas eu só queria que o meu colega norueguês aqui ouvisse o relato de uma testemunha e visse onde Inger trabalhava. Afinal, Harry Holy é considerado o melhor detetive da Noruega, e talvez ele consiga captar coisas que a polícia de Sydney deixou passar.

Harry teve um súbito acesso de tosse.

— Quem é Mr. Bean? — perguntou ele com uma voz estranha, embargada.

— Mr. Bean? — Birgitta olhou para eles, aturdida.

— Alguém parecido com o comediante inglês... hã... Rowan Atkinson, não é esse o nome?

— Ah, ele! — disse Birgitta com o mesmo riso de pássaro selvagem.

Gostei, pensou Harry. Faça isso de novo.

— É Alex, o gerente do bar. Ele só chega mais tarde.

— Temos motivos para acreditar que ele estava interessado em Inger.

— Ah, sim, Alex estava de olho em Inger. E não apenas nela; a maioria das garotas já foi alvo de suas investidas desesperadas em algum momento. Nós o chamamos de Arraia-Viola. Foi Inger quem inventou o apelido Mr. Bean. As coisas não são fáceis para ele, coitadinho. Já passou dos 30, mora com a mãe e parece que não vai chegar a lugar algum. Mas até que é um bom chefe. E é inofensivo, se é o que vocês estão pensando.

— Como você sabe?

Birgitta deu uma piscadela.

— Não faz parte da natureza dele.

Harry fingiu que fazia anotações num bloco de papel.

— Você sabe se ela conhecia ou conheceu alguém que... hum... não era inofensivo?

— Bem, caras de todo tipo aparecem por aqui. Nem todos são gays, e alguns ficavam de olho em Inger... Ela é muito bonita. Era. Mas, assim, de cara, não consigo pensar em ninguém. Teve...

— Sim?

— Não, nada.

— Li no relatório que Inger trabalhou aqui na noite em que morreu. Você sabe se ela teve um encontro depois do expediente ou se foi direto para casa?

— Ela pegou algumas sobras na cozinha, disse que eram para o vira-lata. Eu sabia que Inger não tinha cachorro, então perguntei aonde estava indo. Ela falou que ia para casa. É tudo que eu sei.

— O diabo-da-tasmânia — murmurou Harry. Birgitta lhe dirigiu um olhar curioso. — O senhorio dela tem um cachorro. Acho que o bicho precisava ser subornado para que ela conseguisse entrar em casa inteira.

Harry agradeceu à sueca por conversar com eles.

— O pessoal aqui do Albury está muito abalado com o que aconteceu — disse Birgitta quando os dois se encaminhavam para a saída. — Como estão os pais dela?

— Não muito bem, infelizmente — disse Harry. — Em estado de choque, é claro. E se culpam por terem permitido que ela viesse para cá. O caixão será mandado para a Noruega amanhã. Posso conseguir o endereço, se você quiser mandar flores para o enterro.

— Obrigada. Seria muito legal da sua parte.

Harry estava a ponto de perguntar outra coisa, mas foi incapaz de fazê-lo, com toda aquela conversa sobre morte e enterros. Quando saíram, o sorriso de despedida de Birgitta queimava em sua retina. Ele sabia que ficaria ali por algum tempo.

— Merda — murmurou consigo mesmo. — Devo ou não devo?

No salão, todos os travestis e vários outros clientes estavam em cima do balcão dançando ao som de Katrina & the Waves. "Walking on Sunshine" estrondeava nos alto-falantes.

— Não há muito espaço para luto e reflexão num lugar como o Albury — comentou Andrew.

— Acho que é assim que deve ser — retrucou Harry. — A vida continua.

Ele pediu a Andrew que esperasse um minuto, voltou ao bar e acenou para Birgitta.

— Desculpe, uma última pergunta.

— Sim?

Harry respirou fundo. Já estava arrependido da decisão, mas era tarde demais.

— Você conhece um bom restaurante tailandês na cidade?

Birgitta precisou pensar.

— Humm. Tem um na Brent Street, no centro. Você sabe onde é? É muito bom, pelo que me disseram.

— Tão bom que você viria jantar comigo?

Isso não pareceu certo, pensou Harry. Além do mais, era pouco profissional. Muito pouco profissional, na verdade. Birgitta soltou um gemido de desespero, mas não fora tão convincente, e Harry viu que poderia ter alguma chance. De toda forma, o sorriso ainda estava lá.

— Essa é uma das suas cantadas mais frequentes, detetive?

— É, ela é bem frequente.

— Funciona?

— Estatisticamente falando? Acho que não.

Ela riu, inclinou a cabeça e estudou Harry com curiosidade. Então deu de ombros.

— Por que não? Estou livre amanhã. Nove da noite. E você paga.

6

Um bispo

Harry encaixou a luz azul no teto e se sentou ao volante. O carro cortava o vento à medida que ele acelerava nas curvas. A voz de Stiansen. Silêncio. Um poste de cerca torto. Um quarto de hospital, flores. Uma fotografia no corredor, desbotada.

Harry se sentou num sobressalto. O mesmo sonho outra vez. Ainda eram quatro da manhã. Ele tentou voltar a dormir, mas sua mente se concentrou no assassino desconhecido de Inger Holter.

Às seis, chegou à conclusão de que podia levantar. Depois de um banho revigorante, saiu para um céu azul pálido com um ineficiente sol matutino, decidido a encontrar um lugar para tomar café da manhã. Havia um burburinho vindo do centro da cidade, mas o rush ainda não chegara às luzes vermelhas e aos olhos maquiados daquela região. King's Cross tinha um certo charme negligente, uma beleza despretensiosa que fazia Harry cantarolar enquanto caminhava. Fora alguns poucos notívagos bêbados, um casal dormindo coberto por um tapete numa escadaria e uma prostituta pálida e praticamente seminua no turno da manhã, as ruas estavam vazias por enquanto.

Em frente a uma lanchonete com mesas do lado de fora, o dono lavava a calçada com uma mangueira e, com um sorriso, Harry foi até lá para um café da manhã improvisado. Enquanto comia a torrada com bacon, uma brisa zombeteira tentou roubar seu guardanapo.

— Você acorda com as galinhas, Holy — disse McCormack. — Isso é bom. O cérebro funciona melhor entre as seis e meia e as onze. Depois disso fica inútil, se quer saber. E é tranquilo por aqui pela manhã. Mal consigo somar dois e dois com a barulheira depois das nove. Você consegue? Meu filho diz que precisa ligar o som para fazer o dever de casa. Que se distrai quando tudo está quieto demais. Você entende uma coisa dessas?

— Ah...

— Enfim, ontem eu perdi a paciência, entrei no quarto e desliguei aquela porcaria. "Preciso pensar!", gritou o moleque. Eu disse que ele ia ter que ler como uma pessoa normal. "As pessoas são diferentes, pai", foi o que me disse, puto da vida. É, ele está naquela idade, sabe?

McCormack fez uma pausa e olhou para a fotografia na mesa.

— Você tem filhos, Holy? Não? Às vezes me pergunto que diabos eu fiz... Em que espelunca colocaram você?

— No Crescent Hotel, em King's Cross, senhor.

— King's Cross, certo. Você não é o primeiro norueguês a ficar lá. Há uns dois anos tivemos uma visita oficial de um bispo da Noruega ou coisa parecida, não consigo lembrar o nome do sujeito. Enfim, o pessoal dele em Oslo reservou um quarto no King's Cross Hotel. Talvez o nome tivesse uma conotação bíblica qualquer. Quando o bispo chegou com a comitiva, uma das prostitutas bateu o olho no colarinho clerical e o encheu de comentários picantes. Acho que o bispo fez o check-out antes mesmo de subirem com as malas para o quarto...

McCormack riu tanto que ficou com os olhos marejados.

— Muito bem, Holy, o que posso fazer por você?

— Queria saber se posso ver o corpo de Inger Holter antes de o mandarem para a Noruega, senhor.

— Kensington pode levá-lo ao necrotério quando chegar. Mas você tem uma cópia do laudo da necropsia, não tem?

— Sim, senhor, é só que...

— É só que?

— Eu penso melhor com o corpo na minha frente, senhor.

McCormack virou-se para a janela e resmungou algo que Harry interpretou como "está bem".

A temperatura no subsolo do necrotério de South Sydney era de oito graus, em oposição aos vinte e oito que fazia na rua.

— Alguma novidade? — perguntou Andrew. Ele tremia, e ajustou o paletó junto ao corpo.

— Novidade? Não — disse Harry, olhando para os restos mortais de Inger Holter.

O rosto da jovem havia sobrevivido relativamente bem à queda. De um lado, a narina tinha sido rasgada, e a maçã do rosto havia levado uma pancada que a deixara funda, mas não restava dúvida de que o rosto pálido pertencia à mesma garota com o sorriso radiante na foto do relatório policial. Havia marcas arroxeadas ao redor do pescoço. O restante do corpo estava coberto de hematomas, escoriações e alguns cortes profundos, bem profundos. Em um deles era possível ver o osso branco.

— Os pais quiseram ver as fotos. O embaixador da Noruega aconselhou que não fizessem isso, mas o advogado insistiu. Uma mãe não deveria ver a filha assim. — Andrew balançou a cabeça.

Harry analisou os hematomas no pescoço com uma lupa.

— Quem quer que a tenha estrangulado usou as próprias mãos. É difícil matar alguém desse jeito. O assassino deve ser muito forte ou ter uma grande motivação.

— Ou ele já fez isso várias vezes antes.

Harry olhou para Andrew.

— Como assim?

— Não há fragmentos de pele debaixo das unhas, não havia um fio de cabelo sequer do assassino nas roupas, e os nós dos dedos dela não estão esfolados. Foi morta com tanta rapidez e eficiência que não teve chance de reagir.

— Isso lembra algo que você já tenha visto antes?

Andrew deu de ombros.

— Quando se trabalha há tanto tempo nessa área, todos os assassinatos lembram algo que você já viu antes.

Não, pensou Harry. É justamente o contrário. Quando se trabalha há tanto tempo nessa área, você se torna capaz de ver as pequenas nuances que cada assassinato tem, os detalhes que distinguem um do outro e fazem com que cada um seja único.

Andrew deu uma olhada no relógio.

— A reunião da manhã começa daqui a meia hora. É melhor irmos andando.

* * *

O líder da Unidade de Investigação era Larry Watkins, um detetive formado em direito que subia na carreira a passos largos. Tinha lábios finos, seus cabelos começavam a rarear, e falava de modo rápido e eficiente, sem entonação ou adjetivos desnecessários.

— Nem traquejo social — dissera Andrew, sem medir as palavras. — É um investigador muito hábil, mas não é a melhor pessoa para avisar aos pais que a filha foi encontrada morta. E começa a falar palavrão sempre que está estressado.

O braço direito de Watkins era Sergey Lebie, um iugoslavo careca e bem-vestido, com um cavanhaque preto que o fazia parecer Mefisto de terno. Andrew disse que geralmente desconfiava de homens que se preocupavam tanto com a aparência.

— Mas Lebie não é almofadinha, apenas *meticuloso* demais. Entre outras coisas, tem o hábito de olhar para as unhas sempre que alguém fala com ele, mas não faz isso por arrogância. E limpa os sapatos depois do intervalo do almoço. Não espere que ele fale muito sobre si mesmo ou qualquer outra coisa.

O integrante mais jovem da equipe era Yong Sue, um sujeito simpático, baixinho e magricela que tinha sempre um sorriso estampado acima do pescoço de passarinho. Sua família havia emigrado da China para a Austrália havia trinta anos. Há dez anos, quando Yong Sue tinha 19, os pais dele viajaram para a China. Nunca mais foram vistos. O avô desconfiava de que o filho estivesse envolvido em "algo político", mas não disse nada além disso. Yong Sue nunca soube o que aconteceu. Agora, sustentava os avós e as duas irmãs mais novas, trabalhava doze horas por dia e sorria por pelo menos dez.

— Se você tiver uma piada sem graça, conte para Yong Sue. Ele ri de absolutamente tudo — dissera-lhe Andrew.

Agora, estavam reunidos em uma salinha estreita com um ventilador barulhento num canto, cuja função, supostamente, era fazer o ar circular um pouco. Ao lado do quadro-negro, Watkins apresentou Harry ao grupo.

— Nosso colega norueguês traduziu a carta que encontramos no quarto de Inger. Descobriu algo interessante que possa nos contar, Hole?

— Hole?

— Desculpe, Holy.

— Bem, ela obviamente tinha acabado de começar um relacionamento com alguém chamado Evans. Pelo que diz a carta, há bons motivos para concluir que é com ele que Inger está de mãos dadas na foto em cima da mesa.

— Nós checamos essa informação — disse Lebie. — Achamos que se trata de um certo Evans White.

— Ah, é? — Watkins arqueou uma sobrancelha fina.

— Não temos muita coisa sobre ele. Os pais vieram dos Estados Unidos para cá no fim dos anos sessenta e receberam um visto de residência. Isso não era difícil na época. Enfim, viajaram pelo país numa Kombi, provavelmente com uma dieta à base de comida vegetariana, maconha e LSD, como era comum naqueles tempos. Tiveram um filho, se divorciaram, e, quando Evans completou 18 anos, o pai voltou para os Estados Unidos. A mãe tem uma queda por medicina alternativa, cientologia e todo tipo de misticismo. É dona de um lugar chamado Palácio dos Cristais, num rancho próximo a Byron Bay. Lá, ela vende pedras para os carmas e tranqueiras importadas da Tailândia para turistas e gente em busca de iluminação espiritual. Quando tinha 18 anos, Evans decidiu fazer o que um número cada vez maior de jovens australianos faz hoje em dia. — Ele fez uma pausa e voltou-se para Harry. — Nada.

Andrew se curvou sobre a mesa e murmurou em voz baixa:

— A Austrália é perfeita para quem quer viajar por aí, surfar um pouco e curtir a vida à custa do contribuinte. Sites de relacionamento de primeiríssima qualidade e clima de primeiríssima qualidade. Vivemos num país maravilhoso.

Ele voltou a se recostar na cadeira.

— No momento, ele não tem residência fixa — continuou Lebie —, mas acreditamos que até recentemente morava em uma choça na periferia da cidade, com a gentalha de Sydney. Conversamos com algumas pessoas por lá, e elas disseram que não o veem há algum tempo. Evans nunca foi preso, então a única fotografia que temos dele é a do passaporte, que tirou aos 13 anos.

— Estou impressionado — disse Harry, sem qualquer dissimulação. — Como vocês conseguiram encontrar em tão pouco tempo um sujeito sem antecedentes criminais apenas com uma foto e um nome em uma população de 18 milhões de pessoas?

Lebie inclinou a cabeça na direção de Andrew.

— Andrew reconheceu o local da foto na casa de Inger. Nós mandamos um fax com uma cópia para a delegacia da cidade, e eles nos deram esse nome. Disseram que Evans é atuante na comunidade local. Traduzindo, ele é um dos reis do bagulho.

— Deve ser uma cidade bem pequena — disse Harry.

— Nimbin, pouco mais de mil habitantes — interpôs Andrew. — De modo geral, viviam da venda de laticínios até que a União Nacional dos Estudantes da Austrália decidiu organizar na cidade o que chamaram de Aquarius Festival, em 1973.

Risadas pipocaram em torno da mesa.

— O festival na verdade tratava de idealismo, estilos de vida alternativos, retorno à natureza e esse tipo de coisa. Os jornais focaram nos jovens usando drogas e fazendo sexo livre. O festival durou mais de dez dias, e, para alguns, nunca terminou. As terras nos arredores de Nimbin são boas para cultivo. De tudo que se possa imaginar. Duvido que os laticínios continuem sendo a principal fonte de renda da região. Na rua principal, a cinquenta metros da delegacia, você vai encontrar o mercado de maconha mais escancarado da Austrália. E de LSD também, infelizmente.

— Em todo caso, ele foi visto em Nimbin recentemente, de acordo com a polícia — disse Lebie.

— Na verdade, o governador de Nova Gales do Sul está prestes a lançar uma campanha por lá — intrometeu-se Watkins. — O governo federal aparentemente o tem pressionado para fazer algo a respeito do tráfico de drogas crescente na região.

— É mesmo — confirmou Lebie. — A polícia está usando aviões e helicópteros para fotografar os campos onde eles plantam maconha.

— Ok, precisamos pegar esse cara — decidiu Watkins. — Kensington, você obviamente conhece a região, e Holy, acredito que você não tenha qualquer objeção a conhecer um pouco mais da Austrália. Vou pedir a McCormack que ligue para o pessoal de Nimbin e informe que vocês estão a caminho.

7

Lithgow

Eles se misturaram aos turistas, pegaram o monotrilho para o Darling Harbour, desceram na estação Harbourside e encontraram uma mesa externa com vista para o cais.

Um par de pernas compridas passou por eles sobre saltos altos. Andrew a acompanhou com o olhar e assobiou de um jeito bem pouco politicamente correto. Algumas cabeças se viraram no restaurante, dirigindo-lhes olhares irritados. Harry balançou a cabeça com ar de reprovação.

— Como vai o seu amigo Otto?

— Bem, ele está arrasado. Foi trocado por uma mulher. Quando o cara é bi, ele sempre acaba com uma mulher, segundo Otto. Mas ele vai se recuperar dessa vez também.

Para sua surpresa, Harry sentiu alguns pingos de chuva, e lá estavam elas: nuvens carregadas vinham do noroeste sem que ele as tivesse notado.

— Como você reconheceu essa tal de Nimbin apenas pela foto da fachada de uma casa?

— Nimbin? Eu me esqueci de contar que fui hippie? — Andrew sorriu. — Dizem que qualquer um que consiga se lembrar do Aquarius Festival não esteve lá. Bem, eu me lembro das casas da rua principal, pelo menos. Parecia uma cidade de faroeste, à margem da lei, pintada em tons psicodélicos de amarelo e roxo. Bem, para dizer a verdade, eu achava que o amarelo e o roxo eram resultado de eu ter usado certas substâncias. Até ver a foto no quarto de Inger.

Na volta do almoço, Watkins convocou outra reunião na sala de investigações. Yong Sue havia desencavado alguns casos interessantes no computador.

— Vasculhei todos os assassinatos não solucionados em Nova Gales do Sul nos últimos dez anos e encontrei quatro casos que têm semelhanças com o nosso. Os corpos foram encontrados em lugares isolados; dois em aterros sanitários, um numa estrada às margens de uma floresta e o outro boiando no rio Darling. As mulheres provavelmente foram abusadas sexualmente e mortas em outro lugar, e então desovadas. E o fato crucial: todas foram estranguladas e tinham hematomas no pescoço aparentemente deixados por dedos humanos.
— Yong Sue sorria.

Watkins pigarreou.

— Vamos com calma. Afinal, estrangulamento não é um tipo tão incomum de assassinato depois de um estupro. Qual é a distribuição geográfica, Yong Sue? O Darling fica no maldito *outback*, a mais de mil quilômetros de Sydney.

— Sinto muito, senhor. Não encontrei nenhum padrão geográfico.
— Yong Sue parecia genuinamente decepcionado.

— Bem, quatro mulheres estranguladas em todo o estado em um período de dez anos não é muito...

— Tem mais uma coisa, senhor. Todas eram loiras. Quer dizer, não apenas loiras, mas muito loiras, com cabelo quase branco.

Lebie deixou escapar um assobio. A mesa ficou em silêncio.

Watkins ainda não estava convencido.

— Você pode cuidar disso, Yong? Confira a significância estatística e tudo o mais, descubra se as semelhanças estão dentro dos padrões razoáveis antes de soarmos o alarme. Por questão de segurança, talvez você deva reunir os dados da Austrália toda antes. E incluir os estupros não solucionados. Podemos desenterrar alguma coisa.

— Isso vai levar um bom tempo. Mas vou tentar, senhor. — Yong sorriu outra vez.

— Ok. Kensington e Holy, por que vocês não estão a caminho de Nimbin?

— Vamos amanhã de manhã, senhor — esclareceu Andrew. — Há um caso recente de estupro em Lithgow que eu gostaria de investigar antes. Tenho o palpite de que pode haver uma ligação. Já estávamos de saída.

Watkins assumiu uma expressão de desagrado.

— Lithgow? Estamos tentando trabalhar em equipe, Kensington. Isso significa discutir e dividir tarefas, não sair por aí sozinho. Que eu saiba, nunca falamos de nenhum caso de estupro em Lithgow.

— É só um palpite, senhor.

Watkins soltou um suspiro.

— Bem, McCormack parece acreditar que você tem um sexto sentido.

— O senhor sabe, nós negros temos mais contato com o mundo espiritual do que vocês, brancos.

— No meu departamento, não baseamos o trabalho policial nesse tipo de coisa, Kensington.

— É brincadeira, senhor. Tenho mais informações sobre o caso.

Watkins balançou a cabeça.

— Apenas embarquem no avião amanhã de manhã, está bem?

Eles pegaram a estrada. Lithgow é uma cidade industrial com 10 a 12 mil habitantes, mas, para Harry, mais parecia uma vila de médio porte. Em frente à delegacia, uma luz azul piscava no alto de um poste. O chefe de polícia os recebeu com simpatia. Era um tipo jovial, acima do peso, com um grande queixo duplo, e atendia pelo nome Larsen. Tinha parentes distantes na Noruega.

— Você conhece algum dos Larsen noruegueses? — perguntou.

— Bem, há um bocado deles — respondeu Harry.

— É, minha avó dizia que tínhamos uma família bem grande por lá.

— E têm mesmo.

Larsen se lembrava do caso de estupro, sem problemas.

— Felizmente, isso não acontece com tanta frequência aqui em Lithgow. Foi no começo de novembro. Ela foi surpreendida em uma viela quando estava indo para casa depois do turno da noite na fábrica e foi jogada dentro de um carro. O sujeito a ameaçou com um facão e seguiu até uma estrada de terra isolada ao sopé das Montanhas Azuis, onde ela foi estuprada no banco de trás. As mãos do estuprador já apertavam o pescoço dela quando uma buzina soou atrás deles. O motorista estava a caminho de sua cabana e achou que havia surpreendido um casal transando na estrada deserta, por isso não desceu do carro. Quando o estuprador passou para o banco da frente para liberar o caminho, a mulher conseguiu escapar pela porta de trás e correu até o outro carro. O estuprador soube que não tinha mais o que fazer, então pisou fundo no acelerador e caiu fora.

— Algum dos dois anotou a placa?

— Não, estava escuro e tudo aconteceu muito rápido.

— A mulher viu bem o rosto do agressor? Você conseguiu uma descrição?

— Claro. Bem, mais ou menos. Como eu disse, estava escuro.

— Temos uma foto. Você tem o endereço da mulher?

Larsen foi até um arquivo e começou a folhear algumas pastas. Respirava com dificuldade.

— A propósito, você sabe se ela é loira? — perguntou Harry.

— Loira?

— Isso, com cabelos bem claros, quase brancos.

O queixo duplo de Larsen começou a balançar, e sua respiração se tornou ainda mais difícil. Harry se deu conta de que ele estava rindo.

— Acho que não, meu amigo. Ela é *koori*.

Harry analisou a expressão de Andrew.

Kensington olhou para o teto.

— Ela é negra — disse.

— Como carvão — completou Larsen.

— Então *koori* é uma tribo, certo? — perguntou Harry quando já estavam no carro.

— Bem, não exatamente — respondeu Andrew.

— Não exatamente?

— É uma longa história, mas, quando os brancos chegaram à Austrália, havia 750 mil nativos espalhados por várias tribos. Eles falavam mais de 250 línguas, algumas tão diferentes quanto o inglês do chinês. Muitas tribos foram extintas. Com o colapso da estrutura tribal tradicional, os nativos passaram a usar termos mais genéricos. Os grupos aborígines que vivem aqui no sudeste são chamados de *kooris*.

— Mas por que diabos você não confirmou antes se ela era loira?

— Um deslize. Devo ter lido errado.

— Droga, Andrew, não temos tempo a perder dando tiros no escuro assim.

— Sim, nós temos. E também temos tempo para algo que vai melhorar seu humor — disse Andrew, subitamente entrando à direita.

— Aonde estamos indo?

— A uma feira agrícola australiana, e das autênticas.

— Uma feira agrícola? Vou sair para jantar, Andrew.

— Ah, é? Com a Miss Suécia, suponho. Relaxe, é coisa rápida. A propósito, eu imagino que você, como representante das autoridades legais, esteja ciente das consequências de ter um relacionamento íntimo com uma possível testemunha.

— O jantar faz parte da investigação. Vou fazer perguntas importantes.

— É claro.

8

Um boxeador

A feira ocupava uma área descampada, com algumas poucas fábricas e oficinas espalhadas pela vizinhança. A última corrida de tratores tinha acabado de terminar, e a fumaça espessa do escapamento ainda pairava sobre o campo quando eles estacionaram em frente a uma grande tenda. As atividades estavam a pleno vapor, as bancas vibravam com os gritos, e todo mundo parecia ter um copo de cerveja na mão e um sorriso no rosto.

— Diversão e comércio em esplêndida união — disse Andrew. — Imagino que vocês não tenham nada parecido na Noruega.

— Bem, nós temos feiras. São chamadas de *markeder*.

— Maaar... — tentou Andrew.

— Deixa pra lá.

Perto da tenda, pôsteres enormes anunciavam a "Equipe de Boxe Jim Chivers" em grandes letras vermelhas. Abaixo delas havia fotografias dos dez boxeadores que formavam a equipe, com nome, idade, naturalidade e peso de cada um deles. No final, estava escrito: "O Desafio. Você vai encarar?"

Lá dentro, alguns rapazes formavam uma fila diante de uma mesa para assinar uma folha de papel.

— O que está acontecendo? — perguntou Harry.

— Esses aí são os rapazes da região que vão tentar derrotar alguns dos boxeadores de Jimmy. Há grandes prêmios para os vencedores e, o mais importante, fama local. Agora, eles estão assinando uma declaração na qual afirmam estar em boa forma, ter boa saúde e que o organizador não será responsabilizado por qualquer agravamento repentino de suas condições físicas — explicou Andrew.

— Caramba, isso é legal?

— Bem... — Andrew hesitou. — Houve uma proibição em 1971, então eles precisaram mudar um pouco as regras. O Jim Chivers original liderava uma equipe de boxe que viajava por todo o país depois da Segunda Guerra Mundial. Muitos futuros campeões de boxe fizeram parte dessa equipe. Sempre teve gente de várias nacionalidades: chineses, italianos, gregos. E aborígines. Naquela época, os voluntários podiam escolher com quem queriam lutar. Então, por exemplo, se você fosse antissemita, podia escolher um judeu. Mesmo que as chances de levar uma surra de um judeu fossem grandes.

Harry riu.

— Isso não alimentava o racismo?

— Talvez. Talvez não. Os australianos estão acostumados a conviver com culturas e raças diferentes, mas sempre houve alguns atritos. E, afinal, é melhor cair na pancadaria no ringue do que na rua. Um aborígine da equipe de Jimmy que se saísse bem seria um herói para o seu povo, independentemente de onde viesse. Ele despertava um sentimento de solidariedade e honra em meio a toda a humilhação. E também não acho que isso tenha aumentado o abismo entre as raças. Se os rapazes brancos levavam uma surra de um negro, isso gerava mais respeito que ódio. Os australianos têm muito espírito esportivo.

— Você está falando como um provinciano.

Andrew riu.

— Quase, sou um bronco do *outback*.

— Você não é nada disso.

Andrew riu ainda mais alto.

A primeira luta começou. Um ruivo atarracado que usava as próprias luvas e contava com uma torcida animada contra um homem bem menor da equipe Chivers.

— Irlandês contra irlandês — disse Andrew com jeito de quem sabia o que estava falando.

— De acordo com seu sexto sentido? — perguntou Harry.

— De acordo com meus olhos. Ruivo; logo, irlandês. São durões. Essa vai ser uma luta dura.

— *Go, Johnny, go, go!* — gritava a torcida.

Eles conseguiram gritar mais duas vezes antes que a luta chegasse ao fim. Àquela altura, Johnny já tinha levado três socos no nariz e não quis continuar.

— Já não fazem mais irlandeses como antigamente — reclamou Andrew.

Os alto-falantes crepitaram, e o mestre de cerimônias apresentou Robin Toowoomba, o *Murri*, representando a equipe Chivers, e Bobby Pain, o *Lobby*, um gigante local que entrou no ringue com um urro, saltando sobre as cordas. Ele tirou a camiseta, revelando um peitoral forte e cabeludo e bíceps volumosos. Uma mulher vestida de branco pulava ao lado do ringue, e Bobby soprou um beijo para ela antes que dois assistentes amarrassem suas luvas. Ouviu-se um burburinho na tenda quando Toowoomba se esgueirou por entre as cordas. Era um homem de postura ereta, a pele negra de um tom excepcional, atraente.

— *Murri?* — perguntou Harry.

— Aborígine de Queensland.

A torcida de Johnny ganhou vida quando se deu conta de que agora podia substituí-lo por "Bobby" em seu refrão. O gongo soou, e os dois boxeadores se aproximaram. O branco era maior, quase uma cabeça mais alto que seu adversário negro, mas, mesmo para olhos leigos, era fácil ver que não se movia com a elegância dos passos leves do *murri*.

Bobby desferiu um soco que mais pareceu um míssil em Toowoomba, que se esquivou para trás. A plateia suspirou, e a mulher de branco gritou palavras de incentivo. Bobby socou o ar duas vezes antes que Toowoomba desse um passo para a frente e plantasse em seu rosto uma direita cuidadosa, incisiva. Bobby cambaleou para trás e parecia ter sofrido um apagão.

— Devia ter apostado *duzentos* nele — comentou Andrew.

Toowoomba se aproximou de Bobby, deu alguns *jabs* e se esquivou para trás com a mesma leveza quando o outro girou os braços troncudos. O gigante arfava e gritava, frustrado, pois Toowoomba nunca parecia estar no mesmo lugar. A plateia começou a vaiar. O *murri* ergueu a mão como se cumprimentasse o público, então a enterrou no estômago de Bobby, que se curvou e ficou encolhido em um canto do ringue. Toowoomba recuou alguns passos, parecendo preocupado.

— Acabe com ele, seu preto de uma figa! — gritou Andrew. Toowoomba se virou, surpreso, sorriu e acenou. — Não fique aí sorrindo, faça o seu trabalho, seu imbecil! Eu apostei em você!

Toowoomba se virou para acabar de uma vez com aquilo, mas, quando estava prestes a dar o *coup de grâce*, o gongo soou. Os dois boxeadores foram para seus cantos quando o mestre de cerimônias pegou o microfone. A mulher de branco se aproximou de Bobby e sussurrou algo em seu ouvido enquanto um de seus assistentes lhe passava uma garrafa de cerveja.

Andrew estava contrariado.

— Que diabo, Robin não quer machucar o branquelo. Mas aquele imprestável precisa fazer jus ao dinheiro que eu botei nele.

— Você o conhece?

— Sim, eu conheço Robin Toowoomba — respondeu Andrew.

O gongo soou novamente, e dessa vez Bobby ficou em seu canto esperando por Toowoomba, que se aproximou com passos determinados. Bobby subiu a guarda para proteger o rosto, e Toowoomba enterrou um soco em seu abdome. O sujeito desabou nas cordas. Toowoomba se virou e lançou um olhar suplicante para o mestre de cerimônias, que também fazia as vezes de juiz, terminar a luta.

Andrew gritou outra vez, mas foi tarde demais.

O soco de Bobby lançou Toowoomba pelos ares, e ele aterrissou na lona com um baque seco. Enquanto o *murri* se levantava, cambaleante, atordoado, Bobby avançava como um furacão. Os golpes eram fortes e tinham destino certo, e a cabeça de Toowoomba ia de um lado para o outro, como se fosse uma bola de pingue-pongue. Um filete de sangue escorreu de uma de suas narinas.

— Droga! Um fingido! — gritou Andrew. — Que diabo, Robin, você caiu nessa.

Toowoomba estava com as mãos na frente ao rosto e recuava, enquanto Bobby continuava a dar socos com a esquerda, seguidos de poderosos cruzados e *uppercuts* com a direita. A plateia estava em êxtase. A mulher de branco tinha voltado a ficar de pé e gritava a primeira sílaba do nome do gigante, sustentando a vogal num tom longo e estridente:

— Boooo...

O mestre de cerimônias balançou a cabeça negativamente quando a torcida passou a entoar um novo coro:

— *Go Bobby, go, go, Bobby-be-good!*

— É isso. Está acabado — disse Andrew, desanimado.

— Toowoomba vai perder?

— Você está louco? Toowoomba vai matar o pobre coitado. Achei que não fosse ser muito sangrento hoje.

Harry se concentrou, tentando ver o mesmo que Andrew. Toowoomba estava encurralado nas cordas; aparentava estar quase relaxado enquanto Bobby golpeava seu abdome. Por um momento, Harry pensou que ele fosse dormir. A mulher de branco puxava as cordas atrás do *murri*. Bobby mudou de tática e se concentrou na cabeça, mas Toowoomba evitava os golpes jogando o corpo para a frente e para trás, com movimentos lentos e preguiçosos. Quase como uma cobra, pensou Harry, como uma...

Naja!

Bobby estava prestes a desferir mais um soco quando ficou imóvel de repente. Sua cabeça virou para a esquerda e, a julgar pela sua expressão, parecia ter acabado de se lembrar de algo. Então seus olhos se reviraram, o protetor bucal deslizou para fora, e sangue jorrou num jato fino de um pequeno buraco na ponte do nariz, onde o osso foi quebrado. Toowoomba esperou que Bobby tombasse para a frente antes de golpeá-lo outra vez. A tenda ficou em silêncio, e Harry escutou o aflitivo som de osso quebrando quando o soco acertou o nariz de Bobby pela segunda vez, e a voz da mulher quando ela gritou o que restava do nome:

— ... bbyyy!

Um novo esguicho vermelho de suor e sangue jorrou da cabeça de Bobby e respingou no canto do ringue.

O mestre de cerimônias se adiantou e sinalizou, num gesto desnecessário, que a luta estava terminada. A tenda permaneceu em silêncio, quebrado apenas pelo som dos sapatos da mulher de branco ao correr para fora da tenda pelo corredor central. Seu vestido estava manchado na frente, e ela tinha a mesma expressão surpresa de Bobby.

Toowoomba tentou levantar seu oponente, mas os dois assistentes o afastaram. Houve palmas dispersas, que logo cessaram. As vaias ficaram mais altas quando o mestre de cerimônias se aproximou e ergueu a mão de Toowoomba. Andrew balançou a cabeça.

— Muita gente deve ter apostado no campeão local hoje — disse.
— Que idiotas! Venha, vamos pegar o dinheiro e levar um papo sério com esse *murri* cretino!

— Robin, seu canalha! Você devia estar atrás das grades. Estou falando sério!

O rosto de Robin Toowoomba, o *Murri*, se iluminou com um sorriso largo. Ele segurava uma toalha com gelo sobre um olho.

— Tuka! Escutei você. Você voltou a fazer apostas?

Toowoomba falava com a voz baixa. Era um homem acostumado a ser ouvido, pensou Harry imediatamente. O som era agradável e suave, não se parecia em nada com a voz de alguém que tinha acabado de quebrar o nariz de um sujeito com o dobro do seu tamanho.

Andrew fungou.

— Apostas? No meu tempo, investir seu dinheiro em um dos rapazes de Chivers nunca seria chamado de aposta. Mas, agora, eu suponho que nada mais seja garantido. Olha só para você, foi enrolado por um maldito vigarista branco. Aonde vamos parar?

Harry pigarreou.

— Ah, sim. Robin, quero apresentar um amigo meu. Este é Harry Holy. Harry, esse é o maior canalha e sádico de Queensland, Robin Toowoomba.

Os dois trocaram um aperto de mão, e foi como se Harry tivesse prendido a sua em uma porta. Ele gemeu um "como vai?", e recebeu um "absolutamente magnífico, meu amigo, e você?" como resposta, com um sorriso reluzente.

— Melhor impossível — disse Harry, massageando a mão.

Aqueles apertos de mão australianos estavam acabando com ele. De acordo com Andrew, era importante dizer aos outros como as coisas estavam indo incrivelmente bem; um chocho "bem, obrigado" podia ser interpretado como algo muito seco.

Com o polegar, Toowoomba apontou para Andrew.

— Por falar em canalhas, Tuka já disse a você que lutou boxe com a equipe Jim Chivers?

— Acho que ainda há muitas coisas que eu não sei sobre... hã... Tuka? Ele é um cara reservado.

— Reservado? — Toowoomba riu. — Ele fala pelos cotovelos. Tuka vai contar tudo que você precisa saber, desde que saiba o que perguntar. É claro que ele não contou que precisou abandonar a equipe Chivers porque foi considerado perigoso demais, contou? Quantos ossos, narizes e maxilares você tem em sua consciência, Tuka? Todo mundo o considerava o maior jovem talento do boxe em Nova Gales do Sul. Mas só havia um problema. Ele não tinha nenhum autocontrole, nenhuma disciplina. No fim, nocauteou um juiz porque achou que o sujeito havia parado a luta cedo demais. Em favor dele! Isso é o que eu chamo de sede de sangue. Tuka foi suspenso por dois anos.

— Três anos e meio, obrigado! — Andrew sorriu. — Ele era um verdadeiro cretino, estou dizendo. Só dei um empurrãozinho naquele maldito juiz, mas, para minha sorte, ele acabou caindo e quebrando a clavícula.

Toowoomba e Andrew bateram palmas e caíram na gargalhada.

— Robin mal tinha nascido e eu já lutava boxe. Ele só repete o que contei a ele — explicou Andrew. — Robin fazia parte de um grupo de crianças carentes a quem eu me dedicava no meu tempo livre. Dávamos algumas aulas de boxe, e, para ensinar aos meninos a importância do autocontrole, eu contava algumas histórias mais ou menos verídicas a meu respeito. Para desencorajá-los. Obviamente, o Robin aqui não entendeu muito bem e acabou seguindo meu exemplo.

Toowoomba ficou sério.

— Nós geralmente nos comportamos como bons meninos, Harry. Deixamos eles acertarem alguns socos antes de darmos um ou outro golpe para que saibam quem manda, entende o que quero dizer? Depois disso, não demoram a desistir. Mas esse cara de hoje sabia lutar boxe, ele podia ter machucado alguém. Sujeitos como ele encontram o que procuram.

A porta se abriu.

— Vai se foder, Toowoomba. Como se já não tivéssemos problemas suficientes. Você só quebrou o nariz do genro do chefe de polícia local — disse o mestre de cerimônias. Ele parecia furioso, e enfatizou isso dando uma cusparada ruidosa no chão.

— Foi puro reflexo — justificou Toowoomba, observando o líquido amarronzado. — Não vai acontecer de novo. — Ele deu uma piscadela dissimulada para Andrew.

Os três se levantaram. Toowoomba e Andrew se abraçaram e se despediram numa língua que deixou Harry confuso. Ele se apressou em dar um tapinha no ombro de Toowoomba, uma vez que outro aperto de mão seria desnecessário.

— Que língua era aquela que vocês falaram? — perguntou Harry quando entraram no carro.

— Ah, aquilo. É tipo um idioma crioulo, uma mistura de inglês e palavras de origem aborígine. É falado por muitos aborígines país afora. O que você achou da luta?

Harry não teve pressa em responder.

— Foi interessante ver você faturar alguns dólares, mas já podíamos estar em Nimbin a essa hora.

— Se não tivéssemos vindo até aqui hoje, você não estaria em Sydney esta noite — lembrou Andrew. — Você não marca um encontro com uma mulher como aquela e tira o corpo fora. Podemos estar falando da sua futura esposa e mãe de dois Holyzinhos, Harry.

Os dois sorriram ao passar pelas árvores e pelas casas à medida que o sol se punha no hemisfério oriental.

Já estava escuro quando chegaram a Sydney, mas a antena de TV se erguia como uma enorme lâmpada no centro da cidade e mostrava a eles o caminho a seguir. Andrew estacionou no Circular Quay, não muito distante da Ópera. Um morcego voava junto ao farol do carro, entrando e saindo rapidamente de seu feixe de luz. Andrew acendeu um charuto e gesticulou para que Harry ficasse no carro.

— O morcego é o símbolo aborígine da morte, sabia?

Harry não sabia.

— Imagine um lugar onde as pessoas ficaram isoladas por 40 mil anos. Em outras palavras, elas não tiveram contato com o judaísmo, muito menos com o cristianismo e o islã, já que todo um oceano as separava do continente mais próximo. No entanto, forjaram sua própria história da criação, o Tempo do Sonho. O primeiro homem foi Ber-rook-boorn, feito por Baiame, o incriado, que foi a origem de todas as coisas e que amava todos os seres vivos e cuidava deles. Em outras palavras, ele era bom, esse tal de Baiame. Chamavam-no de Grande Espírito Paternal. Depois que Baiame acomodou Ber-rook--boorn e sua esposa em um bom lugar, ele deixou sua marca numa árvore sagrada ali perto, uma *yarran*, que tinha um enxame de abelhas.

"'Vocês podem pegar comida em qualquer lugar que quiserem, em toda essa terra que dei a vocês, mas esta é a minha árvore', alertou aos dois. 'Caso tentem pegar comida dela, um grande mal recairá sobre vocês e seus descendentes.' Algo assim. Enfim, um dia, a esposa de Ber-rook-boorn estava catando madeira e se deparou com a *yarran*. A princípio, ficou assustada com a visão grandiosa da árvore sagrada, mas havia tanta madeira ao redor que ela não seguiu seu primeiro impulso, que era fugir dali o mais rápido possível. Além disso, Baiame não tinha dito nada a respeito da madeira. Enquanto catava os gravetos ao redor da árvore, ela ouviu um zumbido baixo acima de sua cabeça, então ergueu os olhos e viu o enxame de abelhas. E também mel escorrendo pelo tronco. Ela havia experimentado mel apenas uma vez na vida, mas ali tinha o bastante para muitas refeições. O sol reluzia nas doces gotas cintilantes, e, enfim, a esposa de Ber-rook-boorn não conseguiu resistir à tentação e subiu na árvore.

"Foi então que um vento frio soprou do alto, e uma figura sinistra com enormes asas negras a envolveu. Era Narahdarn, o morcego, a quem Baiame tinha confiado a tarefa de proteger a árvore sagrada. A mulher caiu no chão e correu de volta para sua caverna, onde se escondeu. Mas era tarde demais, ela havia soltado a morte no mundo, simbolizada pelo morcego Narahdarn, e todos os descendentes de Ber-rook-boorn seriam expostos à sua maldição. A *yarran* chorou lágrimas amargas pela tragédia que tinha acontecido. As lágrimas escorreram pelo tronco e engrossaram, e é por isso que você pode encontrar seiva vermelha na casca das árvores."

Andrew dava baforadas no charuto, satisfeito.

— Não deve nada a Adão e Eva, não é?

Harry assentiu e admitiu que havia semelhanças entre as histórias.

— Talvez isso aconteça porque as pessoas, independentemente do lugar do mundo, de alguma forma compartilham as mesmas visões ou fantasias. Está em nossa natureza, gravado em nosso disco rígido, por assim dizer. Apesar de todas as diferenças, mais cedo ou mais tarde chegamos às mesmas respostas.

— Vamos torcer para que sim — disse Andrew. Ele estreitou os olhos em meio à fumaça. — Vamos torcer para que sim.

9

Uma medusa

Harry já estava quase terminando a segunda Coca quando Birgitta chegou, dez minutos depois das nove. Ela usava um vestido branco de algodão, e seus cabelos estavam presos num rabo de cavalo esplêndido.

— Já estava começando a achar que você não viria — disse Harry. Aquilo foi dito com ar divertido, mas ele falava sério. Tinha começado a ficar preocupado no instante em que marcaram o encontro.

— Sério? — perguntou Birgitta em sueco, com um olhar malicioso. Harry teve a sensação de que seria uma ótima noite.

Eles pediram lombo de porco ao curry verde tailandês, frango com castanha de caju preparado em uma *wok*, um chardonnay australiano e água Perrier.

— Devo dizer que estou bem surpreso por encontrar uma sueca tão longe de casa.

— Não deveria. Há cerca de 90 mil suecos na Austrália.

— O quê?

— A maioria emigrou antes da Segunda Guerra Mundial, mas muitos jovens saíram do país nos anos oitenta, com o desemprego em alta na Suécia.

— E eu pensando que os suecos sentiriam falta das almôndegas e de festejar o solstício de verão antes de chegarem a Helsingør.

— Acho que você deve estar nos confundindo com os noruegueses. Vocês são doidos! Os noruegueses que eu conheci aqui já sentiam saudade de casa após alguns dias, e dois meses depois estavam de volta à Noruega. De volta para casa e os cardigãs de lã.

— Mas não Inger?

Birgitta ficou em silêncio.

— Não, Inger, não.

— Você sabe por que ela ficou aqui?

— Provavelmente pelo mesmo motivo que a maioria de nós. Você vem nas férias, se apaixona pelo país, pelo clima, pelo estilo de vida despreocupado ou por um homem. E pede a extensão do visto. As jovens escandinavas não têm muita dificuldade para conseguir emprego nos bares. De repente você está longe demais de casa, e é muito simples ficar.

— Foi assim com você também?

— Mais ou menos.

Eles comeram em silêncio por algum tempo. O curry estava grosso, forte e bom.

— O que você sabe sobre o último namorado de Inger?

— Como eu disse, o cara apareceu no bar uma noite. Ela o conheceu em Queensland. Na ilha Fraser, acho. Um tipo hippie que eu achava que não existia mais há muito tempo, mas está bem vivo aqui na Austrália. Cabelos compridos trançados, roupas folgadas coloridas, sandálias. Parecia ter vindo da praia de Woodstock.

— Woodstock fica no interior. Nova York.

— Mas não tinha um lago onde eles nadavam? Acho que me lembro disso.

Harry a observou com mais atenção. Estava debruçada sobre a comida, compenetrada. As sardas se concentravam em um aglomerado no nariz. Era bonita, em sua opinião.

— Você não devia saber esse tipo de coisa. É jovem demais.

Ela riu.

— E você? É velho demais?

— Eu? Bem, talvez em certos dias. Vem com o trabalho. Em algum lugar bem lá no fundo, você envelhece rápido demais. Mas espero não estar tão desiludido e cansado que não consiga me sentir vivo de vez em quando.

— Ah, tadinho...

Harry não conseguiu deixar de sorrir.

— Você pode pensar o que quiser, mas não estou dizendo isso para apelar ao seu instinto maternal, apesar de talvez não ser uma má ideia. É simplesmente como as coisas são.

O garçom passou pela mesa, e Harry aproveitou a oportunidade para pedir outra garrafa de água.

— Cada vez que você desvenda um assassinato, fica um pouco mais abatido. Infelizmente, em geral, esses casos envolvem mais pessoas problemáticas e histórias tristes do que motivações mirabolantes saídas de um livro da Agatha Christie. A princípio, eu me via como um paladino da justiça, mas, às vezes, me sinto mais como um lixeiro. Os assassinos geralmente são pessoas dignas de pena, e, na maioria das vezes, é difícil conseguir apontar pelo menos dez bons motivos para serem como são. Então, normalmente, o sentimento mais comum é o de frustração. Frustração por eles não se satisfazerem destruindo apenas a própria vida, mas também sentirem a necessidade de arrastar outros junto. Isso provavelmente ainda soa um tanto sentimental...

— Sinto muito; não quis parecer cínica. Entendo o que você quer dizer — disse ela.

Uma brisa suave vinda da rua fez tremeluzir a chama da vela sobre a mesa.

Birgitta contou a Harry que ela e o namorado arrumaram as mochilas na Suécia quatro anos antes e foram embora, viajando de ônibus e pedindo carona de Sydney a Cairns, dormindo em barracas e albergues, trabalhando como recepcionistas e cozinheiros, mergulhando na Grande Barreira de Corais e nadando lado a lado com tartarugas-marinhas e tubarões-martelo. Eles meditaram em Uluru, juntaram dinheiro para pegar o trem de Adelaide para Alice Springs, foram a um show do Crowded House em Melbourne e chegaram ao limite em um quarto de hotel em Sydney.

— É estranho como algo que funcionava tão bem pudesse dar tão... errado.

— Errado?

Birgitta hesitou. Talvez pensasse que já tinha falado demais àquele norueguês tão direto.

— Não sei bem como explicar. Perdemos alguma coisa no caminho, algo que existia no começo e à qual não demos valor. Deixamos de olhar um para o outro, e logo deixamos de tocar um no outro. Acabamos virando apenas companheiros de viagem, alguém que era bom ter por perto porque quartos de casal são mais baratos e barracas de camping são mais seguras com duas pessoas. Ele conheceu uma garota rica, alemã, em Noosa, e eu segui viagem para que ele pudesse continuar saindo com ela em paz. Eu não estava nem aí. Quando ele chegou a Sydney, eu disse que tinha me apaixonado por um surfista americano que havia acabado de conhecer. Não sei se ele acreditou em mim, talvez tenha entendido que eu queria uma desculpa para terminar tudo. Tentamos conversar no quarto de hotel, mas nem isso conseguíamos mais fazer. Então eu disse para ele voltar para a Suécia primeiro, que eu iria depois.

— Ele já deve ter uma boa dianteira a essa altura.

— Ficamos juntos por seis anos. Você acreditaria se eu dissesse que mal consigo me lembrar de como ele era?

— Acreditaria.

Birgitta soltou um suspiro.

— Não imaginei que fosse ser assim. Tinha certeza de que nos casaríamos e teríamos filhos e moraríamos em um pequeno subúrbio de Malmö, que teríamos um jardim e o *Sydsvenska Dagbladet* na soleira da porta, e agora... agora mal me lembro do som da voz dele, ou de como era fazer amor com ele ou... — Ela ergueu os olhos e fitou Harry. — Ou de como ele era educado demais para me mandar calar a boca quando eu falava sem parar depois de beber um pouco.

Harry sorriu. Birgitta não comentou o fato de ele não ter bebido uma gota de vinho.

— Eu não sou educado, estou interessado — disse ele.

— Nesse caso, você precisa me contar algo pessoal a seu respeito, além de que é policial.

Birgitta apoiou os cotovelos na mesa. Harry disse a si mesmo para não olhar para o decote do vestido. Sentiu o aroma dela e aspirou a fragrância com avidez. Não devia se deixar enganar. Aqueles desgraçados da Karl Lagerfeld e da Christian Dior sabiam exatamente o que era necessário para fisgar um pobre homem.

O perfume dela era maravilhoso.

— Bem — começou Harry —, tenho uma irmã, minha mãe morreu, moro num apartamento do qual não consigo me livrar em Tøyen, Oslo. Nunca tive relacionamentos duradouros e apenas um deixou marcas.

— Sério? E não há ninguém na sua vida agora?

— Não exatamente. Tenho alguns relacionamentos despretensiosos e sem compromisso. Eu ligo para elas de vez em quando, ou elas me ligam.

Birgitta fez uma careta.

— Algum problema? — perguntou Harry.

— Não sei se aprovo esse tipo de homem. Ou mulher. Sou assim, um pouco antiquada.

— É claro que já abandonei essa vida — disse Harry, erguendo o copo de Perrier.

— Também não tenho certeza se gosto dessas suas respostas tão inteligentes — falou Birgitta, erguendo sua taça.

— Então, o que você procura em um homem?

Ela apoiou o queixo na mão e fitou o vazio, pensando na pergunta.

— Não sei. Acho que sei mais sobre o que não gosto do que sobre o que gosto num homem.

— E o que você não gosta? Além de respostas inteligentes?

— De homens que tentam me comer com os olhos.

— Você sofre muito com isso?

Ela sorriu.

— Vou dar uma dica a você, Casanova. Se quiser seduzir uma mulher, você precisa fazer com que ela se sinta única, precisa fazê-la sentir que é tratada de forma especial. Homens que tentam pegar mulheres nos bares não entendem isso. Mas acho que esses detalhes não significam nada para um libertino como você.

Harry riu.

— Com "alguns relacionamentos", eu quis dizer dois. Eu disse alguns porque isso soa como se eu fosse uma pessoa um pouco mais irrefreável, soa como... três. Uma delas, por sinal, está prestes a voltar para o ex, foi o que me disse na última vez que nos vimos. Ela me agradeceu por eu ter sido tão tranquilo e pelo relacionamento ter sido tão... bem, insignificante, presumo. A outra é uma mulher com quem comecei um relacionamento e que agora insiste que, já que fui eu que terminei, é meu dever garantir que ela tenha um resquício de vida sexual até um de nós conhecer alguém. Espere um pouco, por que eu fiquei tão na defensiva? Sou um homem normal que não faria mal a uma mosca. Você está sugerindo que estou tentando seduzir alguém?

— Ah, sim, você está tentando me seduzir. Não negue!

Harry não negou.

— Tudo bem. Como estou me saindo?

Ela deu um longo gole da taça de vinho e pensou um pouco a respeito.

— Nota oito, eu acho. Médio. Não, acho que é um oito... Até que você está indo bem.

— Está soando como sete.

— Por aí.

Estava escuro no porto, quase deserto, e soprava uma brisa fresca. Na escadaria iluminada da Ópera de Sydney, um casal de noivos excepcionalmente acima do peso posava para um fotógrafo. O sujeito os orientava a irem de um lado para o outro, e os recém-casados pareciam muito contrariados por terem de mover seus corpanzis. Afinal, chegaram a um acordo, e a sessão de fotos noturna em frente à Ópera terminou com sorrisos, risadas e talvez algumas lágrimas.

— Acho que esse é o verdadeiro significado de "explodir de felicidade" — disse Harry. — Ou talvez vocês não digam isso na Suécia.

— Sim, nós dizemos, você também pode explodir de felicidade em sueco. — Birgitta tirou o elástico do cabelo, soltando-o contra o vento junto à balaustrada do porto, e ficou olhando para a Ópera. — Sim, você pode — repetiu, como para si mesma. Ela voltou o nariz sardento para o mar, e o vento continuou a soprar seu cabelo ruivo para trás.

Ela parecia uma medusa. Harry não imaginava que uma água-viva pudesse ser tão bonita.

10

Uma cidade chamada Nimbin

O relógio de Harry mostrava onze horas quando o avião pousou em Brisbane, mas a voz da comissária de bordo no sistema de som insistia que eram apenas dez.

— Eles não têm horário de verão em Queensland — informou Andrew. — Isso foi motivo de debates políticos acalorados por aqui, que culminaram em um referendo, e os fazendeiros votaram contra.

— Uau, parece que viemos para a terra dos caipiras.

— Acho que sim, meu amigo. Até alguns anos atrás, homens de cabelo comprido não podiam entrar no estado. Era estritamente proibido.

— Você está brincando.

— Queensland é um pouco diferente. Logo eles vão proibir carecas.

Harry passou a mão pelos cabelos curtos.

— Mais alguma coisa que eu precise saber sobre Queensland?

— Bem, se você tiver um pouco de maconha no bolso, é melhor deixar no avião. A legislação antidrogas daqui é mais rigorosa que a de outros estados. Não foi por coincidência que o Aquarius Festival aconteceu em Nimbin. A cidade fica logo depois da fronteira, em Nova Gales do Sul.

Os dois chegaram ao balcão da Avis, onde foram informados de que o carro estava pronto, à espera deles.

— Por outro lado, Queensland tem lugares como a ilha Fraser, onde Inger Holter conheceu Evans White. A ilha, na verdade, é pouco mais que um enorme banco de areia, mas lá há uma floresta tropical, lagos com a água mais cristalina do mundo e areia tão branca que as praias parecem feitas de mármore. Areia silicosa, como chamam, já que a concentração de sílica é bem maior que a da areia comum. Você provavelmente pode colocar aquilo direto num computador.

— A terra da fartura, hein? — disse o sujeito atrás do balcão, entregando a chave.

— Ford Escort? — Andrew franziu o nariz, mas assinou o contrato de locação. — Essa coisa ainda existe?

— Tarifa especial, senhor.

— Não duvido.

O sol fritava a Pacific Highway, e o horizonte de vidro e pedra de Brisbane cintilava como cristal à medida que eles se aproximavam da cidade.

Dirigindo rumo ao leste, eles atravessavam paisagens rurais, que se alternavam entre florestas e campos agrícolas.

— Bem-vindo ao *outback* australiano — disse Andrew.

Eles passaram por vacas que pastavam com olhar letárgico.

Harry riu.

— O que foi? — perguntou Andrew.

— Você já viu a tirinha do Larson em que as vacas estão de pé em duas patas, conversando no pasto, e uma delas grita: "Carro!".

Silêncio.

— Quem é Larson?

— Deixa pra lá.

Passaram por casas de madeira com varandas, tela mosquiteira nas portas e picapes estacionadas. Passaram por cavalos corpulentos que os observavam com olhos melancólicos, colmeias e chiqueiros com porcos chafurdando satisfeitos na lama. As estradas se estreitaram. Por volta da hora do almoço, pararam para abastecer em um lugar que, segundo uma placa, chamava-se Uki, eleita a cidade mais limpa da Austrália por dois anos seguidos. O texto não informava a vencedora no último ano.

— Caramba! — exclamou Harry quando chegaram a Nimbin.

O centro da cidade, com cerca de cem metros de extensão, era pintado em todas as cores do arco-íris e povoado por personagens que podiam ter saído de um dos filmes de Cheech & Chong da videoteca de Harry.

— Estamos de volta a 1970! — exclamou ele. — Quer dizer, olhe ali, Peter Fonda se atracando com Janis Joplin.

Eles desciam a rua lentamente, observados por olhos sonâmbulos.

— Isso é incrível. Não imaginava que lugares como esse ainda existiam. É de morrer de rir.

— Por quê? — perguntou Andrew.

— Você não acha engraçado?

— Engraçado? Eu sei que é fácil rir desses idealistas hoje em dia. Sei que a nova geração acha que a turma do *flower power* era um bando de maconheiros com nada para fazer além de tocar violão, ler poemas e trepar quando desse vontade. Sei que os organizadores do Woodstock aparecem de terno e gravata em entrevistas e falam bem-humorados das ideias daqueles tempos, que obviamente parecem muito ingênuas para eles agora. Mas também sei que o mundo teria sido um lugar bem diferente sem as ideias defendidas por aquela geração. Slogans como paz e amor podem ser clichês agora, mas, naquele tempo, nós acreditávamos neles. De todo o coração.

— Você não é um pouco velho para ter sido hippie, Andrew?

— Sim, eu era velho. Fui um hippie veterano. — Andrew sorriu. — Muitas garotas foram apresentadas aos intrincados mistérios do amor pelo tio Andrew.

Harry deu um tapinha em seu ombro.

— Achei que você só estivesse falando de idealismo, seu bode velho.

— É claro. Isso era idealismo — disse Andrew, indignado. — Eu não podia deixar aqueles frágeis botões de flor nas mãos de adolescentes desajeitados cheios de espinhas e correr o risco de que as garotas ficassem traumatizadas pelo resto dos anos setenta.

Andrew olhou pela janela do carro e riu. Um homem de cabelo comprido, barba e túnica estava sentado em um banco e fazia o símbolo da paz com dois dedos erguidos. Um letreiro com o desenho de uma velha Kombi amarela anunciava "Museu da Maconha". Abaixo, em letras menores: "Entrada: um dólar. Se não puder pagar, entre de qualquer forma."

— Esse é o museu da maconha de Nimbin — explicou Andrew. — É basicamente um monte de quinquilharias, mas me lembro vagamente de que eles têm algumas fotos interessantes das viagens de Ken Kesey, Jack Kerouac e outros pioneiros pelo México, na época em que eles experimentavam drogas que expandem a consciência.

— Quando o LSD não era perigoso?

— E o sexo era apenas saudável. Tempos incríveis, Harry Holy. Você devia ter estado lá, cara.

Eles estacionaram mais adiante na rua principal e voltaram caminhando. Harry tirou o Ray-Ban, na tentativa de não parecer um policial. Era claramente um dia tranquilo em Nimbin, e logo foram cercados por vendedores. "Maconha da boa!... A melhor maconha da Austrália, cara... Maconha de Papua Nova Guiné, muito doida."

— Papua Nova Guiné — desdenhou Andrew. — Mesmo aqui, na capital da maconha, as pessoas andam por aí acreditando que a melhor erva vem de um lugar bem distante. Comprem da australiana, é o que eu digo.

Uma garota grávida porém magra estava sentada numa cadeira em frente ao "museu" e acenou para eles. Podia ter qualquer idade entre 20 e 40 anos e usava uma saia folgada e colorida e uma blusa abotoada na frente, o que fazia sua barriga se destacar, o tecido esticado como couro em um tambor. Havia algo vagamente familiar nela, pensou Harry. E, pela dilatação das pupilas, ele chegou à conclusão de que ela havia ingerido algo mais estimulante que maconha em seu café da manhã.

— Vocês estão procurando outra coisa? — perguntou a garota. Ela havia notado que os dois não tinham demonstrado nenhum interesse em comprar maconha.

— Não... — começou Harry.

— Ácido. Vocês querem LSD, não é? — perguntou ela em um tom de voz urgente e apaixonado, curvando-se para a frente.

— Não, nós não queremos ácido — disse Andrew em voz firme e baixa. — Estamos procurando outra coisa. Entendeu?

A garota permaneceu sentada, olhando para os dois. Andrew fez menção de ir embora, mas ela se levantou em um pulo, aparentemente alheia à barriga enorme, e o segurou pelo braço.

— Ok, mas não podemos fazer isso aqui. Vocês vão ter que me encontrar naquele bar daqui a dez minutos.

Andrew assentiu. Ela se virou e seguiu apressada pela rua, com o barrigão e um cachorrinho correndo em seus calcanhares.

— Sei o que você está pensando, Harry — disse Andrew, acendendo um charuto. — Não foi legal enrolar a Mamãe Simpatia e fazê-la acreditar que vamos comprar um pouco de heroína. A delegacia fica a duzentos metros daqui, e nós podemos descobrir por lá tudo o que precisamos saber sobre Evans White. Mas tenho um palpite de que isso vai ser mais rápido. Vamos tomar uma cerveja e ver o que acontece.

Meia hora depois, Mamãe Simpatia entrou no bar praticamente vazio com um homem que parecia tão abatido quanto ela. O sujeito lembrava a versão de Klaus Kinski do Conde Drácula: pálido, magro, todo de preto e com olheiras escuras.

— Olha só — sussurrou Andrew. — Não dá para acusar o cara de não experimentar a mercadoria que vende.

Mamãe Simpatia e o clone de Kinski seguiram direto até eles. Aparentemente, o sujeito não queria passar nem um segundo além do estritamente necessário à luz do sol e dispensou a conversa fiada.

— Quanto?

Andrew continuou acintosamente sentado de costas para eles.

— Prefiro que haja o menor número possível de pessoas aqui antes de irmos ao que interessa, meu chapa — disse ele sem se virar.

Kinski fez um gesto de cabeça, e Mamãe Simpatia saiu com uma expressão irritada. Provavelmente trabalhava por comissão, e Harry suspeitava de que o nível de confiança entre ela e Kinski era do tipo padrão entre os viciados: inexistente.

— Não tenho nada comigo e, se vocês forem policiais, corto o saco dos dois. Mostrem a grana primeiro, então podemos ir. — Ele falava rápido, estava nervoso, e seu olhar disparava de um lado para o outro.

— É longe? — perguntou Andrew.

— É uma caminhada curta, mas a viagem é looonga.

O que provavelmente era para ser um sorriso acabou se tornando um breve vislumbre dos dentes, e só.

— Que bom, meu amigo. Sente-se e cale a boca — ordenou Andrew, mostrando o distintivo.

Kinski ficou paralisado. Harry se levantou e levou a mão às costas. Não havia motivo para o sujeito conferir se ele tinha mesmo uma arma.

— Para que esse dramalhão amador? Eu não tenho nada, já disse, não?

Com despeito, ele afundou na cadeira em frente a Andrew.

— Suponho que você conheça o delegado e o assistente dele. E os dois provavelmente conhecem você. Mas eles sabem que começou a vender *heroína*?

O homem deu de ombros.

— Quem falou em *heroína*? Pensei que estávamos falando de maconha e...

— Claro. Ninguém falou nada sobre heroína, e é pouco provável que alguém o faça, desde que você nos dê algumas informações.

— Você está brincando, certo? Eu não me arriscaria a ser decapitado por dedurar alguém só porque dois policiais de fora da cidade, que nem ao menos encontraram nada comigo, apareceram por aqui e...

— Dedurar? Nós nos encontramos, infelizmente não chegamos a um acordo sobre o preço da mercadoria, e fim de papo. Você tem até mesmo uma testemunha de que viemos aqui para fazer negócio. Se nos obedecer, nunca mais verá a nossa cara. Nem você, nem ninguém mais por aqui.

Andrew acendeu um charuto, fitou o pobre viciado do outro lado da mesa com olhos semicerrados, soprou fumaça na cara dele e continuou:

— Por outro lado, caso a gente não consiga o que quer, pode ser que a gente tire os distintivos do bolso ao sair daqui e prenda algumas pessoas, o que não exatamente aumentaria a sua popularidade na comunidade. Não sei se cortar o saco de dedos-duros é hábito por aqui; afinal, por regra, os maconheiros são uma turma pacífica. Mas eles conhecem alguns truques, e eu não me surpreenderia se, de repente, o delegado acabasse encontrando todo o seu estoque. Maconheiros não gostam muito de competir com coisas mais pesadas, como você sabe, pelo menos não de drogados dedos-duros. E eu tenho certeza de que você sabe direitinho qual é a pena por traficar grandes quantidades de heroína, não é verdade?

Mais fumaça azul na cara de Kinski. Não é todo dia que se tem a chance de soprar fumaça na cara de um cretino, pensou Harry.

— Ok — disse Andrew depois de não receber resposta. — Evans White. Conte-nos onde ele está, quem ele é e como podemos encontrá-lo. Agora!

Kinski olhou em volta. Sua cabeça grande e encovada virou para um lado e para o outro sobre o pescoço fino, dando-lhe a aparência de um abutre pairando sobre a carcaça, conferindo, ansioso, se os leões estão voltando.

— Só isso? — perguntou ele. — Nada mais?

— Nada mais — disse Andrew.

— E como eu vou saber que vocês não vão voltar para fazer outras perguntas?

— Você não vai saber.

Ele assentiu, como se já soubesse que essa era a única resposta que receberia.

— Ok. Ele ainda não é nenhum peixe grande, mas, pelo que ouvi, está em ascensão. Trabalhou para Madame Rousseau, a rainha da maconha por essas bandas, mas agora está tentando montar o próprio negócio. Maconha, ácido e talvez um pouco de morfina. A maconha é a mesma que é vendida por aqui, produção local. Mas ele deve ter conexões em Sydney e entrega maconha na cidade em troca de ácido bom e barato. Agora todo mundo só quer saber de ácido.

— Onde podemos encontrá-lo? — perguntou Andrew.

— Ele passa muito tempo em Sydney, mas eu o vi na cidade há uns dois dias. Ele tem um filho com uma garota de Brisbane que vinha sempre para cá. Não sei onde ela está agora, mas o menino sem dúvida continua no condomínio em que White mora aqui em Nimbin.

Kinski explicou onde ficava o condomínio.

— Que tipo de sujeito ele é? — pressionou Andrew.

— O que eu posso dizer? — Ele cofiou uma barba que não tinha. — Um babaca encantador, não é assim que dizem?

Andrew e Harry não sabiam o que responder, mas assentiram de qualquer forma.

— É tranquilo fazer negócio com o cara, mas eu não queria ser namorada dele, se é que vocês me entendem.

Os dois balançaram a cabeça negativamente.

— Ele é um playboy, não é exatamente conhecido por se contentar com uma garota de cada vez. Sempre há brigas entre as mulheres dele, elas gritam e dão chilique, então não é raro que uma apareça com um olho roxo de vez em quando.

— Hum. Você sabe alguma coisa sobre uma loira norueguesa chamada Inger Holter? Ela foi encontrada morta em Sydney, em Watsons Bay, na semana passada.

— Sério? Nunca ouvi falar.

Kinski claramente não era um ávido leitor de jornais.

Andrew apagou o charuto no cinzeiro, e ele e Harry se levantaram.

— Posso confiar que vocês vão ficar de bico fechado? — perguntou Kinski com um olhar desconfiado.

— É claro — disse Andrew, caminhando para a porta.

— Como foi o jantar com a testemunha sueca? — perguntou Andrew depois que fizeram a cortesia de passar pela delegacia, uma construção que se parecia com qualquer outra da rua, exceto pela pequena placa no gramado anunciando seu propósito.

— Bom. Bem apimentado, mas bom — respondeu Harry, entusiasmado.

— Qual é, Harry. Do que vocês falaram?

— Muita coisa. Noruega e Suécia.

— Entendi. Quem leva a melhor?

— Ela.

— O que a Suécia tem que a Noruega não tem?

— Antes de mais nada, alguns bons diretores de cinema. Bo Widerberg, Ingmar Bergman...

— Ah, diretores de cinema — desdenhou Andrew. — Nós também temos alguns. Mas só vocês têm Edvard Grieg.

— Uau! — exclamou Harry. — Eu não sabia que você era um *connaisseur* de música clássica. Além de todas as outras coisas.

— Grieg era um gênio. Tomemos, por exemplo, o segundo movimento da *Sinfonia em dó menor*, em que...

— Desculpe, Andrew — interrompeu Harry. — Eu cresci ouvindo música punk de poucos acordes, e o mais próximo que cheguei de uma sinfonia foi com Yes e King Crimson. Não escuto música de séculos passados, ok? Tudo antes de 1980 é Idade da Pedra. Temos uma banda chamada DumDum Boys, que...

— A *Sinfonia em dó menor* foi apresentada pela primeira vez em 1981 — disse Andrew. — DumDum Boys? Esse é um nome bem pretensioso.

Harry deu-se por vencido e aprendeu sobre Grieg por todo o caminho até o apartamento de White.

11

Um traficante

Evans White os observou com olhos semicerrados. Cachos de cabelo caíam sobre o seu rosto. Ele coçou a virilha e arrotou. Não parecia nem um pouco surpreso ao vê-los. Não que os estivesse esperando, mas visitas não eram algo fora do comum. Afinal, o sujeito tinha o melhor ácido da região, e Nimbin era um lugar pequeno, onde boatos se espalham rápido. Harry suspeitava de que um homem como White não se dava ao trabalho de vender pequenas quantidades, e com certeza não o fazia em casa, mas isso dificilmente devia dissuadir as pessoas de aparecerem para uma ou outra compra por atacado.

— Vocês vieram ao lugar errado. Tentem na cidade — disse ele, fechando a porta de tela.

— Somos da polícia, Sr. White. — Andrew mostrou o distintivo. — Gostaríamos de falar com o senhor.

Evans deu as costas para eles.

— Hoje, não. Eu não gosto de policiais. Venham outra hora com um mandado de prisão, um mandado de busca ou o que for, então vejo o que posso fazer por vocês. Até lá, tchau.

Ele bateu a porta interna também.

Harry se aproximou da porta e gritou:

— Evans White! Consegue me ouvir? Queremos saber se é o senhor nesta foto. E, se for, se conhecia a loira sentada ao seu lado. O nome dela é Inger Holter. Ela está morta.

Silêncio por algum tempo. Então as dobradiças da porta interna rangeram. Evans colocou a cabeça na fresta.

Harry pressionou a foto na tela.

— Ela não estava tão bonita quando a polícia de Sydney a encontrou, Sr. White.

Na cozinha, havia jornais espalhados sobre a bancada, a pia estava transbordando de pratos e copos, e o chão não via água e sabão havia meses. No entanto, Harry logo notou que o lugar não mostrava nenhum sinal real de decadência e que aquela não era a casa de um viciado afundado na lama. Não havia sobras de comida de uma semana, nem mofo, não recendia a mijo, e as cortinas não estavam fechadas. Além do mais, o cômodo estava minimamente organizado, o que fez Harry se dar conta de que Evans White mantinha as coisas sob controle.

Eles se acomodaram em duas cadeiras, e Evans pegou uma garrafa de cerveja na geladeira, que levou direto à boca. O arroto ressoou pela cozinha e foi seguido por uma risada satisfeita.

— Conte-nos sobre o seu relacionamento com Inger Holter, Sr. White — pediu Harry, agitando a mão para afastar o cheiro do arroto.

— Inger era uma garota simpática, atraente e ingênua que achava que nós dois podíamos ser felizes juntos. — Evans olhou para o teto. Então conteve outra risada satisfeita. — Na verdade, acredito que isso resume tudo muito bem.

— O senhor tem alguma ideia de como ela pode ter sido morta ou de quem pode ter feito isso com ela?

— Sim, nós também temos jornais aqui em Nimbin, sei que ela foi estrangulada. Mas quem fez isso? Um estrangulador, eu acho. — Ele inclinou a cabeça para trás e sorriu. Um cacho caiu sobre a testa, os dentes brancos reluziram no rosto bronzeado, e as linhas provocadas pelo sorriso ao redor de seus olhos castanhos se estenderam até as orelhas, das quais pendiam argolas.

Andrew pigarreou.

— Sr. White, uma mulher que o senhor conhecia bem e com quem teve um relacionamento íntimo acaba de ser assassinada. O que o senhor sente ou deixa de sentir a respeito disso não é da nossa conta. Porém, como sem dúvida sabe, estamos procurando o assassino, e, a não ser que tente nos ajudar neste exato minuto, nós seremos forçados a levá-lo até o distrito policial em Sydney.

— Eu vou para Sydney de qualquer forma, então, se isso significa que vocês vão pagar minha passagem de avião, está ótimo para mim.

Harry não sabia o que pensar. Seria Evans White tão durão quanto tentava parecer ou ele tinha apenas "faculdades mentais pouco desenvolvidas"? Ou uma "alma perturbada", um conceito tipicamente norueguês? Harry pensou no assunto. Será que tribunais de algum outro lugar do mundo julgavam a qualidade de uma alma?

— Como preferir, Sr. White — disse Andrew. — Passagem de avião, refeições e estadia gratuitas, advogado gratuito e publicidade gratuita como suspeito de assassinato.

— Grande coisa. Eu vou estar livre em quarenta e oito horas.

— E então terá vigilância vinte e quatro horas por dia, serviço de despertador gratuito para comprovar se passa as noites em casa, talvez até mesmo uma ou outra visitinha surpresa. E quem sabe o que mais podemos imaginar.

Evans bebeu o que restava da cerveja e ficou sentado mexendo no rótulo da garrafa.

— O que querem, cavalheiros? — perguntou. — Tudo o que sei é que, um belo dia, ela simplesmente sumiu. Eu ia para Sydney, então liguei para Inger, mas ela não estava em casa nem no trabalho. Quando cheguei à cidade, li no jornal que havia sido assassinada. Passei dois dias perambulando feito um zumbi. Quer dizer, a-s-s-a-s-s-i-n-a-d-a? Quais são as probabilidades estatísticas de alguém deixar a vida sendo sufocado até a morte, hein?

— Não são grandes. Mas o senhor tem um álibi para a hora do assassinato? Seria bom... — disse Andrew, fazendo anotações.

Evans olhou para ele, horrorizado.

— Álibi? Como assim? Pelo amor de Deus, vocês não têm motivos para suspeitarem de mim. Ou está me dizendo que, depois de uma semana investigando o caso, a polícia ainda não tem nenhuma pista do que aconteceu?

— Estamos investigando todas as evidências, Sr. White. Pode nos contar onde estava nos dias que antecederam sua chegada a Sydney?

— Eu estava aqui, é claro.

— Sozinho?

— Não exatamente.

Evans sorriu e atirou a garrafa vazia longe. Ela voou pelos ares numa parábola elegante antes de cair sem fazer barulho no cesto de lixo ao lado da bancada. Harry assentiu em sinal de reconhecimento.

— Posso perguntar com quem o senhor estava?

— Você já perguntou. Mas tudo bem, não tenho nada a esconder. Com uma mulher chamada Angelina Hutchinson. Ela mora aqui na cidade.

Harry anotou o nome.

— Amante? — perguntou Andrew.

— Mais ou menos — respondeu Evans.

— O que você pode nos dizer a respeito de Inger Holter? Quem ela era?

— Ah, não nos conhecíamos há tanto tempo assim. Eu a conheci na ilha Fraser. Ela disse que ia descer até Byron Bay, que não fica muito longe daqui, então dei o meu telefone de Nimbin a ela. Alguns dias depois, ela ligou e perguntou se podia passar uma noite aqui. Ficou mais de uma semana. Começamos a nos encontrar em Sydney quando eu ia lá. Devem ter sido umas duas ou três vezes. Como vocês podem ver, não éramos namorados. E ela já estava começando a virar um pé no saco.

— Um pé no saco?

— É, Inger gostava muito do meu filho, Tom-Tom, e deu asas à imaginação. Começou a falar sobre família e casa no interior... Isso não combina muito comigo, mas eu a deixava tagarelar.

— Tagarelar sobre o quê?

Evans ficou constrangido.

— Ela era do tipo durona à primeira vista, mas se derretia toda se você fizesse um agrado e dissesse que a amava. Aí fazia absolutamente qualquer coisa por você.

— Então ela era uma jovem delicada.

Evans claramente não gostava do rumo que a conversa estava tomando.

— Talvez fosse. Eu não a conhecia muito bem, como falei. Ela não via a família na Noruega havia algum tempo, não é? Talvez estivesse carente de... afeição, de alguém que a apoiasse, entendem o que eu quero dizer? Quem vai saber? Como eu disse, ela era uma garota romântica, boba, não tinha maldade...

A voz de Evans fraquejou. A cozinha ficou em silêncio. Ou ele era um bom ator ou tinha emoções, afinal, pensou Harry.

— Se o senhor não via futuro no relacionamento, por que não terminou com ela?

— Eu estava prestes a fazer isso. Como que parado na porta, pronto para dizer adeus. Mas ela desapareceu antes que eu pudesse fazer qualquer coisa. Assim... — Ele estalou os dedos.

Sim, a voz dele ficou embargada, sem dúvida alguma, pensou Harry.

Evans olhou para as mãos.

— Foi um jeito e tanto de partir, não foi?

12

Uma aranha das grandes

Eles dirigiram montanha acima pela estrada íngreme. Uma placa indicava o caminho para o Palácio dos Cristais.
— A pergunta é: Evans White está falando a verdade? — indagou Harry.
Andrew passou por um trator que vinha no sentido oposto.
— Permita-me compartilhar um pouco da minha experiência com você, Harry. Há mais de vinte anos converso com pessoas que têm uma infinidade de motivos para mentir ou dizer a verdade. Culpados e inocentes, assassinos e batedores de carteira, pessoas nervosas e calculistas, com carinhas de bebê, olhos azuis e rostos mal-encarados com cicatrizes, sociopatas, psicopatas, filantropos... — Ele buscava mais exemplos.
— Já entendi, Andrew.
— ... aborígines e brancos. Todos contam suas histórias com um objetivo: que você acredite nelas. E sabe o que eu aprendi?
— Que é impossível dizer quem está mentindo e quem não está?
— Exatamente, Harry! — Andrew começou a se empolgar com o assunto. — Na ficção policial tradicional, qualquer detetive que se preze tem um faro infalível para descobrir quem está mentindo. Conversa fiada! A natureza humana é uma floresta vasta e impenetrável, que ninguém é capaz de conhecer em sua totalidade. Nem mesmo uma mãe conhece os segredos mais íntimos do filho.
Eles entraram em um estacionamento em frente a um amplo jardim verde com um caminho estreito de cascalho que serpenteava por uma fonte, por canteiros de flores e espécies de árvore exóticas. Atrás do jardim havia um casarão, obviamente o Palácio dos Cristais que o delegado de Nimbin havia apontado para eles no mapa.

Um sino acima da porta anunciou a chegada dos dois. Aquele era claramente um lugar popular, pois a loja estava cheia de turistas. Uma mulher animada os cumprimentou com um sorriso radiante e lhes deu as boas-vindas com tamanho entusiasmo que Andrew e Harry pareciam ser as primeiras pessoas que ela via ali em meses.

— É a primeira vez de vocês aqui? — perguntou ela, como se sua loja de cristais fosse um lugar viciante, para o qual as pessoas ocorriam regularmente depois de ficarem dependentes. E, pelo que viam, provavelmente era isso que acontecia. — Eu invejo vocês — disse, depois de confirmar suas suspeitas. — Vocês estão prestes a vivenciar o Palácio dos Cristais pela primeira vez! Sigam por aquele corredor. À direita fica o nosso maravilhoso café vegetariano, com as refeições mais incríveis. Quando saírem de lá, vão para a esquerda, para a sala de cristais e minerais. É lá que tudo acontece! Agora vão, vão, vão!

Ela indicou o caminho com um gesto. Depois de toda aquela expectativa, foi decepcionante descobrir que o café era basicamente um lugar comum que vendia chá, café, salada de alface com iogurte e sanduíches de alface. Na sala de cristais e minerais havia uma exposição de cristais reluzentes, imagens do Buda sentado, quartzos azuis e verdes e pedras brutas em uma elaborada vitrine iluminada. A sala estava tomada por um delicado aroma de incenso, pela soporífica melodia da flauta de pã e pelo som de água corrente. Harry achou a loja bonita, apesar de um tanto afetada, e não era do tipo que deixava o cliente sem fôlego. O que poderia causar dificuldades respiratórias, no entanto, eram os preços.

— Rá, rá. — Andrew riu ao ver as etiquetas. — A mulher é um gênio.

Com um gesto, ele indicou os clientes da loja, em geral pessoas de meia-idade e evidentemente bem de vida.

— A geração *flower power* envelheceu. Eles têm empregos de adulto, salários de adulto, mas ainda amam um planeta com um bom astral.

Os dois caminharam de volta ao balcão. A mulher animada ainda sustentava o sorriso radiante. Ela pegou a mão de Harry e pressionou uma pedra azul-esverdeada na palma da mão dele.

— Você é de capricórnio, não é? Coloque esta pedra debaixo do seu travesseiro. Isso vai acabar com todas as energias negativas do quarto. Custa 65 dólares, mas acho realmente que você precisa dela, então faço por 50.

Ela virou-se para Andrew.

— E você deve ser leonino.

— Ah, não, senhora. Sou policial.

Andrew mostrou o distintivo discretamente.

A mulher empalideceu e olhou para ele, horrorizada.

— Que terrível. Espero não ter feito nada de errado.

— Que eu saiba, não, senhora. Suponho que seja Margaret Dawson, anteriormente White. Se for, podemos conversar em particular?

Margaret Dawson rapidamente se recompôs e chamou uma das garotas para ficar no caixa. Então acompanhou Andrew e Harry até o jardim, onde se sentaram a uma mesa de madeira branca. Uma rede fora esticada entre duas árvores. A princípio, Harry pensou que fosse uma rede de pesca, mas uma inspeção mais atenta revelou que se tratava de uma enorme teia de aranha.

— Parece que vai chover — disse ela, esfregando as mãos uma na outra.

Andrew pigarreou.

Ela mordeu o lábio inferior.

— Sinto muito, detetive. Isso me deixa bastante nervosa.

— Tudo bem, senhora. É uma teia e tanto, aquela ali.

— Ah, aquilo. É Billy, nossa aranha-rato. Ele provavelmente está dormindo em algum lugar.

Harry inconscientemente dobrou as pernas e se sentou sobre elas.

— Aranha-rato? Isso quer dizer que ela come... ratos? — perguntou.

Andrew sorriu.

— Harry é da Noruega. Eles não estão acostumados com aranhas grandes.

— Ah. Bem, pode ficar tranquilo. As grandes não são perigosas — explicou Margaret Dawson. — No entanto, temos uma pequena criatura letal chamada aranha-das-costas-vermelhas. Ela gosta mais das cidades, onde pode se esconder na multidão, por assim dizer. Em porões escuros e cantos úmidos.

— Parece com alguém que eu conheço — comenta Andrew. — Mas vamos ao que interessa, senhora. O seu filho.

Agora a Sra. Dawson realmente empalideceu.

— Evans?

Andrew olhou para Harry.

— Que a gente saiba, ele nunca teve problemas com a polícia, Sra. Dawson — falou Harry.

— Não, não, nunca teve. Graças a Deus.

— Na verdade, passamos por aqui porque sua loja está no nosso caminho de volta para Brisbane. E ficamos curiosos para saber se a senhora tem alguma informação sobre Inger Holter.

Ela vasculhou o nome na memória. Então fez que não.

— Evans não conhece muitas garotas. E as que conhece, ele traz aqui para eu conhecer também. Depois de ter um filho com... com aquela garota terrível cujo nome não sei se quero lembrar, eu o proibi... Eu disse que achava que ele devia esperar um pouco. Até aparecer a moça certa.

— Por que ele deveria esperar? — perguntou Harry.

— Porque eu mandei.

— E por que a senhora mandou?

— Porque... porque não é o momento certo. — Ela olhou para a loja de modo a sinalizar que seu tempo era precioso. — E porque Evans é um rapaz sensível que pode se magoar com facilidade. Há muita energia negativa na vida dele, e meu filho precisa de uma mulher em quem possa confiar cem por cento. Não essas... ordinárias que só deturpam o juízo dele.

Nuvens cinzentas se assentaram sobre as pupilas da mulher.

— A senhora vê o seu filho com frequência? — perguntou Andrew.

— Evans vem sempre que pode. Ele precisa de paz. Trabalha tanto, o pobrezinho. Vocês já experimentaram as ervas que ele vende? De vez em quando traz algumas, e eu as coloco no chá que vendo aqui na loja.

Andrew pigarreou outra vez. Com o canto do olho, Harry percebeu um movimento entre as árvores.

— É melhor irmos andando, senhora. Só temos mais uma pergunta.

— Sim?

Andrew parecia ter algo entalado na garganta; ele tossia e tossia. A teia começou a se agitar.

— A senhora sempre teve cabelos tão loiros, Sra. Dawson?

13

Bubbur

Era tarde quando pousaram em Sydney. Harry estava morto de cansaço e ansiava por sua cama de hotel.
— Uma bebida? — sugeriu Andrew.
— Você não precisa ir para casa? — perguntou Harry.
Andrew balançou a cabeça negativamente.
— Não vou encontrar ninguém lá a não ser eu mesmo, no momento.
— No momento?
— Bem, pelos últimos dez anos. Sou divorciado. Minha esposa mora em Newcastle com as meninas. Tento vê-las sempre que posso, mas é uma distância e tanto, e as meninas logo terão idade suficiente para ter seus próprios planos para o fim de semana. Então vou descobrir, imagino, que não sou o único homem em suas vidas. Elas são lindas, sabe? Têm 14 e 15 anos. Merda, eu devia escorraçar cada admirador que aparecesse na porta delas.
Andrew estava com um sorriso radiante. Harry gostou daquela versão inédita do colega.
— Bem, é assim que as coisas são, Andrew.
— É verdade, meu amigo. E você?
— Bem... Nada de esposa. Nada de filhos. Nada de cachorro. Tudo o que tenho é um chefe, uma irmã, um pai e alguns caras que ainda posso chamar de amigos, apesar de eu passar anos sem ligar para eles. Ou eles para mim.
— Nessa ordem?
— Nessa ordem.
Eles riram.
— Só um drinque. No Albury?

— Isso parece trabalho — respondeu Harry.
— Exatamente.

Birgitta sorriu quando os dois entraram. Terminou de servir um cliente e foi até eles. Seus olhos estavam fixos em Harry.
— Oi — disse.
Tudo o que Harry queria era se aninhar no colo dela e dormir.
— Dois gins-tônicas duplos, em nome da lei — brincou Andrew.
— Prefiro um suco de grapefruit — disse Harry.
Ela os serviu e se debruçou sobre o bar.
— Obrigada por ontem — sussurrou em sueco para Harry. No espelho atrás de Birgitta, ele viu um sorriso idiota no próprio rosto.
— Ei, ei, nada de conversinhas em escandinavo, ok, muito obrigado. Se estou pagando pelas bebidas, nós falamos em inglês. — Andrew dirigiu a eles um olhar severo. — Vou dizer uma coisa a vocês, jovens. O amor é um mistério maior que a morte. — Ele fez uma pausa dramática. — O tio Andrew vai contar a vocês uma antiga lenda australiana, a história de Walla e da cobra gigante Bubbur.

Harry e Birgitta se aproximaram. Andrew passou a língua pelos lábios, satisfeito, e acendeu um charuto.
— Era uma vez um jovem guerreiro chamado Walla, que se apaixonou por uma bela moça chamada Moora. E ela por ele. Walla havia completado com sucesso os ritos de iniciação da tribo, era um homem, e, portanto, podia se casar com qualquer uma das mulheres da tribo de que gostasse, desde que ele não tivesse sido casado antes e que ela o quisesse. E Moora o queria. Walla mal conseguia se afastar de sua amada, mas a tradição mandava que saísse em uma caçada, e a caça seria um dote para os pais da noiva. Só então o casamento poderia acontecer. Numa bela manhã, com o orvalho reluzindo nas folhas, Walla partiu. Moora deu a ele uma pena branca de cacatua, que ele colocou no cabelo.

"Enquanto Walla estava fora, Moora saiu para colher mel para o banquete. Mas não era fácil encontrar mel, e ela precisou se afastar da tribo mais do que o habitual. Moora chegou a um vale com pedras enormes. Um estranho silêncio pairava sobre o lugar, não se ouvia um pássaro ou inseto sequer. Ela estava prestes a partir quando viu um ninho com grandes ovos brancos, os maiores que já tinha visto na vida. Vou pegá-los para o banquete, pensou Moora, e estendeu a mão.

"Naquele momento, ela ouviu algo rastejar sobre as pedras, e, antes que tivesse tempo de correr ou abrir a boca para gritar, uma enorme cobra marrom e amarela se enrolou em sua cintura. Ela lutou, mas não conseguiu se desvencilhar, e a cobra começou a esmagá-la. Moora olhou para o céu azul acima do vale e tentou gritar o nome de Walla, mas não tinha ar nos pulmões para emitir um som sequer. A cobra a apertou ainda mais, e, no fim, a vida de Moora foi espremida de seu corpo, e todos os seus ossos se quebraram. Então a cobra deslizou de volta para as sombras de onde viera, num local que era impossível vê-la, uma vez que suas cores se confundiam com as das árvores e das rochas sombreadas do vale.

"Dois dias se passaram antes que encontrassem o corpo esmagado em meio às pedras. Os pais dela ficaram inconsoláveis, e a mãe chorou e perguntou ao marido o que diriam a Walla quando ele voltasse para casa."

Andrew fitou Harry e Birgitta com os olhos brilhantes.

— A fogueira já havia se transformado em brasas quando Walla voltou da caçada ao amanhecer do dia seguinte. Apesar de ter sido uma caminhada extenuante, seus passos estavam leves, e seus olhos, radiantes e felizes. Ele foi até os pais de Moora, que estavam sentados mudos em frente ao fogo. "Aqui estão meus presentes para vocês", disse. E ele havia trazido boas caças: um canguru, um vombate e coxas de emu.

"'Chegou a tempo para o enterro, Walla, você que teria sido nosso filho', disse o pai de Moora. Walla parecia ter levado uma bofetada e mal conseguia esconder a dor e o sofrimento, mas, sendo o guerreiro destemido que era, conteve as lágrimas. 'Por que vocês ainda não a enterraram?', perguntou com frieza. 'Porque só a encontramos hoje', respondeu o pai. 'Então eu reclamarei seu espírito. O nosso *Wirinun* pode curar os ossos quebrados, então eu devolverei o espírito dela e soprarei a vida em seu corpo.' 'É tarde demais', disse o pai. 'O espírito dela já partiu para onde vão os espíritos de todas as mulheres. Mas seu assassino ainda está vivo. Você conhece o seu dever, meu filho?'

"Walla saiu sem dizer uma palavra. Ele morava numa caverna com os outros homens solteiros da tribo. Tampouco falou com eles. Vários meses se passaram. Walla se sentava sozinho e se recusava a participar dos cantos e das danças. Alguns acreditavam que seu coração endurecia na tentativa de esquecer Moora. Outros, que planejava segui-la para o reino da morte das mulheres. 'Ele não conseguirá', diziam. 'Há um lugar para as mulheres e outro para os homens.'

"Uma mulher foi até a fogueira e se sentou. 'Vocês estão enganados', disse. 'Ele está imerso em pensamentos, planejando como vingar a morte de sua mulher. Vocês acham que só é preciso pegar uma lança e matar Bubbur, a grande cobra amarela e marrom? Vocês nunca a viram, mas eu a vi uma vez quando jovem, e foi nesse dia que meus cabelos ficaram brancos. Foi a visão mais assustadora que vocês podem imaginar. Guardem as minhas palavras, Bubbur só pode ser derrotada de uma forma: com bravura e astúcia. E eu acredito que esse jovem guerreiro tem esses atributos.'

"No dia seguinte, Walla se sentou junto à fogueira. Seus olhos brilhavam, e ele parecia quase empolgado ao perguntar quem queria acompanhá-lo para coletar látex. 'Nós temos látex', disseram, surpresos com seu bom humor. 'Você pode ficar com um pouco do nosso.' 'Eu quero látex fresco', disse. Ele riu dos olhares surpresos dos outros e completou: 'Juntem-se a mim e mostrarei para que vou usá-lo.' Curiosos, eles o acompanharam, e, depois de coletarem o látex, Walla os conduziu ao vale das rochas. Lá, ele construiu uma plataforma na árvore mais alta e disse aos outros para recuarem até a entrada do vale. Com seu melhor amigo, Walla subiu na árvore. Lá do alto, gritaram o nome de Bubbur, o eco reverberando pelo vale, e o sol subiu no céu.

"Então ela apareceu, uma enorme cabeça marrom e amarela se agitando de um lado para o outro, procurando de onde vinha o som. Ao redor, uma massa fervilhante de pequenas cobras amarelas e marrons, que obviamente haviam nascido dos ovos vistos por Moora. Walla e o amigo fizeram pequenas bolas com o látex. Bubbur os viu no alto da árvore, abriu a boca, agitou a língua e armou o bote. O sol agora estava no ponto mais alto do céu, e a boca vermelha e branca de Bubbur cintilava. Quando ela deu o bote, Walla atirou a maior bola de látex na boca aberta da cobra, que instintivamente enterrou nela suas presas.

"Bubbur se debateu no chão, mas foi incapaz de se livrar do látex preso em sua boca. Walla e o amigo conseguiram executar o mesmo truque com as cobras menores, e logo todas eram inofensivas, com as bocas paralisadas. Quando Walla chamou os outros homens, eles não tiveram clemência, e todas as cobras foram mortas. Afinal, Bubbur havia matado a filha mais bela da tribo, e suas crias cresceriam até um dia ficarem tão grandes quanto a mãe. Daquele dia em diante, a temida cobra marrom e amarela Bubbur se tornou uma raridade na Austrália. Mas o nosso medo a tornou maior e mais corpulenta a cada ano que passou."

Andrew virou o que restava do seu gim-tônica.

— E qual é a moral da história? — perguntou Birgitta.

— O amor é um mistério maior que a morte. E você deve ficar de olho nas cobras.

Andrew pagou as bebidas, deu um tapinha incentivador em Harry e foi embora.

Moora

14
Um roupão de banho

Ele abriu os olhos. Do lado de fora da janela a cidade resmungava ao acordar, e a cortina esvoaçava preguiçosamente. Ele continuou deitado, olhando para algo estapafúrdio pendurado na parede, do outro lado do quarto espaçoso: uma fotografia do casal real da Suécia. A rainha, com o sorriso tranquilo e seguro, e o rei, que parecia estar sendo ameaçado com uma faca nas costas. Harry sabia como o sujeito se sentia — ele próprio havia sido persuadido a encenar o papel principal em O *príncipe sapo* na escola.

De algum lugar veio o som de água corrente, e Harry rolou para o outro lado da cama para cheirar o travesseiro dela. Um tentáculo de água-viva — ou seria um longo fio de cabelo ruivo? — repousava na fronha. Ele se lembrou de uma manchete do caderno de esportes do *Dagbladet*: ERLAND JOHNSEN, JOGADOR DE FUTEBOL, MOSS FC. FAMOSO PELO CABELO RUIVO E PELAS BOLAS LONGAS.

Ele avaliou como se sentia. Leve. Leve como uma pluma, na verdade. Tão leve que temia que as cortinas esvoaçantes o erguessem da cama e o soprassem janela afora. Então ele flutuaria sobre Sydney na hora do rush e descobriria que não estava vestindo absolutamente nada. E concluiu que a sensação de leveza se devia ao fato de ter liberado vários fluidos corporais com tamanha empolgação durante a noite que provavelmente havia perdido vários quilos.

— Harry Hole, polícia de Oslo. Famoso pelas ideias estranhas e pelas bolas vazias — murmurou.

— Como é? — veio uma voz em sueco.

Birgitta estava no quarto. Vestia um roupão de banho excepcionalmente horrendo e tinha uma toalha branca enrolada na cabeça como um turbante.

— Ah, bom dia, tão velho, tão livre e montanhoso norte, tão silenciosa terra de paz e beleza! Eu te saúdo. Estava apenas olhando para a foto do rei rebelde ali na parede. Você acha que ele teria preferido ser fazendeiro, arar a terra? É o que parece.

Ela estudou a fotografia.

— Nem todo mundo consegue encontrar a sua vocação na vida. E você?

Birgitta se jogou na cama ao lado dele.

— Está cedo demais para uma pergunta tão séria. Antes de responder, exijo que você tire esse roupão. Sem querer parecer chato, acho que seu roupão pode ser enquadrado na minha lista de "dez roupas mais feias que eu já vi".

Birgitta riu.

— Eu o chamo de "mata-paixão". Ele é útil quando alguns caras se tornam inconvenientes demais.

— Você já conferiu se essa cor tem nome? Talvez você tenha em mãos um tom desconhecido, uma lacuna na paleta em algum lugar entre o verde e o marrom.

— Não tente fugir da minha pergunta, seu pentelho norueguês!

Ela o acertou na cabeça com o travesseiro, mas, depois de uma luta breve, terminou embaixo de Harry. Ele segurou as mãos dela com força enquanto se curvava e tentava abrir o cinto do roupão com a boca. Birgitta deu um grito ao perceber o que ele estava fazendo e conseguiu libertar um joelho, que enterrou com firmeza no queixo de Harry. Ele gemeu e virou de lado. Em um piscar de olhos, ela se sentou sobre ele, prendendo os braços de Harry com os joelhos.

— Responda!

— Está bem, está bem, eu me rendo. Sim, eu encontrei a minha vocação. Sou o melhor policial que você pode imaginar. Sim, prefiro perseguir bandidos a arar a terra... ou ir a jantares de gala e ficar numa sacada acenando para o povo. E, sim, eu sei que isso é perverso.

Birgitta o beijou na boca.

— Você podia ter escovado os dentes — disse Harry entre os lábios comprimidos.

Quando ela se curvou para trás e riu, Harry aproveitou a oportunidade. Ergueu a cabeça, agarrou o cinto com os dentes e o puxou. O roupão abriu, e ele ficou por cima dela. A pele de Birgitta estava quente e úmida do banho.

— Polícia! — gritou ela, envolvendo-o com as pernas. Harry sentiu o sangue pulsar mais forte pelo corpo. — Socorro — sussurrou Birgitta, e mordiscou a orelha dele.

Depois, eles permaneceram deitados, olhando para o teto.
— Eu queria... — começou Birgitta
— Sim?
— Ah, nada.

Eles levantaram e se vestiram. Harry viu no relógio que já estava atrasado para a reunião matinal. Parou na porta, abraçou-a.
— Acho que sei o que você queria — disse ele. — Você queria que eu contasse algo sobre mim.

Birgitta apoiou a cabeça no pescoço dele.
— Sei que você não gosta disso — retrucou ela. — Tenho a sensação de que precisei arrancar de você tudo o que sei a seu respeito. Sua mãe era uma mulher bondosa e inteligente, metade lapônia, e você tem saudade dela. Seu pai é professor e não gosta do que você faz, mas não reclama. E a pessoa que você mais ama no mundo, sua irmã, tem síndrome de Down. Gosto de saber esse tipo de coisa sobre você. Mas quero que me conte as coisas por livre e espontânea vontade.

Harry acariciou o pescoço dela.
— Você quer saber um segredo de verdade?
Ela fez que sim.
— Mas compartilhar segredos cria laços entre as pessoas — sussurrou Harry nos cabelos dela. — Nem sempre é isso que elas querem.

Os dois ficaram parados no hall em silêncio. Harry respirou fundo.
— Durante toda a minha vida, fui cercado de pessoas que me amavam. Tive tudo que pedi. Para resumir, não sei por que acabei sendo como sou. — Uma lufada de vento roçou o cabelo dele, tão suave que ele fechou os olhos. — Por que me tornei alcoólatra.

Harry disse isso com uma dureza brutal. Birgitta continuou imóvel.

— É preciso muita coisa para um servidor público norueguês ser demitido. Incompetência não basta, preguiça é um conceito inexistente, e você pode insultar o seu chefe o quanto quiser, sem problema. Para dizer a verdade, você pode fazer praticamente qualquer coisa, a legislação o protege de quase tudo. Exceto beber. Se um policial aparecer três vezes para trabalhar embriagado, isso justifica uma demissão sumária. Teve uma época em que era mais fácil contar os dias em que eu não estava bêbado.

Ele a libertou de seu abraço e a segurou diante de si. Queria ver como ela estava reagindo. Então a puxou outra vez.

— No entanto, de alguma forma, eu segui em frente, e aqueles que desconfiavam do que estava acontecendo fizeram vista grossa. Alguém devia ter me denunciado, mas a lealdade e a solidariedade são fortes na polícia. Uma noite, eu e um colega fomos até um apartamento em Holmenkollen para falar com um sujeito sobre um assassinato relacionado ao tráfico de drogas na cidade. Ele nem ao menos era suspeito, mas, quando estávamos na porta, tocando a campainha, vimos o carro dele sair a toda da garagem, então entramos no nosso e começamos a persegui-lo. Colocamos a luz azul no teto e descemos a Sørkedalsveien a 110 por hora. Fizemos uma curva à esquerda, outra à direita, acertamos o meio-fio algumas vezes, e o meu colega perguntou se não era melhor ele assumir o volante. Eu estava tão determinado a pegar o cara que simplesmente ignorei a sugestão.

O que aconteceu em seguida, Harry só ficou sabendo pelos relatórios. Em Vinderen, um carro saía de um posto de gasolina. Ao volante estava um rapaz que havia acabado de passar na prova de direção e tinha ido comprar cigarros para o pai. Os dois policiais acertaram o carro em cheio, lançando-o de encontro à cerca da linha do trem e arrastando junto um abrigo de ponto de ônibus onde dois minutos antes havia cinco ou seis pessoas. Pararam apenas na plataforma da estação, do outro lado dos trilhos. O colega de Harry foi atirado pelo para-brisa e encontrado vinte metros linha acima. Havia batido a cabeça num poste da cerca com tanta força que ele tinha se dobrado no alto. Precisaram coletar impressões digitais para confirmar sua identidade. O rapaz do outro carro ficou tetraplégico.

— Fui visitá-lo num lugar chamado Sunnås — disse Harry. — Ele ainda sonha em voltar a dirigir. Fui encontrado entre as ferragens com traumatismo craniano e hemorragia interna. Passei vários dias na UTI.

O pai o havia visitado todos os dias com a irmã. Os dois se sentavam um de cada lado da cama, segurando suas mãos. Como a grave concussão tinha afetado sua vista, Harry não podia ler ou assistir à TV. Então o pai lia para ele. Sentava-se perto da cama e sussurrava em seu ouvido Sigurd Hoel e Kjartan Fløgstad, seus autores favoritos.

— Eu tinha matado um homem e arruinado a vida de outro, e, apesar disso, estava cercado de amor e devoção. E a primeira coisa que fiz depois que fui transferido para o quarto foi subornar o sujeito do leito ao lado para que o irmão dele comprasse uma garrafa de uísque para mim.

Harry fez uma pausa. A respiração de Birgitta estava calma e regular.

— Você está chocada? — perguntou.

— Eu soube que você era alcoólatra na primeira vez que o vi — respondeu Birgitta. — Meu pai também é.

Harry não sabia o que dizer.

— Conte mais — pediu ela.

— O resto é... o resto é coisa da polícia norueguesa. Talvez seja melhor não saber.

— Estamos bem longe da Noruega agora.

Harry a abraçou por um instante.

— Você já ouviu o bastante por um dia. Continuamos no próximo capítulo. Preciso ir. Tudo bem se eu for até o Albury hoje à noite e encher seu saco um pouco mais?

Birgitta deu um sorriso triste, e Harry soube que estava se envolvendo mais do que deveria.

15

Significância estatística

— Você está atrasado — afirmou Watkins quando Harry chegou ao escritório. Ele colocou algumas fotocópias sobre a mesa.
— *Jet lag*. Alguma novidade?
— Você tem muita coisa para ler. Yong Sue desencavou alguns casos antigos de estupro. Ele e Kensington estão falando disso.
Yong colocou uma transparência no retroprojetor.
— Mais de cinco mil casos de estupro foram registrados na Austrália este ano. É óbvio que é impossível tentar encontrar um padrão nesse universo sem usar estatística. Estatística clara e direta. As primeiras palavras-chave são "significância estatística". Ou seja, estamos buscando um sistema que não possa ser explicado por casualidade estatística. A segunda palavra-chave é demografia.
"Comecei buscando as ocorrências de assassinatos e estupros não solucionados nos últimos cinco anos que contivessem os termos 'estrangulamento' e 'asfixia'. Encontrei doze assassinatos e algumas centenas de estupros. Em seguida, reduzi o número ao acrescentar que as vítimas deveriam ser loiras, com idade entre 16 e 35 anos, moradoras da Costa Leste. Dados oficiais divulgados pela Divisão de Passaportes mostram que esse grupo constitui menos de cinco por cento da população feminina. Ainda assim, restaram sete assassinatos e mais de quarenta estupros.
Yong colocou outra transparência no retroprojetor, com porcentagens e um gráfico de barras. Ele deu um tempo para que os outros lessem, sem fazer qualquer comentário. Um longo silêncio se seguiu. Watkins foi o primeiro a falar.

— Isso quer dizer...?

— Não — respondeu Yong. — Isso não quer dizer que descobrimos alguma informação nova. Os números são vagos demais.

— Mas podemos fazer suposições — comentou Andrew. — Podemos, por exemplo, supor que há uma pessoa lá fora estuprando loiras de forma sistemática e matando-as de forma um pouco menos sistemática. E que gosta de apertar o pescoço de uma mulher.

De repente, todos passaram a falar ao mesmo tempo, e Watkins ergueu as mãos pedindo silêncio.

Harry foi o primeiro a se manifestar.

— Por que essa conexão não foi descoberta antes? Estamos falando de uma possível ligação entre sete assassinatos e algo em torno de quarenta a cinquenta estupros.

Yong Sue deu de ombros.

— Infelizmente, estupros acontecem todos os dias na Austrália, e talvez não recebam a prioridade que seria de esperar.

Harry assentiu. A Noruega não lhe dava motivos para estufar o peito de orgulho nesse quesito.

— Além disso, a maioria dos estupradores escolhe suas vítimas na cidade ou região onde moram e não deixam a área depois do ocorrido — continuou Yong. — É por isso que não existe colaboração sistemática entre os estados em casos de estupro comuns. O problema nos casos selecionados pela minha estatística é a dispersão geográfica.

Yong apontou para a lista com nomes de lugares e datas.

— Um dia em Melbourne, um mês depois em Cairns e na semana seguinte em Newcastle. Estupros em três estados diferentes em menos de dois meses. Algumas vezes usando uma touca ninja; outras, uma máscara; outras, uma meia de nylon; e ainda há muitos casos em que as mulheres nem sequer viram o estuprador. Os crimes aconteceram em lugares variados, de ruelas desertas a parques. As vítimas foram arrastadas para dentro de carros, ou tiveram suas casas invadidas à noite. Resumindo, não existe padrão, exceto que as vítimas são loiras, foram estranguladas e nenhuma delas foi capaz de dar à polícia uma descrição do estuprador. Bem, há mais uma coisa. Nosso assassino é extremamente limpo. Infelizmente. É bem possível que lave as vítimas, remova qualquer indício dele: digitais, sêmen, fibras de roupa, cabelo, pele debaixo das unhas, e por aí vai. Mas, exceto isso, não há nada do que geralmente associamos a serial killers: nenhum sinal de rituais grotescos ou cartões de visita para a polícia dizendo "eu estive aqui". Depois de uma sequência de três estupros em dois meses, as coisas ficaram tranquilas por um ano. A não ser que ele esteja por trás de alguns dos outros estupros registrados. Mas não temos como saber.

— E quanto aos assassinatos? — perguntou Harry. — Isso não deveria ter levantado suspeitas?

Yong fez que não.

— Como eu disse, dispersão geográfica. Se a polícia de Brisbane encontra um corpo de uma mulher que sofreu abuso sexual, Sydney não é o primeiro lugar onde vão procurar suspeitos. E, de qualquer forma, os assassinatos ocorreram em um intervalo tão grande de tempo que seria difícil para qualquer pessoa ver uma ligação clara entre eles. Afinal, estrangulamento não é incomum em casos de estupro.

— Vocês não têm uma polícia federal eficiente na Austrália? — perguntou Harry.

Sorrisos em torno da mesa. Harry mudou de assunto.

— Se for um serial killer... — começou ele.

— ... então ele geralmente tem um padrão, um tema — concluiu Andrew. — Mas não existe um padrão aqui, existe?

Yong balançou a cabeça negativamente.

— Ao longo dos anos, algum policial deve ter considerado a possibilidade de um serial killer estar à solta. Ele provavelmente buscou registros antigos nos arquivos e comparou os casos, mas as discrepâncias eram grandes demais para sustentar a suspeita.

— Se for um serial killer, ele não tem um desejo meio inconsciente de ser pego? — perguntou Lebie.

Watkins pigarreou. Aquela era a sua especialidade.

— É assim que os serial killers são apresentados na ficção policial — explicou. — As ações do assassino são um pedido de ajuda; ele deixa pequenas mensagens codificadas e evidências como resultado do desejo inconsciente de que alguém o impeça de matar. E, algumas vezes, de fato é assim. Mas, infelizmente, a maioria dos serial killers é como a maioria das pessoas; eles não querem ser pegos. E, se realmente estivermos lidando com um deles, não temos muito com que trabalhar. Há muitas coisas que acho estranhas...

Ele franziu o cenho e revelou dentes superiores amarelados.

— Em primeiro lugar, não parece haver qualquer padrão nos assassinatos, com exceção de as vítimas serem loiras e terem sido estranguladas. Isso pode sugerir que nosso homem vê os assassinatos como eventos isolados, como obras de arte que precisam ser diferentes das anteriores. Ou que existe um padrão obscuro que ainda não conseguimos ver. Mas a ausência de um padrão também pode significar que os assassinatos não são planejados, que são uma necessidade em certos casos, como, por exemplo, quando a vítima vê o rosto do agressor, resiste, grita por socorro, ou algo imprevisto acontece.

— Talvez ele só mate quando não consegue ter uma ereção — sugeriu Lebie.

— Talvez seja interessante pedir a alguns psicólogos que deem uma olhada nesses casos — sugeriu Harry. — Talvez eles possam montar um perfil que nos ajude.

— Talvez — disse Watkins. Ele parecia ter outras questões em mente.

— O que vem em segundo lugar, senhor? — perguntou Yong.

— O quê? — Watkins estava de volta.

— O senhor disse "em primeiro lugar". O que vem em segundo lugar?

— A inatividade súbita dele — respondeu Watkins. — É claro, isso pode ter acontecido por motivos puramente práticos. Talvez estivesse viajando ou doente. Mas talvez ele tenha tido a sensação de que alguém, em algum lugar, iria ligar os pontos. Então para por um tempo. Simples assim! — Ele estalou os dedos. — Nesse caso, estamos lidando com um homem muito perigoso. Um homem disciplinado e perspicaz, que não é movido pela ânsia autodestrutiva que cresce a cada instante e no fim acaba traindo a maioria dos serial killers. Um assassino inteligente e calculista, que provavelmente só conseguiremos pegar caso ele cometa um verdadeiro banho de sangue. Se um dia o pegarmos.

— O que faremos agora? — perguntou Andrew. — Dizemos a todas as mulheres loiras para ficarem em casa à noite?

— Isso só o faria desaparecer, e nunca o encontraríamos — disse Lebie, que havia tirado um canivete do bolso e limpava as unhas com ele meticulosamente.

— Por outro lado, vamos abandonar todas as loiras da Austrália à própria sorte, como iscas para esse sujeito? — indagou Yong.

— Não faz sentido orientar as mulheres a ficarem em casa — afirmou Watkins. — Se ele estiver atrás de uma vítima, irá encontrá-la. O sujeito invadiu algumas casas, não? Esqueçam isso. Temos que forçá-lo a dar as caras.

— Mas como? Ele age no país inteiro, e ninguém sabe quando vai voltar a atacar. O sujeito estupra e mata aleatoriamente — disse Lebie para as unhas.

— Isso não é verdade — retrucou Andrew. — Não há nada de aleatório em ter ficado livre por aí tanto tempo. Existe um padrão. Sempre existe um padrão. Não que seja algo planejado, mas os seres humanos sempre criam hábitos; não existe diferença entre mim, você, e o estuprador. É apenas uma questão de descobrir quais são os hábitos dessa criatura em particular.

— O cara é maluco — insistiu Lebie. — Os serial killers não são todos esquizofrênicos, afinal? Eles não ouvem vozes mandando que matem? Concordo com Harry. Vamos chamar um psicólogo.

Watkins coçava o pescoço. Ele parecia preocupado.

— Um psicólogo provavelmente poderá nos dizer muita coisa a respeito de um serial killer, mas não temos certeza absoluta de que estamos atrás de um — lembrou Andrew.

— Sete assassinatos. Isso me parece obra de um serial killer — rebateu Lebie.

— Escutem. — Andrew inclinou-se sobre a mesa e ergueu as enormes mãos negras. — Para um serial killer, o ato sexual vem em segundo lugar. Estuprar sem matar não faz sentido. Mas, para o nosso homem, estuprar é primordial. Nos casos em que ele mata, isso é consequência de um motivo prático, como disse o inspetor Watkins. Talvez a vítima seja capaz de identificá-lo, tenha visto seu rosto. — Andrew fez uma pausa. — Ou saiba quem ele é. — Ele apoiou as mãos na mesa à sua frente.

O ventilador rangia em um canto, mas o ar estava mais pesado que nunca.

— Estatísticas são ótimas, mas devemos ir com calma — sugeriu Harry. — O assassinato de Inger Holter pode ter sido um ato isolado. Algumas pessoas morreram de pneumonia durante a Peste Negra, não? Vamos presumir que Evans White não seja um serial killer. O fato de haver outro cara por aí matando loiras não quer dizer que Evans White não tenha tirado a vida de Inger Holter.

— É uma hipótese complicada, mas entendo o seu argumento, Holy — disse Watkins. E então recapitulou: — Ok, pessoal, estamos procurando um estuprador e possível, repito, *possível* serial killer. McCormack vai decidir se intensificamos ou não as investigações. Enquanto isso, daremos prosseguimento ao que estamos fazendo agora. Kensington, você tem alguma novidade?

— Holy não participou da reunião desde o começo, então vou repetir em consideração a ele. Falei com Robertson, o simpaticíssimo senhorio de Inger Holter, e perguntei se o nome Evans White era familiar. E os efeitos da bebedeira devem ter passado por um momento, já que, sim, o nome de fato era familiar. Iremos até lá esta tarde. Além disso, o delegado de Nimbin telefonou. A tal de Angelina Hutchinson confirmou que estava na casa de Evans White nas duas noites antes de Inger Holter ser encontrada.

Harry praguejou.

Watkins bateu palmas.

— Ok, de volta ao trabalho, rapazes. Vamos pegar esse canalha.

As palavras saíram sem muita convicção.

16

Um peixe

Harry certa vez ouviu dizer que, em média, os cães têm uma memória a curto prazo de três segundos, mas que, com a repetição de estímulos, ela pode ser expandida consideravelmente. A expressão "cão de Pavlov" é uma referência aos experimentos do psicólogo russo Ivan Pavlov com cachorros, nos quais avaliou os reflexos condicionados do sistema nervoso. Pavlov dava um estímulo especial toda vez que servia comida para os animais. Então, um dia, deu o estímulo sem servir a comida. O pâncreas e o estômago dos cães produziram enzimas digestivas da mesma forma. Talvez isso não fosse lá muito surpreendente, mas, de qualquer modo, o experimento rendeu a Pavlov um Prêmio Nobel. Ele provou que o corpo é capaz de "lembrar" após estímulos repetidos.

Quando Andrew, pela segunda vez em poucos dias, fez o diabo-da-tasmânia de Robertson voar de encontro à cerca viva com um belo chute, houve, portanto, motivos para acreditar que esse chute permaneceria na mente do animal por mais tempo que o primeiro. Na próxima vez que o cachorro de Robertson escutar passos desconhecidos do lado de fora do portão, em vez de seu cerebrozinho se irritar, suas costelas começarão a doer.

Robertson os recebeu na cozinha e ofereceu cerveja. Andrew aceitou, mas Harry pediu um copo de água mineral. Robertson, no entanto, não tinha água mineral, então Harry teve de se contentar com um cigarro.

— Se você não se importa — disse Robertson quando Harry tirou o maço do bolso. — Fumar é proibido na minha casa. Cigarros fazem mal à saúde — afirmou, virando meia garrafa de cerveja.

— Então o senhor cuida bem da sua saúde, hein? — perguntou Harry.

— Com certeza — respondeu Robertson, ignorando o sarcasmo. — Nesta casa, não fumamos nem comemos carne, nem peixe. Nós respiramos ar puro e comemos o que a natureza oferece.

— Isso também se aplica ao seu cachorro?

— Meu cachorro não come carne ou peixe desde que era filhotinho. Ele é lactovegetariano — explicou o homem com orgulho.

— Está explicado o mau humor — murmurou Andrew.

— Ficamos sabendo que o senhor conhece um tal Evans White, Sr. Robertson. O que pode nos contar sobre ele? — perguntou Harry, pegando um bloco de anotações.

Ele não pretendia anotar nada, mas, por experiência, sabia que as pessoas consideram suas declarações mais importantes quando se pega um bloco de anotações. Inconscientemente, eram mais criteriosas, davam-se ao trabalho de confirmar se as informações estavam corretas e se tornavam mais precisas com horários, nomes e lugares.

— O policial Kensington ligou para saber quem visitou Inger Holter enquanto ela morava aqui. Eu disse que estive no quarto dela e vi a foto na parede, e me lembrei de ter visto o rapaz que estava com a criança no colo.

— É mesmo?

— Sim, que eu me lembre, o cara esteve aqui duas vezes. Na primeira, eles se trancaram no quarto e ficaram lá por quase dois dias. Ela foi muito... hã... barulhenta. Fiquei preocupado com os vizinhos e botei uma música alta para não deixá-los constrangidos. Inger e o cara, quero dizer. Mas eles não pareciam muito preocupados com isso. Na segunda vez, ele entrou e saiu num piscar de olhos e foi embora puto da vida.

— Eles brigaram?

— Foi o que me pareceu. Inger ficou gritando que contaria à vadia que ele era um canalha. E que contaria os planos dele a um sujeito.

— Um sujeito?

— Ela disse o nome, mas não lembro.

— E a tal vadia. Quem poderia ser? — perguntou Andrew.

— Eu tento não me meter na vida pessoal dos inquilinos, policial.

— Que cerveja excelente, Sr. Robertson. Quem é a vadia? — insistiu Andrew, ignorando o comentário.

— Bem, essa é a questão. — Robertson hesitou, e seus olhos saltaram nervosos de Andrew para Harry. Ele esboçou um sorriso. — Acho que ela deve ser importante para o caso, não?

A pergunta pairou no ar, mas não por muito tempo. Andrew bateu com a cerveja na mesa e se debruçou sobre Robertson.

— Você tem visto TV demais, Robertson. No mundo real, eu não ponho discretamente uma nota de cem sobre a mesa, você não sussurra um nome, e nós não vamos cada um para um lado em silêncio. No mundo real, eu chamo uma viatura, que chega aqui com a sirene ligada, e você é algemado e levado até o carro, por mais envergonhado que esteja, com todos os vizinhos olhando. Então nós o acompanhamos até a delegacia e o jogamos numa cela como suspeito por uma noite, a não ser que você solte um nome ou o seu advogado dê as caras. No mundo real, na pior das hipóteses, você é acusado de sonegar informações para encobrir um assassinato. Isso automaticamente o torna cúmplice de um crime, com pena de seis anos de reclusão. Então, como vai ser, Sr. Robertson?

Robertson ficou pálido, e sua boca abriu e fechou algumas vezes sem emitir qualquer som. Ele parecia um peixe que acabou de ser jogado em um tanque e percebeu que não será alimentado, mas que será comido.

— Eu... Eu não quis sugerir que...

— Pela última vez, quem é a vadia?

— Acho que é ela na foto... A mulher que esteve aqui...

— Que foto?

— Ela está atrás de Inger e do sujeito na foto lá no quarto. É a moreninha com a faixa no cabelo. Eu a reconheci porque ela esteve aqui há umas duas semanas perguntando por Inger. Eu a chamei, e as duas conversaram ali na porta. As vozes ficaram mais altas, e o negócio ficou feio entre elas. Então a porta bateu e Inger subiu correndo para o quarto, chorando. Eu nunca mais a vi.

— O senhor poderia, por favor, trazer a foto, Sr. Robertson? Tenho uma cópia no escritório.

Robertson havia se transformado na solicitude em pessoa, e disparou escada acima rumo ao quarto de Inger. Quando voltou, bastou um olhar rápido para a fotografia para Harry perceber de quem Robertson estava falando.

— Achei que havia algo de familiar no rosto dela quando a conhecemos — comentou Harry.

— Essa não é a Mamãe Simpatia? — perguntou Andrew, surpreso.

— Aposto que o nome verdadeiro dela é Angelina Hutchinson.

O diabo-da-tasmânia não estava à vista quando eles saíram.

— Você já se perguntou por que todo mundo chama você de *policial*, como se fosse um oficial fardado fazendo ronda, detetive?

— Deve ser por causa dessa minha personalidade que inspira confiança. *Policial* soa paternal, não acha? — perguntou Andrew, bem-humorado. — E eu não tenho coragem de corrigi-los.

— Você é mesmo um fofo — zombou Harry.

— Como um coala.

— Seis anos de reclusão. Seu mentiroso.

— Foi a primeira coisa que me veio à cabeça — justificou Andrew.

17

Terra Nullius

Caía um dilúvio em Sydney. A chuva martelava o asfalto, fustigava as paredes das casas e, em questão de segundos, formava riachos ao longo dos meios-fios. Pessoas com sapatos ensopados buscavam abrigo. Algumas obviamente tinham ouvido a previsão do tempo pela manhã e carregavam guarda-chuvas, que agora brotavam nas ruas como enormes cogumelos coloridos. Andrew e Harry estavam no carro esperando o sinal da Williams Street, próximo ao Hyde Park, abrir.

— Você se lembra daquele aborígine que encontramos no parque perto do Albury naquela noite?

— O Green Park?

— Ele o cumprimentou, mas você não retribuiu o cumprimento. Por quê?

— Eu não o conheço.

O sinal ficou verde, e Andrew pisou no acelerador.

O Albury não estava cheio quando Harry entrou.

— Você chegou cedo — disse Birgitta. Ela colocava copos limpos nas prateleiras.

— Achei que o serviço seria melhor antes do movimento.

— Nós servimos toda e qualquer pessoa que aparece por aqui. — Ela beliscou a bochecha dele. — O que você quer?

— Só um café.

— É por conta da casa.

— Obrigado, querida.

Birgitta riu.

— Querida? É assim que meu pai chama minha mãe. — Ela se sentou em um banco e se inclinou sobre o balcão, aproximando-se de Harry. — Eu devia ficar nervosa quando um cara que eu conheço há menos de uma semana passa a me chamar por apelidos carinhosos.

Harry inspirou o perfume dela. Os cientistas ainda sabem muito pouco sobre de que forma o córtex olfativo converte os impulsos que chegam aos receptores em sensações conscientes. Mas Harry não pensava muito em como isso acontecia, apenas sabia que, ao sentir o perfume dela, todo tipo de coisa começava a acontecer em sua cabeça e em seu corpo. Suas pálpebras quase se fechavam, sua boca se abria num sorriso amplo, e seu humor melhorava exponencialmente.

— Relaxe — disse ele. — "Querida" é um dos termos carinhosos mais inofensivos.

— Eu não sabia que existiam termos carinhosos inofensivos.

— Sim, existem. Como "meu amor", por exemplo. "Meu docinho." Ou "linda".

— E quais são os perigosos?

— Bem, "mozinho" é bem perigoso — disse Harry.

— O quê?

— Mozinho. Moreco. Você sabe, palavras fofas. O importante é que não soem espontâneas ou impessoais. Precisam ser palavras mais personalizadas, íntimas. E geralmente têm pronúncia nasalada, para ganhar aquela entonação que as pessoas usam com as crianças. Aí você teria motivo para se sentir claustrofóbica.

— Você conhece outros exemplos?

— O que aconteceu com o café?

Birgitta o acertou com o pano de prato e serviu café em uma caneca. Estava de pé, de costas para ele, e Harry sentiu um impulso de estender o braço e tocar seu cabelo.

Ela entregou a ele o café e foi atender outro cliente; o movimento começava a aumentar. A atenção de Harry foi atraída pela TV acima das prateleiras no bar. Estava passando um telejornal, e ele por fim entendeu que a notícia falava de um grupo aborígine que exigia a posse de uma determinada área.

— ... com relação à nova Lei da Propriedade Nativa... — dizia o âncora.

— Então a justiça prevaleceu... — disse uma voz às costas de Harry.

Ele se virou. A princípio, não reconheceu a mulher maquiada de pernas longas, traços grosseiros e peruca loira, bem mais alta que ele. Mas reconheceu o nariz largo e o espaço entre os dentes.

— O palhaço! — exclamou. — Otto...

— Otto Rechtnagel, Sua Alteza em pessoa, Harry Bonitão. Esse é o problema dos saltos altos. Prefiro que meus homens sejam mais altos que eu. Posso? — Ele se acomodou no banco ao lado de Harry.

— Qual veneno você toma? — perguntou Harry, tentando atrair a atenção de Birgitta.

— Relaxe, ela sabe — disse Otto.

Harry lhe ofereceu um cigarro, que ele aceitou sem uma palavra de agradecimento e o colocou numa piteira cor-de-rosa. Harry acendeu um fósforo, e Otto, fazendo um biquinho provocante, o observou enquanto tragava. O vestido curto era colado às suas coxas finas, cobertas por meia-calça. Harry precisava admitir que o figurino era uma obra-prima. Otto travestido era mais feminino do que muitas mulheres que Harry havia conhecido. Ele desviou o olhar e apontou para a TV.

— O que você quis dizer com "a justiça prevaleceu"?

— Você nunca ouviu falar de Terra Nullius? Eddy Mabo?

Harry fez que não com a cabeça. Otto comprimiu os lábios e soltou dois aros de fumaça, que lentamente subiram pelo ar.

— O conceito de Terra Nullius é engraçado, você sabe. Os ingleses o descobriram quando chegaram aqui e viram que não havia muitas terras cultivadas na Austrália. E, só porque os povos aborígines não passavam metade do dia em plantações de batata, os ingleses os consideraram inferiores. Mas as tribos tinham grande conhecimento sobre a natureza; iam para onde havia comida, em qualquer estação do ano, e levavam uma vida de aparente fartura. Mas, como eles não se estabeleciam em um lugar só, os ingleses decidiram que ninguém era dono de nada. Era Terra Nullius. E, de acordo com o princípio de Terra Nullius, os ingleses podiam emitir certificados de propriedade para os novos colonos sem levar em consideração a opinião dos povos aborígines. Eles não tinham qualquer direito sobre a própria terra.

Birgitta colocou uma margarita diante de Otto.

— Há alguns anos, Eddy Mabo, um camarada das Ilhas do Estreito de Torres, desafiou as autoridades ao contestar o princípio de Terra Nullius e afirmar que, no passado, a terra havia sido tirada dos aborígines de forma ilegal. Em 1992, a Suprema Corte concordou com o argumento e decretou que a Austrália havia pertencido aos povos aborígines. A sentença da corte determinou que os povos nativos poderiam reivindicar as áreas que ocupavam antes da chegada dos brancos e as áreas que ainda habitam hoje em dia. Naturalmente, isso criou um pandemônio, com multidões de brancos desesperados, com medo de perder suas terras.

— E qual é a situação agora?

Otto tomou um longo gole do copo de coquetel com sal na borda, fez uma cara de quem estava bebendo vinagre e secou os cantos da boca cuidadosamente com uma expressão de desdém.

— Bem, a decisão judicial está aí. E existe a Lei da Propriedade Nativa. Mas as duas coisas não são interpretadas de uma forma muito despótica. Não é como se um pobre fazendeiro de repente descobrisse que sua propriedade será confiscada. Então aquele pânico inicial passou com o tempo.

Aqui estou eu, pensou Harry, sentado em um bar, ouvindo um travesti me dar aula de política australiana. Ele se sentiu em casa, um pouco como Harrison Ford na cena da cantina de *Star Wars*.

O jornal foi interrompido pelo intervalo comercial, um anúncio com australianos sorridentes de camisa de flanela e chapéu de couro. Eles promoviam uma marca de cerveja cuja maior qualidade aparentemente era ser "australiana com muito orgulho".

— Bem, um brinde a Terra Nullius — disse Harry.

— Saúde, Bonitão. Ah, quase esqueci. Nosso novo espetáculo será no Teatro St. George, na praia de Bondi. Eu *faço questão* de que você e Andrew venham nos assistir. Leve uma amiga se quiser. Por mim, tudo bem, desde que vocês guardem os aplausos para mim.

Harry fez uma mesura a Otto e agradeceu-lhes pelos três ingressos que ele segurava com o dedo mindinho erguido.

18

Um cafetão

Ao sair do Albury e atravessar o Green Park a caminho de King's Cross, Harry involuntariamente procurou pelo aborígine de pele cinzenta, mas, naquela noite, havia apenas uma dupla de bêbados brancos sentados no banco à luz pálida dos postes. As nuvens haviam ido embora, e o céu estava limpo e estrelado. Na rua, ele passou por dois homens que claramente brigavam, um de cada lado da calçada, gritando um com o outro, de modo que Harry precisou passar entre eles.

— Você não disse que ia ficar na rua a noite toda! — berrou um deles com uma voz esganiçada e chorosa.

Em frente a um restaurante vietnamita, um garçom estava encostado no batente da porta, fumando. O sujeito aparentava ter tido um longo dia. Carros e pessoas andavam lentamente pela Darlinghurst Road, em King's Cross.

Na esquina da Bayswater Road, Andrew comia um salsichão.

— Aí está você — disse. — Pontualmente. Germânico até a alma.

— A Alemanha não...

— Os alemães são teutônicos. Você vem de uma tribo germânica do norte. Está na cara, inclusive. Você não vai renegar sua própria tribo, vai?

Harry ficou tentado a responder com a mesma pergunta, mas se conteve.

Andrew estava de ótimo humor.

— Vamos dar o pontapé inicial com alguém que eu conheço — disse.

Eles concordaram em começar a busca pela tal agulha no palheiro mais próximo: entre as prostitutas da Darlinghurst Road. Elas não eram difíceis de serem encontradas. Harry já reconhecia algumas.

— Mongabi, meu chapa, como vão os negócios?

Andrew parou e cumprimentou calorosamente um sujeito de pele escura e terno justo que usava joias espalhafatosas. Um dente de ouro reluziu quando ele abriu a boca.

— Tuka, seu garanhão! Não posso reclamar, sabe?

O sujeito era o estereótipo perfeito de um cafetão, pensou Harry.

— Harry, este aqui é Teddy Mongabi, o pior cafetão de Sydney. Ele já trabalha no ramo há vinte anos e ainda fica com as garotas na rua. Você não está um pouco velho para isso, Teddy?

Teddy ergueu os braços e sorriu.

— Eu gosto daqui, Tuka. É aqui que as coisas acontecem, sabe? Se você fica sentado num escritório, logo perde a perspectiva e o controle. E controle é tudo nesse ramo, sabe? Controle das garotas e controle dos clientes. As pessoas são como cães, sabe? Um cachorro que não está sob seu controle é um cachorro infeliz. E cachorros infelizes mordem, sabe?

— Se você está dizendo, Teddy... Escute, eu gostaria de bater um papo com uma de suas garotas. Estamos atrás de um vagabundo. Ele pode ter aprontado por aqui também.

— Certo. Com quem você quer falar?

— Sandra está por aqui?

— Sandra vai chegar daqui a pouco. Tem certeza de que não quer mais nada? Além de um bate-papo, quero dizer.

— Não, obrigado, Teddy. Nós estaremos no Palladium. Você pode pedir a ela que apareça por lá?

Em frente ao Palladium, um porteiro tentava atrair a multidão para o lugar com piadinhas picantes. O homem sorriu ao ver Andrew, que trocou duas palavras com ele, e os dois passaram direto pela bilheteria. Uma escadaria estreita descia até o porão parcamente iluminado da boate de striptease, onde um punhado de homens sentados a mesas aguardava a próxima apresentação. Eles encontraram uma mesa vazia no fundo do salão.

— Parece que você conhece todo mundo por aqui — comentou Harry.

— Todo mundo que precisa me conhecer. E que eu preciso conhecer. Vocês certamente têm esse tipo de simbiose entre a polícia e o submundo em Oslo, não?

— É claro. Mas você parece ter relacionamentos mais calorosos com os seus contatos do que nós.

Andrew riu.

— Acho que tenho certa afinidade com eles. Se eu não fosse policial, talvez acabasse nesse ramo. Quem sabe?

Uma minissaia preta desceu titubeante as escadas sobre saltos altos pretos. Sob a franjinha, olhos vidrados percorreram o ambiente. Então foi até a mesa dos dois. Andrew puxou uma cadeira para ela.

— Sandra, esse é Harry Holy.

— É mesmo? — disse ela, com os lábios carnudos e vermelhos abrindo um sorriso no canto da boca. Faltava-lhe um canino. Harry apertou uma mão fria, cadavérica. Havia algo de familiar nela. Será que a tinha visto na Darlinghurst alguma noite? Talvez estivesse usando maquiagem ou roupas diferentes.

— Então, o que você quer? Está procurando alguns canalhas, Kensington?

— Estamos procurando um canalha em especial, Sandra. Ele gosta de asfixiar garotas. Usando as próprias mãos. Soa familiar?

— Familiar? Metade dos nossos clientes deve fazer isso. Ele machucou alguém?

— Provavelmente apenas aquelas que eram capazes de identificá-lo — disse Harry. — Você conhece esse homem?

Ele mostrou uma fotografia de Evans White.

— Não — respondeu Sandra sem olhar e se voltou para Andrew. — Quem é mesmo esse cara, Kensington?

— Ele é da Noruega — respondeu Andrew. — É policial, e a irmã dele trabalhava no Albury. Ela foi estuprada e assassinada na semana passada. Tinha 23 anos. Harry pediu uma licença e veio até aqui encontrar o homem que fez isso.

— Sinto muito. — Sandra olhou a fotografia. — Sim — disse, e nada mais.

Harry ficou empolgado.

— O que você quer dizer?

— Quero dizer que sim, eu o conheço.

— Você... hã... se encontrou com ele?

— Não, mas ele já veio à Darlinghurst Road várias vezes. Não faço ideia do que fazia aqui, mas o rosto é familiar. Posso perguntar por aí.

— Obrigado... Sandra — agradeceu Harry. Ela lhe dirigiu um breve sorriso.

— Agora, preciso trabalhar, rapazes. A gente se vê, eu acho. — Com isso, a minissaia voltou pelo mesmo caminho de onde viera.

— Isso! — gritou Harry.

— Isso? Porque alguém viu o cara em King's Cross? Vir à Darlinghurst Road não é proibido. Nem comer prostitutas, caso ele tenha pegado uma. Não muito proibido, de qualquer forma.

— Você não está sentindo, Andrew? Há quatro milhões de habitantes em Sydney, e ela identificou exatamente a pessoa que procuramos. Claro, isso não prova nada, mas é um sinal, não é? Você não sente que estamos chegando perto?

A música ambiente parou, e as luzes diminuíram. Os clientes do estabelecimento dirigiram sua atenção para o palco.

— Você tem certeza de que é Evans White, não tem?

Harry assentiu.

— Cada fibra do meu ser me diz que é Evans White. Tenho um pressentimento, sim.

— Pressentimento?

— Se você parar pra pensar, vai ver que intuição não é papo furado, Andrew.

— Estou parando pra pensar agora, Harry. E não tenho pressentimento algum. Se não se importa, explique como essa sua intuição funciona.

— Bem... — Harry olhou para Andrew para ter certeza de que ele não estava de gozação. Ele o fitava com uma expressão genuinamente interessada. — Intuição é apenas a soma de toda a sua experiência. Na minha opinião, tudo o que você viveu, tudo o que sabe, que acha que sabe e que não sabe que sabe está aí em seu subconsciente, adormecido, por assim dizer. Em geral, você não se dá conta dessa criatura adormecida; ela simplesmente está lá, roncando e absorvendo novas informações, certo? Mas, de vez em quando, ela abre os olhos, se espreguiça e diz "ei, já vi isso antes". E mostra a você como as coisas se encaixam.

— Maravilha, Holy. Mas você tem certeza de que a sua criatura adormecida vê todos os detalhes? O que você vê depende de onde você está e do ângulo que observa.

— Como assim?

— Pense no céu, por exemplo. O céu que você vê na Noruega é o mesmo que você vê na Austrália. Mas aqui você está de cabeça pra baixo se comparado a quando está lá, não é verdade? Então você fica de cabeça para baixo vendo as estrelas. Se não souber que está vendo as coisas por outro ângulo, você fica confuso e comete erros.

Harry olhou para Andrew.

— De cabeça para baixo?

— É. — Andrew deu uma baforada no charuto.

— Na escola, aprendi que o céu que vocês veem aqui é diferente do que nós vemos lá. Se você estiver na Austrália, a terra encobre a visão das estrelas que vemos à noite na Noruega.

— Tudo bem — disse Andrew, impassível. — Mas a questão é o lugar de onde se vê as coisas. O que importa é que tudo é relativo, certo? E é isso que complica tudo.

Do palco, veio um chiado e uma fumaça branca, que ficou vermelha no instante seguinte. Violinos soaram nos alto-falantes. Uma mulher de vestido simples e um homem de calça e camisa branca emergiram da névoa.

Harry já havia escutado a música antes. Era igual ao ruído que escapara dos fones de ouvido do seu vizinho no voo de Londres à Austrália. Mas só agora ele entendeu a letra. Uma voz de mulher cantava que todos a chamavam de rosa selvagem, mas ela não sabia por quê.

O timbre delicado criava um forte contraste com a voz grave e sombria do homem:

"Then I kissed her goodbye,
Said all beauty must die,
I bent down and planted a rose between her teeth..."

Harry sonhava com estrelas e serpentes marrons e amarelas quando foi acordado por um leve clique na porta do seu quarto de hotel. Por um momento, ficou imóvel, pensando apenas em como se sentia bem ali. Havia voltado a chover, e as calhas do lado de fora da janela cantavam. Ele levantou, nu, escancarou a porta e esperou que ela notasse o início de sua ereção. Birgitta riu de surpresa e saltou em seus braços. O cabelo dela estava ensopado.

— Achei que você tivesse dito três horas — disse Harry, fazendo-se de ofendido.

— Os clientes não queriam ir embora — justificou Birgitta, erguendo o rosto sardento.

— Estou completa e loucamente apaixonado por você — sussurrou ele, segurando o rosto dela entre as mãos.

— Eu sei.

Harry estava em frente à janela, bebendo suco de laranja do frigobar e observando o céu. As nuvens estavam mais espaçadas; alguém havia enfiado um garfo no céu de veludo diversas vezes, de modo que a luz divina lá atrás reluzia pelos buracos.

— O que você acha dos travestis? — perguntou Birgitta da cama.

— Você quer dizer o que eu acho de Otto?

— Também.

Harry refletiu.

— Acho que gosto do estilo arrogante dele. Os olhos semicerrados, a expressão aborrecida. O cansaço do mundo. Como posso explicar? É como se ele estivesse em um cabaré melancólico flertando com todo mundo. Um flerte superficial, uma paródia de si mesmo.

— E você gosta disso?

— Gosto da postura indiferente. E de ele representar o que a maioria das pessoas odeia.

— E o que a maioria das pessoas odeia?

— Fraqueza. Vulnerabilidade. Os australianos se vangloriam de viver em um país liberal. Talvez vivam. Mas, na minha opinião, o ideal deles é um australiano honesto, simples e trabalhador, com senso de humor e uma pitada de patriotismo.
— *True blue*.
— O quê?
— Eles chamam isso de ser *true blue*. Ou *fair dinkum*. Significa que algo ou alguém é genuíno, decente.
— E é fácil esconder um monte de merda por trás da fachada de decência. Otto, por sua vez, com seu jeito excêntrico, representa sedução, ilusão e falsidade. Acho que ele é a pessoa mais verdadeira que conheci aqui. Exposto, vulnerável, autêntico.
— Quer saber? Isso soa muito politicamente correto. Harry Holy, o melhor amigo dos gays. — Birgitta estava implicante aquela noite.
— Mas eu usei bons argumentos, não usei? — Ele se deitou na cama, olhou para ela e piscou seus inocentes olhos azuis. — Que bom que não estou no clima para mais uma, *frøken*. Quer dizer, precisamos levantar cedo.
— Você só diz essas coisas para me provocar — disse Birgitta, e os dois se lançaram nos braços um do outro mais uma vez.

19

Uma prostituta simpática

Harry encontrou Sandra em frente ao Dez Go-Go. Ela estava junto ao meio-fio, esquadrinhando seu pequeno reino em King's Cross, as pernas cansadas de se equilibrarem nos saltos altos, os braços cruzados, um cigarro entre os dedos e os olhos de Bela Adormecida tão convidativos quanto repulsivos. Em suma, ela se parecia com uma prostituta em qualquer outro lugar do mundo.

— Bom dia — cumprimentou Harry. Sandra o fitou sem qualquer sinal de reconhecimento. — Você se lembra de mim?

Ela ergueu os cantos da boca. Talvez estivesse tentando sorrir.

— Claro, querido. Vamos lá.

— Sou Holy, o policial.

Sandra o observou mais de perto.

— Caramba, é verdade. A essa hora, minhas lentes de contato já começam a entrar em greve. Deve ser a poluição.

— Posso pagar um café para você? — perguntou Harry educadamente.

Ela deu de ombros.

— Não tem muita coisa acontecendo por aqui mesmo, então acho melhor dar a noite por encerrada.

Teddy Mongabi apareceu de repente na porta da boate de striptease mastigando um palito de fósforo. Ele fez um leve gesto de assentimento para Harry.

— Como os seus pais reagiram? — perguntou Sandra quando o café chegou.

Estavam sentados no lugar onde Harry tomava seu café da manhã, o Bourbon & Beef, e o garçom havia se lembrado de seu pedido de sempre: ovos Benedict, batatas, café com leite. Sandra tinha pedido um café puro.

— O quê?

— Sua irmã...

— Ah, sim, claro. — Ele levou a xícara à boca para ganhar tempo. — Hum, sim, tão bem quanto poderia se esperar. Obrigado por perguntar.

— Estamos vivendo num mundo terrível.

O sol ainda não havia despontado sobre os telhados da Darlinghurst Road, mas o céu estava azul, com algumas poucas nuvens arredondadas aqui e ali. Parecia um papel de parede de quarto de criança. Mas isso não importava, pois o mundo era um lugar terrível.

— Falei com algumas garotas — disse Sandra. — O nome do cara da foto é White. Ele é traficante. Anfetaminas e ácido. Algumas compram dele, mas ele não é cliente de nenhuma.

— Talvez ele não precise pagar para que suas necessidades sejam atendidas — disse Harry.

Sandra riu com desdém.

— Necessidade de sexo é uma coisa. Necessidade de pagar por sexo é outra bem diferente. Para muitos homens, esse é o barato. Podemos fazer muita coisa que vocês não têm em casa, acredite.

Harry ergueu os olhos. Sandra o encarava, e o olhar vidrado havia desaparecido por um instante.

Ele acreditava nela.

— Você verificou a data que nós falamos?

— Uma das garotas disse que comprou ácido com ele uma noite antes de sua irmã ser encontrada.

Harry pôs de lado a xícara de café, derramando um pouco a bebida, e se curvou sobre a mesa. Ele falou rápido e baixo:

— Posso falar com ela? Ela é confiável?

A boca carnuda e vermelha de Sandra se abriu num sorriso. Havia uma cavidade preta no espaço em que faltava o dente.

— Como eu disse, ela comprou ácido, o que é proibido na Austrália. E se ela é confiável? A mulher é viciada em ácido... — Sandra deu de ombros. — Só estou repetindo o que ela me disse. Mas ela não sabe muito bem diferenciar uma quarta-feira de uma quinta-feira, por assim dizer.

Os ânimos estavam exaltados na reunião matinal. Até mesmo o grunhido do ventilador parecia mais alto que de costume.

— Desculpe, Holy. Estamos descartando White. Não temos um motivo, e a namorada disse que ele estava em Nimbin na hora do assassinato — informou Watkins.

Harry levantou a voz.

— Escute, Angelina Hutchinson é viciada em metanfetamina e sabe-se lá no que mais. Está grávida, e é provável que o filho seja de Evans White. E o sujeito é o traficante dela! Dois em um! Ela fará qualquer coisa que White disser para ela fazer. Conversamos com o senhorio, e Hutchinson odiava Inger Holter, e por um bom motivo. A norueguesa tentou roubar sua galinha dos ovos de ouro.

— Talvez a gente deva dar mais atenção a essa tal de Hutchinson — sugeriu Lebie em voz baixa. — Pelo menos ela tem um motivo claro. Talvez ela precise de Evans White como álibi, não o contrário.

— White está mentindo, não está? Ele foi visto em Sydney na véspera do dia em que encontraram Inger Holter — disse Harry. Ele se levantou e deu os dois passos que a sala de reunião permitia.

— Por uma prostituta doidona de LSD; nem sabemos se ela vai depor — rebateu Watkins, voltando-se para Yong. — O que a companhia aérea disse?

— O próprio pessoal da delegacia de Nimbin viu Evans White na rua principal três dias antes do assassinato. White não consta em nenhuma lista de passageiros da Ansett Airlines nem da Qantas entre esse dia e o do assassinato.

— Isso não quer dizer nada — murmurou Lebie entre os dentes. — Um sujeito que vende drogas não viaja com o nome verdadeiro. E, de qualquer forma, ele pode ter vindo de trem. Ou de carro, se tivesse tempo.

Harry estava exaltado agora.

— Eu repito. Estatísticas americanas mostram que, em setenta por cento dos casos de assassinato, a vítima conhece o assassino. Apesar disso, estamos concentrando a investigação em um serial killer, e todos aqui sabem que a nossa chance de pegá-lo é a mesma que temos de ganhar na loteria. Não seria bom fazer algo para aumentar as nossas chances? Afinal, temos um cara com uma pilha de evidências circunstanciais nas costas. Agora é a hora de botá-lo contra a parede. Agir enquanto ainda temos tempo. Trazê-lo até aqui e esfregar uma acusação na cara dele. Forçá-lo a cometer um erro. Por enquanto, estamos agindo exatamente como ele quer: num... num... — Harry procurava em vão um equivalente a *bakevja*. Beco sem saída.

— Huumm... — Watkins parecia pensar em voz alta. — É claro que vai ficar feio se um cara que está bem debaixo do nosso nariz acabar sendo o culpado e nós não tivermos feito nada.

Naquele momento, a porta se abriu e Andrew entrou.

— Bom dia, pessoal. Desculpem o atraso, mas alguém precisa manter as ruas seguras. Qual é o problema, chefe? O senhor está com umas rugas do tamanho do Jamison Valley na testa.

Watkins suspirou.

— Estamos pensando em reorganizar a investigação. Em deixar a teoria do serial killer de lado por algum tempo e concentrar nossas energias em Evans White. Ou Angelina Hutchinson. Holy parece acreditar que o álibi dela não vale grande coisa.

Andrew riu e tirou uma maçã do bolso.

— Eu gostaria de ver uma grávida de quarenta e cinco quilos estrangular uma escandinava saudável e forte até a morte. E depois transar com ela.

— É só uma ideia — murmurou Watkins.

— E, quanto a Evans White, podem esquecer.

Andrew lustrou a maçã na manga da camisa.

— Ah, é?

— Acabei de conversar com um contato meu. Ele estava em Nimbin comprando maconha no dia do assassinato, depois de ouvir falar do produto maravilhoso de White.

— E?

— Ninguém tinha contado a ele que White não faz negócios em casa, então meu contato foi ao apartamento, apenas para ser enxotado por um cara com um rifle debaixo do braço. Mostrei a foto para ele. Desculpem, mas não há dúvidas de que Evans White estava em Nimbin no dia do assassinato.

A sala ficou em silêncio. Restou apenas o zumbido do ventilador e o som de Andrew dando uma dentada na maçã.

— De volta à estaca zero — disse Watkins.

Harry havia combinado de se encontrar com Birgitta na Ópera às cinco para um café, antes que ela fosse para o trabalho. Quando chegaram, o lugar estava fechado. Um aviso informava que tinha algo a ver com uma apresentação de balé.

— Sempre tem alguma coisa — disse Birgitta. Estavam encostados na balaustrada e admiravam a baía e Kirribilli do outro lado. — Quero ouvir o resto da história.

— Ele se chamava Stiansen, o meu colega. Ronny. Parece nome de bandido na Noruega, mas ele não era nada disso. Ronny Stiansen era um rapaz gentil, de bom coração, que amava ser policial. Na maior parte do tempo, pelo menos. O enterro aconteceu quando eu ainda estava no hospital. Meu chefe da delegacia me visitou depois. Disse que a chefe de polícia desejava melhoras, e talvez eu devesse ter percebido que algo não cheirava bem. Mas eu estava sóbrio e me sentia no fundo do poço. A enfermeira tinha descoberto a bebida que eu havia contrabandeado e tinha mudado meu vizinho para outro quarto, então eu estava sem beber havia dois dias. "Eu sei o que você está pensando", disse o meu chefe. "Mas pare com isso. Você tem um trabalho a fazer." Ele achou que eu queria me matar. Estava enganado. Eu só queria conseguir mais bebida.

"Meu chefe não é um sujeito de meias-palavras. 'Stiansen está morto. Não existe nada que você possa fazer para ajudá-lo agora', disse ele. 'Tudo o que você pode fazer é ajudar a si mesmo e a sua família. E nos ajudar. Você tem lido jornal?' Respondi que não tinha lido nada, que meu pai lia livros para mim e que eu havia pedido que ele não falasse uma palavra sobre o acidente. Meu chefe disse que não tinha problema. Isso facilitava as coisas. 'Veja bem, não era você que estava dirigindo o carro. Em outras palavras: não era um policial norueguês bêbado que estava ao volante.' Ele perguntou se eu havia entendido.

Stiansen estava dirigindo. Tinham feito um exame de sangue em nós dois, e Ronny estava comprovadamente sóbrio.

"Ele pegou alguns jornais velhos e, com a visão meio embaçada, li que o motorista havia morrido na hora, enquanto o policial no banco do carona tinha sofrido ferimentos graves. 'Mas eu estava dirigindo', falei. 'Duvido muito. Você foi encontrado no banco de trás', insistiu meu chefe. 'Lembre-se, você teve uma concussão. Acho que não consegue se lembrar de absolutamente nada da perseguição.' Claro que eu sabia o que ele queria dizer com tudo aquilo. A imprensa estava interessada apenas no exame de sangue do motorista e, contanto que ele estivesse sóbrio, ninguém iria se preocupar com o meu. O incidente já era ruim o bastante para a polícia."

Birgitta tinha o cenho franzido e parecia abalada.

— Mas como você poderia dizer aos pais de Stiansen que era ele ao volante? Essas pessoas não devem ter coração. Como...?

— Como eu disse, a polícia é muito leal. Em certos casos, a instituição vem antes da família. Mas, talvez, nesse caso, a família de Stiansen tenha recebido uma versão mais fácil de ser digerida. Na versão do meu chefe, ele havia assumido um risco calculado ao perseguir um traficante e assassino em potencial, e acidentes podem acontecer com qualquer policial em serviço. Afinal, o rapaz do outro carro era inexperiente; qualquer motorista na mesma situação teria reagido mais rápido, não teria entrado na nossa frente. Não esqueça que estávamos com a sirene ligada.

— E vinham a 110 por hora.

— Numa área com limite de 50. Bem, a culpa não poderia recair sobre o rapaz, é claro. O importante era como apresentar o caso. Por que a família deveria ser informada de que o filho deles estava no banco do carona? Seria melhor para os pais se acreditassem que o filho simplesmente tinha permitido que um colega bêbado assumisse o volante? Meu chefe encheu meus ouvidos com esses argumentos. Minha cabeça doía tanto que parecia que ia explodir. No fim, me debrucei ao lado da cama e vomitei, e a enfermeira interrompeu a visita. No dia seguinte, a família Stiansen apareceu. Os pais e uma irmã mais nova. Levaram flores e desejaram que eu me recuperasse logo. O pai disse que se sentia culpado por não ter sido rígido o bastante com o filho sobre dirigir em alta velocidade. Eu chorei como um bebê. Cada segundo era uma execução lenta. Eles ficaram comigo durante uma hora.

— Meu Deus, o que você disse a eles?

— Nada. Só eles falaram. Sobre Ronny. Sobre os planos que ele tinha, sobre o que queria ser e fazer. Sobre a namorada, que estudava nos Estados Unidos. Ele havia falado de mim. Dizia que eu era um bom policial e um bom amigo. Alguém em quem se podia confiar.

— O que aconteceu depois?

— Fiquei internado por dois meses. Meu chefe aparecia de vez em quando. Uma vez, ele repetiu o que tinha dito antes. "Eu sei no que você está pensando. Pare com isso." E dessa vez ele estava certo. Eu só queria morrer. Talvez houvesse um quê de altruísmo em esconder a verdade; mentir, por si só, não era a pior parte. A pior parte era que eu tinha salvado a minha pele. Isso pode soar estranho, e já refleti bastante a respeito, então deixe-me explicar.

"Nos anos cinquenta, havia um jovem professor universitário chamado Charles Van Doren, que ficou famoso nos Estados Unidos por participar de um programa de perguntas e respostas. Semana após semana, ele vencia todos os adversários. Algumas perguntas eram inacreditavelmente difíceis, e todos ficavam boquiabertos por ele ser capaz de responder a todas. Ele recebia propostas de casamento pelo correio, tinha um fã-clube, e suas turmas na universidade estavam sempre lotadas, é claro. No fim, ele anunciou publicamente que os produtores davam a ele todas as perguntas com antecedência.

"Quando perguntaram a ele por que tinha revelado a fraude, ele contou a história de um tio que havia admitido à esposa, tia de Van Doren, que tinha sido infiel. Isso foi um escândalo na família, e depois Van Doren perguntou ao tio por que havia contado à esposa. Afinal, o caso tinha acontecido muitos anos antes, e ele nunca mais teve contato com a mulher. O tio respondeu que ser infiel não foi a pior parte. O que ele não aguentava era o fato de ter conseguido se safar. E o mesmo aconteceu com Charles Van Doren.

"Acho que as pessoas sentem a necessidade de serem punidas quando não conseguem mais aceitar as próprias ações. De qualquer forma, isso era o que eu mais queria: ser punido, açoitado, torturado, humilhado. Qualquer coisa, contanto que eu sentisse que tinha acertado as contas. Mas não havia ninguém para me punir. Eles não podiam me demitir; oficialmente, eu estava sóbrio, não estava? Muito pelo contrário; fui enaltecido pela chefe de polícia na imprensa, por ter sido gravemente ferido em serviço. Então eu me puni. Dei a mim mesmo a pior punição em que conseguia pensar: decidi viver e decidi parar de beber."

— E depois?

— Eu me recuperei e voltei a trabalhar. Trabalhava mais do que todos os outros. Eu me exercitava. Fazia longas caminhadas. Li livros. Alguns sobre direito. Cortei as más companhias. E as boas também, por sinal. Aqueles amigos que eu havia abandonado depois de tantas bebedeiras. Não sei por que, mas, na verdade, foi como uma grande faxina. Tudo da minha vida antiga precisava ser descartado, tanto as coisas boas quanto as ruins. Um dia, liguei para todos que eu achava que conhecia na minha vida anterior e disse: "Oi, não podemos mais nos ver. Foi bom conhecer você." A maioria aceitou. Alguns até ficaram felizes, acho. Outros disseram que eu estava me isolando. Bem, talvez tivessem razão. Nos últimos três anos, passei mais tempo com a minha irmã do que com qualquer outra pessoa.

— E as mulheres da sua vida?

— Essa é outra história, talvez tão longa quanto. E tão velha quanto. Depois do acidente, não houve ninguém especial. Acho que me tornei um ermitão, preocupado apenas comigo mesmo. Talvez eu simplesmente fosse mais charmoso quando estava bêbado. Vai saber.

— Por que mandaram você para cá?

— Algum figurão deve acreditar que sou útil. Talvez seja um tipo de prova final para ver como me comporto sob pressão. Se eu conseguir me sair bem sem fazer papel de idiota, isso pode abrir algumas portas na Noruega, acho.

— E você acha que isso é importante?

Harry deu de ombros.

— Pouca coisa é importante.

Um barco enferrujado e decrépito de bandeira russa vinha na direção deles, e, mais ao longe, em Port Jackson, era possível ver os barcos em movimento, mas as velas brancas pareciam paradas.

— E o que você vai fazer? — perguntou Birgitta.

— Não há muito que eu possa fazer aqui. O caixão de Inger Holter foi mandado para a Noruega. O sujeito da funerária me ligou de Oslo hoje. A embaixada cuidou do transporte. Eles a chamavam de "cadáver" o tempo todo. Um filho querido pode ser chamado de muitos nomes, mas é estranho que isso também aconteça com um morto.

— Então quando você vai embora?

— Assim que todos os conhecidos de Inger Holter forem eliminados do caso. Vou falar com McCormack amanhã. Provavelmente vou antes do fim de semana, se nada de concreto vier à tona. Caso contrário, a investigação pode acabar se tornando longa e penosa, e a embaixada nos manterá informados.

Ela assentiu. Um grupo de turistas estava por perto, e os cliques das câmeras se misturavam à cacofonia formada pelo idioma japonês, grasnidos de gaivotas e o ruído dos barcos que passavam por ali.

— Você sabia que o homem que projetou a Ópera de Sydney abandonou a obra? — perguntou Birgitta do nada. Quando o orçamento do projeto estourou e ultrapassou todos os limites, o arquiteto dinamarquês Jørn Utzon jogou a toalha e pediu demissão em protesto.

— Imagine a sensação de abandonar algo que você começou. Algo que realmente acreditava que poderia ser bom. Acho que eu jamais conseguiria fazer isso.

Eles já haviam combinado que Harry acompanharia Birgitta até o Albury, em vez de ela pegar o ônibus. Mas os dois não tinham muito a dizer e caminharam em silêncio pela Oxford Street rumo a Paddington. Um trovão ressoou ao longe, e Harry olhou surpreso para o céu de um azul límpido. Em uma esquina, viram um senhor de terno impecável, grisalho, distinto e com uma placa pendurada no pescoço: "O serviço secreto tirou meu trabalho, minha casa e arruinou minha vida. Oficialmente, eu não existo, eles não têm endereço ou número de telefone e não constam do orçamento público. Acreditam que não podem ser acusados. Ajudem-me a encontrar esses canalhas e fazer com que sejam condenados por seus crimes. Assine aqui ou faça uma doação." O sujeito segurava um livro com páginas de assinaturas.

Eles passaram por uma loja de discos, e, num impulso, Harry entrou. Atrás do balcão estava um homem de óculos. Harry perguntou se tinha algum disco do Nick Cave.

— Claro, ele é australiano — disse o homem, tirando os óculos. Ele tinha uma águia tatuada na testa.

— Um dueto. Algo sobre uma rosa selvagem... — começou a dizer Harry.

— Sim, sim, sei do que você está falando. "Where the Wild Roses Grow", de *Murder Ballads*. Porcaria de música. Porcaria de álbum. Se eu fosse você, compraria um dos discos bons dele.

O homem colocou os óculos de volta e desapareceu atrás do balcão.

Harry pareceu surpreso mais uma vez e piscou na penumbra.

— O que essa música tem de especial? — perguntou Birgitta quando voltaram à rua.

— Nada, é claro — zombou Harry. O vendedor o havia deixado de bom humor novamente. — Cave e uma mulher cantam sobre assassinato. Soa belo, quase uma declaração de amor. Mas a música é mesmo uma porcaria. — Ele riu outra vez. — Estou começando a gostar dessa cidade.

Eles seguiram adiante, e Harry olhou de relance ao longo da rua. Eles eram praticamente o único casal heterossexual na Oxford Street. Birgitta segurou a mão dele.

— Você devia ver a parada gay no Mardi Gras — disse ela. — Começa nesse ponto e desce a Oxford Street. Dizem que, no ano passado, mais de meio milhão de pessoas vieram de toda a Austrália para participar. Foi uma loucura.

A rua dos gays. A rua das lésbicas. Só agora ele notava as roupas expostas nas vitrines. Látex. Couro. Tops justos e calcinhas fio dental de seda. Zíperes e tachas. Porém, tudo era muito exclusivo e transado, não as coisas suarentas e vulgares que permeavam os bares de striptease de King's Cross.

— Tinha um gay que morava em nossa rua quando eu era criança — lembrou Harry. — Devia ter uns 40 anos, morava sozinho, e todos na vizinhança sabiam que ele era gay. No inverno, atirávamos bolas de neve nele, gritávamos "viado" e saíamos correndo feito doidos;

tínhamos certeza de que levaríamos um chute na bunda se ele nos pegasse. Mas o homem nunca vinha atrás de nós, apenas enterrava mais o chapéu na cabeça e caminhava para casa. Um dia, do nada, ele se mudou. Nunca me fez nada, e eu sempre me perguntei por que eu o odiava tanto.

— As pessoas temem o que não entendem. E odeiam aquilo de que têm medo.

— Você é tão esperta — disse Harry, e Birgitta deu um soquinho no estômago dele.

Ele caiu na calçada gritando, e ela riu e implorou que ele não fizesse escândalo. Harry se levantou e a perseguiu pela Oxford Street.

— Espero que ele tenha se mudado para cá — completou Harry depois.

Depois de se despedir de Birgitta (Harry começava a se preocupar com o fato de encarar cada instante longe dela, breve ou longo, como uma despedida), ele entrou na fila em um ponto de ônibus. À sua frente, havia um rapaz com a bandeira da Noruega na mochila de viagem. Harry se perguntava se deveria puxar assunto quando o ônibus chegou.

O motorista resmungou quando ele lhe estendeu uma nota de vinte dólares.

— Você não teria uma de cinquenta, por acaso? — perguntou o homem com sarcasmo.

— Se tivesse, teria dado a você, seu cretino — retrucou Harry eloquentemente em norueguês, com um sorriso inocente. O motorista o encarou furioso ao dar o troco.

Harry havia decidido fazer o mesmo trajeto que Inger teria percorrido para voltar para casa na noite do assassinato. Não que isso já não tivesse sido feito — Lebie e Yong visitaram os bares e restaurantes ao longo do caminho com uma fotografia de Inger Holter, mas não descobriram nada, é claro. Harry havia tentado convencer Andrew a vir junto, mas o parceiro tinha batido o pé e dito que era uma perda de tempo, que seria melhor ver TV.

— Não estou brincando, Harry. Assistir à TV aumenta a autoconfiança. Quando você vê como as pessoas são imbecis na televisão, começa a se sentir inteligente. E estudos científicos mostram que pessoas que se sentem inteligentes trabalham melhor do que pessoas que se sentem imbecis.

Não havia muito que Harry pudesse dizer para refutar tal lógica, mas, de qualquer forma, Andrew havia lhe dado o nome de um bar na Bridge Road onde ele poderia mandar lembranças suas ao dono.

— Duvido que ele tenha alguma coisa para contar, mas pode dar um desconto de cinquenta por cento na cocaína — dissera Andrew com um sorriso divertido.

Harry desceu do ônibus na prefeitura e caminhou na direção de Pyrmont. Olhou para os prédios altos e para os transeuntes que passavam apressadamente por eles, como as pessoas fazem em uma cidade grande, sem ter qualquer revelação sobre como Inger Holter havia encontrado seu fim naquela noite. No mercado de peixe, entrou em um café e pediu um bagel com salmão defumado e alcaparras. Da janela, via a ponte sobre a Blackwattle Bay e Glebe do outro lado. Um palco era montado na praça, e, pelos pôsteres, Harry viu que ele seria usado na comemoração do Dia da Austrália, que seria naquele fim de semana. Pediu um café à garçonete e passou a lutar com o *Sydney Morning Herald*, o tipo de jornal com o qual se pode embrulhar uma carga inteira de peixe. É realmente trabalhoso folheá-lo do início ao fim, mesmo que só se queira olhar as fotografias. Mas ainda restava uma hora de luz do dia, e Harry queria ver que tipo de criatura emergia em Glebe depois que caía a escuridão.

20

Cricket

O proprietário do Cricket era também o orgulhoso proprietário da camisa que Allan Border usou quando a Austrália derrotou a Inglaterra quatro vezes na série Ashes de 1989. Ficava exposta atrás de um vidro, em uma moldura de madeira acima da máquina de videopôquer. Na outra parede havia dois tacos e uma bola usados em uma série de 1979, quando a Austrália empatou com o Paquistão. Depois que alguém surrupiou os *stumps* da partida contra a África do Sul, que ficavam acima da porta principal, o proprietário concluiu que era necessário fixar seus tesouros nas paredes — e isso fez com que um *pad* que havia pertencido ao lendário Don Bradman fosse destruído a tiros por um cliente que não conseguira arrancá-lo.

Quando Harry entrou e viu os tesouros nas paredes e o grande número de fãs de críquete que formavam a clientela do lugar, a primeira coisa que lhe ocorreu foi que precisava rever sua opinião de que o críquete era um esporte de almofadinhas. Os clientes não eram afetados nem tinham um cheiro tão agradável, assim como Borroughs, que estava atrás do bar.

— Boa noite — cumprimentou ele. Sua voz lembrava o som de uma foice cega contra uma pedra de amolar.

— Tônica, sem gim — pediu Harry, e disse que ficasse com o troco da nota de dez dólares.

— É demais para uma gorjeta, está mais para propina — retrucou Borroughs, balançando a nota. — Você é policial?

— É tão fácil assim de perceber? — perguntou Harry com uma expressão resignada.

— Fora o fato de você falar como turista? Sim.

Borroughs colocou o troco no balcão e deu as costas para Harry.

— Sou amigo de Andrew Kensington.

Ele se virou rápido como um raio e pegou o dinheiro de volta.

— Por que não disse isso logo? — murmurou.

Borroughs não se lembrava de ter visto ou ouvido falar de Inger Holter, o que Harry já sabia, pois Andrew já havia contado isso a ele. Mas, como seu antigo instrutor na polícia de Oslo, "Lumbago" Simonsen, sempre dizia, "é melhor perguntar de mais do que de menos".

Harry olhou em volta.

— O que encontramos por aqui? — perguntou.

— Espetinho de carne com salada grega — respondeu Borroughs. — Prato do dia, 7 dólares.

— Desculpe, deixe-me reformular. Quero dizer, que tipo de pessoa frequenta esse lugar? Como é a sua clientela?

— Acho que você os chamaria de ralé.

Borroughs deu um sorriso resignado, que refletia muito bem sua vida profissional e seu sonho de transformar o bar em um lugar interessante.

— Eles são clientes assíduos? — perguntou Harry, gesticulando com a cabeça para um canto escuro do salão, onde cinco homens bebiam cerveja em uma mesa.

— Sim. A maioria é. Não aparecemos nos mapas turísticos.

— Você se importaria se eu fizesse algumas perguntas a eles? — quis saber Harry.

Borroughs hesitou.

— Esses caras não são muito bonzinhos. Não sei como ganham a vida nem tenho a intenção de perguntar. Mas eles não trabalham em horário comercial, se é que você me entende.

— Ninguém gosta de jovens inocentes sendo estupradas e estranguladas por aqui, não é? Nem mesmo quem tem um pé de cada lado da lei. Isso afugenta as pessoas e não é bom para os negócios, independentemente do que você vender.

Borroughs enxugou um copo e o lustrou.

— Se eu fosse você, iria com calma.

Harry assentiu com a cabeça para Borroughs e caminhou até a mesa do canto bem devagar, para que tivessem tempo de vê-lo. Um dos homens se levantou antes que ele se aproximasse mais. Cruzou os braços, revelando uma adaga tatuada no antebraço troncudo.

— Esse canto está ocupado, loirinho — disse o sujeito com uma voz tão rouca que mais parecia um sussurro.

— Tenho uma pergunta... — começou Harry, mas o homem da voz rouca já balançava a cabeça negativamente. — Apenas uma. Alguém aqui conhece este homem, Evans White? — Ele mostrou a fotografia.

Até então, os dois homens que estavam sentados de frente para ele apenas o olhavam, mais entediados que hostis. À menção do nome White, examinaram-no com interesse renovado. Harry também notou uma leve tensão na musculatura do pescoço dos dois homens que estavam de costas.

— Nunca ouvi falar — disse o homem da voz rouca. — Estamos no meio de uma conversa... pessoal, meu amigo. Até mais ver.

— Essa conversa não teria a ver com a venda de substâncias ilegais de acordo com a lei australiana, teria? — perguntou Harry.

Longo silêncio. Ele havia adotado uma estratégia arriscada. Provocar abertamente os interrogados é uma boa tática quando há bons reforços ou boas rotas de fuga. Harry não tinha nada disso. Apenas achava que era hora de as coisas começarem a acontecer.

Um pescoço se ergueu. Ergueu-se ainda mais. Quase alcançava o teto quando se virou e revelou o rosto feio, esburacado. Um bigode sedoso realçava os traços orientais.

— Gengis Khan! Que bom ver você. Achei que estivesse morto! — exclamou Harry, estendendo a mão.

Khan abriu a boca.

— Quem é você?

Sua voz parecia o estertor da morte. Qualquer banda de death metal mataria por um vocalista com aquele tom gutural baixo.

— Sou policial e não acredito que...

— Carteira.

Khan o encarava do teto.

— Como é?

— O distintivo.

Harry sabia que a situação exigia mais que o cartão de plástico com a foto do passaporte emitido pela polícia de Oslo.

— Alguém já disse que sua voz é igualzinha à do cantor do Sepultura... Como é mesmo o nome dele?

Harry levou um dedo ao queixo e pareceu vasculhar a memória atrás da informação. O homem de voz rouca contornou a mesa. Harry apontou para ele.

— E você é Rod Stewart, não é? Arrá! Vocês estão aqui planejando o Live Aid 2 e a...

O soco o acertou nos dentes. Harry continuou de pé, oscilando, a mão na boca.

— Isso quer dizer que você não acredita que eu tenho futuro como comediante? — indagou. Ele olhou para os dedos. Havia sangue, saliva e algo macio que ele acreditava ser a polpa do dente. — A polpa não devia ser vermelha? — perguntou a Rod, erguendo-a entre os dedos.

Rod o estudou desconfiado antes de se curvar e espiar os fragmentos brancos mais de perto.

— Isso é osso, fica debaixo do esmalte — opinou ele. — Meu velho é dentista — explicou aos outros. Então deu um passo para trás e deu outro soco em Harry.

Por um momento, tudo ficou preto, mas Harry ainda se viu de pé quando voltou a si.

— Veja se encontra um pouco de polpa agora — disse Rod, curioso.

Harry sabia que aquilo era uma burrice; toda a sua experiência e bom senso diziam isso, sua mandíbula dolorida dizia isso. Mas infelizmente sua mão direita pensou que aquilo era uma ideia brilhante e, naquele momento, a vontade dela prevaleceu. Harry acertou Rod no queixo e ouviu o estalo da mandíbula do sujeito antes de ele cambalear para trás, a consequência inevitável de um *uppercut* perfeito.

Um golpe desse tipo se propaga em ondas do maxilar até o cerebelo, ou "pequeno cérebro". Um termo apropriado nesse caso, pensou Harry, pois essas ondas não só provocam uma infinidade de pequenos curtos-circuitos, como também, se você tiver sorte, perda instantânea da consciência e/ou sequelas cerebrais de longo prazo. No caso de Rod, o cérebro parecia não saber se optaria pela perda da consciência ou apenas por uma concussão.

Gengis Khan não pretendia esperar pelo resultado. Agarrou Harry pelo colarinho, ergueu-o até a altura do ombro e o atirou longe, como se fosse um saco de farinha. Um casal que havia acabado de comer o especial do dia de 7 dólares de repente se viu com mais carne do que foi pedida no prato, pulando para trás quando Harry aterrissou com estardalhaço em sua mesa. Céus, espero desmaiar logo, pensou ele, sentindo dor e vendo Khan avançar em sua direção.

A clavícula é um osso frágil e muito exposto. Harry mirou nela e desferiu um chute, mas o tratamento que Rod havia lhe dispensado devia ter afetado sua visão, pois atingiu o ar.

— Dor! — prometeu Khan, levantando os braços acima da cabeça.

Ele não precisava de uma marreta. A pancada acertou Harry no peito e na mesma hora paralisou todas as funções coronarianas e respiratórias. Consequentemente, ele não viu nem ouviu o homem de pele escura entrar e agarrar a bola que a Austrália havia usado contra o Paquistão em 1979, uma Kookaburra dura como pedra de 160 gramas e 7,6 centímetros de diâmetro. O braço dele girou no ar com força fenomenal, e a bola zuniu rumo ao seu alvo.

Ao contrário do cerebelo de Rod, o de Khan não teve qualquer dúvida: o míssil o acertou bem na testa. Foi um apagão instantâneo. Khan cambaleou, então caiu como um arranha-céu desmoronando depois de uma explosão.

Agora, no entanto, os outros três sujeitos à mesa haviam se levantado e tinham o semblante raivoso. O recém-chegado avançou com os braços erguidos e a guarda baixa. Um dos homens investiu contra ele, e Harry, em meio à bruma, pensou reconhecer seu salvador: o homem de pele escura se esquivou para trás, deu um passo à frente e executou dois *jabs* de esquerda, como para testar a distância, então girou a direita de baixo para cima num *uppercut* esmagador. Felizmente, o fundo do salão era tão apertado que eles não poderiam se lançar todos de uma vez contra o recém-chegado. Com o primeiro homem no chão, o segundo lançou seu ataque, um pouco mais cauteloso. A posição dos braços sugeria que ele tinha uma faixa de artes marciais de alguma cor pendurada na parede de casa. O primeiro golpe, hesitante, foi detido pela guarda do recém-chegado, e, quando ele girou para desferir o indispensável chute de caratê, o alvo já havia se movido. O chute acertou o vazio.

Todavia, uma ágil combinação esquerda-direita-esquerda lançou o carateca contra a parede. O homem de pele escura foi até ele e o acertou com um cruzado de direita, jogando sua cabeça para trás com uma pancada de embrulhar o estômago. Ele deslizou para o chão como se fosse restos de comida atirados na parede. O jogador de críquete o atingiu mais uma vez durante a queda, apesar de isso ser completamente desnecessário.

Rod estava sentado em uma cadeira e acompanhava os eventos com olhos vidrados.

Ouviu-se um clique quando o terceiro sujeito abriu seu canivete. Enquanto ele avançava em direção ao homem de pele escura com as costas curvadas e os braços abertos, Rod vomitou nos sapatos — um sinal claro de que tinha uma concussão, registrou Harry com prazer. Mas ele também se sentiu um pouco enjoado, especialmente quando viu que o primeiro oponente de Andrew havia pegado o taco de críquete na parede e se aproximava do ex-boxeador por trás. O homem da faca estava ao lado de Harry agora, mas não prestava atenção nele.

— Atrás de você, Andrew! — gritou Harry, lançando-se em direção ao braço que segurava o canivete.

Ele ouviu a pancada seca quando o taco atingiu mesas e cadeiras, derrubando-as, mas precisava se concentrar no homem do canivete, que tinha se desvencilhado e agora o rodeava, movendo os braços com gestos teatrais, um sorriso insano nos lábios.

Com os olhos fixos nele, Harry tateou a mesa às suas costas em busca de algo que pudesse usar. Ainda ouvia o som do taco de críquete em ação no bar.

O homem do canivete ria ao se aproximar, jogando sua arma de uma mão para a outra.

Harry o golpeou e recuou. Seu oponente abaixou o braço, e a arma quicou pelo chão. Ele olhou perplexo para o ombro, do qual se projetava um espetinho com um pedaço de cogumelo. O braço direito parecia estar paralisado e, com cuidado, com a mesma expressão de perplexidade no rosto, ele puxou o espetinho com a mão esquerda para ter certeza de que o objeto ainda estava ali.

Devia ter acertado músculos ou nervos, pensou Harry ao desferir um soco.

Tudo o que sentiu foi que acertou algo duro, e uma pontada de dor percorreu seu braço. O homem da faca cambaleou para trás, fitando Harry com o olhar ofendido. Um filete de sangue escorria de uma narina. Harry massageou sua mão direita e a ergueu para dar mais um soco em seu oponente, mas mudou de ideia.

— Dar socos dói demais. Você não pode simplesmente se render? — perguntou.

O homem do canivete assentiu e desabou em uma cadeira ao lado de Rod, que ainda tinha a cabeça entre as pernas.

Quando se virou, Harry se deparou com Borroughs no meio do salão, com uma arma apontada para o primeiro oponente de Andrew, e Andrew caído em meio a mesas viradas, inerte. Alguns dos clientes tinham ido embora e outros observavam a cena curiosos, mas a maioria ainda estava no bar assistindo à TV. Estava passando uma partida de críquete.

Quando as ambulâncias chegaram para cuidar dos feridos, Harry fez com que atendessem Andrew primeiro. Ele foi carregado para fora, com Harry ao seu lado. Um dos ouvidos de Andrew sangrava, e seu peito chiava, mas ao menos tinha voltado a si.

— Eu não sabia que você jogava críquete, Andrew. Ótimo arremesso, mas precisava mesmo ter usado tanta força?

— Você tem razão. Eu avaliei mal a situação. Você tinha tudo sob controle.

— Bem, para ser sincero, admito que não — disse Harry.

— Ok. Para ser sincero, estou com uma dor de cabeça terrível e me arrependo de ter vindo. Teria sido mais justo se fosse você deitado aqui. E eu estou falando sério.

As ambulâncias foram embora, e restaram apenas Harry e Borroughs no bar.

— Espero que a gente não tenha destruído muitos móveis e a decoração — disse Harry.

— Não, não foi tão ruim. Meus clientes gostam de um pouco de diversão ao vivo de vez em quando. Mas é bom você ficar atento de agora em diante. O chefe daqueles rapazes não vai ficar feliz quando souber o que aconteceu — alertou Borroughs.

— Jura? — perguntou Harry. Ele suspeitava de que Borroughs estava tentando lhe dizer alguma coisa. — E quem é o chefe deles?

— Acho que o camarada da foto é uma boa aposta. Mas eu não disse absolutamente nada.

Harry assentiu lentamente.

— Então é melhor eu ficar atento. E armado. Se importa se eu levar um espetinho?

21

Um bêbado

Harry foi a um dentista em King's Cross, que, apenas com um olhar, decidiu que daria muito trabalho reconstruir um dente da frente quebrado no meio. Ela fez um reparo temporário e cobrou um valor que Harry esperava que a chefe de polícia de Oslo fosse generosa o bastante para reembolsar.

Na delegacia, foi informado de que o taco de críquete havia quebrado três costelas de Andrew e lhe provocado uma concussão. Era pouco provável que ele levantasse da cama naquela semana.

Depois do almoço, Harry perguntou a Lebie se poderia acompanhá-lo em algumas visitas hospitalares. Eles foram até o St. Etienne, onde precisariam registrar os nomes no livro de visitantes — um volume grosso e pesado aberto diante de uma freira ainda mais pesada, que os observava de braços cruzados atrás de um vidro. Mas ela apenas sinalizou que eles entrassem, fazendo um gesto negativo com a cabeça.

— Ela não fala inglês — explicou Lebie.

Os dois seguiram até a recepção, onde um rapaz sorridente lançou seus nomes no computador, informou os números dos quartos e lhes indicou o caminho.

— Da Idade Média à Era Digital em dez segundos — sussurrou Harry.

Trocaram algumas palavras com um Andrew cheio de hematomas, mas ele estava de mau humor e mandou que dessem o fora depois de cinco minutos. No andar de cima, encontraram o homem do canivete em um quarto individual. Estava deitado com o braço numa tipoia e o rosto inchado, e recebeu Harry com o olhar ofendido da noite anterior.

— O que você quer, seu desgraçado?

Harry se sentou em uma cadeira ao lado da cama.

— Quero saber se Evans White mandou alguém matar Inger Holter, quem recebeu a ordem e por quê.

O homem do canivete tentou rir, mas, em vez disso, começou a tossir.

— Não faço ideia do que você está falando, cara, e acho que você também não.

— Como está o ombro? — perguntou Harry.

Os olhos do homem do canivete se esbugalharam tanto que pareciam prestes a saltar das órbitas.

— Nem tente...

Harry tirou o espetinho do bolso. Uma veia grossa, azul, saltou na testa do sujeito.

— Você está brincando.

Harry não disse nada.

— Vocês estão loucos! Não pensem que vão se safar disso! Se encontrarem uma marca que seja no meu corpo depois que vocês forem embora, seu empreguinho de merda vai pelo ralo, seu babaca!

A voz do homem do canivete ficou cada vez mais aguda, até atingir um falsete.

Harry levou um dedo aos lábios.

— Faça um favor a si mesmo. Shhh. Está vendo aquele careca grandalhão perto da porta? Não é fácil ver a semelhança, mas, na verdade, seus colegas quebraram a cabeça do primo dele com o taco ontem. Pediu permissão especial para vir comigo hoje. A função dele é tapar a sua boca com um pedaço de fita e segurá-lo enquanto eu tiro as ataduras e enfio essa belezinha no único lugar em que ela não deixará marcas. Porque o buraco já existe, sabe?

Ele apertou gentilmente o ombro direito do homem do canivete. Lágrimas brotaram nos olhos do sujeito, que respirava ruidosamente. Seus olhos disparavam de Harry para Lebie, de Lebie para Harry. A natureza humana é uma floresta vasta e impenetrável, mas Harry pensou ver uma clareira quando o homem abriu a boca. Ele sem dúvida dizia a verdade.

— Você não pode fazer nada comigo que Evans White não faça dez vezes pior se descobrir que eu o dedurei. Mas vou contar o seguinte: você está atrás da pessoa errada. Entendeu tudo errado.

Harry olhou para Lebie. Ele balançou a cabeça. Harry refletiu por um momento, então se levantou e colocou o espetinho na mesa de cabeceira.

— Melhoras.

— *Hasta la vista* — disse o homem da faca, apontando uma arma imaginária com o dedo indicador.

No hotel, havia uma mensagem para Harry na recepção. Ele reconheceu o número da delegacia de Sydney e retornou a ligação imediatamente. Yong Sue atendeu.

— Analisamos todos os registros outra vez — disse ele. — E fizemos uma inspeção mais criteriosa. Alguns crimes leves são tirados dos registros oficiais depois de três anos. É a lei. Há delitos que não podemos deixar na ficha. Mas, quando se trata de crimes sexuais... bem, digamos que nós os mantemos em um arquivo de backup bem extraoficial. Eu desencavei algo interessante.

— Ah, é?

— O senhorio de Inger Holter, Hunter Robertson, não tem antecedentes. Mas, quando investigamos um pouco mais, descobrimos que ele foi multado duas vezes por cometer atos obscenos. Exposição indecente.

Harry tentou imaginar a tal exposição indecente.

— Quão indecente?

— Brincou com o órgão sexual em um lugar público. Por si só, isso não quer dizer nada, é claro, só que tem mais. Lebie foi até a casa dele, mas não havia ninguém lá, só um vira-lata mal-humorado latindo atrás da porta. Mas um vizinho apareceu. Parece que o camarada combinou com Robertson de soltar o cachorro e dar comida a ele toda quarta à noite, e ele tem a chave. Então, é lógico, Lebie perguntou se ele abriu a porta e soltou o cachorro na quarta-feira antes de o corpo de Inger ser encontrado. Ele disse que sim.

— E?

— Robertson disse no depoimento que ficou em casa aquela noite toda. Achei que você ia querer saber.

Harry sentiu seu coração bater mais rápido.

— O que vocês vão fazer agora?

— Uma viatura vai pegá-lo amanhã cedo, antes de ele sair para o trabalho.

— Humm. Quando e onde esses terríveis delitos aconteceram?

— Deixe-me ver. Acho que foi em um parque. Isso. Green Park, é o que diz aqui. É um parque pequeno...

— Sei qual é. — Harry pensou rápido. — Achou que vou dar uma volta. Parece que há frequentadores assíduos por lá. Talvez eles saibam de alguma coisa.

Harry anotou as datas em que as infrações de Robertson ocorreram em uma pequena agenda preta do Sparebanken Nor que seu pai lhe dava todo ano no Natal.

— Só por curiosidade, Yong. O que é uma exposição decente?

— Ter 18 anos, estar bêbado e mostrar a bunda para uma viatura da polícia no Dia da Independência da Noruega.

Ele ficou tão aturdido que não conseguiu pronunciar uma palavra sequer.

Young ria do outro lado da linha.

— Como...? — começou Harry.

— É inacreditável o que você consegue descobrir com algumas senhas e um colega dinamarquês na sala ao lado.

Yong estava tendo uma crise de riso.

Harry começava a sentir o sangue ferver de raiva.

— Espero que você não se importe. — Yong subitamente pareceu temer ter ido longe demais. — Não contei a ninguém.

Ele soava tão arrependido que Harry não conseguiu ficar irritado.

— Um dos policiais era uma mulher — disse Harry. — Depois ela me cumprimentou pelo meu bumbum durinho.

Yong riu, aliviado.

As fotocélulas do parque acharam que já estava escuro o suficiente, e as lâmpadas se acenderam enquanto Harry caminhava em direção ao banco. Ele reconheceu de imediato o homem de pele cinza sentado ali.

— Boa noite.

A cabeça, que antes estava abaixada, com o queixo apoiado no peito, ergueu-se lentamente, e olhos castanhos fitaram Harry — ou, para ser mais preciso, passaram por ele e se fixaram em um ponto muito distante.

— Fumu? — perguntou ele com uma voz grave.

— Como é?

— Fumu, fumu — repetiu ele, agitando dois dedos no ar.

— Ah, fumo. Você quer um cigarro?

Harry tirou dois cigarros do maço e acendeu um para si. Eles permaneceram sentados ali em silêncio por um tempo, fumando. Aquele era um pulmão verde no coração de uma cidade grande, e, ainda assim, Harry tinha a sensação de estar em uma área deserta, remota. Talvez porque a noite tinha caído, e era possível ouvir o som vibrante de gafanhoto invisíveis esfregando as patas nas asas. Ou talvez porque havia algo de ritualístico e atemporal no ato de fumarem juntos, o policial branco e o homem negro de rosto largo, incomum, descendente da população nativa daquele vasto continente.

— Quer comprar a minha jaqueta?

Harry olhou para a jaqueta do homem, que era do tipo corta-vento, feita de material pouco resistente em tons vibrantes de vermelho e preto.

— A bandeira aborígine — explicou a Harry, mostrando as costas da jaqueta. — Meu primo que faz.

Ele educadamente recusou a oferta.

— Qual é o seu nome? — perguntou o aborígine.

— Harry.

— É um nome inglês. Eu também tenho um nome inglês. É Joseph. Com "p" e "h". Na verdade, é um nome judaico. José, o pai de Jesus, saca? Joseph Walter Roderigue. Meu nome tribal é Ngardagha. N-gar-dag-ha.

— Você passa bastante tempo no parque, não passa, Joseph?

— Sim, bastante.

Joseph voltou a ficar com o olhar perdido, ausente. Ele tirou uma garrafa grande de suco da jaqueta, ofereceu um gole a Harry e bebeu antes de tampá-la. A jaqueta se abriu, e Harry viu as tatuagens no peito. "Jerry" estava escrito acima de uma cruz grande.

— Gostei da sua tatuagem, Joseph. Quem é Jerry?

— Jerry é meu filho. Meu filho. Ele tem 4 anos. — Joseph contou até quatro nos dedos.

— Quatro. Entendi. Onde Jerry está agora?

— Em casa. — Joseph agitou a mão, como se indicasse a direção onde ficava sua casa. — Com a mãe.

— Escute, Joseph. Estou atrás de um homem. O nome dele é Hunter Robertson. Ele é branco, baixinho e não tem muito cabelo. Às vezes, vem até o parque. Às vezes, ele... fica se mostrando em público. Entende o que eu quero dizer? Você já o viu, Joseph?

— Sim, sim. Ele está vindo — disse Joseph, esfregando o nariz, como se Harry falasse de um evento banal. — Espere. Ele está vindo.

22

Dois exibicionistas

O sino de uma igreja soou à distância. Harry acendeu o oitavo cigarro e tragou, a fumaça invadindo seus pulmões. Sua irmã tinha dito que ele devia parar de fumar na última vez que a levara ao cinema. Assistiram a *Robin Hood: o príncipe dos ladrões*, com o pior elenco que Harry já vira desde *Plano 9 do espaço sideral*. Mas sua irmã não havia se incomodado com o fato de o Robin Hood de Kevin Costner se dirigir ao xerife de Nottingham com um sotaque americano carregado. No geral, pouca coisa a incomodava; ela dera gritos de alegria ao ver Costner lutar na floresta de Sherwood e fungara quando Marian e Robin finalmente se encontraram.

Depois foram a um café, onde Harry lhe pagara um chocolate quente. Ela havia contado como se sentia bem em seu novo apartamento no Residencial Sogn, apesar de alguns dos seus vizinhos de corredor terem "um parafuso a menos". E queria que Harry parasse de fumar.

— Ernst diz que é perigoso. Que você pode morrer disso.

— Quem é Ernst? — perguntara Harry, mas recebera risadinhas como resposta.

— Você não devia fumar, Harald. Você não pode morrer, está ouvindo?

Ela aprendera o "Harald" e o "está ouvindo" com a mãe deles.

O nome *Harry* se devia à vontade irresoluta do pai. Olav Hole, um homem que geralmente cedia à esposa em tudo, havia levantado a voz e insistido que o menino devia receber o nome de seu avô, um homem do mar e, aparentemente, um bom camarada. A mãe tinha se rendido num momento de fraqueza, como ela própria dizia, e depois se arrependera amargamente.

— Alguém já ouviu falar de alguém chamado Harry chegar a algum lugar em alguma coisa? — dissera ela. (Quando estava de bom humor, o pai de Harry a provocava por causa de todos aqueles *alguéns* e *alguns*.)

De toda forma, sua mãe o chamava de Harald, em homenagem a um tio, mas todo mundo o conhecia por Harry. E, depois que ela morreu, sua irmã passou a chamá-lo de Harald. Talvez tenha sido a forma que ela encontrou de tentar preencher a lacuna deixada pela mãe. Harry não sabia; muitas coisas estranhas se passavam na cabeça de sua irmã. Por exemplo, ela sorriu com lágrimas nos olhos e chantili no nariz quando Harry prometeu que pararia de fumar, se não imediatamente, ao menos no momento certo.

Agora, ele estava sentado imaginando a fumaça subir serpenteando como uma cobra enorme e entrar em seu corpo. Bubbur.

Joseph se mexeu. Havia cochilado por um instante.

— Meus antepassados eram da tribo Crow — disse sem mais nem menos e se ajeitou. — Eles podiam voar. O sono parecia ter trazido alguma sobriedade. Ele esfregou o rosto com as duas mãos. — É uma coisa maravilhosa, ser capaz de voar. Você tem dez pratas?

Harry tinha apenas uma nota de vinte dólares.

— Serve — disse Joseph, pegando-a.

O cérebro de Joseph começava a ficar nebuloso novamente, como se aquele instante de sobriedade tivesse sido como uma trégua no mau tempo, e ele murmurou algo em uma língua ininteligível que parecia a mesma que Andrew havia falado com Toowoomba. Andrew tinha chamado aquilo de crioulo, não? No fim, o queixo do bêbado voltou a cair sobre o peito.

Harry havia acabado de decidir que terminaria o cigarro e iria embora quando Robertson apareceu. Meio que esperava que ele estivesse de casaco, o que imaginava ser o padrão para um exibicionista, mas Robertson vestia apenas calça jeans e camiseta. Olhava de um lado para o outro e caminhava de forma estranha, como se estivesse cantarolando e seus passos acompanhassem o ritmo da música. Não reconheceu Harry até chegar aos bancos, e em seu rosto não havia qualquer indício de que tinha ficado feliz com o encontro.

— Boa noite, Robertson. Tentamos entrar em contato com você. Sente-se.

Robertson olhou em volta e transferiu o peso de um pé para o outro. Por um momento, pareceu que tentaria fugir, mas por fim sentou-se com um suspiro de desânimo.

— Eu já contei tudo o que sei — disse ele. — Por que estão me importunando?

— Porque você tem um histórico de importunar os outros.

— Importunar os outros? Eu nunca importunei ninguém!

Harry o analisou. Era difícil gostar de um homem como Robertson, mas nem com a maior boa — ou má — vontade do mundo Harry conseguiria se convencer de que estava sentado ao lado de um serial killer. Isso o deixou um tanto mal-humorado, pois era um indício de que estava perdendo tempo.

— Você sabe quantas meninas não conseguem dormir por sua causa? — perguntou Harry, tentando colocar na voz o máximo de desprezo possível. — Quantas não conseguem esquecer e precisam conviver com a imagem de um punheteiro depravado estuprando-as mentalmente? Você entrou na cabeça delas, fez com que se sentissem vulneráveis, com medo de sair no escuro. Você as humilhou e fez com que se sentissem usadas.

Robertson riu.

— Isso é o melhor que você consegue, detetive? E quanto às vidas sexuais que eu arruinei? E o medo que essas meninas têm, que as reduziu a uma vida à base de tranquilizantes? A propósito, acho bom seu colega tomar cuidado. Aquele que disse que eu podia ser condenado a seis anos como cúmplice se não tomasse vergonha e desse um depoimento a vocês, seus idiotas. Falei com meu advogado, e ele vai levar o caso ao seu chefe, só para você saber. Então não tente me enrolar outra vez.

— Ok, podemos fazer isso de duas formas, Robertson — disse Harry, dando-se conta de que não tinha a mesma autoridade de Andrew no papel de policial durão. — Você pode me dizer agora o que eu quero saber ou...

— ... Ou nós podemos ir até a delegacia. Obrigado, já ouvi essa antes. Por favor, leve-me, e o meu advogado irá até lá e me libertará em menos de uma hora, e você e o seu colega serão acusados de coerção. Fique à vontade!

— Não era exatamente isso que eu tinha em mente — respondeu Harry em voz baixa. — Imaginei mais um vazamento de informações discreto, impossível de ser rastreado, naturalmente, para um dos tabloides sensacionalistas de Sydney, desses famintos por notícias. Você consegue imaginar? *Senhorio de Inger Holter (veja foto ao lado), já condenado por exposição indecente, está na mira da polícia...*

— Condenado! Eu fui multado. Quarenta dólares! — A voz de Hunter Robertson agora era estridente.

— Sim, eu sei, Robertson, foi um delito leve — disse Harry, fingindo empatia. — Tanto que foi fácil escondê-lo da comunidade local. É uma pena que as pessoas onde você mora leiam tabloides, não é? E no trabalho... E seus pais? Eles sabem ler?

Robertson murchou. O ar escapou dele como de uma bola furada; para Harry, lembrava o som de alguém se sentando em um pufe. Ele soube sem sombra de dúvida que havia acertado um ponto fraco ao mencionar os pais.

— Seu canalha sem coração — sussurrou Robertson com uma voz rouca, contrita. — De onde tiram gente como você? — Depois de um tempo, perguntou: — O que você quer saber?

— Antes de mais nada, quero saber onde você estava na véspera do dia em que Inger foi encontrada.

— Eu já disse à polícia que estava sozinho em casa e...

— Chega de papo. Espero que os editores encontrem uma boa foto sua.

Ele se levantou.

— Ok, ok. Eu não estava em casa! — guinchou Robertson. Ele inclinou a cabeça para trás e fechou os olhos.

Harry voltou a se sentar.

— Quando eu era estudante e morava em uma quitinete em uma das melhores regiões da cidade, uma viúva morava do outro lado da rua — contou Harry. — Às sete da noite, sete em ponto, toda sexta-feira, ela abria as cortinas. Nós morávamos no mesmo andar, e da minha quitinete eu tinha uma ótima vista da sala dela. Especialmente às sextas-feiras, quando ela acendia as lâmpadas do enorme lustre.

Se você a visse em qualquer outro dia da semana, era uma senhora grisalha de óculos e cardigã, do tipo que você vê o tempo todo no bonde ou na fila da farmácia. Mas, às sextas-feiras, às sete, quando começava o espetáculo, você pensaria em qualquer coisa, menos em uma senhora mal-humorada de bengala, tossindo. Ela vestia um roupão de seda com estampa japonesa e sapatos de salto alto pretos. Às sete e meia, recebia a visita de um homem. Às quinze para as oito, tirava o roupão e ficava apenas com o espartilho preto. Às oito, estava quase sem o espartilho, e eles trepavam no sofá. Às oito e meia, o visitante ia embora, as cortinas eram fechadas e o espetáculo chegava ao fim.

— Interessante — disse Robertson simplesmente.

— O interessante é que nunca houve qualquer problema. Se você morasse do meu lado da rua, não tinha como não ver o que acontecia, e muitas pessoas deviam acompanhar aquelas exibições. Mas nunca houve qualquer problema, pelo que eu saiba; ela nunca foi denunciada à polícia e nunca houve qualquer reclamação. Outra coisa interessante era a regularidade. A princípio, pensei que tivesse algo a ver com o parceiro, com a disponibilidade dele; ele podia estar no trabalho, ser casado ou coisa parecida. Mas logo percebi que ela trocava de parceiro sem trocar os horários. E foi então que me dei conta de que ela obviamente sabia o que qualquer programador de TV sabe: depois que se conquista uma audiência em determinado horário na grade de programação, trocar a hora da transmissão não é uma boa ideia. E era a audiência que apimentava a vida sexual dela. Entendeu?

— Entendi — respondeu Robertson.

— Essa foi uma pergunta idiota, é claro. Agora, por que eu contei essa história? Como o nosso amigo dorminhoco aqui, Joseph, tinha tanta certeza de que você viria hoje à noite, eu conferi na minha agenda, e a maioria das datas bateu. Hoje é quarta-feira; Inger também desapareceu em uma noite de quarta, e você foi pego aqui duas vezes também às quartas-feiras. Você tem um horário na grade de programação, não tem?

Robertson não respondeu.

— Portanto, a minha próxima pergunta é: por que você não foi denunciado recentemente? Afinal, já se vão quatro anos desde a última vez. E as pessoas geralmente não gostam de homens que ficam se mostrando para garotinhas no parque.

— Quem disse que são garotinhas? — rebateu Robertson. — E quem disse que as pessoas não gostam?

Se soubesse assobiar, Harry o teria feito baixinho. Lembrou-se de repente do casal discutindo ali por perto no início da noite.

— Então você se exibe para homens — constatou, quase para si mesmo. — Para os gays do bairro. Isso explica o motivo de não ter tido mais problemas com a polícia. Você também tem um público cativo?

Robertson deu de ombros.

— Eles vêm e vão. Mas sempre sabem quando e onde podem me ver.

— E o que houve quando você foi denunciado?

— Foram pessoas que estavam passando pela rua. Somos mais cuidadosos agora.

— Então eu poderia encontrar uma testemunha disposta a afirmar que você estava aqui na noite em que Inger desapareceu?

Robertson assentiu.

Eles ficaram em silêncio ouvindo Joseph ressonar.

— Tem mais uma coisa que não se encaixa — disse Harry depois de um tempo. — Ficou martelando na minha cabeça esse tempo todo, mas só me dei conta quando eu soube que seu vizinho solta o seu cachorro e dá comida para ele toda quarta-feira.

Dois homens passaram por eles lentamente e pararam fora do alcance da luz lançada pelo poste.

— Então perguntei a mim mesmo: por que ele deu comida ao bicho se Inger estava voltando do Albury com sobras de carne? — continuou Harry. — A princípio descartei a ideia, pensando que vocês provavelmente conversaram a respeito. Talvez a carne fosse para o dia seguinte. Mas então me lembrei de uma coisa que eu jamais deveria ter esquecido: seu cachorro não come carne... pelo menos você não deixa que ele coma carne. Nesse caso, o que Inger fazia com as sobras? Ela disse aos colegas do bar que eram para o cachorro. Por que ela mentiria?

— Não sei.

Harry notou que Robertson consultava o relógio. A hora do show devia estar próxima.

— Uma última coisa. O que você sabe a respeito de Evans White?

Robertson se virou e o fitou com olhos azul-claros lacrimosos. Seria aquilo uma centelha de medo?

— Muito pouco.

Harry desistiu. Não tinha progredido muito. Lá no fundo, ele sentia uma ânsia por caçar, perseguir e prender, mas essas coisas pareciam cada vez mais distantes. Em poucos dias estaria a caminho da Noruega. Estranhamente, esse pensamento não o fazia se sentir nem um pouco melhor.

— Quanto às testemunhas... — disse Robertson. — Eu agradeceria se você...

— Não quero cortar seu barato, Robertson. Sei que quem vier vai gostar. — Ele olhou para o maço de cigarros, tirou um e colocou o restante no bolso da jaqueta de Joseph antes de se levantar para ir embora. — Eu com certeza gostava do show semanal da viúva.

23

Cobra preta

Como de costume, o Albury estava a pleno vapor. Tocava "It's Raining Men" em alto e bom som e, no palco, três rapazes usavam botas até os joelhos e quase nenhuma roupa. A plateia os aplaudia e cantava junto. Harry assistiu a um pouco mais do show antes de ir ao bar de Birgitta.

— Por que você não canta junto, Bonitão? — perguntou uma voz familiar.

Harry se virou. Otto não estava travestido aquela noite; no entanto, a camisa de seda rosa com colarinho aberto e os toques discretos de rímel e batom mostravam que ainda tinha dado atenção especial à aparência.

— Não tenho voz para isso, Otto. Desculpe.

— Ah, vocês escandinavos são todos iguais. Não se soltam se não entornar tanta bebida que não conseguem mais... hã... você sabe o que eu quero dizer.

Harry sorriu para os olhos semicerrados de Otto.

— Não flerte comigo, Otto. Sou uma causa perdida.

— Hétero incorrigível, hein?

Harry assentiu.

— Mesmo assim deixa eu pagar uma bebida, Bonitão. Do que você gosta?

Ele pediu um suco de grapefruit para Harry e um Bloody Mary para si mesmo. Os dois brindaram, e Otto virou metade do coquetel em um único gole.

— A única coisa que ajuda com os infortúnios do amor — disse, então virou o restante, estremeceu, pediu outro e olhou para Harry.

— Então você nunca fez sexo com um homem? Acho que precisamos dar um jeito nisso qualquer dia desses.

Harry sentiu as orelhas esquentarem. Como aquele palhaço conseguia fazer um homem como ele, de barba na cara, enrubescer tanto a ponto de parecer um inglês depois de passar seis horas numa praia espanhola?

— Vamos fazer uma aposta indecente e maravilhosamente vulgar — sugeriu Otto, seus olhos brilhando, divertidos. — Aposto cem dólares que essa sua mão macia e esbelta vai tocar minhas partes íntimas antes de você voltar para a Noruega. Você ousa encarar o desafio?

Otto bateu palmas ao ver o rosto vermelho de Harry.

— Se você insiste em jogar dinheiro fora, tudo bem — respondeu Harry. — Mas, pelo que sei, Otto, você está sofrendo com os infortúnios do amor. Não deveria estar em casa pensando em outras coisas além de provocar heterossexuais?

Ele se arrependeu de imediato do que disse. Nunca gostou de ser provocado.

A mão que Otto lhe havia estendido recuou e ele lhe dirigiu um olhar magoado.

— Desculpe, estou falando besteira. Eu não quis dizer isso — lamentou Harry.

Otto deu de ombros.

— Alguma novidade sobre o caso? — perguntou.

— Não. — Harry se sentiu aliviado com a mudança de assunto. — Parece que vamos precisar ir além do círculo de amizades dela. A propósito, você a conhecia?

— Todo mundo que frequenta este lugar conhecia Inger.

— Alguma vez falou com ela?

— Bem, acho que devemos ter trocado algumas palavras. Ela era um tanto complicada demais para o meu gosto.

— Complicada?

— Ela virava a cabeça de muitos clientes hétero. Estava sempre vestida de forma provocante, lançava olhares lânguidos e sorria mais se isso rendesse gorjetas mais gordas. Esse tipo de coisa pode ser perigoso.

— Você acha que algum dos clientes pode...?

— Só quis dizer que talvez você não precise procurar longe demais, detetive.

— O que você está sugerindo?

Otto olhou em volta e terminou o drinque.

— Eu falo demais, Bonitão. — Ele fez menção de ir embora. — Agora, vou fazer o que você sugeriu. Vou para casa pensar em outras coisas. Não foi isso que o doutor prescreveu?

Ele acenou para um dos rapazes com echarpe no pescoço atrás do bar, que lhe trouxe um saco de papel pardo.

— Não se esqueça do espetáculo! — gritou Otto por cima do ombro ao ir embora.

Harry estava sentado em um banco no bar de Birgitta, observando-a trabalhar discretamente. Acompanhava suas mãos rápidas servindo *pints*, dando o troco e preparando drinques, a forma como ela se movia atrás do balcão, com movimentos quase instintivos: da torneira de cerveja para a bancada, da bancada para o caixa. Viu seu cabelo cair sobre o rosto, o gesto rápido para afastá-lo, o olhar ocasional para os clientes em busca de novos pedidos... e para Harry.

O rosto sardento se iluminou, e ele sentiu o coração bater no peito, forte, esplêndido.

— Um amigo de Andrew passou por aqui agora há pouco — disse ela ao ir até Harry. — Ele o visitou no hospital e veio dar um oi. Perguntou por você. Acho que ainda está por aqui. Sim, ali está ele.

Birgitta apontou para uma mesa, e Harry reconheceu de imediato o homem negro e elegante. Era Toowoomba, o boxeador. Ele foi até lá.

— Estou incomodando? — perguntou, e foi recebido com um sorriso largo.

— Nem um pouco. Sente-se. Estava esperando para ver se um velho amigo aparecia.

Harry se sentou.

Robin Toowoomba, o *Murri*, continuava sorrindo. Por algum motivo, seguiu-se uma dessas pausas constrangedoras que ninguém admite ser constrangedora, mas que na verdade é.

— Conversei com uma pessoa da tribo Crow hoje. De que tribo você é? — perguntou Harry precipitadamente.

Toowoomba o fitou, surpreso.

— Como assim, Harry? Eu sou de Queensland.

Harry percebeu quão tola tinha sido a pergunta.

— Desculpe, foi uma pergunta idiota. Minha língua está sendo mais rápida que meu cérebro hoje. Eu não quis dizer... Não conheço muito da sua cultura. Estava me perguntando se você é de alguma tribo em especial... ou coisa parecida.

Toowoomba deu um tapinha no ombro dele.

— Só estava tirando uma com a sua cara, Harry. Relaxe. — Ele riu, e Harry se sentiu ainda mais tolo. — Você reage como a maioria dos brancos. O que mais se pode esperar? É claro como o sol que vocês todos são cheios de preconceito.

— Preconceito? — Harry sentiu que estava ficando irritado. — Eu disse alguma coisa...

— Não é o que você diz — interrompeu Toowoomba. — É o que você inconscientemente espera de mim. Você acha que disse algo errado, mas não passa pela sua cabeça que eu sou inteligente o bastante para levar em consideração que você é estrangeiro. Acredito que você não ficaria ofendido se um turista japonês na Noruega não soubesse tudo sobre o seu país. Como, por exemplo, que o seu rei se chama Harald. — Toowoomba deu uma piscadela. — Não é só você, Harry. Até mesmo os brancos australianos são extremamente cautelosos, têm medo de dizer algo errado. E é isso que é tão paradoxal. Primeiro, arrancam o orgulho do nosso povo, e, depois que ele foi destruído, morrem de medo de tocar no assunto.

Ele suspirou e estendeu suas grandes palmas brancas. É como virar um linguado na grelha, pensou Harry.

A voz grave e animada de Toowoomba parecia vibrar em uma frequência própria, que dispensava a necessidade de falar alto para suplantar o barulho ao redor.

— Mas me conte algo sobre a Noruega, Harry. Li que é muito bonito por lá. E frio.

Harry contou. Sobre fiordes, montanhas e pessoas vivendo entre os dois. Sobre sindicatos, censura, Ibsen, Nansen e Grieg. E sobre o país do norte que se via como empreendedor e progressista, mas estava mais para uma República das Bananas. Que tinha florestas e portos quando holandeses e ingleses precisaram de madeira, que tinha cachoeiras quando a eletricidade foi inventada e que, o melhor de tudo, descobrira petróleo no próprio quintal.

— Nós não produzimos carros Volvo ou cerveja Tuborg — disse Harry. — Apenas exportamos nossa natureza e evitamos pensar no assunto. Somos um país que nasceu com a bunda virada para a lua — disse Harry, sem nem sequer tentar encontrar uma expressão mais apropriada em inglês.

Então falou de Åndalsnes, um pequeno vilarejo no Romsdalen, cercado de montanhas tão lindas que sua mãe sempre dizia que foi por lá que Deus começou a criação do mundo, e que Ele passou tanto tempo ali que o resto do mundo precisou ser feito às pressas para estar pronto no domingo.

Contou também como era pescar com o pai no fiorde cedo pela manhã, em julho, deitar na praia e sentir o cheiro do mar enquanto as gaivotas guinchavam e as montanhas pareciam sentinelas silenciosos, imóveis, guardando seu pequeno reino.

— Meu pai é de Lesjaskog, uma vila um pouco mais acima no vale, e ele e minha mãe se conheceram em um baile em Åndalsnes. Eles sempre falavam em voltar para Romsdalen quando se aposentassem.

Toowoomba assentia e bebia cerveja, e Harry bebericava outro suco de grapefruit. Já sentia os efeitos da acidez no estômago.

— Eu gostaria de poder contar sobre as minhas origens, Harry. Mas gente como eu não tem qualquer ligação com um lugar ou uma tribo. Cresci em um barraco debaixo de um viaduto nos arredores de Brisbane. Ninguém sabe de que tribo meu pai veio. Ele apareceu e foi embora tão rápido que ninguém teve tempo de perguntar. E minha mãe não dá a mínima para suas origens, só quer saber de juntar dinheiro para uma garrafa de vinho. Preciso me contentar em ser um *murri*.

— E quanto a Andrew?

— Ele não contou a você?

— Não me contou o quê?

As mãos de Toowoomba recuaram. Ele franziu o cenho.

— Andrew Kensington tem raízes ainda menos conhecidas.

Harry não fez mais perguntas, mas, depois de outra cerveja, Toowoomba voltou ao assunto.

— Acho que eu devia deixar ele mesmo contar isso, já que Andrew teve uma criação muito especial. Ele pertence à geração de aborígines sem família, a Geração Roubada.

— Como assim?

— É uma longa história. Tudo se trata de peso na consciência. Desde o fim do século XIX, as políticas relativas aos povos nativos foram ditadas pelo peso na consciência das autoridades por causa da forma terrível como nos trataram. É uma pena que boas intenções nem sempre levem a bons resultados. Para governar uma nação, é preciso compreendê-la.

— E os povos aborígines não foram compreendidos?

— Houve fases diferentes, políticas diferentes. Pertenço à geração que foi obrigada a se urbanizar. Depois da Segunda Guerra Mundial, as autoridades concluíram que precisavam mudar as políticas anteriores e tentar assimilar os habitantes nativos, não nos isolar. Tentaram fazer isso controlando onde vivíamos e até mesmo com quem nos casávamos. Muitos foram mandados para as cidades a fim de se adaptarem à cultura urbana europeia. O resultado foi um desastre. Em bem pouco tempo, estávamos no topo das piores estatísticas: alcoolismo, desemprego, divórcios, prostituição, criminalidade, violência, drogas e por aí vai; tudo de ruim que você possa imaginar. Os aborígines eram e sempre foram excluídos da sociedade australiana.

— E Andrew?

— Andrew nasceu antes da guerra. Naquela época, a política das autoridades era nos "proteger", como se fôssemos uma espécie em risco de extinção. Então as chances de virarmos donos de terras ou conseguirmos emprego eram limitadas. Mas a legislação mais bizarra foi a que dava às autoridades direito de tirar uma criança aborígine da mãe se houvesse alguma suspeita de que o pai não era aborígine. Eu posso não ter a melhor história do mundo sobre minhas origens, mas pelo menos tenho uma. Andrew não tem nada. Nunca viu os pais. Quando ele nasceu, as autoridades o colocaram num abrigo. Tudo que ele sabe é que, depois que o roubaram da mãe, ela foi encontrada morta num ponto de ônibus em Bankstown, a 50 quilômetros do abrigo, e ninguém sabe como ela chegou lá ou a causa de sua morte. O nome do pai branco foi mantido em segredo, até que Andrew deixou de se importar com isso.

Harry se esforçava para digerir tudo aquilo.

— Isso era mesmo legal? E quanto à ONU e à Declaração Universal dos Direitos Humanos?

— Essas coisas só vieram depois da guerra. E não se esqueça de que essas políticas tinham as melhores intenções. O objetivo era preservar a cultura, não a destruir.

— E o que aconteceu com Andrew depois?

— Perceberam que ele era inteligente e o mandaram para uma escola particular na Inglaterra.

— Achei que a Austrália fosse igualitária demais para mandar crianças para escolas particulares.

— Tudo foi pago pelas autoridades. Suponho que a intenção era ele se tornar um exemplo brilhante de um experimento político que havia provocado tanta dor e tantas tragédias humanas. Quando Andrew voltou, foi para a Universidade de Sydney. Então começaram a perder o controle sobre ele. Arrumava encrenca, tinha fama de violento, e suas notas despencaram. Que eu saiba, houve uma história de amor infeliz em algum momento, uma garota branca que o abandonou porque a família não aprovava o namoro, mas Andrew nunca gostou muito de falar disso. Foi um período difícil na vida dele, e poderia muito bem ter sido pior. Quando estava na Inglaterra, aprendeu a lutar boxe; ele diz que foi assim que sobreviveu ao internato. Ele voltou a treinar em Sydney e, quando recebeu a oferta para viajar com Jim Chivers, abandonou a universidade e passou um tempo por aí.

— Eu já o vi lutar — disse Harry. — Ele não esqueceu muita coisa.

— Na verdade, ele só via o boxe como uma pausa nos estudos, mas teve sucesso com Chivers, a imprensa passou a demonstrar algum interesse, e ele seguiu em frente. Quando chegou à final do campeonato australiano, dois agentes vieram dos Estados Unidos para vê-lo lutar. Mas algo aconteceu em Melbourne na noite anterior à final. Eles foram a um restaurante, e dizem que Andrew deu em cima da namorada do outro finalista. O nome do cara era Campbell, e ele estava com uma garota linda de North Sydney que depois acabaria se tornando Miss Nova Gales do Sul. Houve uma briga na cozinha, e

Andrew, o treinador de Campbell, o agente e um outro cara destruíram tudo que viram pela frente.

"Encontraram Andrew jogado sobre uma pia com cortes no lábio e na testa e uma torção no pulso. Ninguém prestou queixa; provavelmente foi por isso que surgiu o boato de que ele deu em cima da namorada de Campbell. Em todo caso, Andrew não pôde lutar na final, e sua carreira no boxe murchou. Para ser justo, ele derrotou bons boxeadores em alguns torneios, mas a imprensa já tinha perdido o interesse, e os agentes nunca mais voltaram.

"Aos poucos, ele abandonou os ringues. Outro boato é de que passou a beber, e, depois de um torneio na Costa Oeste, foi convidado a deixar a equipe Chivers, aparentemente porque machucou feio alguns amadores. Depois disso, ele desapareceu. Foi difícil arrancar de Andrew o que exatamente aconteceu nessa época, mas ele passou dois anos vagando pela Austrália antes de voltar para a universidade."

— Então a carreira de boxeador chegou ao fim? — perguntou Harry.

— Sim — respondeu Toowoomba.

— O que aconteceu depois?

— Bem. — Toowoomba fez um gesto para que trouxessem a conta. — Andrew provavelmente estava mais motivado quando voltou a estudar, e, por algum tempo, as coisas correram bem. Mas era o início dos anos setenta, a era dos hippies, da curtição e do amor livre. Talvez ele tenha começado a usar certas substâncias que não ajudaram nos estudos, e suas notas ficaram bem mais ou menos. — Ele riu. — Então, um dia, Andrew acordou, levantou da cama, olhou para si mesmo no espelho e avaliou sua situação. Estava com uma ressaca terrível, um olho roxo sabe Deus por que, provavelmente estava se tornando um viciado, tinha mais de 30 anos e nenhuma qualificação. Havia deixado para trás uma carreira fracassada como boxeador, e à sua frente restava, sendo bem otimista, um futuro incerto. Então o que você faz? Você se matricula na academia de polícia.

Harry riu.

— Estou apenas citando Andrew — esclareceu Toowoomba. — Por incrível que pareça, ele foi aceito, apesar dos antecedentes e da idade. Talvez porque as autoridades quisessem mais policiais aborígines. Então Andrew cortou o cabelo, tirou o brinco, largou as drogas, e você conhece o restante da história. É claro, ele é um caso perdido quando se trata de ascensão profissional, mas é considerado um dos melhores detetives da polícia de Sydney.

— Ainda está citando Andrew?

Toowoomba riu.

— Claro que sim.

Do palco, ouviam o final da apresentação das drag queens da noite e "Y.M.C.A.", a versão do Village People, sucesso garantido.

— Você sabe bastante a respeito de Andrew — disse Harry.

— Ele é meio que um pai para mim. Quando me mudei para Sydney, meu único plano era ficar o mais longe possível de casa. Andrew me tirou da rua e passou a me treinar com outros rapazes que também estavam perdidos por aí. Também foi Andrew quem me convenceu a entrar na universidade.

— Uau, outro boxeador com formação acadêmica.

— Inglês e história. Meu sonho é ensinar para o meu próprio povo um dia — disse ele com orgulho e convicção.

— E enquanto isso você quebra a cara de marinheiros bêbados e caipiras?

Toowoomba sorriu.

— As pessoas precisam de dinheiro para conseguir o que querem nesse mundo, e eu não tenho qualquer ilusão de ganhar dinheiro como professor. Mas não luto apenas com amadores; eu me inscrevi no campeonato australiano desse ano.

— Para conquistar o título que Andrew não conquistou?

Toowoomba ergueu o copo em um brinde.

— Talvez.

Depois do show, o bar começou a ficar vazio. Birgitta dissera que tinha uma surpresa para Harry, e ele esperava impacientemente que o lugar fechasse as portas de uma vez.

Toowoomba ainda estava sentado à mesa. Já havia pagado a conta e agora girava o copo de cerveja. Harry tinha a impressão de que ele queria alguma coisa, de que não tinha ido até ali apenas para contar velhas histórias.

— Vocês fizeram algum avanço no caso que o trouxe para cá, Harry?

— Não sei — respondeu Harry. — De vez em quando, tenho a sensação de que estou procurando as pistas com um telescópio e que a solução do caso está tão perto que não passa de um borrão na lente.

— Ou de que você está vendo tudo de cabeça pra baixo.

Harry o observou terminar a bebida.

— Preciso ir, mas, antes, quero contar a você uma história que pode ajudá-lo a remediar sua ignorância em relação à nossa cultura. Você já ouviu falar da cobra preta?

Harry assentiu. Antes de embarcar para a Austrália, tinha lido algo sobre os répteis com os quais se deveria ter cuidado.

— Se não me falha a memória, a cobra preta não tem um tamanho dos mais impressionantes, mas compensa isso com veneno.

— Isso mesmo, mas, de acordo com a lenda, nem sempre foi assim. Há muito tempo, no Tempo do Sonho, a cobra preta era inofensiva. No entanto, a iguana era venenosa e bem maior do que é hoje. Ela comia seres humanos e animais, e, um dia, o canguru convocou todos os bichos para uma reunião, a fim de encontrar uma forma de vencer a feroz e mortal Mungoongali, a chefe das iguanas. Ouyouboolooey, a destemida cobrinha preta, imediatamente aceitou a tarefa.

Ele prosseguiu em voz baixa e calma, mantendo os olhos fixos em Harry.

— Os outros animais riram da cobrinha e disseram que precisariam de alguém maior e mais forte para enfrentar Mungoongali. "Vocês vão ver", disse Ouyouboolooey, e rastejou rumo ao acampamento da chefe das iguanas. Quando lá chegou, cumprimentou-a e explicou que era apenas uma cobrinha, não muito saborosa, e procurava um lugar onde a deixassem em paz, longe dos outros animais, que a provocavam e atormentavam. "Só trate de ficar fora do meu caminho, ou será pior para você", disse Mungoongali, sem dar muita atenção à cobra preta.

"Na manhã seguinte, Mungoongali foi caçar, e Ouyouboolooey a seguiu. Havia um homem sentado perto de uma fogueira. Mungoongali o atacou em um piscar de olhos, esmagando sua cabeça com um golpe certeiro e poderoso. Então a iguana colocou o homem nas costas e o levou para o acampamento, onde depositou sua bolsa de veneno e começou a comer a carne humana fresca. Rápido como um raio, Ouyouboolooey roubou a bolsa de veneno e desapareceu entre os arbustos. Mungoongali perseguiu a cobrinha, mas não a encontrou. Os outros animais ainda estavam reunidos quando Ouyouboolooey voltou.

"'Vejam só', gritou ela, e abriu a boca para que todos vissem a bolsa de veneno. Os animais a rodearam e a parabenizaram por salvá-los de Mungoongali. Depois que os outros foram para casa, o canguru foi até Ouyouboolooey e disse que ela devia cuspir o veneno no rio, para que todos ficassem em segurança no futuro. Mas Ouyouboolooey respondeu mordendo o canguru, que caiu no chão, paralisado.

"'Você sempre me desprezou, mas agora é a minha vez', disse Ouyouboolooey para o canguru agonizante. 'Enquanto eu tiver o veneno, vocês jamais serão capazes de se aproximar de mim. Nenhum dos outros animais saberá que ainda o tenho. Eles acreditarão que eu, Ouyouboolooey, sou seu salvador e protetor, mas vou me vingar deles um por um, sem a menor pressa.' Com isso, a cobra empurrou o canguru no rio, e ele logo desapareceu nas águas. Ela rastejou de volta para os arbustos, e é lá que você as encontra hoje. Nos arbustos.

Toowoomba levou o copo aos lábios, mas o encontrou vazio e se levantou.

— Está tarde.

Harry também se levantou.

— Obrigado pela história, Toowoomba. Devo ir embora em breve; então, se não voltar a vê-lo, boa sorte no campeonato. E com os seus planos para o futuro.

Toowoomba estendeu a mão, e Harry se perguntou quando ia aprender a não retribuir o cumprimento. Sentiu como se sua mão fosse um bife depois de batido.

— Espero que você descubra o que é o borrão na lente — disse Toowoomba. Ele já havia partido quando Harry se deu conta do que estava falando.

24

O grande tubarão-branco

O vigia deu uma lanterna a Birgitta.
— Você sabe onde me encontrar, Birgitta. Cuidado para não virar comida — disse ele e voltou mancando para o escritório com um sorriso.

Birgitta e Harry seguiram pelos escuros corredores serpenteantes da enorme construção que é o Aquário de Sydney. Eram quase duas da manhã, e Ben, o vigia noturno, os deixara entrar.

Uma pergunta casual de Harry — por que todas as luzes estavam apagadas — tinha levado a uma detalhada explicação do velho vigia.

— É claro que isso economiza energia, mas esse não é o motivo mais importante. O mais importante é que sinalizamos aos peixes que é noite. É o que eu acho, pelo menos. Antes, desligávamos as luzes na chave geral, e dava para escutar o alvoroço quando, de repente, tudo ficava um breu. Ouvíamos o barulho da água por todo o aquário, pois centenas de peixes disparavam para se esconder ou nadavam às cegas em pânico.

Ben baixou a voz até que ela se transformasse em um sussurro teatral e imitou os peixes fazendo movimentos de zigue-zague com as mãos.

— A água balançava muito, formava ondas, e alguns peixes, as cavalas, por exemplo, enlouqueciam, chocavam-se contra o vidro e morriam. Então passamos a usar *dimmers*, que gradualmente diminuem a luz de acordo com a hora do dia, imitando a natureza. Depois disso, os peixes também passaram a ficar menos doentes. A luz diz ao corpo quando é dia e quando é noite, e, pessoalmente, acredito que os peixes precisam de uma rotina diária natural para não ficarem estressados. Eles têm um relógio biológico, assim como nós, e não se deve brincar com isso. Sei que alguns criadores de percas gigantes na Tasmânia, por exemplo, deixam os peixes expostos à luz por mais tempo durante o outono. Iludem os bichos; assim eles pensam que ainda é verão e se reproduzem mais.

— Ben gosta de falar quando se empolga com um assunto — explicou Birgitta mais tarde. — Fica quase tão feliz falando com as pessoas quanto com seus peixes. — Ela havia trabalhado no aquário nos dois últimos anos e tinha feito amizade com o vigia, que dizia trabalhar ali desde a inauguração. — É tão tranquilo aqui à noite... Tão silencioso. Olhe!

Birgitta apontou a lanterna para a parede de vidro, onde uma moreia preta e amarela esgueirava-se para fora de seu esconderijo, revelando uma fileira de dentes pequenos e afiados. Mais adiante no corredor, ela iluminou duas arraias-pintadas atrás do vidro esverdeado, que deslizavam pela água parecendo voar em câmera lenta.

— Não é lindo? — sussurrou ela com olhos brilhantes. — É como um balé sem música.

Harry sentia como se estivesse atravessando um dormitório na ponta dos pés. Os únicos sons eram os passos deles e o borbulhar remoto mas constante dos aquários.

Birgitta parou em frente a uma parede de vidro bem alta.

— Esse é o *saltie* do aquário, Matilda, de Queensland — disse ela, apontando o feixe de luz para o vidro. Do outro lado, havia um tronco de árvore seco em um ambiente que imitava a margem de um rio. Na água, flutuava uma tora de madeira.

— O que é um *saltie*? — perguntou Harry, tentando enxergar algo vivo. Então a tora de madeira abriu dois olhos verdes reluzentes, que se acenderam no escuro como refletores.

— É como chamamos os crocodilos que vivem em água salgada, ao contrário dos *freshies*, que vivem em água doce. Os *freshies* vivem à base de peixes, e você não precisa ter medo deles.

— E os *salties*?

— Você definitivamente deve ter medo deles. Muitos dos animais considerados predadores perigosos atacam o homem apenas quando se sentem ameaçados, estão com medo ou quando alguém invade o seu território. Mas um *saltie* é uma alma simples, descomplicada. Ele apenas quer comer seu corpo. Muitos australianos morrem todo ano nos manguezais do norte.

Harry aproximou o rosto do aquário.

— Isso não cria uma... hã... certa antipatia? Os tigres foram exterminados em certas regiões da Índia sob o pretexto de que comiam bebês. Por que esses comedores de homens não foram exterminados?

— A maioria das pessoas aqui encara os crocodilos com a mesma tranquilidade com que encara acidentes de trânsito. Ou quase isso, pelo menos. Se você quiser ter estradas, precisa aceitar que haverá mortes nelas, certo? Bem, se você quiser crocodilos, é a mesma coisa. Esses animais comem seres humanos. É a vida.

Harry sentiu um calafrio. Matilda fechou as pálpebras como se fossem os faróis escamoteáveis de alguns modelos da Porsche. Nem uma ondulação na água traía o fato de que a tora a meio metro dele, do outro lado do vidro, era na realidade mais de uma tonelada de músculos, dentes e mau humor.

— Vamos andando — sugeriu ele.

— Aqui temos Mr. Bean — indicou Birgitta, apontando a lanterna para um pequeno peixe marrom-claro parecido com um linguado. — É uma arraia-viola, que é como chamamos o Alex do bar, o homem que Inger chamava de Mr. Bean.

— Por que Arraia-Viola?

— Não sei. Já o chamavam assim quando comecei a trabalhar lá.

— Que nome engraçado. Ele obviamente gosta de ficar imóvel no fundo do mar.

— Sim, e é por isso que você precisa ter cuidado quando está na água. Ele é venenoso, entende? E, se você pisar nele, vai ganhar uma ferroada.

Os dois seguiram por uma escadaria que levava até um dos grandes tanques.

— Os tanques não são aquários de verdade, mas uma parte fechada da Baía de Sydney — explicou Birgitta.

Do teto, uma luz esverdeada banhava-os em listras ondulantes, e Harry teve a sensação de que estava debaixo de um globo espelhado. Apenas quando Birgitta apontou a lanterna para cima, ele viu que estavam cercados de água por todos os lados. Estavam em um túnel de vidro no fundo do mar, e a luz vinha do lado de fora, filtrada pela água. Uma sombra enorme deslizou perto deles e Harry instintivamente se encolheu.

— *Mobulidae* — disse ela. — É uma arraia gigante.

— Meu Deus, é enorme! — Harry respirou fundo.

A arraia fazia um movimento ondulante, como um colchão de água gigantesco, e Harry se sentiu sonolento só de olhar para ela. Então o animal virou de lado, acenou para os dois e flutuou rumo ao escuro mundo aquoso como um fantasma coberto por um lençol preto.

Eles se sentaram no chão, e, da sua mochila, Birgitta tirou uma manta, duas taças, uma vela e uma garrafa de vinho tinto sem rótulo. Presente de uma amiga que trabalha em uma vinícola em Hunter Valley, disse, abrindo-a. Então os dois se deitaram lado a lado na manta, olhando para a água acima deles.

Era como deitar em um mundo virado de cabeça pra baixo, como olhar para um céu invertido repleto de peixes de todas as cores do arco-íris e estranhas criaturas inventadas por alguém com uma imaginação hiperativa. Um peixe azul cintilante, redondo, com expressão curiosa e barbatanas ventrais finas pairava na água sobre eles.

— Não é maravilhoso ver como eles não têm pressa, como seus movimentos aparentemente não fazem sentido? — sussurrou Birgitta. — Você consegue sentir como desaceleram o tempo? — Com a mão fria, ela tocou o pescoço de Harry, pressionando-o de leve. — Consegue sentir sua pulsação quase parando?

Harry engoliu em seco.

— Não me importo que o tempo passe devagar. Não agora. Não nos próximos dias.

Birgitta aumentou a pressão em seus dedos.

— Não vamos falar disso — respondeu ela.

— Às vezes eu penso, "Harry, você não é tão idiota afinal de contas". Eu já tinha percebido, por exemplo, que Andrew sempre se refere aos aborígines na terceira pessoa. Por isso já imaginava boa parte da história dele antes de Toowoomba me contar detalhes específicos. Eu meio que desconfiava de que ele não havia crescido com a própria família, de que não pertencia a lugar algum, de que se deixava levar pela maré e via as coisas como um mero observador. Como nós, aqui, diante de um mundo do qual não podemos fazer parte. Depois da conversa com Toowoomba, me dei conta de outra coisa: quando nasceu, Andrew não foi presenteado com aquele orgulho natural que se tem por fazer parte de um povo. Por isso, ele precisou encontrar o seu próprio orgulho. A princípio, pensei que tivesse vergonha de seus irmãos aborígines, mas agora sei que ele luta com a própria vergonha.

Birgitta emitiu um som de concordância. Harry continuou:

— Às vezes acho que entendi alguma coisa, e aí, no instante seguinte, percebo que não entendi nada. Não gosto de ficar confuso; não tenho paciência para isso. É por isso que eu não queria ser tão bom em perceber os detalhes, ou deveria ser melhor em juntá-los em uma imagem que faça sentido.

Ele se virou para Birgitta e enterrou o rosto em seu cabelo.

— Deus não é justo ao dar a um homem tão pouca inteligência e um olho tão bom para perceber os detalhes — disse, tentando recordar algo que tivesse o mesmo perfume do cabelo de Birgitta. Mas era uma lembrança antiga, e ele já havia esquecido.

— Então o que você consegue ver? — perguntou ela.

— Todo mundo está tentando me mostrar algo que eu não entendo.

— Como o quê?

— Não sei. São como mulheres. Contam histórias que têm outros significados. O que está nas entrelinhas pode ser óbvio, mas, como eu disse, não consigo ver. Por que vocês, mulheres, não falam das coisas como elas são? Vocês superestimam a capacidade de interpretação dos homens.

— A culpa é minha, agora? — exclamou ela com um sorriso, e deu um tapa nele. O som ecoou pelo túnel submerso.

— Shhh, não acorde o grande tubarão-branco — disse Harry.

Birgitta demorou um tempo para ver que ele não havia tocado na taça de vinho.

— Uma tacinha de vinho não faz mal, faz? — perguntou.

— Sim, faz — respondeu Harry. — Faz muito mal. — Ele a puxou para si com um sorriso. — Mas vamos mudar de assunto.

E então a beijou, e ela deu um suspiro longo, trêmulo, como se esperasse por aquele beijo há uma eternidade.

Harry acordou num sobressalto. Não sabia de onde vinha a luz esverdeada na água, se era da lua acima de Sydney ou dos holofotes em terra, mas agora ela havia desaparecido. A vela se extinguira, e tudo estava imerso em escuridão. Ainda assim, ele tinha a sensação de ser observado. Encontrou a lanterna ao lado de Birgitta e a acendeu — Birgitta estava envolta em sua metade da manta, nua e com uma expressão de contentamento. Harry apontou a luz para o vidro.

A princípio, pensou que estivesse vendo o próprio reflexo, mas então os olhos se acostumaram à luz, e ele sentiu a última batida de seu coração antes que ele parecesse congelar. O grande tubarão-branco estava diante dele, observando-o com olhos frios, sem vida. Harry soltou o ar dos pulmões, e gotículas se formaram no vidro em frente ao rosto aquoso, o fantasma de um homem afogado, tão grande que parecia preencher todo o tanque. Os dentes se projetavam da boca; pareciam ter sido desenhados por uma criança, triângulos em zigue-zague, adagas brancas dispostas ao acaso em duas fileiras sem gengiva.

Então ele nadou para cima, passando por Harry, sempre com os olhos mortos fixos nele, endurecidos de ódio, um corpo branco cadavérico esgueirando-se para longe do feixe da lanterna em movimentos lentos, ondulantes, que pareciam não ter fim.

25

Mr. Bean

— Então você já vai embora?
— Já.
Harry estava sentado com uma xícara de café apoiada no colo, sem saber exatamente o que fazer com ela. McCormack levantou-se da mesa e passou a andar de um lado para o outro em frente à janela.

— Então você acha que ainda estamos longe de desvendar o caso, não é? Você acha que existe um psicopata lá fora na multidão, um assassino sem rosto que mata por impulso e não deixa pistas. E que teremos de esperar e rezar para que ele cometa um erro na próxima vez que atacar?

— Eu não disse isso, senhor. Só acho que não tenho mais nenhuma contribuição a dar. Além disso, me ligaram, precisam de mim em Oslo.

— Está bem. Direi a eles que você se comportou muito bem aqui, Holy. Sei que está sendo avaliado para uma promoção.

— Ninguém me disse nada sobre isso, senhor.

— Tire o resto do dia de folga e vá passear por Sydney antes de ir, Holy.

— Primeiro, quero eliminar esse tal de Alex Tomaros da nossa investigação, senhor.

McCormack ficou olhando pela janela, para uma Sydney nublada e escaldante.

— Também sinto saudades de casa, Holy. Do outro lado desse belo mar.

— Senhor?

— Nova Zelândia. Sou neozelandês, Holy. Meus pais vieram para cá quando eu tinha 10 anos. As pessoas são mais simpáticas por lá. Pelo menos é como eu me lembro.

— Só vamos abrir daqui a algumas horas — disse a mulher mal-humorada na porta, com uma vassoura na mão.

— Tudo bem, tenho um horário marcado com o Sr. Tomaros — disse Harry, perguntando-se se ela seria persuadida por um distintivo da polícia norueguesa.

Mas isso provou ser desnecessário. A mulher abriu a porta o suficiente para que Harry entrasse. Havia um cheiro de cerveja azeda e sabão no ar, e, estranhamente, o Albury parecia menor agora que o via vazio e à luz do dia.

Ele encontrou Alex Tomaros, também conhecido como Mr. Bean e Arraia-Viola, em seu escritório atrás do bar. Harry se apresentou.

— Como posso ajudar, Sr. Holy?

Ele falava rápido e com um sotaque inconfundível, como os estrangeiros que vivem em um país há muitos anos.

— Obrigado por concordar em me receber tão em cima da hora, Sr. Tomaros. Sei que outros policiais já estiveram aqui e perguntaram ao senhor um monte de coisas, então não vou ocupá-lo por mais tempo que o necessário. Eu...

— Tudo bem. Como o senhor pode ver, tenho muito a fazer. Contabilidade, sabe...

— Entendo. Em seu depoimento, li que o senhor estava cuidando da contabilidade na noite em que Inger Holter desapareceu. Havia alguém aqui?

— Se tivesse lido meu depoimento com atenção, saberia que eu estava sozinho. Sempre fico sozinho... — Harry avaliou o rosto arrogante, a saliva escapando da boca. Acredito em você, pensou. — ...quando cuido da contabilidade. Completamente sozinho. Se quisesse, poderia ter roubado centenas de milhares de dólares desse lugar sem que ninguém percebesse nada.

— Então, tecnicamente, o senhor não tem um álibi.

Tomaros tirou os óculos.

— Tecnicamente, eu liguei para a minha mãe às duas e disse que já tinha terminado e estava a caminho de casa.

— Tecnicamente, o senhor poderia ter feito muita coisa entre uma da manhã, quando o bar fechou, e duas da manhã, Sr. Tomaros. Não que eu esteja dizendo que é suspeito.

Tomaros o encarou sem piscar.

Harry folheou o bloco de anotações em branco e fingiu procurar algo.

— A propósito, por que o senhor ligou para a sua mãe? Não é um pouco incomum ligar para alguém às duas da manhã para falar esse tipo de coisa?

— Minha mãe gosta de saber onde eu estou. A polícia já conversou com ela também, então não sei por que precisamos falar sobre isso outra vez.

— O senhor é grego, não é?

— Sou australiano, moro aqui há vinte anos. Minha mãe é cidadã australiana agora. Mais alguma coisa?

Ele se controlava bem.

— O senhor demonstrou interesse pessoal em Inger Holter. Como reagiu quando ela o rejeitou?

Tomaros passou a língua pelos lábios e fez menção de dizer algo, mas se conteve. A língua apareceu de novo. Como a de uma cobra, pensou Harry. Uma pobre cobrinha preta que todos desprezam e acreditam ser inofensiva.

— A Srta. Holter e eu falamos sobre jantarmos juntos, se é a isso que o senhor está se referindo. Ela foi a única pessoa daqui que convidei para sair. Pode perguntar a qualquer uma das outras garotas. Cathrine e Birgitta, por exemplo. Sempre procuro ter um bom relacionamento com os meus funcionários.

— *Seus* funcionários?

— Bem, tecnicamente, eu sou...

— O gerente do bar. Bem, Sr. Gerente do Bar, o que achou quando o namorado dela apareceu por aqui?

Os óculos de Tomaros começaram a ficar embaçados.

— Inger se dava bem com muitos clientes, então era impossível saber qual deles era seu namorado. Então ela tinha um namorado? Que bom para ela...

Harry não precisava ser psicólogo para não se deixar enganar pela tentativa de Tomaros de soar indiferente.

— Então o senhor não fazia ideia de quem eram as pessoas com quem Inger tinha intimidade, Tomaros?

Ele deu de ombros.

— Tinha o palhaço, é claro, mas ele gosta de outra coisa...

— O palhaço?

— Otto Rechtnagel, ele está sempre aqui. Inger costumava dar comida para...

— O cachorro! — gritou Harry. Tomaros deu um pulo na cadeira. Harry se levantou e deu um murro na palma da mão.

— É isso! Deram um saco de papel para Otto ontem. Eram sobras de comida para o cachorro! Agora lembro, ele falou que tinha um cachorro. Inger disse a Birgitta que estava levando comida para o cachorro na noite em que desapareceu, e o tempo todo achei que fosse para o cachorro do senhorio. Mas o diabo-da-tasmânia é vegetariano. O senhor sabe quais eram as sobras? Sabe onde Rechtnagel mora?

— Meu Deus, como eu iria saber? — disse Tomaros, horrorizado. Ele havia arrastado a cadeira até encostá-la na estante.

— Ok, escute. Não diga nem uma palavra sobre essa conversa, não a mencione nem à sua mamãe, caso contrário eu volto para cortar sua cabeça. Você entendeu, Mr. Bea... Sr. Tomaros?

Alex Tomaros apenas assentiu.

— Agora preciso dar um telefonema.

O ventilador rangia de modo lamentável, mas ninguém na sala notava. A atenção de todos estava voltada para Yong, que tinha colocado uma transparência com o mapa da Austrália no retroprojetor. Na imagem, havia pequenos pontos vermelhos com datas ao lado.

— São as datas e os locais dos estupros e assassinatos que acreditamos ser obra do nosso homem — explicou. — Já tentamos encontrar algum padrão geográfico ou temporal, mas não tivemos sucesso. Agora, parece que Harry os encontrou para nós.

Yong posicionou sobre a primeira transparência outra com o mesmo mapa. Essa tinha pontos azuis, que cobriam quase todos os pontos vermelhos.

— O que é isso? — perguntou Watkins mal-humorado.

— Esse mapa foi baseado na lista de apresentações do Parque Itinerante de Espetáculos da Austrália, um circo, e indica onde eles estavam nas datas que nos interessam.

O ventilador continuava a se lamentar, mas, fora isso, a sala de reunião estava completamente em silêncio.

— Caramba, nós o pegamos! — gritou Lebie.

— As chances de isso ser uma coincidência são, estatisticamente falando, de cerca de uma em quatro milhões — afirmou Yong, sorrindo.

— Esperem, esperem, quem estamos procurando agora? — interpelou Watkins.

— Estamos procurando este homem — disse Yong, colocando uma terceira transparência no retroprojetor. Dois olhos tristes em um rosto pálido e levemente inchado, com um sorriso hesitante, os fitavam da tela. — Harry pode explicar quem é ele.

Harry se levantou.

— Esse é Otto Rechtnagel, palhaço profissional, 42 anos, que viajou com o Parque Itinerante de Espetáculos da Austrália nos últimos dez anos. Quando o circo não está na estrada, ele mora sozinho em Sydney e trabalha como freelancer. No momento, montou uma pequena trupe que se apresenta na cidade. Tem ficha limpa até onde sabemos, nunca foi condenado por qualquer crime sexual e é considerado um sujeito sociável, tranquilo, apesar de um tanto excêntrico. Mas ele conhecia a vítima, era cliente habitual do bar onde Inger Holter trabalhava, e os dois acabaram se tornando bons amigos. Ela provavelmente estava a caminho da casa de Rechtnagel na noite em que foi assassinada. Levava comida para o cachorro dele.

— Comida para o cachorro? — Lebie riu. — À uma e meia da manhã? Acho que o nosso palhaço tinha outra coisa em mente.

— E você acaba de chegar à maior bizarrice do caso — disse Harry. — Otto Rechtnagel aparentemente é cem por cento homossexual, gay de carteirinha, desde os 10 anos.

Essa informação gerou murmúrios ao redor da mesa.

Watkins resmungou.

— Você acredita que um homossexual como ele poderia ter matado sete mulheres e estuprado um número seis vezes maior?

McCormack entrou na sala. Já havia sido informado das novidades.

— Talvez não seja surpreendente que um gay feliz, que tem apenas amigos gays a vida toda, se sinta incomodado ao descobrir que a visão de um par de peitos bem-torneados causa comichões em um homem. Céus, nós moramos em Sydney, a única cidade do mundo onde as pessoas ficam no armário por serem hétero.

A risada retumbante de McCormack sobrepôs-se aos zurros de Yong, que ria tanto que seus olhos se tornaram duas fendas estreitas.

Watkins não se deixou levar por todo aquele bom humor. Ele coçou a cabeça.

— Por outro lado, algumas coisas não se encaixam. Por que alguém que foi tão frio e calculista desde o princípio subitamente se revelaria dessa forma? Por que convidar uma vítima para a própria casa? Quer dizer, ele não tinha como saber se Inger contaria a alguém para onde estava indo. Se ela tivesse contado a alguém, isso teria nos levado diretamente a ele. Além disso, parece que as outras vítimas foram escolhidas ao acaso. Por que ele subitamente romperia o padrão e escolheria uma garota que conhece?

— A única coisa que sabemos sobre esse pobre-diabo é que ele não tem um padrão claro — lembrou Lebie, dando uma baforada em um de seus anéis. — Mas parece que ele gosta de variedade. Com exceção do fato de que as vítimas devem ser loiras. — Ele poliu o anel na manga da camisa. — E de que elas muitas vezes são estranguladas depois.

— Um em quatro milhões — repetiu Yong.

Watkins suspirou.

— Ok, eu desisto. Talvez nossas preces tenham sido atendidas. Talvez ele tenha finalmente cometido o erro crucial.

— O que você vai fazer agora? — perguntou McCormack.

Harry se adiantou.

— É pouco provável que Otto Rechtnagel esteja em casa, ele tem uma apresentação com a trupe circense na praia de Bondi hoje à noite. Sugiro irmos até lá, assistirmos ao espetáculo e o prendermos assim que terminar.

— Vejo que o nosso colega norueguês tem uma queda pelo drama — disse McCormack.

— Se o espetáculo for interrompido, a imprensa vai cair em cima de imediato, senhor.

McCormack assentiu lentamente.

— Watkins?

— Por mim tudo bem, senhor.

— Ok, vão pegá-lo, rapazes.

26

Outro paciente

Andrew havia puxado o edredom até o queixo e parecia já estar pronto para o velório. O inchaço na lateral do rosto tinha adquirido uma paleta de cores interessante, e, quando ele tentou sorrir para Harry, seu rosto se contorceu de dor.

— Caramba, sorrir dói tanto assim? — perguntou Harry.
— Tudo dói. Pensar dói.
Havia um buquê de flores na mesa de cabeceira.
— De um admirador secreto?
— Se você quiser chamar assim. O nome dele é Otto. Amanhã Toowoomba vai passar por aqui, e hoje você veio. É bom se sentir amado.
— Eu também trouxe um presente. Você só terá que fumar quando ninguém estiver olhando.

Harry estendeu a Andrew um charuto longo e escuro.
— Ah, um Maduro. É claro. Do meu querido *rubio* norueguês.
Andrew se permitiu uma risada cautelosa.
— Há quanto tempo eu conheço você, Andrew?
Andrew afagou o charuto como se fosse um gatinho.
— Já deve fazer uma semana, meu amigo. Logo seremos como irmãos.
— E quanto tempo leva para se conhecer alguém *de verdade*?
— Bem, Harry, nem sempre precisamos de muito tempo para conhecer as trilhas de uma floresta enorme e escura. Algumas pessoas têm caminhos retos, postes de luz e placas. Elas parecem contar tudo a você. Mas é por isso que devemos tomar cuidado para não achar que é fácil conhecer os outros. Porque não encontramos os animais selvagens em estradas iluminadas; eles estão nos arbustos e no meio do mato.

— E quanto tempo se leva para conhecer esses caminhos?
— Depende da pessoa. E da floresta. Certas florestas são mais escuras que outras.
— E como é a sua floresta?

Andrew guardou o charuto na gaveta da mesa de cabeceira.

— Escura. Como um charuto Maduro. — Ele olhou para Harry. — Mas é claro que você já descobriu isso...

— Conversei com um amigo seu que esclareceu alguns detalhes sobre quem é Andrew Kensington, sim.

— Bem, então você sabe do que estou falando. Sobre não se deixar iludir pelos caminhos iluminados. Mas você também tem os seus trechos obscuros, então não preciso dizer mais nada.

— Como assim?

— Digamos apenas que reconheço um homem que abriu mão de certas coisas. Como a bebida, por exemplo.

— Acho que todo mundo reconhece — murmurou Harry.

— Tudo o que a gente faz deixa rastros, não é mesmo? Nosso passado fica estampado em nossa cara para aqueles que conseguem ver.

— E você consegue ver?

Andrew colocou a mão gigante no ombro do colega. Ele havia se animado bem rápido, pensou Harry.

— Eu gosto de você, Harry. Você é meu chapa. Acho que você entende como as coisas são, então não procure no lugar errado. Sou apenas uma entre os muitos milhões de almas solitárias que tentam viver na face da Terra. Tento seguir em frente sem cometer muitos erros. De vez em quando eu até me supero e consigo fazer alguma coisa boa. E é só. Não sou importante, Harry. Saber mais a meu respeito não o levará a lugar algum. Droga, nem *eu* tenho muito interesse em descobrir coisas sobre minha história.

— Por que não?

— Porque, quando sua floresta é tão escura que nem mesmo você a conhece, é melhor não se embrenhar nela. Você pode acabar se perdendo.

Harry assentiu e continuou sentado, olhando para as flores no vaso.

— Você acredita no acaso? — perguntou.

— Bem, a vida é uma série interligada de acasos bem improváveis. Quando você compra um bilhete de loteria e recebe o número 822531, por exemplo, a chance de receber esse número é de uma em um milhão.

Harry assentiu outra vez.

— O que me incomoda é que recebi o mesmo número muitas vezes — disse ele.

— Sério? — Andrew se sentou na cama com um gemido. — Conte ao tio Andrew.

— Assim que cheguei a Sydney, a primeira coisa que eu soube foi que você na verdade não ia ser escalado para esse caso, mas que insistiu em investigar o assassinato de Inger Holter e, além disso, ainda pediu especificamente para trabalhar comigo, o estrangeiro. Eu deveria ter me questionado sobre isso naquele momento. Depois, você me apresenta um dos seus amigos sob o pretexto de assistirmos a uma apresentação de circo meia-boca para passar o tempo. Dos quatro milhões de habitantes de Sydney, conheço justamente esse cara na primeira noite. Um cara! Um em quatro milhões. O mesmo cara aparece de novo, por sinal, e nós até fazemos uma aposta muito íntima de cem dólares, mas o importante é que ele aparece no bar onde Inger Holter trabalhava e deixa escapar que a conhecia! Um em quatro milhões outra vez! E, enquanto tentamos fechar o cerco contra um *provável* assassino, Evans White, para ser preciso, você subitamente desencava um contato que *viu* White, uma pessoa entre os dezoito milhões de habitantes desse continente, um contato que por acaso estava justamente em Nimbin na noite do assassinato!

Andrew parecia estar em um profundo devaneio. Harry prosseguiu.

— Então, é claro, é natural que você me dê o endereço do bar que a gangue de White *por acaso* frequenta, de modo que, sob pressão, eles confirmem a história em que todo mundo quer que eu acredite: que White não está envolvido.

Duas enfermeiras haviam entrado, e uma delas apoiou as mãos na grade ao pé da cama. A outra disse em tom simpático mas firme:

— Lamento dizer que o horário de visita acabou. O Sr. Kensington precisa fazer um eletroencefalograma, e os médicos estão aguardando.

Harry aproximou a boca do ouvido de Andrew.

— Na melhor das hipóteses, eu sou um homem de inteligência mediana, Andrew. Mas sei que há algo que você está tentando me dizer. Só não sei por que não pode fazer isso às claras. Ou por que precisa de mim. Alguém tem algo contra você, Andrew?

Harry insistia em permanecer ao lado da cama enquanto as enfermeiras a passavam pela porta e seguiam pelo corredor. Andrew havia enterrado a cabeça no travesseiro e fechado os olhos.

— Harry, você disse que brancos e aborígines têm mais ou menos a mesma história sobre as primeiras pessoas que viveram neste mundo porque acabamos chegando às mesmas conclusões sobre coisas que são desconhecidas para nós, pois temos alguns processos mentais inatos. Por um lado, isso é provavelmente a coisa mais idiota que já ouvi, mas, por outro, espero que você esteja certo. E, nesse caso, é apenas uma questão de fechar os olhos e ver...

— Andrew! — sibilou Harry em seu ouvido. Eles pararam em frente a um elevador, e uma das enfermeiras segurou a porta. — Não brinque comigo, Andrew, está me ouvindo? É Otto? Otto é Bubbur?

Andrew abriu os olhos.

— Como...?

— Vamos prendê-lo esta noite. Depois do espetáculo.

— Não! — Andrew tentou se sentar na cama, mas uma enfermeira forçou-o a se deitar novamente com um gesto delicado mas firme.

— O médico disse que deve ficar deitado, Sr. Kensington. Lembre-se, o senhor teve uma concussão grave. — A mulher se voltou para Harry. — O senhor não pode passar daqui.

Andrew esforçou-se para se levantar outra vez.

— Ainda não, Harry! Preciso de mais dois dias. Ainda não. Prometa que vai esperar dois dias! Vá para o inferno, enfermeira! — Ele afastou a mão que tentava segurá-lo na cama.

Harry estava atrás da cabeceira, as mãos segurando a grade da cama.

— Por enquanto, ninguém mais sabe que Otto o conhece, mas é claro que é apenas uma questão de tempo antes que descubram — sussurrou ele febril, quase cuspindo as palavras. — E as pessoas vão se perguntar qual é o seu papel nisso tudo, Andrew. Não posso adiar a prisão sem um maldito motivo, e dos bons.

Andrew agarrou o colarinho da camisa de Harry.

— Olhe com mais atenção, Harry. Use os seus olhos! Veja... — começou ele, mas desistiu e voltou a afundar no travesseiro.

— Veja o quê? — insistiu Harry, mas Andrew tinha fechado os olhos e acenava para que ele parasse.

Andrew parecia tão velho e tão pequeno de repente, pensou Harry. Velho, pequeno e negro, em uma grande cama branca.

Uma enfermeira afastou-o bruscamente, e a última coisa que Harry viu antes de as portas do elevador se fecharem foi a mão de Andrew, grande, negra, ainda gesticulando.

27

Uma execução

Um tênue véu de nuvens havia se sobreposto ao sol da tarde na encosta atrás da praia de Bondi. As areias e o mar começavam a ficar vazios, mas os tipos que povoam a orla da famosa e glamorosa praia australiana já afluíam ao local: surfistas com lábios e nariz besuntados de protetor solar, fisiculturistas de andar afetado, garotas de short jeans andando de patins, subcelebridades bronzeadas e ninfas siliconadas: em suma, gente bonita, jovem e — pelo menos aparentemente — bem-sucedida. A Campbell Parade, bulevar onde butiques transadas e restaurantes simples, pequenos e caros conviviam lado a lado, era uma massa fervilhante de gente àquela hora do dia. Carros esportivos conversíveis passavam lentamente, os motoristas pisando no acelerador com impaciência ao mesmo tempo que observavam o movimento na calçada com seus óculos espelhados.

Harry pensou em Kristin.

Pensou em quando eles atravessaram a Europa de trem e desceram em Cannes. Era alta temporada e não havia um único quarto com um preço razoável na cidade. Estavam longe de casa havia tanto tempo que já raspavam o fundo do cofrinho, e no orçamento de viagem certamente não caberia uma noite em um dos numerosos hotéis de luxo. Então perguntaram quando partiria o próximo trem para Paris, trancaram as mochilas no guarda-volumes da estação e desceram até La Croisette. Vagaram pela cidade, observando as pessoas e os animais, todos igualmente belos e ricos, e os iates inacreditáveis, cada qual com sua própria tripulação, ancorados, prontos para partir a qualquer hora, com heliportos no teto. Naquele exato momento, eles juraram que votariam nos socialistas pelo resto da vida.

Afinal, o passeio os havia deixado tão suados que precisaram dar um mergulho. Suas toalhas e roupas de banho estavam nas mochilas, então tiveram de nadar com a roupa de baixo. Kristin não tinha mais calcinhas limpas e estava com uma das cuecas de Harry. Eles pularam no Mediterrâneo em meio a fios dentais caros e joias volumosas, gargalhando felizes com suas roupas íntimas brancas.

Harry se lembrava de deitar na areia depois e observar Kristin de pé com uma camisa branca comprida e folgada, tirando a cueca ensopada. Tinha apreciado a visão de sua pele radiante com gotículas de água reluzindo ao sol, da camisa subindo para revelar uma longa coxa bronzeada, de seus quadris torneados, dos olhares cobiçosos dos franceses. Tinha gostado do modo como ela olhou para ele, pegando-o no flagra, de como ela sorriu e sustentou seu olhar ao vestir a calça jeans sem pressa, de como colocou a mão debaixo da camiseta para subir o zíper mas a deixou ali, inclinou a cabeça para trás e fechou os olhos... então, provocante, passou a língua vermelha pelos lábios e se lançou com tudo sobre ele com um riso debochado.

Depois os dois comeram em um lugar exorbitantemente caro com vista para o mar e, enquanto o sol se punha, sentaram-se abraçados na areia. Kristin derramou algumas lágrimas ao contemplar toda aquela beleza e combinaram que pegariam um quarto no Carlton Hotel e sairiam de fininho sem pagar a conta. Talvez dispensassem os dois dias que haviam planejado passar em Paris.

Aquele verão era a primeira coisa que vinha à sua mente quando se lembrava de Kristin. Havia sido muito intenso e, em retrospecto, era fácil dizer que isso se devia ao clima de separação no ar. Mas Harry não se lembrava de ter pensado nisso na época.

Naquele outono, Harry foi servir o Exército, e, antes do Natal, Kristin conheceu um músico e foi embora para Londres.

Harry, Lebie e Watkins estavam na calçada, à mesa de um café na esquina da Campbell Parade com a Lamrock Avenue. A mesa ficava à sombra e era fim de tarde, mas ainda estava claro o suficiente para que seus óculos escuros não parecessem estranhos. As jaquetas não combinavam muito com o calor que fazia, mas a alternativa era usar camisas de meia manga e coldres. Eles não falavam muito, apenas esperavam.

No meio do calçadão, entre a praia e a Campbell Parade, ficava o Teatro St. George, um belo prédio amarelo onde Otto Rechtnagel logo se apresentaria.

— Você já usou uma Browning Hi-Power antes? — perguntou Watkins.

Harry fez que não. Quando lhe entregaram a arma no arsenal da polícia, eles haviam mostrado como carregar a pistola e acionar a trava de segurança, e só. Mas isso não era um problema; Harry duvidava de que Otto fosse sacar uma metralhadora e acabar com eles.

Lebie conferiu o relógio.

— Hora de irmos — disse. Ele tinha uma coroa de suor na cabeça.

— Ok, vamos repassar o plano uma última vez: enquanto todos estão no palco agradecendo os aplausos depois do espetáculo, Harry e eu entramos pela porta lateral. Combinei com o zelador de deixá-la destrancada. Ele também colocou uma placa com o nome de Rechtnagel na porta do camarim do sujeito. Esperamos do lado de fora até que ele saia e o prendemos. Botamos as algemas; nada de armas, a não ser que haja uma emergência. Saímos pela porta dos fundos, onde uma viatura estará nos aguardando. Lebie ficará na plateia com um walkie-talkie e nos dirá quando Rechtnagel estiver a caminho. E também se nosso homem farejar algo e tentar escapar pela porta principal. Vamos assumir nossas posições e rezar para que tenha ar-condicionado.

O pequeno e intimista Teatro St. George estava lotado, e a atmosfera era de expectativa quando a cortina subiu. Na verdade, a cortina não subiu, ela caiu. Os palhaços ficaram olhando para o teto, para o lugar de onde o tecido havia se soltado, e discutiram a questão gesticulando freneticamente, correndo atabalhoados de um lado para o outro, puxando a cortina para fora do palco, tropeçando uns nos outros e se desculpando com a plateia, tirando os chapéus. O número foi recebido com risos e gritos bem-humorados. Parecia haver muitos amigos e conhecidos dos artistas na casa. Em seguida, o palco ficou vazio e foi convertido em uma cena de execução, e Otto entrou acompanhado de uma funesta marcha fúnebre tocada em um tambor.

Harry viu a guilhotina e imediatamente percebeu que a cena era uma variação da que vira no Powerhouse. Obviamente, naquela noite era a vez da rainha, pois Otto estava com um vestido de baile vermelho e uma peruca branca volumosa, o rosto pintado de branco. O carrasco também envergava um novo figurino: uma fantasia preta justa com grandes orelhas e sobras de tecido debaixo dos braços, dando a ele a aparência de um demônio.

Ou um morcego, refletiu Harry.

A lâmina da guilhotina foi erguida, uma abóbora foi colocada embaixo dela, e a lâmina caiu. Com uma pancada seca, ela acertou o bloco sem qualquer resistência, como se a abóbora não estivesse ali. O carrasco ergueu as duas metades triunfante, e a plateia aplaudiu e assobiou. Depois de algumas cenas comoventes, nas quais a rainha chorava e implorava por clemência e em vão tentava cair nas boas graças do homem de preto, ela foi arrastada para a guilhotina, as pernas debatendo-se debaixo do vestido, para o deleite da plateia.

A guilhotina foi erguida de novo, e o rufar de tambores começou, ficando mais alto à medida que as luzes eram reduzidas.

Watkins se inclinou para perto de Harry.

— Então loiras morrem no palco também?

O rufar continuou. Harry olhou em volta: as pessoas se sentavam na beirada das poltronas; algumas se curvavam para a frente, boquiabertas; outras tapavam os olhos. Por mais de cem anos, geração após geração, as pessoas se sentaram ali daquela forma, ao mesmo tempo fascinadas e aterrorizadas pelo mesmo número. Como se ouvisse seus pensamentos, Watkins continuou:

— A violência é como a Coca-Cola e a Bíblia. Um clássico.

O rufar dos tambores continuava, e Harry notou que aquilo estava demorando demais. Não havia levado tanto tempo para a lâmina cair da outra vez, havia? O carrasco estava preocupado; ele se adiantou e olhou para o alto da guilhotina, como se houvesse algo errado. Então, de súbito, sem que ninguém parecesse interferir, a lâmina desceu, zunindo. Harry se empertigou involuntariamente, e um som de surpresa percorreu o teatro quando a lâmina acertou o pescoço. O rufar parou de imediato, e a cabeça caiu no chão com um baque. Um silêncio ensurdecedor se seguiu, antes que um grito cortasse o ar em algum lugar na frente de Watkins e Harry. A apreensão tomou conta da plateia, e Harry tentou espiar o palco na escuridão. Tudo o que conseguiu enxergar foi o carrasco recuando.

— Meu Deus! — sussurrou Watkins.

Um som veio do palco, como se alguém estivesse aplaudindo. Então Harry viu. Da gola da rainha decapitada, a coluna vertebral se projetava como uma minhoca branca se contorcendo lentamente. Sangue jorrava do buraco, respingando no palco.

— Ele sabia que estávamos vindo! — sussurrou Watkins. — Sabia que estávamos na sua cola! É foda, ele até se vestiu como uma de suas vítimas de estupro! — Ele aproximou o rosto do de Harry. — Merda, merda, merda, Holy!

Harry não sabia o que o fazia se sentir tão nauseado, se era o sangue, o mau gosto de usar "vítimas de estupro" e "foda" na mesma frase ou simplesmente o hálito repugnante de Watkins.

Uma poça vermelha havia se formado, e o carrasco escorregou ao correr para pegar a cabeça, aparentemente ainda em estado de choque. Ele caiu com estardalhaço, e dois palhaços se apressaram palco adentro.

— Acenda as luzes!
— Suba a cortina!

Outros dois palhaços chegaram correndo com a cortina, e os quatro ficaram olhando uns para os outros e para o teto alto. Um grito ecoou das coxias, houve um clarão dos refletores e um barulho alto, e o teatro mergulhou na escuridão total.

— Isso cheira mal, Holy. Vamos! — Watkins agarrou o braço de Harry e fez menção de se levantar.

— Sente aí — sussurrou Harry, puxando-o de volta para a poltrona.
— O quê?

As luzes se acenderam, e o palco, onde poucos segundos antes reinava uma confusão de sangue, cabeças, guilhotinas, palhaços e cortinas, estava vazio, exceto pelo carrasco e Otto Rechtnagel, de pé na beira do palco com a cabeça loira da rainha debaixo do braço. Eles foram saudados por urros e aplausos arrebatados da plateia, aos quais responderam com reverências exageradas.

— Tá de sacanagem... — disse Watkins.

28

O caçador

No intervalo, Watkins se permitiu beber uma cerveja.
— Aquele número quase me matou. Ainda estou tremendo, porra. Talvez devêssemos pegar o filho da mãe agora. Essa espera está me deixando nervoso.

Harry deu de ombros.

— Por quê? Ele não vai a lugar algum e não suspeita de nada. Vamos seguir o plano.

Watkins apertou discretamente o botão do walkie-talkie para confirmar se Lebie estava na escuta. Por precaução, Lebie tinha ficado na plateia. A viatura já estava posicionada na porta dos fundos.

Harry precisava admitir que o número da guilhotina havia sido impressionante, mas ainda se perguntava por que Otto havia trocado Luís XVI pela loira que ninguém reconheceria. Talvez achasse que ele usaria os ingressos grátis e estaria presente. Seria essa uma forma de debochar da polícia? Harry sabia que era comum serial killers se sentirem cada vez mais confiantes à medida que o tempo passava e eles não eram pegos. Ou será que aquilo era um pedido a alguém para que o detivesse? E, é claro, havia uma terceira possibilidade: a trupe simplesmente havia modificado o número.

Uma campainha soou.

— Lá vamos nós — disse Watkins. — Espero que mais ninguém seja morto esta noite.

No meio do segundo ato, Otto apareceu vestido de caçador e caminhou na ponta dos pés com uma pistola em punho enquanto espreitava o alto das árvores colocadas no palco em uma plataforma sobre rodas. Das folhagens veio o canto de um pássaro, que Otto tentou imitar ao mirar nos galhos. O estampido de uma arma foi ouvido, uma pequena lufada de fumaça subiu e algo preto caiu no palco com um baque. O caçador se adiantou e, para sua surpresa, pegou um gato preto! Otto fez uma mesura e deixou o palco sob aplausos dispersos.

— Não entendi essa — sussurrou Watkins.

Harry poderia ter gostado do espetáculo se não estivesse tão tenso. Do jeito que estava, olhava mais para o relógio do que para o palco. Além disso, muitos esquetes continham sátiras políticas locais que lhe passavam batidas, mas a plateia se divertia muito. No final, a música ficou mais alta, as luzes foram acesas e todos os artistas apareceram no palco.

Harry e Watkins pediram desculpas à fileira de pessoas que precisou se levantar para que os dois passassem e seguiram apressadamente até a porta na lateral do palco. Como combinado, estava aberta, e eles entraram em um corredor que formava um semicírculo atrás do palco. No final, encontraram a porta com a plaquinha *Otto Rechtnagel, Palhaço*, e esperaram. A música e as palmas da plateia faziam as paredes tremerem. Então ouviram o breve estalido do walkie-talkie de Watkins. Ele o pegou.

— Já? — disse. — A música ainda está tocando. Câmbio. — Os olhos dele se arregalaram. — O quê? Repita! Câmbio.

Harry soube que algo estava errado.

— Fique onde está e não tire os olhos da porta que dá para o palco. Câmbio! — Watkins colocou o walkie-talkie de volta no bolso interno da jaqueta e sacou a arma do coldre de ombro. — Lebie não está vendo Rechtnagel no palco.

— Talvez ele não o reconheça. Eles usam bastante maquiagem quando...

— O filho da mãe não está no palco — repetiu Watkins, girando a maçaneta da porta do camarim, mas estava trancada. — Merda, Holy. Posso sentir que isso não é bom. Porra!

O corredor era estreito, então Watkins pressionou as costas na parede aposta para pegar impulso e chutou a fechadura. Três chutes depois, a porta cedeu com uma chuva de farpas. Eles irromperam em um camarim vazio tomado por vapor branco. O chão estava molhado. A água e o vapor vinham de uma porta entreaberta, que claramente levava ao banheiro. Os dois ladearam a porta; Harry também havia sacado sua arma e a tateava em busca da trava de segurança.

— Rechtnagel! — gritou Watkins. — Rechtnagel!

Nenhuma resposta.

— Não gosto disso — resmungou ele entre os dentes.

Harry já tinha visto séries policiais o suficiente para também não gostar. Água escorrendo e chamados sem resposta pressagiam visões bem pouco agradáveis.

Watkins apontou para Harry com o indicador e para o banheiro com o polegar; Harry teve vontade de responder ao sinal com o dedo médio, mas reconheceu que agora era a sua vez. Ele abriu a porta com um chute, avançou dois passos em uma sauna a vapor escaldante e ficou encharcado em um segundo. À sua frente, viu uma cortina de boxe. Puxou-a de lado com o cano da arma.

Nada.

Harry queimou o braço ao desligar a água, praguejando alto em norueguês. Os sapatos chapinhavam enquanto ele tentava enxergar em meio ao vapor, que começava a se dissipar.

— Nada aqui! — gritou.

— Por que tem tanta água então?

— Algo está entupindo o ralo. Espere um pouco.

Harry enfiou a mão na água, no local em que achava que poderia estar o entupimento. Tateou ao redor, então seus dedos encontraram algo macio e liso enfiado no ralo. Ele o agarrou e o puxou para fora. O vômito subiu pela garganta; ele engoliu e tentou respirar fundo, mas sufocava com o vapor.

— O que foi? — perguntou Watkins. Ele estava parado na porta e olhava para Harry, agachado no chuveiro.

— Acho que perdi uma aposta e devo cem dólares a Otto Rechtnagel — disse Harry em voz baixa. — Pelo menos ao que resta dele.

Mais tarde, Harry tentou se recordar dos acontecimentos subsequentes no Teatro St. George, mas suas lembranças estavam envoltas em uma bruma, como se o vapor do chuveiro de Otto tivesse se dispersado e invadido tudo. Primeiro o corredor, onde a silhueta desfocada do zelador tentava abrir a porta da sala de cenografia; em seguida, o buraco da fechadura, onde a visão ganhou um filtro avermelhado, antecipando a imagem que os aguardava quando arrombaram a porta e se depararam com a guilhotina gotejando sangue; por último, as coxias, onde ouviram os gritos estranhamente abafados e indistintos dos outros artistas, pois não conseguiram evitar que eles entrassem e vissem Otto Rechtnagel espalhado por ali.

As extremidades tinham sido atiradas nos cantos do corredor, como os braços e as pernas de uma boneca. As paredes e o chão estavam borrifados de sangue de verdade, viscoso, que coagularia e ficaria preto muito em breve. Um tronco sem membros repousava no bloco da guilhotina, carne e sangue com olhos escancarados, um nariz de palhaço e boca e bochechas borradas de batom.

O vapor havia se grudado à pele, à boca e à garganta de Harry. Como em câmera lenta, ele viu Lebie emergir da névoa, aproximar-se e sussurrar em seu ouvido:

— Andrew fugiu do hospital.

29

Birgitta se despe

Alguém devia ter lubrificado o ventilador, que girava de modo indiferente, sem um som sequer.

— A única pessoa que os policiais na viatura viram sair pela porta dos fundos foi o tal carrasco de preto, certo?

McCormack havia convocado todos à sua sala.

Watkins assentiu.

— Sim, senhor. Precisamos esperar para saber o que os artistas e funcionários viram; eles estão sendo interrogados agora. Ou o assassino estava no teatro e entrou pela porta que leva ao palco, que estava destrancada, ou entrou pela porta dos fundos antes que a viatura chegasse. — Ele suspirou. — O zelador disse que a porta dos fundos ficou trancada durante a apresentação, então, ou o assassino tinha uma cópia da chave, ou alguém deixou que ele entrasse, ou ele entrou sem ninguém perceber com os artistas e se escondeu em algum lugar. E bateu à porta do camarim depois do número do gato, enquanto Otto se aprontava para o encerramento. Provavelmente o drogou no camarim ou depois, na sala de cenografia, já que os rapazes da perícia encontraram vestígios de éter etílico. Vamos torcer para que tenha feito isso, pelo menos. Enfim, o cara é um filho da mãe cruel. Depois de retalhar o sujeito, ele pegou o órgão sexual decepado, voltou ao camarim e ligou a água para que, se alguém o procurasse, ouvisse a água e pensasse que Otto estava tomando banho.

McCormack pigarreou.

— E quanto a essa tal guilhotina? Há formas mais fáceis de matar um homem...

— Bem, senhor, eu diria que a guilhotina foi algo não premeditado. Ele não teria como saber que seria levada à sala de cenografia no intervalo.

— Um homem muito, muito doente — concluiu Lebie para suas unhas.

— E quanto às portas? Estavam trancadas, não estavam? Como ele entrou na sala de cenografia?

— Falei com o zelador — disse Harry. — Como líder da companhia, Otto tinha um molho de chaves no camarim. Elas desapareceram.

— E quanto a essa... fantasia de demônio?

— Estava na caixa ao lado da guilhotina, com a cabeça cenográfica e a peruca, senhor. O assassino a vestiu depois do crime e a usou como disfarce. É muito pouco provável que isso tenha sido planejado.

McCormack apoiou a cabeça nas mãos.

— Como assim, Yong?

Yong estava diante do computador.

— Vamos esquecer o demônio de roupas pretas por enquanto — disse. — A lógica diz que o assassino é alguém da companhia.

Watkins fungou alto.

— Deixe-me terminar, senhor — insistiu Yong. — Estamos procurando alguém que conhece o espetáculo, pois sabia que Otto não faria mais nada após o esquete do gato e, portanto, não seria necessário no palco até o encerramento, cerca de vinte minutos depois. Um integrante da companhia tampouco precisaria entrar sorrateiramente, coisa que eu duvido que um estranho conseguisse fazer sem ser visto. Pelo menos um de vocês o teria visto se ele usasse a porta lateral.

Os outros só podiam concordar.

— Enfim, pesquisei e descobri que três outros integrantes da companhia fizeram parte do Parque Itinerante de Espetáculos da Austrália. O que significa que, nesta noite, temos três outras pessoas que poderiam ter estado nas cenas dos crimes que discutimos, nas datas relevantes. E se Otto fosse apenas um inocente que sabia demais? Vamos começar a procurar onde temos chance de encontrar alguma coisa. Sugiro começarmos com a companhia, e não com um fantasma da ópera que provavelmente já sumiu no mundo a essa altura.

Watkins discordou.

— Não podemos ignorar o óbvio: uma pessoa de identidade desconhecida que deixa a cena de um crime com uma fantasia que estava guardada ao lado da arma. É impossível que ele *não* tenha nada a ver com o assassinato.

Harry concordava.

— Acho que podemos esquecer os outros artistas da companhia. Em primeiro lugar, nada mudou o fato de que Otto pode ter estuprado e matado todas as jovens. Pode haver uma infinidade de motivos para alguém querer matar um serial killer. O sujeito pode estar envolvido de alguma forma, por exemplo. Talvez o assassino soubesse que Otto ia ser preso e não quis correr o risco de uma confissão e de ser arrastado junto. Segundo, não temos certeza de que o assassino sabia previamente quanto tempo tinha para cometer o crime; ele pode ter forçado Otto a contar a ele quando voltaria ao palco. E terceiro, ouçam seus instintos! — Ele fechou os olhos. — Vocês conseguem sentir, não conseguem? O sujeito com a fantasia de morcego é o nosso homem. Narahdarn!

— O quê? — perguntou Watkins.

McCormack riu.

— Parece que nosso amigo norueguês ocupou o espaço deixado pelo nosso caro detetive Kensington.

— Narahdarn — repetiu Yong. — O símbolo aborígine da morte, o morcego.

— Outra coisa me preocupa — prosseguiu McCormack. — O camarada tem a chance de escapulir despercebido pela porta dos fundos e estar a dez passos de distância das ruas mais movimentadas de Sydney, onde com certeza desapareceria em questão de segundos. Mas, ainda assim, ele não se apressa, veste uma fantasia que obviamente chamará atenção. Mas isso também não nos permite ter uma descrição dele. Quase dá para supor que ele sabia que a viatura estaria lá para vigiar a porta. E, se sabia, como isso é possível?

Silêncio.

— A propósito, como vai Kensington no hospital? — perguntou McCormack. Em seguida, pegou uma bala e a levou à boca.

A sala ficou em silêncio. O ventilador soprava sem qualquer ruído.

— Ele não está mais lá — disse Lebie após um longo tempo.

— Caramba, mas que recuperação rápida! — exclamou McCormack. — Bem, não importa, agora precisamos de todas as unidades disponíveis o mais rápido possível, porque de uma coisa eu tenho certeza: palhaços cortados em pedacinhos rendem manchetes mais chamativas que jovens estupradas. E, como eu já disse antes, rapazes, quem acha que não devemos dar a mínima aos jornais está enganado. Jornais já demitiram e já nomearam chefes de polícia neste país. Então, a não ser que queiram me ver sendo atirado porta afora, vocês sabem o que precisa ser feito. Mas vão para casa e durmam antes. Sim, Harry?
— Nada, senhor.
— Ok. Boa noite.

As coisas eram diferentes. As cortinas não estavam fechadas, e, ao brilho das luzes de neon de King's Cross, Birgitta se despia diante dele.

Harry continuava deitado enquanto ela permanecia de pé no meio do quarto, tirando peça por peça, sustentando seu olhar com uma expressão séria, quase angustiada. Esguia e com pernas compridas, Birgitta se revelava branca como a neve à luz tênue. Pela janela entreaberta era possível ouvir os sons de uma vida noturna intensa — carros, motos, máquinas de videopôquer tocando música de realejo e uma batida disco pulsante. E além de tudo isso, como grilos humanos, o som de conversas em voz alta, gritos indignados e risos escandalosos.

Birgitta desabotoou a blusa; não se demorava de forma consciente ou sensual, só estava indo devagar. Apenas se despia.

Para mim, pensou Harry.

Já a vira nua antes, mas naquela noite era diferente. Estava tão linda que Harry sentiu um nó na garganta. Antes, não havia entendido seu acanhamento, por que não tirava a camiseta e a calcinha antes de estar debaixo do cobertor e por que se cobria com uma toalha quando ia da cama para o banheiro. Mas, aos poucos, ele percebeu que não se tratava de pudor ou vergonha do próprio corpo, mas de revelar a si mesma. Tratava-se de primeiro ganhar tempo e fortalecer sentimentos, montar um pequeno ninho de segurança; era a única forma de ela lhe dar esse *direito*. Por isso, as coisas eram diferentes naquela noite. Havia algo ritualístico no ato de se despir, como se, com sua nudez, ela quisesse mostrar a ele o quanto era vulnerável. Como se quisesse mostrar que ousava exibir seu corpo porque confiava nele.

O coração de Harry batia forte, em parte porque se sentia orgulhoso de receber uma prova de confiança daquela mulher corajosa e linda, em parte porque estava apavorado de talvez não ser digno dela. Mas, acima de tudo, porque percebia que seus sentimentos e seus pensamentos estavam completamente expostos, vistos por todos sob a luz do letreiro de neon, vermelha e azul e verde. Ao se despir, ela também o despia.

Quando finalmente ficou nua, ela permaneceu imóvel, e toda a sua pele branca pareceu iluminar o quarto.

— Vem — disse ele com uma voz mais embargada do que pretendia, e puxou o lençol, mas ela não saiu do lugar.

— Olhe — sussurrou ela. — Olhe.

30

Gengis Khan

Eram oito da manhã, e Gengis Khan dormia quando a enfermeira deixou Harry entrar no quarto. Ele abriu os olhos ao ouvir o policial arrastar a cadeira até a beirada da cama.

— Bom dia — cumprimentou Harry. — Espero que tenha dormido bem. Você se lembra de mim? O cara que foi parar em cima da mesa, com dificuldade para respirar...

Gengis Khan gemeu. Ele tinha uma grande atadura branca na cabeça e parecia bem menos perigoso do que quando foi para cima de Harry no Cricket.

Harry tirou uma bola de críquete do bolso.

— Acabei de falar com o seu advogado. Ele disse que você não vai prestar queixa contra o meu colega.

Harry jogou a bola da mão direita para a esquerda.

— Levando em consideração que você estava prestes a me matar, eu ficaria muito chateado se o cara que salvou a minha pele fosse denunciado. Mas esse seu advogado acredita de verdade que você foi a vítima. Em primeiro lugar, ele diz que você *não* me agrediu, que apenas me *afastou* do seu amigo, em quem eu estava prestes a infligir *sérios* ferimentos. Em segundo lugar, ele afirma que foi por pura sorte que você escapou apenas com um traumatismo craniano, que poderia ter morrido por causa dessa bola de críquete.

Ele jogou a bola para cima e a pegou em frente ao rosto pálido de Gengis Khan.

— E quer saber de uma coisa? Eu concordo. Uma bola atirada direto no rosto a uma distância de quatro metros... Você só sobreviveu por um milagre. Seu advogado me ligou hoje no trabalho querendo saber exatamente o que aconteceu. Ele acredita que você pode conseguir pelo menos uma indenização se tiver sequelas de longo prazo. Seu advogado pertence àquela raça de abutres que suga um terço de tudo o que você recebe, mas ele provavelmente disse isso a você, não disse? Perguntei a ele por que não conseguiu convencê-lo a seguir adiante com o processo. Ele acredita que é uma questão de tempo. Então, agora, eu fiquei na dúvida: é mesmo apenas uma questão de tempo, Gengis?

Gengis fez que não, temeroso.

— Não. Por favor, vá embora — pediu em um leve gorgolejar.

— Mas por que não? O que você tem a perder? Se ficar incapacitado, pode ganhar uma grana preta em um caso como esse. Lembre-se: você não estaria processando uma pobre pessoa física, estaria processando o Estado. Vi que você meio que conseguiu se manter livre de problemas com a lei. Então, quem sabe, um júri pode dar razão a você e transformá-lo em um milionário. E você não quer nem tentar?

Gengis não respondeu, apenas fitou Harry com seus olhos tristes, caídos, debaixo da atadura branca.

— Estou farto desse hospital, Gengis, então serei breve. Sua agressão me rendeu duas costelas quebradas e um pulmão perfurado. Como eu não estava de uniforme, não mostrei meu distintivo, não estava em serviço, e a Austrália está fora da minha jurisdição, as autoridades declararam que, do ponto de vista legal, eu agi como pessoa física, e não como servidor público. Em outras palavras, posso decidir se processo você por agressão ou não. O que nos leva de volta à sua ficha *mais ou menos* limpa. Bom, temos uma condicional por lesão corporal grave, não é verdade? Acrescente seis meses a isso, e temos quase um ano. Um ano, ou você pode me dizer... — Harry se aproximou do ouvido de Gengis Khan, que se projetava da cabeça enfaixada como um cogumelo rosa, e gritou: — O QUE DIABOS ESTÁ ACONTECENDO!

Ele se sentou pesadamente na cadeira.

— Então, o que me diz?

31

Uma mulher gorda

McCormack estava de costas para Harry, olhando pela janela com os braços cruzados e a mão apoiada no queixo. A névoa espessa havia apagado as cores de Sydney e paralisado todo e qualquer movimento, de modo que a vista parecia uma fotografia em preto e branco desfocada da cidade. O silêncio era interrompido por um ruído insistente. Harry por fim se deu conta de que eram as unhas de McCormack batendo nos dentes superiores.

— Então Kensington conhecia Otto Rechtnagel.

Harry deu de ombros.

— Eu sei que devia ter contado isso antes, senhor. Mas não achei...

— ... que fosse da sua conta comentar quem Andrew Kensington conhecia ou não. É justo. Mas agora Kensington sumiu, ninguém sabe onde ele está, e você acha que algo está errado?

Harry assentiu com a cabeça às costas de McCormack.

McCormack o observou por um instante pelo reflexo na janela e em seguida deu meia-volta para ficar cara a cara com Harry.

— Você me parece um pouco... — ele lhe deu as costas outra vez — inquieto, Holy. Algo está incomodando você? Tem algo mais que queira me dizer?

Harry balançou a cabeça negativamente.

O apartamento de Otto Rechtnagel ficava em Surry Hills, mais especificamente na rua entre o Albury e o quarto de Inger Holter em Glebe. Uma mulher que mais parecia uma montanha bloqueava o acesso às escadas.

— Eu vi o carro. Vocês são da polícia? — perguntou ela com uma voz aguda, estridente, e continuou sem esperar pela resposta. — Vocês estão ouvindo o cachorro. Ele está assim desde hoje de manhã.

Os dois ouviram latidos roucos vindos de trás da porta com a plaquinha *Otto Rechtnagel*.

— É triste o que aconteceu com o Sr. Rechtnagel, muito triste, mas vocês precisam levar o cachorro dele. O bicho está latindo sem parar e enlouquecendo todo mundo. Não devia ser permitido ter cachorros aqui. Se não fizerem algo a respeito, nós seremos forçados a... hum, bem, vocês sabem o que eu quero dizer.

A mulher revirou os olhos e abriu os braços roliços. De imediato, subiu um cheiro forte de suor mascarado com perfume. Harry sentiu grande aversão por ela.

— Os cachorros sabem das coisas — disse Lebie, correndo dois dedos pelo corrimão e examinando o indicador com reprovação.

— O que você quer dizer com isso, meu jovem? — perguntou a gorda, abaixando os braços, ainda sem a menor intenção de sair do lugar.

— Ele sabe que o dono está morto, senhora — explicou Harry. — Os cachorros têm um sexto sentido para essas coisas. Está sofrendo.

— Sofrendo? — Ela olhou para eles, desconfiada. — Um cachorro? Que bobagem.

— O que a senhora faria se alguém cortasse fora os braços e as pernas do seu dono? — Lebie encarou a mulher, que ficou boquiaberta.

Depois que ela foi embora, eles pegaram as várias chaves que haviam encontrado nos bolsos da calça de Otto no camarim. Os latidos deram lugar a rosnados; o cachorro de Otto Rechtnagel provavelmente tinha escutado a aproximação de estranhos.

O bull terrier estava parado no hall quando a porta se abriu, pronto para tomar uma atitude. Lebie e Harry ficaram imóveis, indicando ao cômico cachorro branco que ele dominava a situação. Os rosnados se tornaram latidos pouco entusiasmados, então ele abandonou a ideia e escapuliu para a sala. Harry o seguiu.

A luz do dia entrava pelas grandes janelas da sala, decorada de modo extravagante: um robusto sofá vermelho com grandes almofadas coloridas, pinturas de tamanho considerável nas paredes e uma mesa verde de tampo de vidro, baixa mas chamativa. Nos cantos, dois leopardos de porcelana.

Sobre a mesa havia um abajur que parecia não pertencer ao cômodo.

O cachorro farejava uma mancha ainda úmida no meio da sala. Um par de sapatos masculinos pendia sobre ela, no ar. Havia um fedor de urina e excrementos. O olhar de Harry percorreu os sapatos e as meias, notando a pele negra entre o elástico das meias e a bainha da calça. Deixou o olhar vagar calça acima, até as mãos enormes e inertes, e precisou forçar os olhos a continuar até a camisa branca. Não pelo fato de nunca ter visto um homem enforcado antes, mas porque havia reconhecido os sapatos.

A cabeça estava caída sobre um ombro, e a extremidade do cabo, com uma lâmpada cinza, pendia sobre o peito. O cabo tinha sido amarrado em um gancho firme no teto — talvez um lustre tivesse sido pendurado ali em algum momento — e enrolado três vezes ao redor do pescoço de Andrew. Sua cabeça quase tocava o teto. Olhos turvos, sonhadores, fitavam o vazio, e uma língua preta-azulada se projetava da boca como se ele tivesse zombado da morte. Ou da vida. Havia uma cadeira virada no chão.

— Merda — murmurou Harry em voz baixa. — Merda, merda, merda. — Ele tombou em uma cadeira, a energia arrancada do corpo.

Lebie entrou, e um grito breve escapou de seus lábios.

— Pegue uma faca — sussurrou Harry. — E ligue para a ambulância. Ou para quem quer que vocês costumam ligar nesses casos.

De onde Harry continuava sentado, Andrew estava na contraluz, e o corpo oscilante era apenas uma silhueta escura, estranha, contra a janela. Harry implorou ao Criador que pusesse outro homem ali pendurado. Prometeu não dizer a ninguém uma palavra sobre o milagre. Até rezaria, se ajudasse.

Ele ouviu passos no hall e Lebie gritando da cozinha.

— Sai daqui, sua vaca gorda!

Depois do enterro da mãe, Harry havia passado cinco dias sem sentir nada além da sensação de que deveria estar sentindo algo. Portanto, ficou surpreso quando afundou nas almofadas do sofá com os olhos cheios de lágrimas e soluços escaparam de sua garganta.

Não que não tivesse chorado outras vezes. Ficara com um nó na garganta ao ler a carta de Kristin, sentado sozinho em seu quarto no quartel de Barfufoss. Ela dizia: "Essa é a melhor coisa que aconteceu em toda a minha vida." Não estava claro pelo contexto se ela se referia ao fim do relacionamento ou ao fato de ter conhecido o músico inglês com quem viajaria. Tudo o que Harry soube naquele momento era que aquilo era uma das piores coisas que tinha acontecido na vida dele. Mas o choro havia parado ali, no meio da garganta. Era como sentir náusea e *quase* vomitar.

Harry se levantou e olhou para cima. Andrew ainda estava ali. Precisava pegar uma cadeira para terem no que subir quando fossem tirá-lo de lá, mas foi incapaz de se mover. Continuou imóvel até que Lebie voltou com uma faca de cozinha. Quando ele começou a lhe dirigir olhares estranhos, Harry percebeu que lágrimas quentes rolavam por seu rosto.

Caramba, não é para tanto?, pensou Harry, aturdido.

Sem dizer uma palavra, cortaram o cabo, deitaram Andrew no chão e verificaram seus bolsos. Havia dois molhos de chaves, um grande e outro pequeno, além de uma chave avulsa que, como Lebie imediatamente confirmou, abria a porta da frente.

— Nenhum sinal externo de violência — disse Lebie depois de uma rápida inspeção.

Harry desabotoou a camisa de Andrew. Ele tinha um crocodilo tatuado no peito. Também abaixou as calças e conferiu.

— Nada — concluiu. — Absolutamente nada.

— Vamos esperar para ver o que diz o patologista — disse Lebie.

Harry sentiu as lágrimas vindo outra vez e mal conseguiu dar de ombros.

32

Chatwick

Como Harry suspeitava, o escritório estava em polvorosa.
— Está na Reuters — disse Yong. — A Associated Press vai mandar um fotógrafo, e ligaram do gabinete do prefeito dizendo que a NBC vai enviar uma equipe de TV para cobrir o caso.

Watkins balançou a cabeça.

— Seis mil pessoas morrem em um tsunami na Índia e isso é mencionado apenas em uma breve chamada. Alguém corta os membros de um palhaço homossexual e isso se torna um acontecimento mundial.

Harry pediu que todos fossem à sala de reunião. Ele fechou a porta.

— Andrew Kensington está morto — anunciou.

Watkins e Yong olharam para ele, incrédulos. Harry contou de maneira direta e rápida que haviam encontrado Andrew enforcado no apartamento de Otto Rechtnagel.

Ele os encarava, e sua voz era firme.

— Não telefonamos porque queríamos ter certeza de que não haveria vazamentos. Talvez seja bom mantermos isso apenas entre nós por enquanto.

Para Harry, era mais fácil tratar aquilo como um assunto policial. Ele poderia ser objetivo e saberia lidar melhor com a situação. Um corpo, a causa da morte e uma cronologia, que tentariam manter sob sigilo. Isso deixava a Morte — a estranha criatura que ele não sabia como confrontar — de lado por enquanto.

— Ok — disse Watkins, atordoado. — Calma. Não vamos tirar conclusões precipitadas.

Ele enxugou o suor de cima do lábio superior.

— Vou chamar McCormack. Merda, merda, merda. O que você fez, Kensington? Se a imprensa souber disso... — E Watkins se foi.

Os três homens que ficaram para trás continuaram sentados, ouvindo o lamento do ventilador.

— Ele trabalhava com a gente aqui na Homicídios de vez em quando — disse Lebie. — Não era um de nós, eu acho, mas, mesmo assim, era...

— Um homem de bom coração — completou Yong, os olhos voltados para o chão. — Um homem de bom coração. Ele me ajudou quando eu comecei aqui. Ele era... um homem de bom coração.

McCormack concordou que deveriam manter tudo em sigilo. Não estava nem um pouco feliz, andava de um lado para o outro com passos mais pesados que de costume, e suas bastas sobrancelhas se uniam sobre o nariz como se fossem uma área de baixa pressão atmosférica em uma carta meteorológica.

Depois da reunião, Harry se sentou à mesa de Andrew e folheou suas anotações. Não descobriu grande coisa, apenas alguns endereços, números de telefone que descobriram ser de oficinas mecânicas e garranchos incompreensíveis em uma folha de papel. As gavetas estavam praticamente vazias, apenas com material de escritório. Então Harry examinou os dois molhos de chaves que encontraram com o corpo. Um tinha as iniciais de Andrew no chaveiro de couro, então ele supôs que aquelas deviam ser suas chaves pessoais.

Harry tirou o telefone do gancho e ligou para Birgitta. Ela ficou abalada com a notícia, fez algumas perguntas, mas deixou que Harry falasse.

— Eu não entendo — disse Harry. — Um cara que eu conheço há pouco mais de uma semana morre, e eu choro como um bebê, mas não consegui derramar uma lágrima sequer pela minha mãe durante cinco dias. Minha mãe, a mulher mais incrível do mundo! Qual é a lógica?

— Lógica? — perguntou Birgitta. — Duvido que tenha a ver com lógica.

— Bem, só queria que você soubesse. Não fale disso com ninguém. Você vai me ver quando sair do trabalho?

Ela hesitou. Estava aguardando um telefonema da Suécia à noite. Dos pais.

— É meu aniversário.

— Meus parabéns.

Harry desligou. Sentiu um velho inimigo rugindo no estômago.

Lebie e Harry estavam a caminho da casa de Andrew Kensington em Chatwick.

— O esquete do homem caçando o pássaro... — começou Harry.

A frase ficou no ar, suspensa entre os dois sinais de trânsito.

— Você estava dizendo... — disse Lebie.

— Nada. Estava pensando na apresentação. Estou cismado com o esquete do pássaro. Não me pareceu fazer sentido algum. Um caçador que acha que espreita um pássaro subitamente descobre que sua presa é um gato, o que transforma o caçador na caça. Ok, mas e daí?

Depois de meia hora no trânsito, eles chegaram à Sydney Road, uma bela rua em um bairro agradável.

— Caramba, isso está certo? — perguntou Harry ao ver o número de casa que pegaram com o departamento de RH.

Era uma grande casa de tijolinhos com garagem para dois carros, gramado bem-cuidado e uma fonte na frente. Um caminho de cascalho levava a uma impressionante porta de mogno. Um menino a abriu depois que tocaram a campainha. Assentiu quando mencionaram Andrew, apontou para si e cobriu a boca com a mão para mostrar aos dois que era mudo. Então contornou a casa com eles e apontou para uma pequena construção, também de tijolinhos, do outro lado de um jardim enorme. Se fosse uma casa de campo inglesa, o caseiro certamente moraria ali.

— Nós vamos entrar — disse Harry, e notou que gesticulava demais, como se o menino também tivesse problemas de audição. — Nós... nós somos colegas de Andrew. Andrew morreu.

Ele mostrou o molho de chaves de Andrew, com o chaveiro de couro. Por um momento, o menino olhou para as chaves estarrecido, ofegante.

— Ele faleceu ontem à noite — disse Harry.

O menino permaneceu diante deles com os braços caídos, os olhos marejados. Harry se deu conta de que os dois deviam se conhecer bem. Segundo as informações que tinha recebido, Andrew morava naquele endereço havia quase vinte anos, e lhe ocorreu que o menino provavelmente tinha crescido no casarão. Uma imagem involuntária surgiu na mente de Harry: um menininho e o homem negro jogando bola no jardim, o menino ganhando dinheiro para ir comprar um sorvete. Talvez tenha crescido com conselhos bem-intencionados e histórias mais ou menos verídicas sobre o policial da casinha e, quando fosse um pouco mais velho, talvez tivesse aprendido sobre como tratar as garotas e dar um direto de esquerda sem abaixar a guarda.

— Na verdade, não é bem assim. Nós éramos mais que colegas. Nós éramos amigos, éramos amigos também — corrigiu Harry. — Tudo bem se entrarmos?

O menino piscou, comprimiu os lábios e concordou.

A primeira coisa que o surpreendeu ao entrar naquela pequena casa onde vivia um homem solteiro foi a limpeza e a organização. Na sala de decoração sóbria não havia jornais espalhados sobre a mesa de centro em frente à televisão portátil, e na cozinha não havia pratos à espera de serem lavados. No hall, sapatos e botas estavam arrumados lado a lado com os cadarços para dentro. Aquela ordem rígida o lembrou de algo.

No quarto, a cama estava arrumada de forma imaculada, com os lençóis brancos enterrados com tanta firmeza nas laterais que entrar debaixo das cobertas exigiria uma manobra acrobática. Harry detestava aquilo em seu quarto de hotel. Ele espiou dentro do banheiro.

Barbeador e sabonete estavam dispostos em perfeita ordem ao lado da loção pós-barba, da pasta de dentes e do xampu na prateleira acima da pia. E era só isso. Também não havia cosméticos extravagantes, observou Harry, e subitamente se deu conta do que aquela meticulosidade lhe lembrava: de seu próprio apartamento depois que ele havia parado de beber.

A nova vida de Harry de fato tinha começado assim, com o simples exercício da disciplina e o princípio básico de que tudo tem seu lugar, prateleira ou gaveta e deve ser guardado novamente depois de usado. Nem mesmo uma esferográfica era deixada de fora, nem mesmo um fusível queimado era deixado em uma caixa de fusíveis. Além da aplicação prática, havia, é claro, um significado simbólico: não sabia se era certo ou errado, mas considerava o nível de caos no apartamento um termômetro para o restante de sua vida.

Harry pediu a Lebie que verificasse o armário e a cômoda do quarto e esperou que ele saísse para abrir o armário ao lado do espelho. Estavam na prateleira de cima, meticulosamente enfileiradas, apontando para eles como mísseis em miniatura: duas dúzias de seringas descartáveis.

Gengis Khan não tinha mentido ao dizer que Andrew era um drogado. Harry, por sua vez, também não tivera dúvidas quando encontraram Andrew no apartamento de Otto. Ele sabia que, em um clima que as pessoas normalmente usavam mangas curtas, um policial não podia andar por aí com o antebraço coberto de furos de agulha. Portanto, ele precisava injetar a seringa onde as marcas das picadas não fossem vistas, como, por exemplo, na parte de trás das pernas. As panturrilhas e a parte de trás dos joelhos de Andrew estavam cheias delas.

Andrew era cliente do cara com voz de Rod Stewart desde que Gengis Khan conseguia lembrar. Ele considerava Andrew o tipo que consumia heroína e continuava a agir de forma quase normal, tanto social quanto profissionalmente.

— Não é tão incomum quanto muita gente gosta de pensar — dissera Gengis. — Mas, quando Speedy descobriu por aí que o cara era policial, ficou paranoico e queria dar um tiro nele. Pensou que fosse um infiltrado. Nós o convencemos a mudar de ideia. O camarada era um dos melhores clientes de Speedy havia anos. Nunca pechinchava, sempre pagava na hora, cumpria o que prometia, sem conversa, sem encheção. Nunca vi um aborígine lidar com o bagulho tão bem. Que diabo, nunca vi *ninguém* lidar com o bagulho tão bem!

Tampouco ele tinha visto ou ouvido rumores sobre Andrew falando com Evans White.

— White não tem mais nada a ver com as vendas por aqui. Ele é atacadista, e só. Chegou a vender umas paradas em King's Cross por um tempo; nem imagino por que faria uma coisa assim, ele fatura bem. Mas parece que parou; teve problemas com umas prostitutas, foi o que ouvi dizer.

Gengis havia falado com franqueza, mais do que o necessário para salvar a pele. Na verdade, parecera achar aquilo divertido. Deve ter concluído que não havia grande perigo em Harry ir atrás deles se tivessem pelo menos um de seus colegas na palma da mão.

— Mande lembranças minhas a ele e diga que é bem-vindo de volta. Não guardamos ressentimentos. — Gengis dera um largo sorriso. — As pessoas sempre voltam, sabe? Não importa quem sejam. Sempre voltam.

33

Um patologista

O zelador do Teatro St. George estava no refeitório e se lembrava de Harry da noite anterior. Ele parecia aliviado.

— F-Finalmente alguém que não vai ficar insistindo em perguntar como estava a cena do crime. Os jornalistas passaram o dia todo aqui, d-de um lado para o outro. E aqueles seus peritos. Mas eles já têm muito o que fazer; n-não nos incomodam.

— Sim, eles têm um trabalho e tanto.

— É. Não dormi quase nada essa noite. Minha esposa precisou me dar um daqueles r-remédios dela para dormir. Ninguém deveria ter que passar por aquele tipo de coisa. M-Mas acho que você está acostumado com isso.

— Bem, aquilo foi um pouco mais forte que o comum.

— Não sei se um dia vou conseguir entrar naquela sala d-de novo.

— Ah, você vai superar.

— Não, eu não consigo nem chamá-la de sala de c-cenografia, eu digo *aquela sala*.

O zelador balançou a cabeça, desesperado.

— O tempo cura — garantiu Harry. — Confie em mim, sei um pouco dessas coisas.

— Espero que esteja certo, detetive.

— Pode me chamar de Harry.

— Quer café, Harry?

Harry disse "por favor" e colocou o molho de chaves na mesa entre os dois.

— Ah, aí estão elas — disse o zelador. — As chaves que Rechtnagel pegou emprestadas. Tive m-medo de que não aparecessem e fosse preciso trocar todas as fechaduras. Onde você as encontrou?

— Na casa de Otto.

— O quê? Mas ele usou as chaves ontem à noite, não usou? A porta do camarim...

— Não se preocupe com isso. Queria saber se havia alguém além dos artistas nos bastidores ontem à noite.

— Ah, sim. Vamos ver. O i-iluminador, dois assistentes de palco e o engenheiro de som estavam lá, é claro. Não tinha gente de figurino ou maquiagem, não é uma g-grande produção. Bem, acho que foi só. Durante o espetáculo, eram apenas os dois assistentes de palco e os outros artistas. E eu.

— E você não viu ninguém por lá?

— Nem uma alma — respondeu o zelador sem hesitação.

— Alguém poderia ter entrado por outro lugar que não fosse a porta dos fundos e a porta que dá para o palco?

— Bem, tem um corredor na lateral da galeria. A g-galeria estava fechada ontem à noite, mas a porta estava destrancada porque o iluminador estava lá em cima. Fale com ele.

Os proeminentes olhos azuis do iluminador se arregalaram como os de um peixe abissal que acaba de ser trazido à superfície.

— Sim, espere um pouco. Tinha um cara sentado na galeria antes do intervalo. Quando percebemos com antecedência que não teremos casa cheia, vendemos apenas ingressos para a plateia, mas não há nada de estranho em ele ter se sentado lá. A galeria não fica trancada, mesmo que os ingressos sejam para a plateia. Estava sozinho, na última fileira. Lembro que fiquei surpreso por ele querer se sentar ali, tão longe do palco. Humm, estava meio escuro, mas, sim, eu o vi. Quando voltei depois do intervalo, ele tinha sumido, como eu disse.

— Ele poderia ter entrado nos bastidores pela mesma porta que você usou?

— Bem. — O iluminador coçou a cabeça. — Acho que sim. Se tivesse ido direto para a sala de cenografia, ele conseguiria passar despercebido. Pensando agora, eu diria que o sujeito não parecia estar muito bem. É. Eu sabia que tinha alguma coisa me incomodando, martelando, algo que não se encaixava...

— Escute — disse Harry. — Vou mostrar uma foto...

— A propósito, tinha mais uma coisa sobre o homem...

— Isso é ótimo — interrompeu-o Harry. — Gostaria que você imaginasse o homem que viu ontem à noite, e, quando vir a foto, você não deve pensar, apenas dizer a primeira coisa que vier à sua mente. Depois você terá mais tempo e talvez mude de ideia, mas por enquanto quero sua reação instintiva. Ok?

— Ok — respondeu o iluminador e fechou os olhos protuberantes, o que fez com que parecesse um sapo. — Estou pronto.

Harry mostrou a fotografia.

— É ele! — exclamou o iluminador, rápido com um raio.

— Pense um pouco mais e diga o que você acha.

— Não tenho dúvida. É o que eu estava tentando dizer, detetive, o cara era negro... aborígine. Esse é o seu homem!

Harry estava acabado. Tinha sido um longo dia, e ele tentava não pensar no que ainda o aguardava. Quando um assistente o chamou à sala de necropsia, a figura gorducha e pequena do Dr. Engelsohn se curvava sobre o cadáver de uma mulher corpulenta, que estava em cima de algo semelhante a uma mesa de cirurgia iluminada por enormes refletores. Harry achou que não conseguiria encarar mais mulheres gordas naquele dia.

O mal-humorado Engelsohn parecia um cientista maluco. Os poucos cabelos que tinha se espalhavam em todas as direções, e pelos loiros estavam distribuídos aleatoriamente pelo rosto.

— Sim?

Harry se deu conta de que o homem havia esquecido a conversa que tiveram ao telefone cerca de duas horas antes.

— Meu nome é Harry Holy. Eu liguei para falar sobre os resultados iniciais da necropsia de Andrew Kensington.

Apesar dos odores estranhos e das soluções químicas na sala, Harry ainda sentia o inconfundível cheiro de gim no hálito do patologista.

— Ah, sim. Claro. Kensington. Que caso triste. Falei com ele diversas vezes. Quando estava vivo, veja bem. Agora, ele está de bico fechado naquela gaveta.

Engelsohn apontou para a gaveta atrás de si com o polegar.

— Escute, senhor... como é mesmo?... Holy, sim! Temos um monte de corpos aqui, e sempre me perturbam para saber quem vai ser o próximo. Ah, não os corpos. Os detetives. Mas eles precisam se sentar e esperar sua vez. Aqui, a regra é nada de furar fila, entendeu? Então, quando o poderoso chefão McCormack em pessoa me ligou esta manhã e disse que precisamos dar prioridade a um suicídio, fiquei curioso. Não cheguei a perguntar a ele, mas talvez o senhor, Sr. Horgan, possa me dizer o que torna Kensington tão especial?

Ele balançou a cabeça num gesto de desdém e bafejou mais gim no rosto de Harry.

— Bem, nós esperávamos que o senhor pudesse nos dizer exatamente isso, doutor. Ele é especial?

— Especial? Como assim *especial*? Querem saber se ele tem três pernas, quatro pulmões, mamilos nas costas ou coisa parecida?

Harry estava exausto. Tudo o que não precisava agora era de um patologista bêbado tentando ser engraçadinho porque alguém tinha pisado no seu calo. E pessoas com formação universitária têm calos mais sensíveis que os da maioria.

— Havia algo... incomum? — tentou ele, usando outra abordagem.

Engelsohn o fitou com olhos nublados.

— Não — disse. — Não havia nada incomum. Absolutamente nada incomum.

O médico continuou a olhar para ele, ainda meneando a cabeça, e Harry soube que havia mais por vir. O homem tinha apenas feito uma pausa dramática que, para seu cérebro encharcado de álcool, provavelmente não parecia tão longa quanto para Harry.

— Para nós, um corpo entupido de drogas não é algo incomum — continuou Engelsohn algum tempo depois. — Nesse caso, heroína. O que é incomum é o fato de ele ser policial, mas eu não saberia dizer *o quanto*, pois recebemos poucos colegas seus em nossas mesas.

— Causa da morte?

— Não foi você que o encontrou? Qual você acha que é a causa da morte quando um homem é encontrado pendurado no teto com um cabo enrolado no pescoço? Coqueluche?

Harry estava ficando sem paciência, mas, por enquanto, procurou manter a calma.

— Então ele morreu de asfixia, não de overdose?
— Bingo, Horgan.
— Ok. A próxima pergunta é a hora da morte.
— Digamos que algo entre meia-noite e duas da manhã.
— O senhor não pode ser mais preciso?
— Você ficaria mais feliz se eu dissesse que ele morreu à uma e cinco da manhã? — As bochechas já coradas do médico ficaram ainda mais vermelhas. — Ok, digamos uma e cinco.

Harry respirou fundo duas vezes.

— Peço desculpas se estou me expressando... se pareço mal-educado, doutor. Meu inglês nem sempre é...
— ... adequado — completou Engelsohn.
— Exato. O senhor sem dúvida é um homem ocupado, doutor, então não vou tomar mais seu tempo. Espero, no entanto, que tenha acatado o pedido de McCormack quanto ao laudo da necropsia, que não deve passar pelos canais de costume, mas ir direto para ele.
— Isso não é possível. Minhas instruções são claras, Horgan. Você pode mandar lembranças minhas para McCormack e dizer isso a ele.

O cientistazinho maluco encarava Harry com as pernas afastadas e os braços cruzados, seguro de si. Havia um ar desafiador em seus olhos.

— Instruções? Eu não sei que valor a polícia de Sydney atribui a instruções, mas, de onde eu venho, instruções existem para dizer às pessoas o que fazer — rebateu Harry.
— Esqueça, Horgan. Ética profissional obviamente é um assunto que você não conhece muito bem, então duvido que sejamos capazes de ter uma discussão produtiva a respeito disso. O que você acha? Damos esse assunto por encerrado e nos despedimos, Horgan?

Harry não saiu do lugar. Estava diante de um homem que acreditava não ter nada a perder. Um patologista alcoólatra mediano e de meia-idade que não tinha mais perspectivas de promoção ou de chegar ao topo e que, portanto, não temia nada nem ninguém. O que de fato podiam fazer com ele? Para Harry, aquele tinha sido um dos piores e mais longos dias de sua vida. E agora havia chegado ao limite. Ele agarrou as lapelas do jaleco branco e levantou o homenzinho.

As costuras quase rasgaram.

— O que eu acho? Acho que devíamos fazer um exame de sangue em você e depois conversarmos sobre ética profissional, Dr. Engelsohn. Acho que devíamos conversar sobre quantas pessoas podem testemunhar que você estava chapado quando fez a necropsia de Inger Holter. E então acho que devíamos conversar sobre quem pode botar você no olho da rua e quem pode impedir você de arranjar qualquer emprego que exija qualificação médica. O que você acha, Dr. Engelsohn? O que acha do meu inglês agora?

O Dr. Engelsohn achou o inglês de Harry simplesmente perfeito, e, depois de uma reflexão madura, concluiu que apenas daquela vez o laudo talvez pudesse seguir por canais extraoficiais.

34

O trampolim do Frogner Park

McCormack mais uma vez se sentava de costas para Harry, olhando pela janela. O sol se punha, mas ainda era possível ter um vislumbre do mar tentadoramente azul entre os arranha-céus e o verde-escuro do Real Jardim Botânico. A boca de Harry estava seca, e ele sentia que uma dor de cabeça estava a caminho. Por mais de quarenta e cinco minutos, apresentara um monólogo bem fundamentado e quase sem pausas. Sobre Otto Rechtnagel, Andrew Kensington, heroína, o Cricket, o iluminador, Engelsohn; em suma, tudo que havia acontecido.

McCormack se sentava com as pontas dos dedos pressionadas umas contra as outras. Estava em silêncio havia um bom tempo.

— Você sabia que lá do outro lado, na Nova Zelândia, vivem as pessoas mais idiotas do mundo? Elas moram sozinhas numa ilha, sem vizinhos para incomodá-las, cercadas por um monte de água. Mas, ainda assim, o país participou de praticamente todas as guerras importantes travadas no século XX. Nenhum outro país, nem mesmo a Rússia durante a Segunda Guerra Mundial, perdeu tantos jovens em proporção à população. O excedente de mulheres é lendário. E por que toda essa luta? Para ajudar. Para defender os outros. Esses idiotas nem sequer lutaram em seu próprio território, não senhor, eles embarcaram em navios e aviões e viajaram para os lugares mais distantes possíveis para morrer. Ajudaram os Aliados contra os alemães e os italianos, os sul-coreanos contra os norte-coreanos e os americanos contra os japoneses e vietnamitas. Meu pai foi um desses idiotas.

Ele se virou e encarou Harry.

— Meu pai me contou uma história sobre um artilheiro do seu navio durante a Batalha de Okinawa contra o Japão em 1945. Os japoneses tinham mobilizado pilotos camicases, e eles atacavam em formação usando uma tática que chamavam de "cair como folhas de nogueira na água". E era exatamente isso o que faziam. Primeiro vinha um avião, e, se ele fosse abatido, dois outros surgiam atrás, então quatro e daí em diante, numa pirâmide aparentemente interminável. Todos a bordo do navio do meu pai se borravam de medo. Era uma loucura, pilotos dispostos a morrer para garantir que suas bombas atingissem o alvo. A única forma de detê-los era criar a artilharia antiaérea mais cerrada possível, uma muralha de mísseis. Um pequeno buraco na muralha e os japoneses caíam em cima deles. Foi calculado que, se um avião não fosse abatido até vinte segundos depois de estar ao alcance do tiro, era tarde demais. Provavelmente conseguiria colidir com o navio. Os artilheiros sabiam que *precisavam* acertar sempre, e às vezes os ataques aéreos duravam o dia todo. Meu pai descreveu o bum-bum-bum dos canhões e os zumbidos cada vez mais agudos dos aviões quando mergulhavam rumo ao navio. Disse que os ouvia toda noite desde então.

"No último dia da batalha, ele estava na ponte de comando quando viram um avião escapar do bombardeio e seguir direto para o navio. O artilheiro atirava sem parar à medida que o avião se aproximava, agigantando-se a cada segundo que passava. No fim, conseguiam ver claramente a cabine e a silhueta do piloto lá dentro. Os tiros disparados pelo avião começaram a rasgar o convés. Então os disparos da bateria antiaérea acertaram o alvo e vararam as asas e a fuselagem. O leme se despedaçou e, gradualmente, em câmera lenta, o avião se desintegrou, e tudo que restou foi um pequeno bloco preso à hélice, que acertou o convés com um rastro de fogo e fumaça preta. Os outros artilheiros já estavam em ação contra novos alvos quando um sujeito da bateria antiaérea logo abaixo da ponte de comando, um jovem cabo que meu pai conhecia porque ambos eram de Wellington, cambaleou, acenou para o meu pai com um sorriso e disse: 'Está quente hoje'. Então ele saltou no mar e desapareceu.

Talvez fosse a luz, mas Harry subitamente teve a impressão de que McCormack parecia velho.

— Está quente hoje — repetiu McCormack.

— A natureza humana é uma floresta vasta e impenetrável, senhor. McCormack concordou.

— Foi o que eu ouvi dizer, Holy, e talvez seja verdade. Percebi que vocês tiveram tempo de se conhecer, você e Kensington. A conduta de Andrew Kensington nesse caso precisa ser investigada. Qual é a sua opinião?

— Não sei o que o senhor quer dizer.

McCormack se levantou e passou a andar de um lado para o outro em frente à janela, um comportamento com o qual Harry já estava familiarizado àquela altura.

— Fui policial a vida toda, Holy, mas ainda olho para os colegas à minha volta e me pergunto o que os leva a fazer isso, a lutar as guerras de outras pessoas. O que os motiva? Quem quer passar por tamanho sofrimento para que outros tenham o que entendem como justiça? Eles são os idiotas, Holy. Nós somos. Somos abençoados com uma idiotice tão grande que acreditamos poder fazer alguma coisa. Somos retalhados por balas, aniquilados, e um dia saltamos no mar, mas até lá, em nossa infinita idiotice, acreditamos que alguém precisa de nós. E, se um dia vemos além dessa ilusão, já é tarde demais, porque já nos *tornamos* policiais, estamos nas trincheiras, e não há volta. Tudo que podemos fazer é nos perguntar o que diabos aconteceu, quando exatamente tomamos a decisão errada. Estamos condenados a ser benfeitores pelo resto da vida, e condenados a fracassar. Mas, felizmente, a verdade é uma coisa relativa. E flexível. Nós a distorcemos até que ela caiba em nossas vidas. De certa forma, pelo menos. De vez em quando, pegar um bandido é o bastante para ter alguma paz de espírito. Mas todo mundo sabe que não é saudável lidar com a exterminação de pragas por muito tempo. Você acaba provando do seu próprio veneno.

"Então, qual é o sentido, Holy? O sujeito passou a vida toda na bateria antiaérea e agora está morto. O que mais podemos dizer? A verdade é relativa. Para quem não sentiu isso na pele, não é tão fácil entender o que o estresse extremo pode fazer com uma pessoa. Temos psiquiatras forenses que tentam distinguir os doentes dos criminosos, e eles distorcem a verdade para fazer com que ela se encaixe em seu universo de teorias. Temos um sistema legal que, em seus melhores dias, é capaz de tirar um ou outro indivíduo perigoso das ruas, e jornalistas que querem ser vistos como idealistas porque fazem nome expondo outros, acreditando que assim criam algum tipo de justiça. Mas sabe qual é a *verdade*? A verdade é que ninguém vive da verdade, e é por isso que ninguém se importa com ela. A verdade que criamos para nós mesmos é apenas a soma dos interesses de alguém, ponderada de acordo com o poder que essa pessoa tem."

Seus olhos estavam fixos em Harry.

— Então, quem se importa com a verdade sobre Andrew Kensington? Quem se beneficiaria se esculpíssemos uma verdade feia e distorcida com garras pontiagudas e perigosas, que não se encaixa em lugar algum? Não o chefe de polícia. Não os políticos na Câmara de Vereadores. Não aqueles que lutam pela causa aborígine. Não o sindicato dos policiais. Não as nossas embaixadas. Ninguém. Ou estou errado?

Harry teve vontade de responder que os pais de Inger Holter se importariam com a verdade, mas se conteve. McCormack parou em frente ao retrato de uma jovem rainha Elizabeth II.

— Agradeço se o que você me contou continuar entre nós dois, Holy. Tenho certeza de que concorda que as coisas ficarão melhor assim.

Harry tirou um longo fio de cabelo ruivo da perna da calça.

— Discuti o assunto com o prefeito — disse McCormack. — Então, para não ficar muito descarado, o caso Inger Holter continuará a ser prioridade por mais algum tempo. Se não conseguirmos descobrir mais nada, logo as pessoas ficarão satisfeitas em aceitar a ideia de que foi o palhaço que matou a garota norueguesa. Quem matou o palhaço é uma questão mais problemática, mas pode-se sugerir um crime passional, ciúmes, talvez um amante rejeitado, quem sabe? Em casos assim, as pessoas conseguem aceitar que o criminoso escape. Nada nunca é confirmado, é claro, mas as provas circunstanciais são claras, e depois de alguns anos o assunto todo é esquecido. Um serial killer foi apenas uma teoria que a polícia considerou em determinado momento, mas depois deixou de lado.

Harry fez menção de se retirar. McCormack tossiu.

— Estou escrevendo o seu relatório, Holy. Eu o mandarei para a sua chefe de polícia em Oslo depois que você for embora. Você vai embora amanhã, não vai?

Harry fez um breve gesto de assentimento e foi embora.

* * *

A suave brisa noturna não amenizou a dor de cabeça. E seu estado de espírito não deixava a situação nem um pouco mais agradável. Harry vagava sem destino pelas ruas. Um pequeno animal cruzou seu caminho no Hyde Park. A princípio, pensou que fosse uma ratazana, mas, ao passar, viu um bichinho peludo fitando-o com reflexos brilhantes nos olhos, causados pelas lâmpadas do parque. Harry nunca tinha visto um animal como aquele, mas achava que devia ser um gambá. O animal não pareceu ter medo dele, pelo contrário; farejou o ar, inquisitivo, e emitiu uns sons estranhos, que mais pareciam um lamento.

Harry se agachou.

— Você também está se perguntando o que faz nessa cidade grande?

O animal inclinou a cabeça como resposta.

— O que você acha? Vamos para casa amanhã ou não? Você, para a sua floresta, e eu, para a minha?

O gambá se afastou correndo; não queria ser persuadido a ir a lugar algum. Tinha um lar ali no parque, entre os carros, as pessoas e os latões de lixo.

Na Woolloomooloo, ele passou por um bar. A embaixada havia telefonado. Harry tinha dito que retornaria a ligação. O que Birgitta estaria pensando? Ela não havia falado muito ao telefone. E ele não tinha feito muitas perguntas. Birgitta não dissera nada sobre o aniversário, talvez porque soubesse que ele viria com alguma ideia idiota. Que faria algo exagerado. Inventaria de lhe dar um presente caro demais ou dizer algo desnecessário apenas porque era a última noite e, lá no fundo, ele se sentia mal por ir embora. "Com que propósito?", ela pode ter pensado.

Como Kristin quando voltou da Inglaterra.

Os dois haviam se encontrado no terraço do Frogner Kafé, e Kristin contou que ficaria na Noruega por dois meses. Estava bronzeada e amável; seus lábios exibiam seu velho sorriso sobre um copo de cerveja, e ele sabia exatamente o que dizer e fazer. Era como tocar ao piano uma velha música que você acha que esqueceu — a cabeça está vazia, mas os dedos conhecem as teclas. Os dois ficaram bêbados, mas isso foi antes da época em que ficar bêbado era tudo o que importava, então Harry conseguiu se lembrar do restante da noite. Pegaram um bonde para o centro e, com muitos sorrisos, Kristin furou a fila para os dois na boate Sardines. Mais tarde, suados de tanto dançar, pegaram um táxi de volta para o Frogner, pularam a cerca da piscina pública e, no alto do trampolim, dez metros acima do parque deserto, dividiram uma garrafa de vinho que Kristin trazia na bolsa, admirando Oslo e dizendo um para o outro o que gostariam de ser, e sempre era algo diferente do que tinham dito na última vez. Então deram-se as mãos, correram pelo trampolim e saltaram lá de cima. Ao caírem, ele ouviu o grito estridente de Kristin, que mais parecia um alarme de incêndio que disparou sozinho, maravilhoso. Estava deitado na beira da piscina, rindo, quando ela saiu da água e veio em sua direção com o vestido colado ao corpo.

Na manhã seguinte, acordaram entrelaçados na cama dele, suados, de ressaca e excitados. Ele abriu a porta da sacada e voltou para a cama com uma ereção pós-bebedeira, que ela recebeu com alegria. Ele fodeu Kristin com fúria, competência e paixão, e os gritos das crianças brincando no pátio foram abafados quando o alarme de incêndio soou outra vez.

Foi apenas depois que ela fez a enigmática pergunta.

— Qual é o propósito disso?

Qual era o propósito daquilo tudo se não poderia haver nada entre eles? Se ela voltaria para a Inglaterra, se ele era tão egoísta, se os dois eram tão diferentes e nunca se casariam, teriam filhos e construiriam uma vida juntos? Se o relacionamento não *iria* a lugar algum?

— As últimas vinte e quatro horas não são um motivo bom o bastante? — retrucou Harry então. — E se encontrarem um nódulo no seu peito amanhã? E se você estiver em casa com seus filhos e um olho roxo, rezando para que seu marido já tenha dormido antes de ir para a cama? Você tem mesmo tanta certeza de que vai ser feliz com o seu plano perfeito?

Ela o chamou de hedonista fútil e imoral, disse que havia mais na vida do que trepar.

— Eu sei que você quer todos aqueles outros lances — argumentou Harry —, mas precisa estar sempre um passo à frente no caminho para o nirvana conjugal? Quando você estiver num asilo, vai ter se esquecido da cor do conjunto de jantar que ganhou de presente de casamento, mas juro que vai se lembrar do trampolim e de fazer amor na piscina depois.

Ela supostamente era a boêmia da dupla, mas suas últimas palavras ao sair pisando forte e bater a porta foram que ele não entendia nada e que era hora de crescer.

— Qual é o propósito disso tudo? — gritou Harry, e um casal que passava pela Harmer Street se virou.

Será que Birgitta também não sabia? Será que tinha medo de as coisas saírem do controle porque ele iria embora amanhã? Por isso havia preferido comemorar o aniversário esperando um telefonema da Suécia? É claro que ele deveria ter perguntado isso a ela, mas, novamente, com que propósito?

Harry sentia o quanto estava cansado e sabia que não dormiria nada. Ele voltou ao bar. Havia luzes de neon com insetos mortos no teto e máquinas de videopôquer ao longo das paredes. Ele encontrou uma mesa à janela, esperou ser atendido e decidiu não pedir nada se ninguém viesse. Só queria se sentar.

O homem veio e perguntou o que ele queria; Harry analisou o cardápio de bebidas por um bom tempo antes de pedir uma Coca. Na janela, viu seu reflexo e desejou que Andrew pudesse estar ali agora para discutirem o caso.

Será que Andrew tentou lhe dizer o tempo todo que Otto Rechtnagel havia assassinado Inger Holter? E, se tentou, por que faria isso? Como Harry *não* conseguiu entender o que Andrew queria que ele entendesse? A apresentação, os comentários sagazes, a mentira óbvia sobre a testemunha ter visto White em Nimbin — será que tudo aquilo fora pensado para tirar sua atenção de White e fazê-lo *ver*?

Andrew tinha dado um jeito de ser colocado no caso, em parceria com um estrangeiro que acreditava ser capaz de controlar. Mas por que não havia detido Otto Rechtnagel por conta própria? Será que Otto e Andrew eram amantes, e esse era o motivo? Seria Andrew o responsável pela desilusão amorosa de Otto? Se fosse, por que matar Otto justamente no momento que iriam prendê-lo? Harry dispensou uma mulher bêbada que chegou cambaleante em sua mesa e queria se sentar.

E por que Andrew se mataria depois do assassinato? Ele poderia ter se safado dessa. Ou será que não? O iluminador o tinha visto, Harry sabia da sua amizade com Otto, e ele não tinha um álibi para a hora do crime.

Certo, talvez tivesse chegado a hora dos créditos subirem pela tela, afinal. Merda.

Cachorros latiam no estômago de Harry.

Andrew tinha assumido riscos inacreditáveis para chegar a Otto antes que Harry e os outros pusessem as mãos nele. A dor de cabeça latejante havia piorado, e agora ele tinha a sensação de que alguém usava seu crânio como bigorna. Em meio à chuva de fagulhas atrás dos olhos, ele tentou se ater a um pensamento de cada vez, mas novos pensamentos surgiam o tempo todo, trombando uns com os outros. Talvez McCormack tivesse razão, talvez tenha sido apenas um dia quente para uma alma atormentada. Harry não suportava pensar na outra opção possível — que havia mais. Que Andrew Kensington tinha coisas piores a esconder e mais motivos para fugir do que gostar de estar com um homem de vez em quando.

Uma sombra o encobriu, e ele olhou para cima. A cabeça do garçom bloqueava a luz e, na silhueta, Harry pensou ver a língua preta-azulada de Andrew para fora.

— Mais alguma coisa, senhor?

— Notei que vocês têm um drinque chamado Cobra Negra...

— Jim Beam com Coca.

Os cães enlouqueceram lá embaixo.

— Tudo bem. Um Cobra Negra duplo, mas sem Coca.

35

Um velho inimigo desperta

Harry estava perdido. À sua frente havia alguns degraus; atrás dele, água e mais degraus. O caos crescia, os mastros na baía guinavam de um lado para o outro, e ele não tinha ideia de como havia chegado ali em cima. Decidiu subir. "Sempre em frente", como o pai dizia.

Não foi fácil, mas, usando as paredes como suporte, ele lutou para subir os degraus. Challis Avenue, dizia uma placa, mas aquilo não significava nada para Harry, então ele continuou em frente. Tentou olhar para o relógio, mas não o encontrou. As ruas estavam escuras e vazias, então ele presumiu que estava tarde. Depois de subir mais alguns degraus, notou que devia estar no fim da escadaria e virou à esquerda na Macleay Street. Devia ter andado bastante, as solas dos pés estavam suadas. Ou teria corrido? Um rasgo no joelho esquerdo da calça sugeria uma possível queda.

Ele passou por alguns bares e restaurantes, mas todos estavam fechados. Mesmo estando tarde, provavelmente encontraria algum lugar para beber alguma coisa numa cidade grande como Sydney. Harry desceu da calçada e fez sinal para um táxi com a placa luminosa acesa no teto. O carro freou, mas mudou de ideia e seguiu em frente.

Porra, estou tão mal assim?, perguntou-se com uma risada.

Mais adiante, começou a cruzar com pessoas, ouviu um rumor crescente de vozes, carros e música e, ao dobrar a esquina, subitamente reconheceu outra vez onde estava. Aquilo é que era sorte, estava em King's Cross! A Darlinghurst Road se estendia à sua frente, festeira e barulhenta. Agora, todas as opções estavam abertas. No primeiro bar que tentou, não o deixaram entrar; foi aceito num pequeno restaurante chinês e lá lhe serviram uísque em um copo alto de plástico. O lugar estava cheio e escuro, com uma barulheira insuportável dos caça-níqueis, então ele voltou à rua depois de virar o conteúdo do copo. Apoiou-se num poste, observando os carros flutuarem rua acima e tentando apagar a lembrança de ter vomitado mais cedo no chão de um bar.

Ali, de pé, sentiu um tapinha nas costas. Virou o corpo e viu uma grande boca vermelha se abrindo e o buraco de um canino perdido.

— Fiquei sabendo o que aconteceu com Andrew. Sinto muito — disse ela. Então mascou chiclete. Era Sandra.

Harry tentou dizer alguma coisa, mas sua dicção não devia estar nada boa, pois Sandra lhe dirigiu um olhar confuso.

— Você está livre? — perguntou, algum tempo depois.

Sandra riu.

— Sim, mas não acho que você esteja em condições.

— E isso é necessário? — retrucou Harry com algum esforço.

Sandra olhou ao redor. Harry viu o lampejo de um terno brilhante nas sombras. Teddy Mongabi estava na área.

— Escute, estou trabalhando agora. Talvez seja melhor você ir para casa tirar um cochilo, a gente conversa amanhã.

— Eu posso pagar — disse Harry, pegando a carteira.

— Guarde isso! — pediu Sandra, empurrando a carteira de volta. — Eu vou com você, e você vai precisar me pagar alguma coisa, mas não aqui, ok?

— Vamos para o meu hotel, é logo ali depois da esquina, o Crescent.

Sandra deu de ombros.

— Pode ser.

No caminho, eles passaram por uma loja de bebidas, onde Harry comprou duas garrafas de Jim Beam.

O porteiro da noite do Crescent olhou para Sandra de cima a baixo quando chegaram à recepção. Parecia prestes a dizer alguma coisa, mas Harry se antecipou.

— Você nunca viu uma policial infiltrada antes?

O porteiro, um rapaz oriental de terno, deu um sorriso hesitante.

— Bem, esqueça que a viu aqui e me dê a chave do quarto, por favor. Temos trabalho a fazer.

Harry duvidava de que o porteiro engoliria aquela desculpa esfarrapada, mas ele lhe entregou as chaves sem objeções.

No quarto, Harry abriu o frigobar e tirou todas as bebidas.

— Vou querer isso. — Ele pegou uma garrafa em miniatura de Jim Beam. — Você pode ficar com o resto.

— Você deve gostar mesmo de uísque — disse Sandra, abrindo uma cerveja.

Harry olhou para ela; parecia confuso.

— Devo?

— A maioria das pessoas gosta de trocar de veneno. Para variar, não é verdade?

— Ah, é? Você bebe?

Sandra hesitou.

— Não exatamente. Estou tentando beber menos. Comecei uma dieta.

— Não exatamente — repetiu Harry. — Então você não sabe do que está falando. Você assistiu a *Despedida em Las Vegas*, com Nicholas Cage?

— O quê?

— Esqueça. É sobre um bêbado que decide beber até morrer. Eu conseguiria acreditar nisso, ah, conseguiria. O problema é que o cara bebia qualquer coisa. Gim, vodca, uísque, bourbon, conhaque... O que aparecesse pela frente. O que é certo quando não há alternativa. Mas esse cara estava no lugar que tinha o melhor estoque de birita de Las Vegas, era cheio da grana e não tinha nenhuma preferência. Nenhuma preferência, porra! Nunca conheci um bêbado que não dê a mínima para o que bebe. Quando se encontra o seu veneno, você se apega a ele, ou não? Ele até ganhou um Oscar.

Harry se inclinou para trás, esvaziou a garrafinha e abriu a porta da sacada.

— Pegue uma garrafa na sacola e venha aqui. Quero que a gente se sente na sacada, com vista para a cidade. Acabo de ter um *déjà-vu*.

Sandra pegou dois copos e a garrafa e se sentou ao lado dele, com as costas apoiadas na parede.

— Vamos esquecer por um minuto o que o desgraçado fez quando estava vivo. Vamos fazer um brinde a Andrew Kensington.

Harry encheu os copos, e eles beberam em silêncio. Harry começou a rir.

— Richard Manuel, músico da The Band, por exemplo. Ele tinha sérios problemas, não apenas com bebida, mas com... bem, com a vida. No fim, não conseguiu segurar a barra e se enforcou num quarto de hotel. Na casa dele, encontraram duas mil garrafas, todas da mesma marca: Grand Marnier. E só. Entendeu? Uma merda de um licor de laranja! Eis um homem que havia encontrado o seu veneno. Nicholas Cage? Bah! Que estranho, esse universo em que vivemos...

Ele apontou para o estrelado céu noturno de Sydney com um movimento repentino, e os dois beberam mais. Harry começava a lutar contra o sono quando Sandra tocou de leve seu rosto.

— Escute, Harry, preciso trabalhar. Acho que você está pronto para ir para a cama.

— Quanto custa uma noite toda? — Harry se serviu de mais uísque.

— Não acho...

— Fique. Vamos beber, depois a gente trepa. Prometo gozar rápido. — Harry fungou.

— Não, Harry. Estou indo.

Sandra se levantou e cruzou os braços. Harry se esforçou para ficar de pé, mas perdeu o equilíbrio e cambaleou dois passos na direção da grade da sacada. Sandra o segurou, ele colocou os braços em torno de seus ombros magros, apoiou-se nela e sussurrou:

— Você não pode cuidar de mim, Sandra? Só esta noite. Por Andrew. O que eu estou dizendo? Por mim.

— Teddy vai querer saber onde eu...

— Teddy vai receber o dinheiro dele e ficar caladinho. Por favor?

Sandra fez uma pausa, então suspirou.

— Tudo bem, mas primeiro vamos tirar esses seus trapos, Sr. Holy.

Ela o manobrou até a cama, tirou os sapatos de Harry e abaixou as calças dele. Milagrosamente, ele conseguiu desabotoar a camisa sozinho. Sandra tirou a minissaia preta pela cabeça em dois tempos. Era ainda mais magra sem roupas, os ossos dos ombros e dos quadris projetando-se sob a pele, e as costelas eram como uma tábua de lavar roupa abaixo dos seios pequenos. Quando ela foi apagar as luzes do quarto, Harry viu que tinha hematomas nas costas e na parte de trás das coxas. Ela se deitou ao seu lado e afagou seu peito e sua barriga sem pelos.

Sandra recendia levemente a suor e alho. Harry olhava para o teto. Estava surpreso por ainda conseguir sentir cheiros em seu estado.

— O cheiro — disse. — É seu ou dos homens com quem esteve esta noite?

— As duas coisas, acho. Isso incomoda você?

— Não — respondeu Harry, sem saber ao certo se falava do cheiro ou dos outros homens.

— Você está bem chapado, Harry. Nós não precisamos...

— Sinta — disse Harry, pegando a mão quente e suada dela e colocando-a entre as pernas.

Sandra riu.

— Caramba. E a minha mãe dizia que homens bêbados só sabem falar.

— Comigo é o contrário. A bebida paralisa minha língua, mas deixa meu pau duro. É verdade. Não sei por que, sempre foi assim.

Sandra sentou nele, puxou a calcinha mínima para o lado e o colocou dentro de si sem reações exageradas.

Ele a observou enquanto ela subia e descia. Sandra encontrou seu olhar, deu um breve sorriso e desviou os olhos. Era o tipo de sorriso que você recebe quando está no bonde e inadvertidamente encara alguém por tempo demais.

Harry fechou os olhos, escutou os rangidos ritmados da cama e pensou que o que tinha dito não era exatamente verdade. A bebida acaba paralisando tudo. A sensibilidade que o levara a pensar que seria rápido, como prometera, havia desaparecido. Sandra trabalhava duro, inabalável, enquanto os pensamentos de Harry esgueiravam-se para fora dos lençóis, para fora da cama e para o lado de fora da janela. Ele viajou mar adentro sob um céu estrelado de cabeça para baixo até chegar a uma faixa branca de areia na costa.

Ao voar mais baixo, viu o mar quebrando em uma praia, e, ainda mais baixo, uma cidade que já tinha visitado antes, e havia uma garota que ele conhecia deitada na areia. Ela dormia, e ele pousou gentilmente ao seu lado para não acordá-la. Então se deitou e fechou os olhos. Quando acordou, o sol se punha, e ele estava sozinho. No calçadão atrás dele, caminhavam pessoas que Harry pensava reconhecer. Algumas não atuaram em filmes a que ele assistira? Outras estavam de óculos escuros e passeavam com cães pequeninos, emaciados, diante das grandes fachadas de hotéis do outro lado da rua.

Harry foi até a beira do mar e estava prestes a entrar na água quando viu que ela estava cheia de águas-vivas. Apareciam na superfície e estendiam seus longos tentáculos vermelhos, e, no espelho macio e gelatinoso, ele conseguia discernir os contornos de rostos. Um barco a motor atravessava as ondas, aproximando-se cada vez mais, e subitamente Harry estava acordado. Sandra o sacudia.

— Tem alguém aqui! — sussurrou. Harry ouviu alguém batendo à porta com força.

— Maldito recepcionista! — praguejou ele, pulando da cama com um travesseiro em frente ao corpo para abrir a porta.

Era Birgitta.

— Oi! — disse ela, mas seu sorriso congelou ao ver o semblante atormentado de Harry.— O que houve? Tem alguma coisa errada, Harry?

— Sim — respondeu ele. — Tem alguma coisa errada. — Sua cabeça latejava, e cada pulsação provocava um apagão em sua mente. — Por que você está aqui?

— Eles não ligaram. Eu esperei e esperei e depois liguei para casa, mas ninguém atendeu. Provavelmente se enganaram na hora de calcular o fuso e ligaram quando eu estava no trabalho. Horário de verão e tudo o mais. Devem ter se confundido. Típico do papai.

Ela falava rápido e obviamente tentava agir como se fosse a coisa mais natural do mundo ficar parada num corredor de hotel no meio da noite, jogando conversa fora com um homem que evidentemente não a convidaria para entrar.

Os dois olharam um para o outro.

— Tem alguém aí dentro? — perguntou ela.

— Tem — disse Harry. O som da bofetada foi semelhante ao de um galho seco se partindo.

— Você está bêbado! — disse Birgitta. Seus olhos estavam marejados.

— Escute, Birgitta...

Ela o empurrou com força, o que o fez voar quarto adentro, e entrou logo em seguida. Sandra já tinha vestido a minissaia; estava sentada na cama e tentava calçar os sapatos. Birgitta se curvou como se sentisse uma pontada súbita no estômago.

— Sua puta! — gritou ela.

— Acertou na mosca — respondeu Sandra secamente. Ela observava a cena com muito mais calma que os dois, mas ainda assim se preparava para uma retirada estratégica.

— Pegue as suas coisas e saia daqui! — gritou Birgitta numa voz estrangulada, atirando a bolsa que estava sobre a cadeira em Sandra.

A bolsa acertou a cama e regurgitou seu conteúdo. Harry estava no meio do quarto, nu, tentando se equilibrar e, para sua surpresa, viu um pequinês na cama. Ao lado do objeto peludo havia uma escova de cabelo, cigarros, chaves, criptonita verde reluzente e a maior seleção de camisinhas que Harry já tinha visto na vida. Sandra revirou os olhos, agarrou o pequinês pelo pescoço e o enfiou de volta na bolsa.

— E quanto à grana, amor? — disse.

Harry não saiu do lugar, então ela pegou as calças dele e tirou a carteira. Birgitta desabou numa cadeira, e, por um momento, os únicos sons que se ouviram no quarto foram a contagem baixa e concentrada de Sandra e o choro abafado de Birgitta.

— Fui — disse Sandra quando se deu por satisfeita.

— Espere! — disse Harry, mas já era tarde demais. A porta bateu.

— Espere?! — exclamou Birgitta. — Você disse espere? — gritou ela, levantando-se da cadeira. — Seu safado, seu bêbado de merda. Você não tem o direito...

Harry tentou abraçá-la, mas ela o empurrou. Eles se encararam como dois lutadores. Birgitta parecia estar em algum tipo de transe; tinha os olhos vidrados e cegos de ódio, e sua boca tremia de fúria. Harry pensou que, se algum dia ela tivesse tido vontade de matá-lo, teria feito isso na mesma hora, sem qualquer hesitação.

— Birgitta, eu...

— Beba até morrer e suma da minha vida! — Ela deu meia-volta e saiu pisando forte. O quarto todo estremeceu quando ela bateu a porta.

O telefone tocou. Era da recepção.

— O que está acontecendo, Sr. Holy? A senhora do quarto vizinho ao seu ligou e...

Harry colocou o fone no gancho. Uma fúria súbita e incontrolável subiu por sua garganta, e ele olhou em volta à procura de algo para destruir. Pegou a garrafa de uísque sobre a mesa e estava prestes a atirá-la na parede quando mudou de ideia.

O treinamento de uma vida inteira para ter autocontrole, pensou, abrindo a garrafa e levando-a à boca.

36

Serviço de quarto

Houve um barulho de chaves, e Harry foi acordado pela porta se abrindo.

— Não quero serviço de quarto agora. Por favor, volte mais tarde! — gritou ele com o rosto enterrado no travesseiro.

— Sr. Holy, represento a gerência deste hotel.

Harry se virou. Dois indivíduos engravatados haviam entrado no quarto. Eles se mantinham a uma distância respeitosa da cama, mas pareciam bastante determinados. Harry reconheceu um deles como o recepcionista da noite anterior. O outro continuou:

— O senhor desrespeitou as regras do hotel, e lamento dizer que somos obrigados a pedir que faça o check-out o mais rápido possível e deixe as nossas dependências, Sr. Holy.

— Regras do hotel? — Harry sentia que estava prestes a vomitar.

O engravatado tossiu.

— O senhor trouxe para o seu quarto uma mulher que, suspeitamos, seja uma... bem, uma prostituta. Não apenas isso, o senhor acordou metade dos hóspedes deste andar com a sua baderna. Este é um hotel de respeito, e não admitimos esse tipo de comportamento. Tenho certeza de que entende, Sr. Holy.

Em resposta, Harry resmungou e virou para o outro lado da cama, dando as costas para os dois.

— Ótimo, Sr. Representante da Gerência. Vou embora hoje de qualquer forma. Agora me deixem dormir em paz até a hora do check-out.

— O senhor já deveria ter feito o check-out, Sr. Holy — lembrou o recepcionista.

Harry semicerrou os olhos, tentando enxergar o mostrador do relógio. Eram duas e quinze.

— Estamos tentando acordar o senhor faz algum tempo.

— Meu avião... — disse Harry, sentando com as pernas para fora da cama.

Duas tentativas depois, sentiu *terra firma* embaixo dos pés e se levantou. Tinha esquecido que estava nu, e o recepcionista e o gerente recuaram, assustados. Harry sentiu uma vertigem, o teto rodopiou duas vezes, e ele precisou se sentar de novo na beirada da cama. E então vomitou.

Bubbur

37

Dois leões de chácara

O garçom do Bourbon & Beef retirou os ovos Benedict intocados da mesa e lançou olhares solidários ao cliente. Ele viera todos os dias na última semana; lia o jornal e tomava o café da manhã. Alguns dias parecia cansado, sim, mas o garçom nunca o tinha visto num estado como o de hoje. E já eram quase duas e meia quando ele deu as caras.

— Noite difícil, senhor?

O cliente estava sentado à mesa com a mala ao lado, com olhos perdidos, vermelhos, e a barba por fazer.

— É. Sim, foi uma noite difícil. Eu fiz... muita coisa.

— Bom para o senhor. King's Cross está aí para isso. Algo mais?

— Não, obrigado. Tenho que pegar um voo...

O garçom ouviu aquilo com pesar. Começava a gostar do norueguês calmo que parecia ser um pouco solitário, mas era simpático e dava belas gorjetas.

— Sim, estou vendo a mala. Se isso quer dizer que é a última vez que virá aqui em algum tempo, fica por minha conta. Tem certeza de que não posso oferecer um uísque, um Jack Daniel's? A saideira, por assim dizer?

O norueguês olhou para ele, surpreso. Como se o garçom acabasse de sugerir algo que nunca houvesse lhe ocorrido, mas que era óbvio o tempo todo.

— Duplo, por favor.

Kristin voltou para Oslo alguns anos depois. Por meio de amigos, Harry soube que ela tinha uma filha de 2 anos, mas que o inglês havia ficado em Londres. Então, uma noite, ele a viu na Sardines. Ao se aproximar, percebeu o quanto estava mudada. Sua pele estava pálida, e os cabelos, escorridos, sem vida. Quando o viu, o rosto dela se deformou em um sorriso aterrorizado. Ele cumprimentou Kjartan, que estava ao lado dela, um "amigo músico" que ele achou que reconhecia. Ela falou rápida e nervosamente sobre todo tipo de bobagens, sem permitir que Harry enveredasse pelas perguntas que sabia que ele tinha. Então discorreu sobre os planos para o futuro, mas seus olhos não tinham brilho, e a Kristin de que se lembrava, que gesticulava loucamente, havia sido substituída por uma mulher de movimentos lentos, apáticos.

Em determinado momento, Harry achou que ela estava chorando, mas àquela altura estava tão bêbado que não podia ter certeza.

Kjartan saiu, voltou e murmurou algo no ouvido dela, desvencilhando-se de seu abraço com um sorriso condescendente para Harry. Então todos sumiram, e Harry e Kristin ficaram sozinhos no salão vazio em meio a maços de cigarro e copos quebrados até serem expulsos do lugar. Não foi fácil dizer quem amparou quem porta afora e quem sugeriu um hotel, mas acabaram no Savoy de qualquer forma, onde logo acabaram com o que havia no frigobar e se arrastaram para a cama. Harry diligentemente fez uma tentativa infrutífera de penetrá-la, mas era tarde demais. Claro que era tarde demais. Kristin enterrou a cabeça no travesseiro e se debulhou em lágrimas. Quando acordou, Harry saiu de fininho e pegou um táxi para o Postcafé, que abria uma hora antes dos outros bares. E lá ficou sentado, pensando em como era tarde demais.

O proprietário do Springfield Lodge se chamava Joe, era um sujeito tranquilo e acima do peso que, com dedicação e prudência, administrava havia quase vinte anos seu pequeno e parcialmente decadente estabelecimento em King's Cross. Não era pior nem melhor que qualquer outro hotel barato da região, e havia muito pouco do que se queixar. Um dos motivos para isso era que, como já mencionado, Joe era um cara tranquilo. O segundo motivo era que ele sempre insistia para que os hóspedes vissem o quarto antes e dava um desconto de 5 dólares se pagassem por mais de uma noite. E o terceiro, e talvez o mais conclusivo, era que Joe conseguia manter o lugar praticamente livre de mochileiros, bêbados, drogados e prostitutas...

Mesmo quem era barrado dificilmente não gostava de Joe. No Springfield Lodge, ninguém era recebido com cara feia ou ordens para dar o fora; não havia nada além de um sorriso pesaroso e um pedido de desculpas pelo hotel estar cheio, e talvez houvesse um cancelamento na semana seguinte e eles seriam bem-vindos se aparecessem outra vez. Graças à considerável habilidade de Joe para ler expressões faciais e sua ágil e pronta categorização dos clientes em potencial, ele realizava essa tarefa sem qualquer hesitação e, portanto, raramente tinha aborrecimentos com tipos mais resistentes. Apenas em ocasiões muito raras Joe se equivocava ao avaliar um possível hóspede e se arrependia amargamente.

Ele se lembrou de dois desses incidentes ao refletir rapidamente sobre as impressões contraditórias causadas pelo loiro alto à sua frente. As roupas discretas sugeriam que tinha dinheiro, mas não estava disposto a desperdiçá-lo. O fato de ser um estrangeiro era um grande ponto positivo; geralmente eram os australianos que criavam problemas. Mochileiros com sacos de dormir geralmente eram sinônimo de festas de arromba e toalhas perdidas, mas aquele sujeito carregava uma mala, e ela parecia estar em boas condições, o que sugeria que não estava sempre com o pé na estrada. Era verdade que o sujeito não estava com a barba feita, mas, por outro lado, não fazia muito tempo que os cabelos tinham visto uma barbearia. Além disso, as unhas estavam limpas e cortadas, e as pupilas tinham dimensões relativamente normais.

O resultado de todas essas impressões, aliado ao fato de o homem ter acabado de colocar um cartão Visa sobre o balcão, ao lado de um distintivo da polícia norueguesa, foi que o usual "sinto muito, mas" ficou preso na garganta.

Pois não restava dúvida de que o homem estava bêbado. Chapado.

— Eu sei que você sabe que eu bebi — disse o homem num inglês arrastado e surpreendentemente bom ao notar a hesitação de Joe. — Digamos que eu pire no quarto. Digamos que eu faça isso. Quebre a TV e o espelho do banheiro e vomite no carpete. Esse tipo de coisa já aconteceu antes. Uma caução de mil dólares resolveria? De qualquer forma, pretendo permanecer tão bêbado que dificilmente serei capaz de fazer muito barulho, incomodar os outros hóspedes ou dar as caras nos corredores ou na recepção.

— Sinto muito, mas estamos cheios esta semana. Talvez...

— Greg, do Bourbon & Beef, me recomendou este lugar e me pediu que mandasse lembranças a Joe. É você?

Joe estudou o homem.

— Não faça com que eu me arrependa disso — disse, dando a Harry a chave do quarto 73.

— Alô?

— Oi, Birgitta, é Harry. Eu...

— Estou com visitas, Harry. Agora não é uma boa hora.

— Eu só liguei para dizer que não quis...

— Ouça, Harry. Eu não estou com raiva e não estou mal. Felizmente, a dor é pequena quando você conhece um cara há pouco mais de uma semana, mas prefiro que você não volte a me procurar. Tudo bem?

— Bem, não, na verdade não está...

— Como eu já disse, estou com visitas, então desejo sorte no restante da sua estadia e espero que corra tudo bem na volta para a Noruega. Tchau.

...

— Tchau.

Teddy Mongabi não gostou do fato de Sandra ter passado a noite com o policial escandinavo. Aquilo cheirava a encrenca. Quando viu o sujeito subir cambaleando a Darlinghurst Road, seu primeiro instinto foi recuar alguns passos e se misturar à multidão. Mas a curiosidade falou mais alto, então ele cruzou os braços e bloqueou a passagem do norueguês maluco. O sujeito tentou passar direto, mas Teddy o agarrou pelo ombro e o virou.

— Você não cumprimenta mais os velhos amigos, meu chapa?

O chapa o estudou com olhos embotados.

— O cafetão...

— Espero que Sandra tenha atendido as suas expectativas, detetive.

— Sandra? É, deixe eu lembrar... Sandra foi muito bem. Onde ela está?
— Ela está de folga hoje à noite. Mas será que não posso oferecer nada mais ao senhor detetive?
Harry deu um passo para o lado, tentando se equilibrar.
— Certo. Certo, vamos lá, cafetão. Pode me oferecer mais alguma coisa.
Teddy riu.
— Por aqui, detetive.
Ele amparou o policial bêbado pelas escadas que desciam até a boate e o sentou a uma mesa com vista para o palco. Teddy estalou os dedos, e uma mulher quase nua apareceu de pronto.
— Duas cervejas, por favor, Amy. E peça a Peri que dance para nós.
— A próxima apresentação é apenas às oito, Sr. Mongabi.
— Peça uma apresentação extra. Agora, Amy!
— Certo, Sr. Mongabi.
O policial tinha um sorriso idiota no rosto.
— Eu sei quem está vindo — disse Harry. — O assassino. O assassino está vindo.
— Quem?
— Nick Cave.
— Nick o quê?
— E a cantora loira. Ela provavelmente também usa uma peruca. Escute...
A música disco pulsante tinha sido interrompida, e o policial ergueu os dois indicadores no ar, pronto para reger uma orquestra sinfônica, mas não veio som algum.
— Fiquei sabendo de Andrew — continuou Teddy. — Nem sei o que dizer. Simplesmente terrível. Pelo que entendi, ele se enforcou. Por que diabos um homem tão animado...
— Sandra usa uma peruca — disse o policial. — Caiu da bolsa. Por isso não a reconheci quando fui apresentado a ela. Bem aqui! Andrew e eu estávamos sentados ali. Eu já a tinha visto umas duas vezes na Darlinghurst, mas ela estava com uma peruca. Uma peruca loira. Por que não a usa mais?

— Arrá! O detetive prefere loiras. Então eu acho que tenho algo que você vai gostar...

— Por quê?

Teddy deu de ombros.

— Sandra? Bem, ela levou uns sopapos de um cara recentemente. Disse que teve a ver com a peruca, e decidiu dar um tempo. Para o caso de ele aparecer de novo.

— Quem?

— Não sei, detetive. E, se soubesse, não diria. Em nosso ramo de trabalho, discrição é uma virtude. Tenho certeza de que você também a valoriza. Sou péssimo com nomes, mas o seu não é Ronny?

— Harry. Preciso falar com Sandra. — Ele ficou de pé com esforço e quase derrubou a bandeja com cervejas que Amy carregava. Curvou-se sobre a mesa. — Você tem um número de telefone, cafetão?

Teddy dispensou Amy com um aceno.

— Por princípio, não damos aos clientes o telefone ou o endereço de nossas garotas. Por questão de segurança. Você entende, não? — Teddy se arrependia de não ter dado ouvidos à sua intuição; devia ter mantido distância do norueguês bêbado e difícil.

— Entendo. Me dá o número.

Teddy sorriu.

— Como eu já disse, nós não...

— Agora! — Harry agarrou a lapela do terno cinza brilhante, soltando um misto de bafo de uísque e fedor de vômito na cara de Teddy. Um arranjo de cordas provocante soou nas caixas de som.

— Vou contar até três, detetive. Se não tiver me soltado, vou chamar Ivan e Geoff. Isso quer dizer que vão levá-lo até os fundos e você vai ser atirado porta afora. Do lado de fora, há uma escadaria. Vinte degraus íngremes de concreto.

Harry sorriu e o agarrou com mais força.

— Isso deveria me assustar, seu cafetão de merda? Olhe para mim. Estou tão chapado que não consigo sentir nada. Porra, eu sou indestrutível, cara. Geoff! Ivan!

Sombras se moveram atrás do bar. Quando ele se virou para olhar, Teddy se desvencilhou com um safanão. E empurrou Harry, que cambaleou para trás, estatelando-se no chão e levando junto a cadeira em que tinha se sentado e a mesa. Em vez de se levantar, ele ficou onde estava, gargalhando, até que Geoff e Ivan chegaram e dirigiram olhares questionadores a Teddy.

— Botem ele para fora pela porta dos fundos — ordenou Teddy, vendo o policial ser levantado como uma boneca de pano e jogado sobre o ombro de um brutamontes negro de black-tie. — Não sei qual é o problema das pessoas hoje em dia. — Ele ajeitou o terno impecável.

Ivan foi na frente e abriu a porta.

— O que foi que esse cara bebeu? — perguntou Geoff. — Ele está rindo tanto que está tremendo.

— Vamos ver se ele vai continuar rindo — disse Ivan. — Deixe-o aqui.

Geoff colocou Harry de pé, e o policial cambaleou diante dos dois homens.

— Pode guardar um segredo, meu chapa? — perguntou Ivan com um sorriso acanhado. — Eu sei que isso é um clichê de gângster, mas odeio violência.

Geoff soltou uma risada debochada.

— Corta essa, Geoff. Odeio, sim — continuou Ivan. — Pergunte a qualquer um que me conheça. E as pessoas vão dizer: é mesmo, ele não suporta violência. Ivan não consegue dormir, fica deprimido. O mundo já é um lugar duro o bastante para qualquer pobre-diabo sem a gente para piorar as coisas, para quebrar pernas e braços, não é? Enfim. Então, apenas vá para casa, e nós não criaremos mais problemas. Ok?

Harry assentiu e começou a tatear os bolsos em busca de algo.

— Apesar de você ser o gângster essa noite — prosseguiu Ivan. — Você! — Ele afundou o dedo no peito de Harry. — Você! — repetiu, e o empurrou um pouco mais forte.

O policial loiro cambaleou perigosamente.

— Você!

Harry oscilou sobre os calcanhares, girando os braços. Não tinha se virado para ver o que havia atrás de si; parecia saber. Um sorriso tomou conta de seu rosto, e seus olhos vidrados encontraram os de Ivan. Ele caiu para trás e gemeu ao se chocar contra os primeiros degraus. Nem um som escapou durante o restante da descida.

38

Um cara chamado Speedy

Joe escutou o som de alguém arranhando a porta e, ao olhar pelo vidro e encontrar o novo hóspede curvado para a frente, soube que cometera um de seus raros erros. Quando abriu a porta, o homem despencou em cima dele. Não fosse pelo seu baixo centro de gravidade, os dois teriam caído. Joe conseguiu colocar o braço de Harry sobre o ombro e ir com ele até uma cadeira na recepção, onde poderia examiná-lo melhor. Não que o loiro bebum estivesse com uma cara boa quando fez o check-in, mas agora estava mal de verdade. Tinha um corte fundo no cotovelo — Joe via a carne de um vermelho vivo —, uma bochecha inchada, e sangue escorria do nariz, pingando nas calças imundas. A camisa estava rasgada, e o peito chiava quando ele respirava. Mas pelo menos ainda respirava.

— O que aconteceu? — perguntou Joe.

— Caí em uma escada. Nada de mais, só preciso descansar um pouco.

Joe não era médico, mas, a julgar pelo som da respiração, suspeitava de que uma ou duas costelas estavam quebradas. Ele pegou um antisséptico e curativos adesivos, fez o melhor que pôde com o hóspede e finalmente enfiou um pouco de algodão em sua narina. Harry fez que não quando Joe tentou lhe dar um analgésico.

— Tenho analgésicos no quarto — falou com dificuldade.

— Você precisa de um médico. Eu...

— Nada de médico. Vou ficar bem em algumas horas.

— O som da sua respiração não parece nada bom.

— Nunca foi bom. Asma. Me dê uma ou duas horas de sono, e depois deixo de ser problema seu.

Joe suspirou. Sabia que estava prestes a cometer seu segundo erro.

— Esqueça — disse. — Você precisa de mais que uma ou duas horas. Enfim, não é culpa sua que as escadas sejam tão íngremes em Sydney. Vejo se você precisa de alguma coisa amanhã de manhã.

Ele amparou o hóspede até o quarto, colocou-o na cama e tirou seus sapatos. Sobre a mesa havia três garrafas vazias e duas fechadas de Jim Beam. Joe era abstêmio, mas já tinha vivido o bastante para saber que é impossível discutir com um alcoólatra. Ele abriu uma das garrafas e a colocou na mesinha de cabeceira. Afinal, o camarada se sentiria péssimo quando acordasse.

— Palácio dos Cristais. Alô?
— Alô! Posso falar com Margaret Dawson?
— É ela.
— Posso ajudar seu filho se a senhora me disser que ele matou Inger Holter.
— O quê?! Quem está falando?
— Um amigo. Precisa confiar em mim, Sra. Dawson. Caso contrário, seu filho está perdido. Está entendendo? Ele matou Inger Holter?
— O que é isso? É uma piada? Quem é Inger Holter?
— A senhora é mãe de Evans, Sra. Dawson. Inger Holter também tinha mãe. A senhora e eu somos os únicos que podemos ajudar seu filho. Diga que ele matou Inger Holter! Está me ouvindo?!
— Você bebeu. Vou ligar para a polícia.
— Diga!
— Eu vou desligar agora.
— Diga... Vadia de merda!

Alex Tomaros colocou as mãos na nuca e se recostou na cadeira quando Birgitta entrou no escritório.

— Sente-se, Birgitta.

Ela se sentou na cadeira em frente à modesta mesa de Tomaros, e Alex aproveitou a oportunidade para observá-la com mais atenção. Achou que parecia cansada. Tinha olheiras, parecia irritada e estava ainda mais pálida que o normal.

— Fui interrogado por um policial há alguns dias, Birgitta. Um tal de Sr. Holy, estrangeiro. Durante nossa conversa, percebi que ele vem falando com alguns funcionários e tinha informações de... hã... natureza indiscreta. Todos nós queremos, naturalmente, que a pessoa que matou Inger Holter seja encontrada, mas eu só gostaria de chamar sua atenção para o fato de que, no futuro, declarações semelhantes serão interpretadas como... desleais. E não preciso dizer que, do jeito que as coisas andam difíceis, não podemos nos dar ao luxo de pagar pessoas em quem não podemos confiar.

Birgitta não disse nada.

— Um homem ligou mais cedo hoje e, por acaso, eu atendi o telefone. Ele tentou distorcer a voz arrastando as palavras, mas reconheci o sotaque. Era o Sr. Holy outra vez, e ele pediu para falar com você, Birgitta.

Ela ergueu a cabeça bruscamente.

— Harry? Hoje?

Alex tirou os óculos.

— Você sabe que eu gosto de você, e admito que levei isso... hã... um pouco para o lado pessoal. Esperava que, com o tempo, pudéssemos nos tornar bons amigos. Então não seja idiota e estrague tudo.

— Ele ligou da Noruega?

— Gostaria de poder confirmar que sim, mas sinto dizer que a linha parecia bem local. Você sabe muito bem que não tenho nada a esconder, Birgitta, nada que tenha qualquer relevância para o caso, pelo menos. E é isso que eles querem, não é? Ficar fofocando sobre aquelas outras coisas não vai ajudar Inger. Então, posso confiar em você, minha querida Birgitta?

— Que outras coisas, Alex?

Ele pareceu surpreso.

— Achei que Inger tivesse contado a você. Sobre a carona.

— Que carona?

— Depois do trabalho. Achei que Inger estava demonstrando algum interesse em mim, e as coisas meio que saíram do controle. Tudo que eu queria fazer era dar uma carona, e não quis assustá-la, mas parece que ela entendeu a minha piada de um jeito um pouco literal.

— Não tenho ideia do que você está falando, Alex, e também não sei se quero ter. Harry disse onde estava? Ele disse se ia ligar de novo?

— Ei, ei, espere um pouco. Você trata o sujeito pelo primeiro nome e fica com o rosto corado sempre que eu falo dele. O que está acontecendo? Existe algo entre vocês?

Birgitta esfregou as mãos, angustiada.

Tomaros se curvou sobre a mesa e estendeu a mão para dar tapinhas de leve no topo da cabeça dela, mas Birgitta a afastou com um gesto irritado.

— Pare com isso, Alex. Você é um idiota, e eu já disse isso. Seja menos idiota na próxima vez que ele ligar, por favor. E pergunte como faço para falar com ele, está bem?

Ela se levantou e saiu pisando forte.

Ao entrar no Cricket, Speedy mal conseguiu acreditar no que viu. Borroughs, atrás do bar, deu de ombros.

— Ele está sentado aí há duas horas — disse. — Está completamente chapado.

Ali no canto, na mesa deles, estava o homem que era indiretamente responsável por dois dos seus camaradas terem ido parar no hospital. Speedy apalpou a nova HK .45 ACP no coldre no tornozelo e foi até a mesa. O queixo do homem estava caído sobre o peito, e ele parecia dormir. Uma garrafa de uísque pela metade estava à sua frente.

— Oi! — gritou Speedy.

O homem levantou a cabeça lentamente e dirigiu a ele um sorriso tolo.

— Estava esperando você — disse o homem com a voz engrolada.

— Você está sentado à mesa errada.

Speedy cruzou os braços e ficou ali parado. Tinha uma noite movimentada pela frente e não podia correr o risco de perder tempo com aquele idiota. Os clientes chegariam a qualquer momento.

— Quero que você me diga uma coisa antes — disse o homem.

— Por que eu faria isso? — Speedy sentia a pressão da pistola contra o tecido da calça.

— Porque esse é o seu escritório, porque você acaba de entrar pela porta e, portanto, essa é a hora do dia em que está mais vulnerável, já que está cheio de mercadoria, e porque não quer que eu reviste você na frente de todas essas testemunhas. Fique onde está.

Foi apenas então que Speedy viu o cano da Hi-Power que o homem segurava sobre o colo e apontava casualmente para ele.

— O que você quer saber?

— Quero saber com que frequência Andrew Kensington comprava de você e quando foi a última vez.

— Você está com um gravador, policial?

O policial sorriu.

— Relaxe. Testemunhos feitos à mira de uma arma não contam. O pior que pode acontecer é eu atirar em você.

— Ok, ok.

Speedy sentiu que começava a suar. Ele mediu a distância até o coldre no tornozelo.

— A não ser que os boatos que circulam por aí sejam mentirosos, ele está morto. Então isso não vai tirar pedaço, vai? Ele era cauteloso, não queria muito. Comprava duas vezes por semana, um saquinho de cada vez. Sempre a mesma rotina.

— Quando foi a última vez que ele comprou antes de jogar críquete aqui?

— Três dias antes. Ia comprar outra dose no dia seguinte.

— Ele comprava com outras pessoas?

— Nunca. Que eu saiba. Esse tipo de coisa é pessoal; um assunto confidencial, por assim dizer. Além disso, ele era policial e não podia correr o risco de se expor.

— Então, na última vez que veio aqui, ele estava quase sem nada? Ainda assim, vários dias depois tinha o suficiente para uma overdose que provavelmente o mataria se o cabo não tivesse feito isso antes. Essa conta não fecha.

— Ele acabou num hospital. Foi a necessidade de bagulho que o fez dar o fora. Quem sabe talvez tivesse uma reserva em casa.

O policial suspirou, exasperado.

— Você está certo. — Ele colocou a pistola no bolso da jaqueta e pegou o copo à sua frente. — Tudo nesse mundo é um grande "talvez". Por que as pessoas não podem simplesmente deixar de conversa fiada e dizer "é assim que as coisas são" e ponto final, dois mais dois são sempre quatro e fim de papo. Acredite em mim, isso facilitaria a vida de muita gente.

Speedy começou a levantar a perna da calça, mas mudou de ideia.

— E o que aconteceu com a seringa? — murmurou o policial, falando consigo mesmo.

— O quê? — disse Speedy.

— Não encontramos seringa nenhuma na cena do crime. Talvez ele a tenha jogado no vaso e dado descarga. Como você disse, um homem cauteloso. Mesmo quando estava prestes a morrer.

— Posso beber também? — perguntou Speedy, puxando uma cadeira.

— O fígado é seu — disse o policial, empurrando a garrafa.

39

O país da sorte

Harry corria pela ruela estreita em meio à fumaça. A banda tocava tão alto que tudo à sua volta vibrava. Havia um cheiro azedo de enxofre, e as nuvens estavam tão baixas que ele batia a cabeça nelas. Um som conseguia cruzar aquela barreira ruidosa, um triturar intenso que havia encontrado sua própria frequência. Era o ranger de dentes e correntes sendo arrastadas pelo asfalto. Uma matilha de cães uivava às suas costas.

A ruela foi ficando cada vez mais estreita, e, por fim, Harry precisou correr com os braços em frente ao corpo para não ficar entalado entre as altas paredes vermelhas. Ele olhou para o alto. De janelas bem altas nas paredes de tijolinhos projetavam-se pequenas cabeças. Agitavam bandeiras verdes e douradas e cantavam junto com a música ensurdecedora.

"Este é o país da sorte, este é o país da sorte, nós vivemos no país da sorte."

Harry ouviu os rangidos às suas costas. Ele gritou e caiu. Para sua surpresa, tudo ao redor estava escuro, e, em vez de se chocar dolorosamente com o asfalto, ele continuou caindo. Provavelmente havia tropeçado num buraco. E ou Harry se movia muito lentamente, ou o buraco era muito fundo, pois ele ainda estava caindo. A música foi ficando cada vez mais distante e, quando seus olhos começaram a se adaptar à escuridão, notou que as paredes tinham janelas, de onde podia ver outras pessoas.

Caramba, vou atravessar a terra até sair do outro lado?, pensava Harry consigo mesmo.

— Você é sueco — disse uma voz feminina.

Harry olhou ao redor, e, ao fazê-lo, a luz e a música voltaram. Estava numa praça, era noite, e uma banda tocava num palco às suas costas. Ele olhava para a vitrine de uma loja, uma loja de televisores, para ser mais preciso, com dezenas de aparelhos diferentes ligados em uma infinidade de canais.

— Você também está comemorando o Dia da Austrália? — perguntou outra voz, um homem desta vez, num idioma familiar.

Harry se virou. Um casal sorria, encorajador. Ele ordenou à sua boca que sorrisse também, esperando que ela lhe obedecesse. Uma ligeira tensão facial lhe deu a entender que ele ainda tinha controle sobre essa função do corpo. De outras, precisara abdicar. O subconsciente havia se rebelado e, naquele exato momento, travava uma batalha pela visão e a audição. O cérebro funcionava com a capacidade máxima, tentando descobrir o que estava acontecendo, mas não era fácil, já que o tempo todo era bombardeado por informações distorcidas e às vezes absurdas.

— A propósito, somos dinamarqueses. Meu nome é Poul, e esta é minha esposa, Gina.

— Por que vocês acham que eu sou sueco? — Harry se ouviu dizer. O casal dinamarquês se entreolhou.

— Você estava falando sozinho. Não tinha percebido? Estava assistindo à TV e se perguntando se Alice continuaria caindo até atravessar a terra. E ela continuou caindo, não foi? Rá, rá!

— Ah, sim, continuou — disse Harry, completamente desnorteado.

— Não é como festejar o solstício de verão na Escandinávia, certo? É bem patético. A gente consegue ouvir os fogos subindo, mas não dá para ver nada por causa da névoa. A gente não sabe, mas os fogos podem ter incendiado alguns arranha-céus. Rá, rá! Está sentindo o cheiro de pólvora? É a umidade que faz a pólvora descer. Você também é turista?

Harry precisava pensar. Deve ter sido um ótimo pensamento, pois, quando ia responder, os dinamarqueses haviam ido embora.

Ele voltou a atenção às telas de TV. Árvores em chamas numa tela, e tênis na outra. Um telejornal mostrava imagens de pessoas praticando windsurf, uma mulher chorando e partes de um macacão de neoprene com marcas de mordida enormes. Na TV ao lado, uma fita de isolamento policial azul e branca se agitava ao vento à margem de uma floresta, e policiais à paisana andavam de um lado para o outro com sacolas. Então um rosto grande, pálido, preencheu a tela. Era uma fotografia ruim de uma jovem loira e pouco atraente. Seus olhos tinham uma expressão triste, como se estivessem chateados por ela não ser mais bonita.

— Bonita — disse Harry. — Que coisa estranha. Você sabia...?
Lebie passou atrás de um policial que era entrevistado ao vivo.
— Merda — gritou Harry. — Puta merda! — Ele bateu a mão espalmada na vitrine da loja. — Aumentem o volume! Aumentem o volume! Alguém...

As imagens foram substituídas por um mapa do tempo da Costa Leste australiana. Harry pressionou o nariz no vidro até que ficasse amassado e, refletido em uma tela desligada, viu o rosto de John Belushi.

— Eu imaginei aquilo, John? Lembre-se, estou sob o efeito de uma droga alucinógena muito forte.

— Deixem-me entrar! Eu preciso falar com ela.
— Vá para casa dormir. Não aceitamos bêbados... Ei!
— Deixem-me entrar! Estou dizendo, sou amigo de Birgitta. Ela trabalha no bar.
— Nós sabemos, mas o nosso trabalho é manter gente como você do lado de fora, está me entendendo, loirinho?
— Ei!
— Vá embora sem criar caso, ou serei forçado a quebrar o seu braço, seu... Ei! Bob! Bob!
— Desculpe, mas cansei de ser tratado como saco de batatas. Tenha uma boa-noite.
— O que foi, Nicky? É ele lá dentro?
— Deixe ele ir. Merda! O cara se soltou e me deu um soco no estômago. Me ajuda aqui, droga.
— Essa cidade está impossível. Acho que vou voltar para Melbourne, aquela droga de lugar. Você viu o jornal? Outra garota foi estuprada e estrangulada. Foi encontrada hoje à tarde no Centennial Park.

40

Queda livre

Harry acordou com uma dor de cabeça lancinante. A luz feria seus olhos, e, no instante em que se deu conta de que estava envolto em um cobertor, precisou se virar para o lado. O vômito veio em jorros rápidos, e o conteúdo do seu estômago se espalhou pelo piso de pedra. Ele tombou novamente no banco e sentiu a bile queimar suas narinas enquanto fazia a si mesmo a pergunta clássica: onde eu estou?

A última coisa de que conseguia se lembrar era que havia entrado no Green Park e uma cegonha tinha lhe dirigido um olhar acusador. Agora, parecia estar numa sala redonda com alguns bancos e duas grandes mesas de madeira. Ao longo das paredes estavam pendurados ferramentas, pás, ancinhos e uma mangueira de jardim, e no centro do piso havia um ralo.

— Bom dia, irmão branco — cumprimentou uma voz grave, que Harry reconheceu. — Irmão *muito* branco — disse o homem ao se aproximar. — Não precisa levantar.

Era Joseph, o aborígine cinza do povo Crow.

Ele abriu uma torneira, pegou a mangueira e lavou o vômito até o ralo.

— Onde eu estou? — perguntou Harry, tentando começar por algum lugar.

— No Green Park.

— Mas...

— Relaxe. Eu tenho as chaves daqui. Essa é minha segunda casa. — Ele olhou por uma janela. — Está um belo dia lá fora. O que resta dele.

Harry olhou para Joseph. Ele parecia ter um excelente humor para um mendigo.

— O zelador do parque e eu nos conhecemos há algum tempo e temos um acordo — explicou Joseph. — Às vezes, ele liga dizendo que está doente, e eu cuido do que precisa ser feito: recolho o lixo do chão, esvazio as lixeiras, corto a grama, esse tipo de coisa. Em troca, posso dormir aqui de vez em quando. Às vezes, ele também deixa um rango, mas não hoje, infelizmente.

Harry tentou pensar em algo além de "mas" para dizer, mas desistiu. Joseph, por sua vez, estava falante.

— Para ser sincero, o que mais gosto do nosso acordo é que tenho algo para fazer. Isso ocupa meu dia e me faz pensar um pouco em outras coisas. Às vezes penso até que estou sendo útil.

Joseph sorriu e meneou a cabeça. Harry não conseguia entender como ele podia ser a mesma pessoa que vira sentada no banco em estado quase comatoso pouco tempo antes e com quem tentara em vão se comunicar.

— Não consegui acreditar quando vi você ontem — continuou Joseph. — Que você era a mesma pessoa que se sentou aqui completamente sóbrio e de quem eu filei uns cigarros há alguns dias. E ontem foi impossível conversar com você. Rá, rá!

— Touché — disse Harry.

Joseph saiu e voltou com um saco de batatas fritas ainda quentes e um copo de Coca. Observou Harry consumir cautelosamente a refeição simples mas eficaz.

— A primeira fórmula da Coca-Cola foi criada por um farmacêutico americano que queria criar um remédio para ressaca — explicou Joseph. — Mas ele achou que tinha falhado e vendeu a fórmula por 8 dólares. Se quiser a minha opinião, ninguém inventou nada melhor até hoje.

— Jim Beam — respondeu Harry entre uma porção de batata e outra.

— Sim, fora o Jim. E Jack e Johnnie e alguns outros camaradas. Rá, rá. Como você está se sentindo?

— Melhor.

Joseph colocou duas garrafas sobre a mesa.

— O vinho tinto mais barato de Hunter Valley — disse. — Bebe um copo comigo, branquelo?

— Obrigado, Joseph, mas vinho tinto não é a minha... Você tem outra coisa? Algo marrom, por exemplo?

— Você está achando que eu tenho um estoque, é?

Joseph parecia um tanto ultrajado por Harry ter recusado sua generosa oferta.

Harry se levantou com dificuldade. Tentou preencher a lacuna na memória entre apontar a arma para Rod Stewart e os dois se abraçarem e dividirem um ácido. Era incapaz de determinar o que tinha levado a tamanha felicidade e atração mútua, exceto o óbvio: Jim Beam. No entanto, conseguia lembrar que tinha dado um soco no leão de chácara do Albury.

— Harry Hole, você é um bêbado patético — murmurou.

Os dois saíram dali e tombaram pesadamente na grama. Seus olhos ardiam com o sol, e o álcool da noite anterior ardia em seus poros, mas, fora isso, Harry até que não estava mal. Soprava uma brisa suave, e eles ficaram deitados admirando os chumaços brancos de nuvens que vagavam pelo céu.

— O tempo está bom para saltar — comentou Joseph.

— Não tenho nenhuma intenção de saltar — retrucou Harry. — Vou ficar aqui deitado completamente imóvel e, na melhor das hipóteses, andar por aí pé ante pé.

Joseph semicerrou os olhos contra a luz.

— Eu não estava pensando em sair saltando por aí. Estava pensando em queda livre. Paraquedismo.

— Uau, você é paraquedista?

Joseph assentiu.

Harry cobriu os olhos e voltou-os para o céu.

— E quanto às nuvens? Elas não são um problema?

— Problema nenhum. São cirros, parecem uma pluma, estão a uns 5 mil metros de altitude.

— Você me surpreende, Joseph. Não que eu saiba como deveria ser a cara de um paraquedista, mas não imaginava que seria...

— Um bêbado?

— Por exemplo.

— Rá, rá. São dois lados da mesma moeda.

— Como assim?

— Você já esteve sozinho no ar, Harry? Já voou? Já saltou de uma altitude absurda e sentiu o ar tentando segurá-lo, agarrá-lo e acariciar seu corpo?

Joseph já passava da metade da primeira garrafa, e sua voz tinha assumido um tom mais caloroso. Seus olhos brilhavam ao descrever a beleza da queda livre para Harry.

— Isso expande todos os sentidos. O corpo todo grita que você pode voar. "E eu não tenho asas", ele grita, tentando abafar o vento que assobia nos ouvidos. Seu corpo se convence de que vai morrer e entra em estado de alerta total, expande todos os sentidos para tentar descobrir uma saída. Seu cérebro é o maior computador do mundo, ele registra tudo: a pele sente a temperatura subir à medida que o corpo cai, os ouvidos percebem o aumento de pressão, e você adquire consciência de cada falha e de cada nuance na superfície abaixo. Você consegue até mesmo *cheirar* o planeta ao se aproximar da terra. E, se conseguir deixar de lado o medo da morte, Harry, por um instante você é um anjo. Você vive uma vida em quarenta segundos.

— E se não conseguir?

— Você não elimina o medo, apenas o deixa de lado. Porque ele tem que estar em sua mente, como uma nota clara, estridente, como água gelada na pele. Não é a queda, mas o medo da morte que expande todos os sentidos. Começa como um choque, uma descarga de adrenalina nas veias quando você deixa o avião. Como uma injeção. Então, quando chega à corrente sanguínea, faz você se sentir feliz e forte. Se fechar os olhos, poderá imaginar essa sensação como uma linda cobra venenosa, observando-o com seus olhos de serpente.

— Do jeito que você fala, parece uma droga, Joseph.

— É uma droga! — Joseph gesticulava descontroladamente agora. — É isso mesmo. Você quer que a queda dure para sempre e, se já salta há algum tempo, percebe que puxar a corda se torna algo cada vez mais difícil. No fim, você fica com medo de um dia ter uma overdose, de não puxar a corda, então para de saltar. E é aí que vem o vício. A abstinência o tortura, a vida parece sem sentido, trivial, e, no fim, você se vê espremido atrás do piloto de um Cessna pequeno e velho, demorando uma eternidade para subir até os 3 mil metros e gastando todas as suas economias.

Joseph respirou fundo e fechou os olhos.

— Em poucas palavras, Harry, são dois lados da mesma moeda. A vida se torna um inferno, mas a alternativa é ainda pior. Rá, rá.

Joseph apoiou-se nos cotovelos e bebeu um gole de vinho.

— Sou um pássaro incapaz de voar. Você sabe o que é um emu, Harry?

— Um avestruz australiano.

— Rapaz esperto.

Quando fechou os olhos, Harry ouviu a voz de Andrew. Porque, é claro, Andrew estava deitado ao seu lado na grama e lhe dava um sermão sobre o que era mais ou menos importante.

— Você já ouviu a história sobre por que o emu não consegue voar?

Harry fez que não.

— Ok, preste atenção, Harry. No Tempo dos Sonhos, o emu tinha asas e podia voar. Ele e a esposa viviam às margens de um lago, onde a filha havia se casado com Jabiru, uma cegonha. Um dia, Jabiru e a esposa foram pescar e trouxeram uma presa enorme, maravilhosa; comeram quase tudo e, na pressa, esqueceram-se de deixar as melhores partes para os pais dela, como sempre faziam. Quando a filha levou o que restou do peixe para o pai, Emu, ele ficou furioso. "Eu não dou sempre as melhores partes para vocês quando caço?", disse. Emu pegou um porrete e uma lança e voou até Jabiru para dar uma surra nele.

"Jabiru, no entanto, não queria levar uma surra sem oferecer resistência, então pegou um grande galho e, com ele, jogou o porrete longe. Depois, acertou o sogro primeiro na esquerda e depois na direita, quebrando suas asas. Emu levantou com esforço e atirou a lança no marido da filha. A arma atravessou suas costas e saiu pela boca. Transtornada de dor, a cegonha voou até o pântano, onde descobriu que a lança era útil para pegar peixes. Emu foi para a planície, onde você ainda pode vê-lo correndo a esmo com tocos de asas quebradas, incapaz de voar."

Joseph levou a garrafa aos lábios, mas restavam apenas algumas gotas. Ele olhou para a garrafa com uma expressão ressentida e colocou a rolha de volta no gargalo. Então abriu a segunda.

— Essa é mais ou menos a sua história, Joseph?

— Bem, hã...

A garrafa gorgolejou, e ele estava pronto.

— Trabalhei como instrutor de paraquedismo em Cessnok por oito anos. Éramos uma equipe e tanto, excelente atmosfera de trabalho. Ninguém ficou rico, nem a gente nem os donos; o clube seguia em frente por puro entusiasmo. Nós gastávamos a maior parte do dinheiro que ganhávamos como instrutores com nossos próprios saltos. Eu era um bom instrutor. Havia quem dissesse que era o melhor. No entanto, caçaram a minha licença por causa de um infeliz incidente. Disseram que eu estava bêbado durante um salto com o participante de um curso. Como se eu fosse arruinar um salto bebendo!

— O que aconteceu?

— Como assim? Quer os detalhes?

— Está muito ocupado?

— Rá, rá. Tudo bem, eu conto.

A garrafa reluziu ao sol.

— Bem, aconteceu assim. Foi uma convergência improvável de circunstâncias infelizes, não um ou dois tragos. Em primeiro lugar, teve o clima. Quando decolamos, havia uma camada de nuvens a cerca de dois mil e quinhentos metros. Isso não é um problema quando as nuvens estão muito altas, já que você não precisa puxar a corda antes dos mil e duzentos metros. O mais importante é que os alunos vejam o chão depois que o paraquedas abrir, senão eles surtam e vão parar em Newcastle. Eles precisam ser capazes de ver sinais no solo para saber para onde devem manobrar de acordo com o vento e o terreno e pousar em segurança na zona de pouso, certo? Quando decolamos, de fato algumas nuvens estavam entrando, mas ainda pareciam estar bem distantes. O problema é que o clube usava um Cessna velho que se mantinha inteiro à base de fita adesiva, preces e pensamento positivo. Aquela coisa levou mais de vinte minutos para chegar aos 3 mil metros, a altitude da qual iríamos saltar. Depois da decolagem, o vento ficou mais forte e, quando passamos pelas nuvens aos dois mil e quinhentos metros, surgiu uma segunda camada de nuvens abaixo de nós, que não vimos. Entendeu?

— Vocês não tinham contato com o solo? Eles não podiam informar sobre as nuvens baixas?

— Rádio, sim. Rá, rá. Essa foi outra questão que abafaram depois. Veja bem, o piloto sempre tocava Rolling Stones na cabine, aos berros, quando chegávamos aos 3 mil metros, para dar uma acordada nos alunos, deixá-los alertas, e não se borrando de medo. Se mandaram uma mensagem do solo, nós nunca a recebemos.

— Vocês não fizeram uma checagem final antes do salto?

— Harry, não deixe a história mais complicada do que já é. Está bem?

— Está bem.

— A segunda coisa que deu errado foi a confusão com o altímetro. Ele precisa ser ajustado para zero antes da decolagem, para que mostre a altitude relativa ao solo. No momento em que estávamos para saltar, vi que tinha deixado o meu altímetro lá embaixo, mas o piloto sempre levava equipamento de salto, então peguei o dele emprestado. Ele tinha medo, assim como todos nós, que o avião literalmente caísse aos pedaços um dia. Já estávamos a 3 mil metros, então tínhamos de agir rápido. Precisei ir correndo até a asa e não tive tempo de comparar o meu altímetro com o do aluno; que, é claro, eu tinha ajustado para zero no solo. Presumi que o altímetro do piloto estaria mais ou menos preciso, apesar de ele não ajustá-lo para zero toda vez que decolava. Isso não me preocupou; quando já se fez mais de 5 mil saltos, como eu, é possível estimar a altitude visualmente com um razoável grau de precisão só de olhar para baixo.

"Estávamos junto da asa, e o aluno já tinha feito três bons saltos, então eu estava tranquilo. Problema nenhum com a saída, saltamos com braços e pernas abertos e flutuávamos numa boa, bem estáveis, quando atravessamos a primeira barreira de nuvens. Tive um choque ao ver a segunda barreira logo abaixo de nós, mas concluí que podíamos seguir nossa rotina e conferir a altitude conforme nos aproximássemos. O aluno fez alguns giros de noventa graus e movimentos horizontais antes de voltar à posição de X padrão. Meu altímetro mostrava mil e oitocentos metros quando o aluno fez menção de puxar a corda, então sinalizei que esperasse. Ele olhou para mim, mas não é fácil ler a expressão facial de um camarada com as bochechas e os lábios esvoaçando como um lençol molhado no varal durante uma ventania."

Joseph fez uma pausa e assentiu, satisfeito consigo mesmo.

— Lençol molhado no varal durante uma ventania — repetiu. — Nada mau. Um brinde.

A garrafa foi erguida.

— Meu altímetro mostrava mil e quinhentos metros quando chegamos à segunda barreira de nuvens — continuou ele, depois de respirar fundo. — Tínhamos outros trezentos antes de acionarmos os paraquedas. Segurei os braços do aluno e fiquei de olho no altímetro, para o caso de a nuvem ser espessa e precisarmos abrir os paraquedas dentro dela, mas a atravessamos como um raio. Meu coração parou quando vi o chão vindo rápido em nossa direção; árvores, mato, asfalto, era como dar zoom numa câmera. Acionei os dois ao mesmo tempo. Se algum dos paraquedas principais falhasse, não haveria tempo de acionar o reserva. Afinal, a nuvem baixa estava a uma altitude na casa dos seiscentos metros. As pessoas lá embaixo ficaram brancas quando nos viram sair da nuvem sem os paraquedas. E, além disso, o idiota do aluno entrou em pânico quando o paraquedas abriu e conseguiu acertar uma árvore. Isso, em si, não seria um problema, mas ele ficou pendurado a quatro metros do chão e, em vez de esperar que a ajuda chegasse, abriu o cinto, caiu e quebrou a perna. Ele entrou com uma queixa dizendo que eu cheirava a álcool, e o comitê do clube tomou a decisão. Recebi uma suspensão vitalícia.

Joseph terminou a garrafa número dois.

— O que aconteceu depois?

— Isso. — Ele jogou a garrafa fora. — Seguro-desemprego, más companhias e vinho barato. — Ele começava a falar arrastado. — Quebraram as minhas asas, Harry. Sou da tribo Crow; não fui feito para viver como um emu.

As sombras do parque, que antes haviam se concentrado em alguns pontos, começavam a se alongar. Harry acordou com Joseph de pé ao seu lado.

— Estou indo para casa, Harry. Talvez você queira alguma coisa do barracão antes de eu dar o fora.

— Ah, sim. Merda. Minha arma. E minha jaqueta.

Harry se levantou. Era hora de um trago. Depois que Joseph trancou a porta, eles ficaram ali parados, com os pés inquietos.

— Então você deve voltar para a Noruega em breve, certo? — perguntou Joseph.

— Qualquer dia, sim.

— Espero que pegue o avião dessa vez.

— Pensei em ligar para a companhia aérea essa tarde. E para o meu trabalho. Provavelmente estão se perguntando o que aconteceu comigo.

— Ah, merda — praguejou Joseph, dando um tapa na testa. Ele pegou as chaves de novo. — Acho que o vinho que eu bebo tem tanino demais. Corrói os neurônios. Nunca me lembro se apaguei ou não a luz, e o zelador do parque fica bem nervoso quando vê que ela ficou acesa.

Ele destrancou a porta. A luz estava apagada.

— Rá, rá. Você sabe como é quando conhece um lugar como a palma da mão, e aí apaga a luz no automático, nem mesmo pensa nisso. E depois não consegue lembrar se apagou ou não... Isso não é coisa de maluco, Harry?

As costas de Harry se empertigaram, e ele olhou fixamente para Joseph.

41

Um sofá de estilo barroco

O zelador do Teatro St. George meneou a cabeça, incrédulo, e serviu mais café para Harry.

— Nunca vi nada p-parecido. Isso aqui lota toda noite. O povo enlouquece, grita e esperneia com o número da guilhotina. Está até no cartaz agora. "Guilhotina mortal — como visto na TV e na imprensa. Ela já matou antes...". Meu Deus, é o ponto alto do espetáculo. Que estranho.

— É estranho mesmo. Então eles encontraram um substituto para Otto Rechtnagel e apresentam o mesmo espetáculo?

— Mais ou menos, sim. Nunca tinham feito tanto sucesso antes, n-nem de longe.

— E quanto ao número com o gato que leva um tiro?

— Desistiram desse. Não fez tanto sucesso.

Harry se mexeu na cadeira. O suor escorria por baixo da camisa.

— Humm, nunca entendi por que eles tinham aquele número...

— Foi ideia de Rechtnagel. Eu tinha vontade de ser p-palhaço na juventude, por isso gosto de ficar de olho no que acontece no palco quando o circo está na c-cidade, e lembro que aquele número não fazia parte do espetáculo até o ensaio da véspera.

— Sim. Tive a impressão de que Otto estava por trás daquilo. — Harry coçou o queixo barbeado. — Tem uma coisa que não me sai da cabeça. Será que você pode ajudar? Posso estar completamente equivocado, mas ouça essa teoria e diga o que acha. Otto sabe que eu estou no auditório, ele sabe algo que eu não sei e que precisa me contar, mas não pode falar abertamente. Por uma infinidade de motivos. Talvez porque ele próprio estivesse envolvido. Então o número é inventado para mim. Ele quer me dizer que a pessoa que estou caçando é um caçador, que é alguém como eu, um colega. Sei que isso soa um pouco estranho, mas você sabe como Otto podia ser excêntrico. O que você acha? Parece algo que ele faria?

O zelador estudou Harry por algum tempo.

— Detetive, acho que você devia beber um pouco mais de c-café. Aquele número não estava tentando dizer nada. É um clássico de Jandy Jandaschewsky. Qualquer pessoa de circo pode confirmar isso. Nada mais, nada menos. Sinto muito se isso complica as coisas para você, mas...

— Pelo contrário — interrompeu Harry, aliviado. — Na verdade, era o que eu esperava ouvir. Agora posso excluir essa teoria. Você falou que tem mais café?

Ele pediu para ver a guilhotina, e o zelador o levou à sala de cenografia.

— Sinto um calafrio sempre que entro aqui, mas agora pelo menos consigo dormir à n-noite — disse o zelador, destrancando a porta. — A sala foi lavada.

Quando a porta se abriu, eles sentiram uma corrente de ar frio.

— Vistam suas roupas — disse o zelador, ligando o interruptor. A guilhotina destacava-se na sala, coberta por uma manta, como se fosse uma estrela de cinema que estivesse descansando ali.

— Vistam suas roupas?

— Ah, é só uma piada interna. Geralmente dizemos isso no St. George quando entramos numa s-sala escura. É.

— Por quê? — Harry levantou o tecido e correu o dedo pela lâmina da guilhotina.

— Ah, é uma história antiga, dos anos setenta. O chefe na época era um belga, Albert Mosceau, um sujeito esquentadinho, mas todos que trabalhavam aqui gostavam dele. Era um cara do teatro de verdade, que Deus o tenha. Você sabe o que dizem, que o pessoal do teatro não passa de uma turma de promíscuos e libertinos, e isso até pode ser verdade... Bem, só estou dizendo o que acontece. Enfim, naquela época, tínhamos um ator famoso, bonitão, na companhia, não mencionarei nomes, mas era um bode velho, um conquistador. As mulheres suspiravam por ele, e os homens ficavam com ciúmes. De vez em quando, fazíamos um tour pelo teatro, e, um dia, o guia veio com uma turma de c-crianças para a sala de cenografia. Acendeu a luz e lá estava ele, no sofá de estilo barroco que usávamos em *À margem da vida*, de Tennessee Williams, traçando uma das moças da cantina.

"Bem, é claro que o guia poderia ter salvado o dia, já que o ator famoso, não mencionarei nomes, estava deitado de bruços. Mas o guia era um rapaz que esperava se tornar ator um dia e era, como a maioria do povo do teatro, um idiota presunçoso. Então não usava óculos, apesar de ser muito míope. Enfim, para resumir, ele não viu o que estava acontecendo no sofá e deve ter pensado que a súbita aglomeração na porta se devia ao fato de ele ser um orador incrível ou coisa parecida. Como o guia continuou a falar de Tennessee Williams, o bode velho praguejou, deu um jeito de esconder o rosto e só deixou à mostra a bunda cabeluda. Mas o guia reconheceu a voz e exclamou: 'Meu Deus, é você, Bruce Lieslington?'"

O zelador mordeu o lábio inferior.

— Oooops.

Harry riu e ergueu as mãos espalmadas.

— Tudo bem. Já esqueci o nome.

— Enfim, no dia seguinte, Mosceau convocou uma reunião. Explicou o que tinha acontecido e disse que acreditava ser um assunto muito sério. "Não podemos ter esse tipo de publicidade. Então, sinto dizer que, a partir desse momento, não t-teremos mais v-visita guiada."

A risada do zelador ressoou pelas paredes da sala de cenografia. Harry teve de rir. Apenas a estrela de cinema de aço e madeira continuou silenciosa e ameaçadora.

— Agora entendi o "vistam suas roupas". O que aconteceu com o guia azarado? Ele se tornou ator, afinal?

— Infelizmente para ele e felizmente para os palcos, não. Mas continuou na área, e hoje é o iluminador aqui do St. George. Ah, sim, esqueci, você o conheceu...

Harry inspirou devagar. Lá de baixo veio um rosnado e um agitar de correntes. Merda, merda, merda, estava tão quente!

— Sim, é verdade. Ele provavelmente usa lentes de contato agora, certo?

— Não. Ele diz que trabalha melhor vendo o p-palco borrado. Diz que assim consegue se concentrar na totalidade em vez de ficar preso aos detalhes. É um sujeito m-muito estranho.

— Verdade, muito estranho — disse Harry.

— Alô?

— Desculpe por ligar tão tarde, Lebie. É Harry Holy.

— Holy? Meu Deus, que horas são na Noruega?

— Não faço ideia. Escute, não estou na Noruega. Houve um problema com o voo.

— O que aconteceu?

— Ele decolou antes da hora, digamos assim, e não está sendo fácil conseguir outro. Preciso de ajuda.

— Desembucha.

— Você precisa me encontrar no apartamento de Otto Rechtnagel. Traga um pé de cabra se não for bom em abrir fechaduras.

— Ok. Agora?

— Seria bom. Obrigado, meu amigo.

— Eu não estava conseguindo dormir mesmo.

— Alô?

— Dr. Engelsohn? Tenho uma pergunta sobre um corpo. O meu nome é...

— Não dou a mínima para quem você é, são... três da manhã e você pode ligar para o Dr. Hansson, que está de plantão. Boa noite.

— Você é surdo? Eu disse boa...

— É Holy quem fala. Não desligue de novo, por favor.

...

— O Holy?

— Fico feliz que o senhor tenha lembrado o meu nome, doutor. Descobri uma coisa interessante no apartamento onde Andrew Kensington foi encontrado morto. Preciso vê-lo... ou melhor, preciso ver as roupas que ele usava quando morreu. O senhor ainda as tem, não tem?

— Sim, mas...

— Aguardo o senhor em frente ao necrotério daqui a meia hora.

— Meu caro Sr. Holy, não entendo como...

— Não me faça repetir, doutor. Que tal ser expulso da Associação Médica Australiana, processado por parentes, isso sem contar as manchetes de jornal... devo continuar?

— Bem, não consigo chegar aí em meia hora.

— Tem pouco trânsito essa hora da noite, doutor. Tenho a impressão de que o senhor vai conseguir.

42

Um visitante

McCormack entrou na sala, fechou a porta às suas costas e assumiu seu posto em frente à janela. O clima do verão de Sydney sem dúvida era instável; tinha chovido a noite toda. McCormack tinha mais de 60 anos, já havia passado da idade de se aposentar na polícia, e começara, como é costume entre os aposentados, a falar sozinho.

Eram principalmente pequenas observações cotidianas, as quais ele duvidava que outras pessoas além dele próprio saberiam apreciar. Como: "Parece que o dia vai esquentar, parece mesmo." Ele ficava balançando para a frente e para trás sobre os calcanhares e olhando para sua cidade. Ou: "Fui o primeiro a chegar hoje de novo."

Apenas quando pendurou o paletó no armário atrás da mesa notou os sons que vinham do sofá. Um homem estava deitado ali, pegando impulso para se sentar.

— Holy? — McCormack o fitou, espantado.

— Desculpe, senhor. Espero que não tenha problema eu ter pegado seu sofá emprestado...

— Como você entrou?

— Não tive tempo de devolver o crachá, então o porteiro da noite me deixou entrar. A porta da sua sala estava destrancada, e, como era com o senhor que eu queria falar, tirei um cochilo aqui.

— Você deveria estar na Noruega. Sua chefe ligou. Você está péssimo, Holy.

— O que o senhor disse?

— Que você ficou para o enterro de Kensington. Como representante norueguês.

— Mas como...?

— Você deu o número daqui para a companhia aérea; então, quando eles ligaram meia hora depois da partida porque você não apareceu, imaginei o que havia acontecido. Um telefonema para o Crescent Hotel e uma conversa confidencial com o gerente me forneceram o resto da história. Temos tentado entrar em contato com você sem sucesso. Eu entendo, Holy, e sugiro que não façamos estardalhaço. Todo mundo sabe que acontecimentos desse tipo geram uma reação. O importante é que você coloque a cabeça no lugar e que a gente coloque você em um avião.

— Obrigado, senhor.

— Sem problemas. Vou pedir à minha secretária que fale com a companhia aérea.

— Só duas coisinhas antes que o senhor faça isso. Trabalhamos um pouco esta madrugada, e os resultados finais só serão conhecidos quando os peritos chegarem e fizerem as análises. Mas tenho praticamente certeza do resultado, senhor.

Apesar de ter sido lubrificado, o velho ventilador finalmente havia entregado os pontos e fora substituído por um novo, maior e mais silencioso. Para Harry, essa era a confirmação de que o mundo continuava a girar, apesar de sua ausência.

Dos presentes, apenas Watkins e Yong ainda não conheciam os detalhes, mas Harry começou do início, de qualquer forma.

— Não demos grande importância a isso quando encontramos Andrew porque era dia. Também nem sequer pensei nisso quando descobri a hora da morte. Só depois me ocorreu que as luzes estavam apagadas quando entramos no apartamento de Rechtnagel. Se as coisas tivessem acontecido do modo como acreditávamos, a cronologia teria sido essa: Andrew desligou o interruptor ao lado da porta, doidão de heroína, foi cambaleando às cegas atrás de uma cadeira, já que a sala estava totalmente às escuras às duas da manhã, equilibrou-se sobre uma cadeira bamba e enrolou o cabo no pescoço.

No silêncio que se seguiu, ficou evidente que, mesmo com toda a tecnologia, era difícil produzir um ventilador que não fizesse um barulho irritante, por mais baixo que seja seu zumbido.

— Isso não parece certo — disse Watkins. — Talvez não estivesse completamente escuro, talvez os postes da rua ou outra coisa tenha iluminado a sala.

— Lebie e eu fomos até lá às duas da manhã e conferimos. A sala estava escura como um túmulo.

— Será que as luzes estavam acesas quando vocês chegaram e ninguém percebeu? — perguntou Yong. — Afinal, era dia. Algum policial pode ter desligado o interruptor depois.

— Nós cortamos o cabo que pendurava Andrew com uma faca — lembrou Lebie. — Eu teria levado um choque, foi então que confirmei que a luz estava desligada.

— Ok — disse Watkins. — Vamos supor que ele tenha pensado em se enforcar no escuro. Kensington era um cara um pouco estranho. Não há novidade nisso.

— Mas ele não se enforcou no escuro — retrucou Harry.

McCormack tossiu no fundo da sala.

— Aqui está o que encontramos no apartamento de Rechtnagel — prosseguiu Harry, mostrando uma lâmpada. — Estão vendo a mancha marrom? Isso é raiom queimado. — Ele mostrou uma peça de roupa branca. — E esta é a camisa que Andrew usava quando o encontramos. É de tecido sintético, com sessenta por cento de raiom. O raiom derrete a 260 graus. Uma lâmpada esquenta cerca de 450 graus na superfície. Vocês conseguem ver a pequena mancha marrom acima do bolso? É onde a lâmpada tocava a camisa.

— Que conhecimento impressionante de física, Holy — disse Watkins. — Agora conte o que você acha que aconteceu.

— Tenho duas teorias. Alguém esteve lá antes de nós, viu Andrew enforcado no cabo, apagou a luz e foi embora. O problema é que as duas únicas chaves do apartamento foram encontradas com Otto e Andrew.

— A fechadura é do tipo que tranca quando se bate a porta, certo? — perguntou Watkins. — Talvez essa pessoa tenha destrancado a porta, colocado a chave no bolso de And... não, assim Andrew não poderia ter entrado. — Ele corou.

— Você ainda pode ter razão — disse Harry. — Minha teoria é que Andrew não tinha a chave do apartamento. Alguém que já estava lá ou chegou junto com ele abriu a porta, alguém que estava com a outra chave. Essa pessoa estava presente quando Andrew morreu. Depois, colocou a chave no bolso dele para que parecesse que tinha entrado sozinho no apartamento. O fato de a chave não estar no chaveiro junto com as outras sugere isso. Então ela apagou a luz e fechou a porta ao sair.

Silêncio.

— Você está dizendo que Andrew Kensington foi assassinado? — indagou Watkins. — Se foi isso, como?

— Acho que Andrew foi forçado a injetar heroína em si mesmo, uma overdose, provavelmente sob a mira de uma arma.

— Por que ele não injetou a heroína em si mesmo antes de chegar? — perguntou Yong.

— Em primeiro lugar, não acredito que um viciado calejado como Andrew subitamente tivesse uma overdose acidental. Em segundo lugar, ele não tinha heroína suficiente para uma overdose.

— Então por que enforcá-lo?

— Provocar uma overdose não é uma ciência exata. Nem sempre é fácil prever como um corpo acostumado com drogas vai reagir. Talvez ele tivesse sobrevivido tempo o bastante para que alguém o encontrasse vivo. Então provavelmente a overdose foi para dopá-lo, para que não oferecesse resistência quando fosse colocado de pé na cadeira com um cabo ao redor do pescoço. Ah, por falar no cabo... Lebie?

Lebie manobrou um palito de dente, colocando-o no canto da boca com um pouco de ginástica labial e lingual.

— Pedimos aos rapazes da perícia que analisassem o cabo. Cabos de energia raramente são lavados, e achamos que seria fácil conseguir digitais. Mas estava limpo como uma, é... é... — Lebie agitou uma das mãos.

— Como algo muito limpo? — sugeriu Yong, tentando ajudar.

— Isso. As únicas digitais que encontramos foram as nossas.

— Então, a não ser que Andrew tenha limpado o cabo antes de se enforcar e passado em torno do pescoço sem usar os dedos, alguém fez isso por ele — concluiu Watkins. — É isso que vocês estão dizendo?

— Acho que sim, chefe.

— Mas, se o sujeito é tão esperto quanto vocês dizem, por que apagou a luz ao sair? — questionou Watkins, abrindo os braços e analisando os rostos na sala.

— Porque é uma reação — respondeu Harry. — Ele fez isso sem pensar. Como as pessoas fazem, ao sair de casa. Ou de uma casa da qual têm a chave, onde estão acostumadas a entrar e sair sem cerimônia.

Harry se recostou na cadeira. Suava como um porco, inseguro de quanto tempo conseguiria esperar por uma bebida.

— Acho que o homem que procuramos é o amante secreto de Otto Rechtnagel.

Lebie estava ao lado de Harry no elevador.

— Vai sair para almoçar?

— Acho que sim — disse Harry.

— Se incomoda se eu for junto?

— Nem um pouco.

Lebie era uma boa companhia se você não quisesse falar muito.

Eles encontraram uma mesa no Southern's, na Market Street. Harry pediu um Jim Beam. Lebie ergueu os olhos do cardápio.

— Duas saladas de *barramundi*, café preto e um bom pão fresco, por favor.

Harry olhou para Lebie, surpreso.

— Obrigado, mas acho que vou passar dessa vez — disse ele ao garçom.

— Pode trazer tudo. — Lebie sorriu. — Meu amigo vai mudar de ideia quando experimentar o *barramundi* de vocês.

O garçom se foi, e Harry observou Lebie. Ele havia colocado as mãos sobre a mesa, os dedos bem abertos, e os observava, como se os comparasse.

— Quando jovem, viajei pegando carona pela costa até Cairns, ao longo da Grande Barreira de Corais — disse ele ao dorso macio das mãos. — Em um albergue, conheci duas garotas alemãs que estavam dando a volta ao mundo. Elas alugaram um carro em Sydney e saíram por aí viajando, e me contaram em detalhes sobre todos os lugares nos quais estiveram, por quanto tempo, o motivo de terem ido e o planejamento para o restante da viagem. Ficou claro que pouquíssima coisa havia sido deixada ao acaso. Talvez seja a mentalidade alemã. Enfim, quando eu perguntei se tinham visto cangurus, elas riram e me garantiram que sim. Logicamente, ficou implícito que tinham riscado isso da sua lista de "coisas a fazer". "Vocês pararam para dar comida a eles?", perguntei, mas elas olharam uma para a outra, pasmas, e se voltaram para mim. "Não, não parramos!" "Por que não? Eles são bem bonitinhos, sabe?" "*Aber*, eles estavam mortos!"

Harry estava tão surpreso com o longo monólogo de Lebie que se esqueceu de sorrir.

O garçom veio e colocou o Jim Beam em frente a Harry. Lebie olhou para o copo.

— Anteontem, eu vi uma garota tão linda que senti vontade de acariciar o rosto dela e dizer algo simpático. Tinha 20 e poucos anos, usava um vestido azul e estava descalça. Aber, *ela estava morta*. Como você sabe, ela era loira, foi estuprada e tinha hematomas de estrangulamento no pescoço. E ontem à noite sonhei que essas moças jovens, insignificantes e muito bonitas enchiam os acostamentos das estradas da Austrália inteira, de Sydney a Cairns, de Adelaide a Perth, de Darwin a Melbourne. E tudo por um único motivo. Nós tínhamos fechado os olhos porque não conseguimos encarar a verdade. Não fizemos o bastante. Nós nos permitimos ser fracos e humanos.

Harry sabia aonde Lebie queria chegar. O garçom trouxe o peixe.

— Foi você quem chegou mais perto dele, Harry. Você colocou o ouvido no chão, e será capaz de reconhecer as vibrações dos passos dele se ele se aproximar de novo. Sempre haverá centenas de bons motivos para ficar bêbado, mas, se estiver botando as tripas para fora em um quarto de hotel, não ajudará ninguém. Ele não é humano. Então não podemos ser humanos. Temos de mostrar nossa obstinação, temos de mostrar nossa resistência. — Lebie abriu o guardanapo. — Mas precisamos comer.

Harry levou o copo de uísque à boca e observou Lebie ao esvaziá--lo lentamente. Então colocou o copo vazio sobre a mesa, fez uma careta e pegou o garfo e a faca. O restante da refeição passou em silêncio.

43

Um peixe grande

Sandra estava em seu ponto de sempre. Só o reconheceu quando ele se aproximou.

— Bom ver você de novo — disse, seus olhos distantes, com pupilas pequeninas.

Os dois foram até o Bourbon & Beef, onde o garçom imediatamente correu até a mesa e puxou uma cadeira para ela.

Harry perguntou o que Sandra queria e pediu uma Coca e um uísque duplo.

— Céus, achei que ele ia me colocar para fora — disse ela, aliviada.

— Sou meio que um cliente da casa — justificou Harry.

— Como vai sua namorada?

— Birgitta? — Harry ficou em silêncio por um instante. — Não sei. Ela não quer falar comigo. Sentindo-se péssima, assim espero.

— Por que você espera que ela esteja se sentindo péssima?

— Porque espero que ela me ame, é claro.

Sandra soltou uma risada rouca.

— E como vai você, Harry Holy?

— Péssimo. — Harry deu um sorriso triste. — Mas pode ser que eu me sinta muito melhor se conseguir pegar um assassino.

— E você acha que eu posso ajudar?

Sandra acendeu um cigarro. Seu rosto parecia ainda mais pálido e cansado que antes, se é que isso era possível, as pálpebras estavam avermelhadas.

— Somos sósias — disse Harry, apontando para o reflexo deles na janela escura ao lado da mesa.

Sandra permaneceu em silêncio.

— Eu lembro, ainda que um pouco vagamente, que Birgitta atirou sua bolsa na cama e todo o conteúdo dela caiu. A princípio, achei que você carregasse um pequinês aí dentro. — Harry fez uma pausa. — Diga, por que precisa de uma peruca loira?

Sandra olhou pela janela. Na verdade, ela olhou para a janela, provavelmente para o reflexo dos dois.

— Um cliente comprou para mim. Queria que eu usasse quando estava comigo.

— Quem...?

— Esqueça, Harry. Não vou contar. Não há muitas regras na minha profissão, mas ficar de bico fechado com relação aos clientes é uma delas. E é uma boa regra.

Harry suspirou.

— Você está com medo — disse.

Os olhos de Sandra soltaram faíscas

— Nem tente fazer isso, Harry. Você não vai conseguir nada comigo, ok?

— Você não precisa dizer quem é, Sandra. Eu sei. Só queria ver se você ficaria com medo de me contar.

— *Eu sei* — repetiu Sandra, claramente furiosa. — E como você sabe então?

— Vi a pedra rolar da sua bolsa, Sandra. O cristal verde. Reconheci o símbolo pintado nele. Ele deu essa pedra a você. É da loja da mãe dele, o Palácio dos Cristais.

Sandra cravou os grandes olhos negros em Harry. Sua boca vermelha se contraiu em um sorriso desdenhoso. Harry segurou o braço dela com delicadeza.

— Por que você está com tanto medo de Evans White, Sandra? Por que não o entrega para nós?

Sandra puxou o braço. Voltou a se virar para a janela. Harry esperou. Ela fungou, e Harry lhe deu o lenço que, inexplicavelmente, trazia no bolso.

— Há muitas pessoas que se sentem péssimas, você sabia? — sussurrou ela algum tempo depois. Seus olhos estavam ainda mais vermelhos quando se voltaram para ele. — Sabe o que é isso? — Ela puxou a manga do vestido e mostrou um antebraço branco com marcas vermelhas feias, algumas com cascas de ferida.

— Heroína?

— Morfina — respondeu Sandra. — Pouca gente em Sydney consegue arrumar, então a maioria acaba na heroína, de qualquer forma. Mas eu sou alérgica a heroína. Meu corpo não aguenta. Já usei e quase morri. Então meu veneno é a morfina. E, no ano passado, havia apenas uma pessoa em King's Cross capaz de fornecê-la em quantidade suficiente. O pagamento dele é uma espécie de encenação. Eu me maquio e uso uma peruca. Por mim, tudo bem, estou me lixando para a tara dele, contanto que consiga o que preciso. Enfim, há malucos piores do que os que querem que você se vista como a mãe deles.

— Mãe?

— Acho que ele odeia a mãe. Ou a ama mais que o normal. Um dos dois, não sei ao certo; ele se recusa a falar a respeito, e Deus sabe que eu também não quero discutir o assunto! — Ela deu um riso cansado.

— Por que você acha que ele a odeia?

— Nas últimas vezes, ele foi mais bruto que o habitual. Ele me deixou com hematomas.

— No pescoço?

Sandra balançou a cabeça negativamente.

— Ele tentou. Pouco depois que a notícia do assassinato da garota norueguesa saiu no jornal. Ele colocou as mãos em volta do meu pescoço e disse para eu ficar quieta e não ter medo. Não pensei mais nisso depois.

— Por que não?

Sandra deu de ombros.

— As pessoas são influenciadas pelo que leem. Veja *9 semanas e meia de amor*, por exemplo. Quando estava em cartaz nos cinemas, um monte de clientes queria que a gente engatinhasse nua enquanto eles olhavam.

— Péssimo filme — disse Harry. — O que aconteceu?

— Ele colocou as mãos em volta do meu pescoço, com os polegares mais ou menos sobre as cordas vocais. Nada violento. Mas tirei a peruca e falei que não topava aquele jogo. Ele caiu em si e disse que estava tudo bem. Que foi só uma coisa passageira. Que não significava nada.

— E você acreditou nele?

Sandra deu de ombros.

— Você não imagina o quanto alguns instantes de lucidez podem afetar a forma como você vê as coisas — disse ela, terminando o uísque.

— Ah, não? — rebateu Harry, dirigindo um olhar reprovador para a garrafa de Coca intocada.

McCormack tamborilava os dedos com impaciência. Harry suava, apesar de o ventilador estar no máximo. Yong havia passado na casa da vizinha de Otto Rechtnagel, que tinha muito a dizer. Até demais. Infelizmente, nada do que ela dissera era interessante para o caso. Yong parecia ter tido dificuldade de se comportar como um bom ouvinte diante de uma companhia tão pouco simpática.

— Vadia gorda — respondeu ele com um sorriso quando Watkins perguntou que impressão havia tido da mulher.

— Alguma novidade sobre a jovem no Centennial Park? — indagou McCormack.

— Não muitas — respondeu Lebie. — Mas ela não era nenhuma santa. Usava anfetaminas e tinha acabado de começar a trabalhar num inferninho de striptease em King's Cross. Estava a caminho de casa quando foi assassinada. Temos duas testemunhas que dizem tê-la visto entrar no parque.

— Algo mais?

— Até agora não, senhor.

— Harry, qual é a sua teoria? — perguntou McCormack, enxugando o suor.

— A mais recente — murmurou Watkins, alto o bastante para que todos ouvissem.

— Bem — começou Harry —, não encontramos a testemunha que Andrew disse ter visto Evans White em Nimbin no dia em que Inger Holter foi assassinada. O que sabemos agora é que White sente uma atração especial por loiras, que teve uma infância instável e que pode ser interessante investigar seu relacionamento com a mãe. Ele nunca teve um emprego ou residência fixa, e por isso é difícil acompanhar seus movimentos. Não é impossível que tivesse um relacionamento secreto com Otto Rechtnagel e não é inconcebível que tenha acompanhado Otto em suas viagens. Ele pode ter se hospedado num hotel e feito suas vítimas onde quer que as encontrasse. Isso é uma teoria, é claro.

— Talvez o serial killer seja Otto — especulou Watkins. — Talvez outra pessoa tenha matado Rechtnagel e Kensington, alguém que não tinha nada a ver com os outros assassinatos.

— Centennial Park — lembrou Lebie. — Esse é o nosso serial killer. Apostaria tudo o que tenho. Não que eu tenha muito a perder...

— Lebie está certo — concordou Harry. — Ele ainda está por aí em algum lugar.

— Ok — disse McCormack. — Vejo que nosso amigo Holy está usando expressões como *não é impossível* e *não é inconcebível* para formular suas teorias agora, o que é prudente. Não temos nada a ganhar sendo arrogantes. Além do mais, a essa altura, já deve estar claro para todos nós que lidamos com um homem muito inteligente. E muito confiante. Ele nos entregou as respostas que buscávamos, nos entregou um assassino numa bandeja de prata, e agora acredita que essas respostas nos tranquilizaram e que consideramos o caso resolvido, uma vez que o criminoso foi responsável pela própria morte. Ao colocar a culpa em Kensington, ele sabia, é claro, que nós decidiríamos abafar a história, o que, vocês precisam admitir, é um pensamento engenhoso.

McCormack olhou de relance para Harry ao fazer o último comentário.

— Nossa vantagem é ele acreditar que está em segurança. Pessoas que acreditam estar em segurança geralmente ficam descuidadas. Agora, no entanto, é o momento de decidirmos como vamos lidar com essa questão. Temos um novo suspeito e não podemos nos dar ao luxo de outra mancada. O problema é que, se fizermos barulho demais, corremos o risco de assustar o peixe grande. Precisamos ter nervos de aço e ficar imóveis até conseguirmos ver claramente o peixe embaixo de nós, tão claramente que não reste dúvida de que ele está ali, tão perto que seja impossível errar. Então, e apenas então, podemos atirar o arpão.

Ele olhou para todos, um de cada vez. Todos assentiram, confirmando o indiscutível bom senso do chefe.

— Discordo — disse Harry.

Os outros se voltaram para ele.

— Vejam, existe outra forma de pegar o peixe sem fazer barulho — prosseguiu Harry. — Com linha, anzol e uma isca que sabemos que ele não vai recusar.

44

Uma vespa-do-mar

O vento soprava nuvens de poeira ao rodopiar pela rua de terra batida, passar por cima do muro baixo de pedra do cemitério e ir de encontro ao pequeno grupo de enlutados. Harry precisou semicerrar os olhos para evitar as partículas de poeira, e o vento fazia com que camisas e barras de ternos tremulassem, fazendo com que, à distância, o grupo parecesse dançar sobre o túmulo de Andrew Kensington.

— Vento dos infernos — sussurrou Watkins durante o sermão do padre.

Harry pensou na escolha de palavras de Watkins, esperando que estivesse enganado. É claro que era difícil dizer de onde vinha o vento, mas ele certamente estava com pressa. E, se estivesse ali para levar a alma de Andrew Kensington, ninguém podia dizer que não encarava o trabalho com seriedade. As páginas dos livros de oração esvoaçavam, a lona verde cheia de terra ao lado da cova se agitava, e quem não tinha chapéu para segurar observava penteados elaborados se desfazerem e carecas disfarçadas apenas por um fiapo de cabelo se revelarem.

Harry não escutava o padre; fitava o outro lado da cova com os olhos semicerrados. Os cabelos de Birgitta esvoaçavam como um jato vermelho de fogo. Ela sustentou o olhar de Harry com uma expressão vazia. Uma senhora grisalha estava sentada, tremendo, em uma cadeira, com uma bengala no colo. Sua pele era amarelada, e a idade era incapaz de trair o rosto equino distintamente britânico. O vento levantava a aba de seu chapéu. Harry ficara sabendo que era a mãe adotiva de Andrew, mas ela era tão velha e frágil que mal havia registrado suas condolências do lado de fora da igreja — apenas assentira, murmurando uma frase incompreensível vezes a fio. Atrás dela estava de pé uma mulher negra mignon, quase escondida, de mãos dadas com duas meninas.

O padre lançou a terra na cova à moda luterana. Harry tinha sido informado de que Andrew pertencia à Igreja Anglicana, que, ao lado da Igreja Católica, era de longe a maior da Austrália, mas ele, que havia comparecido a poucos enterros, seria incapaz de dizer se aquela cerimônia era muito diferente das realizadas na Noruega. Até mesmo o clima era igual. Quando enterraram sua mãe, turbulentas nuvens cinza-azuladas perseguiam umas às outras acima do cemitério, mas felizmente estavam apressadas demais para que chovesse. Fazia sol no dia em que enterraram Ronny. Harry, no entanto, estava no hospital com as cortinas fechadas, porque a luz lhe dava dor de cabeça. Assim como hoje, policiais constituíam a maioria dos presentes. Talvez tenham cantado o mesmo hino no final: "Mais perto, meu Deus, de Ti."

O grupo se dispersou, as pessoas começaram a ir em direção aos seus carros, e Harry foi atrás de Birgitta. Ela parou para que ele a alcançasse.

— Você parece mal — disse ela, sem erguer o olhar.

— Você não sabe como eu fico quando estou mal — rebateu ele.

— E você não parece mal quando está mal? Só estou dizendo que você *parece* mal. Você *está* mal?

Uma rajada de vento soprou a gravata de Harry, que voou e cobriu seu rosto.

— Talvez eu esteja mal. Não *muito* mal. Você parece uma água-viva com essa cabeleira voando no... meu rosto. — Harry tirou uma mecha vermelha da boca.

Birgitta sorriu.

— Você devia agradecer aos céus por eu não ser uma vespa-do-mar.

— Uma o quê?

— Uma vespa-do-mar — repetiu Birgitta. — São muito comuns na Austrália. O veneno delas é pior que o de uma água-viva comum...

— Vespa-do-mar?

Harry ouviu uma voz familiar às suas costas. Ele se virou. Era Toowoomba.

— Como vai? — cumprimentou Harry, e explicou que o cabelo de Birgitta soprando em seu rosto havia trazido à tona a comparação.

— Bem, se fosse uma vespa-do-mar, teria deixado vergões vermelhos em seu rosto, e você estaria gritando como um homem que levou vinte chibatadas — explicou Toowoomba. — E em poucos segundos desmaiaria, o veneno paralisaria seu sistema respiratório, você teria dificuldade de respirar e, se não fosse socorrido imediatamente, teria uma morte extremamente dolorosa.

Harry ergueu as mãos espalmadas em um gesto defensivo.

— Obrigado, já houve mortes o bastante por hoje.

Toowoomba assentiu. Ele estava de smoking preto de seda e gravata-borboleta e notou o olhar de Harry.

— É o mais próximo que eu tenho de um terno. Aliás, herdei dele. — Toowoomba fez um gesto de cabeça para o túmulo. — Não recentemente, mas há muitos anos. Andrew disse que tinha ficado pequeno. Conversa fiada, é claro. Ele não queria admitir, mas eu sabia que tinha comprado para usar no banquete após a final do campeonato australiano. Provavelmente esperava que a roupa experimentasse comigo o que nunca experimentou com ele.

Os três caminhavam pela rua de cascalho; carros passavam devagar.

— Posso fazer uma pergunta pessoal, Toowoomba? — Quis saber Harry.

— Acho que sim.

— Para onde você acha que Andrew foi?

— Como assim?

— Você acha que a alma dele vai lá para cima ou lá para baixo?

Toowoomba adotou uma expressão séria.

— Sou um homem simples, Harry. Não sei muito sobre esse tipo de coisa e não sei muito sobre almas. Mas sei algumas coisas a respeito de Andrew Kensington. Se existe alguém lá em cima, e se esse alguém quiser boas almas, é para lá que Andrew vai. — Ele sorriu. — Mas, se existe algo lá embaixo, acho que é onde Andrew preferiria estar. Ele odiava lugares chatos.

Eles riram baixo.

— Mas, já que é uma pergunta pessoal, Harry, darei uma resposta pessoal. Acho que os antepassados de Andrew e os meus tinham razão. Eles tinham uma visão sóbria da morte. Por outro lado, é verdade que muitas tribos acreditavam na vida após a morte, algumas em reencarnação, que a alma vaga de ser humano em ser humano, e outras que as almas podem voltar como fantasmas. Certas tribos acreditavam que as almas dos mortos podiam ser vistas no firmamento como estrelas. E por aí vai. Mas o ponto em comum é que os seres humanos, mais cedo ou mais tarde, depois de todos esses estágios, tinham uma morte propriamente dita, final, definitiva. Ponto. Você se torna um monte de pedras, e é isso. Não sei por que, mas gosto da ideia. Essas perspectivas de eternidade são cansativas demais, você não acha?

— Eu acho que Andrew deixou bem mais do que um smoking para você — disse Harry.

Toowoomba riu.

— É assim tão evidente?

— Falou igual ao seu mestre. O cara devia ter sido padre.

Eles pararam ao lado de um carro pequeno e empoeirado, que obviamente era de Toowoomba.

— Escute, talvez eu precise de alguém que conhecia Andrew — disse Harry, reagindo a uma intuição. — Que sabia como ele pensava. Por que fez o que fez. — Ele se empertigou, e os olhos dos dois se encontraram. — Acho que alguém matou Andrew.

— Que bobagem! — explodiu Toowoomba. — Você não acha, você *sabe*! Todos que conheciam Andrew sabem que ele nunca deixaria uma festa por vontade própria. Para ele, a vida era a maior festa que existia. Não conheço ninguém que amasse mais a vida do que ele. Independentemente do que ela o fez sofrer. Ele teve muitas oportunidades e motivos para dar o fora, se quisesse.

— Então nós concordamos — disse Harry.

— Você consegue falar comigo nesse número — disse Toowoomba, rabiscando numa caixa de fósforos. — É um celular.

Toowoomba seguiu seu caminho no velho Holden branco. Birgitta e Harry ficaram ali por um instante, olhando, até Harry sugerir que eles pegassem uma carona para o centro com um dos colegas da polícia. Mas parecia que a maioria já tinha ido embora. Então um magnífico Buick antigo estacionou na frente deles, o motorista abriu a janela e colocou para fora um rosto vermelho com um nariz impressionante. Parecia uma batata formada por vários tubérculos, que cresceram muito e se tornaram um só. Estava ainda mais vermelho que o restante do rosto, se é que isso era possível, com uma profusa rede de veias finas.

— Estão indo para a cidade, pessoal? — perguntou o nariz e pediu que entrassem no carro. — Meu nome é Jim Connolly. Esta é minha esposa, Claudia — disse ele depois que os dois se acomodaram no espaçoso banco de trás.

Um pequeno rosto moreno com um sorriso radiante se voltou para eles do banco da frente. Ela parecia ter origem indígena, e era tão pequena que mal conseguiam vê-la acima do encosto do banco.

Jim observou Harry e Birgitta pelo retrovisor.

— Amigos de Andrew? Colegas de trabalho?

Ele dirigia a banheira com cuidado pela estrada de cascalho, e Harry explicou como haviam conhecido Andrew.

— Certo, então você é da Noruega e você é da Suécia. Estão bem longe de casa, não é? Bem, aqui quase todo mundo vem de algum lugar distante. Vejam Claudia, por exemplo: ela é da Venezuela, de onde vêm todas aquelas Misses Universo, sabem? Quantos títulos vocês têm, Claudia? Incluindo o seu. Rá, rá. — Ele riu tanto que os olhos desapareceram embaixo de suas linhas de expressão, e Claudia se juntou ao coro. — Eu sou australiano — continuou Jim. — Meu tataravô veio da Irlanda. Era assassino e ladrão. Rá, rá, rá. Algum tempo atrás, as pessoas não gostavam de admitir que eram descendentes de prisioneiros, apesar de isso ter sido há quase duzentos anos. Mas eu sempre tive orgulho disso. Foram eles, mais um punhado de marinheiros e soldados, que fundaram este país. E é um belo país. Nós o chamamos de país da sorte. É, é, as coisas mudam. Agora fiquei sabendo que é "descolado" ser descendente deles. Rá, rá, rá. Que coisa horrível o que aconteceu com Andrew, não é verdade?

Jim era uma metralhadora verbal, e Harry e Birgitta não conseguiram contribuir muito com a conversa antes que o homem voltasse a tagarelar. E, quanto mais rápido falava, mais devagar dirigia. Como David Bowie no velho toca-fitas de Harry. Há alguns anos, ele tinha ganhado um gravador a pilha do pai e, quanto mais aumentava o volume, mais lenta ficava a fita.

— Andrew e eu lutamos boxe juntos na equipe de Jim Chivers. Sabiam que ele nunca quebrou o nariz? Não, senhor, ninguém jamais tirou sua virtude pugilística. Eles têm nariz de batata, esses aborígines, talvez por isso ninguém tenha pensado no assunto. Mas Andrew era forte e saudável. Tinha um nariz saudável e um coração saudável. Bem, tão saudável quanto um coração pode ser quando se é raptado pelas autoridades logo depois do nascimento. E o coração dele também sofreu um grande baque depois da confusão durante o campeonato australiano em Melbourne. Acho que vocês ouviram falar disso, não? Ele perdeu muita coisa.

Agora iam a menos de quarenta por hora.

— O campeão, Campbell... Bem, a garota dele estava caidinha por Andrew, de quatro, mas provavelmente ela sempre foi tão linda que nunca havia experimentado uma rejeição até então. Caso contrário, tudo teria sido muito diferente. Quando ela bateu à porta do quarto de Andrew no hotel naquela noite e ele educadamente pediu que fosse embora, ela não conseguiu suportar; foi direto até o namorado e disse que Andrew a havia agarrado à força. Ligaram para o quarto dele e pediram que fosse até a cozinha. Ainda correm alguns boatos sobre a briga. A vida de Andrew tomou outro rumo depois daquilo. Mas nunca acertaram o nariz dele. Rá, rá, rá. Vocês são um casal?

— Não exatamente — Harry conseguiu dizer.

— Não é o que parece — retrucou Jim, olhando-os pelo retrovisor. — Talvez vocês ainda não saibam, mas, apesar de parecerem um pouco abatidos hoje pela gravidade das circunstâncias, há um brilho aí. Corrijam-me se eu estiver enganado, mas vocês parecem Claudia e eu quando éramos jovens e apaixonados, como nos primeiros vinte ou trinta anos. Agora, somos só apaixonados. Rá, rá, rá.

Claudia olhou para o marido com olhos cintilantes.

— Conheci Claudia em uma dessas feiras que acontecem pelo país. Ela se apresentava como contorcionista. Até hoje ainda consegue se dobrar como um envelope. Não sei o que estou fazendo com esse Buick enorme. Rá, rá, rá. Eu a cortejei todos os dias por mais de um ano antes que ela se dignasse a permitir que eu a beijasse. E depois disse que se apaixonou por mim à primeira vista. Isso foi sensacional, se considerarmos que esse meu nariz já levou muita pancada. Mas ela se fez de difícil por um ano inteiro, um ano longo, terrível. As mulheres às vezes me deixam apavorado. O que você me diz, Harry?

— Bem, entendo o que você quer dizer.

Ele olhou para Birgitta, que deu um sorriso acanhado.

Depois de demorarem quarenta e cinco minutos para percorrerem uma distância que normalmente levaria vinte minutos, estacionaram em frente à prefeitura, onde Harry e Birgitta agradeceram pela carona e saíram do carro. O vento também havia se tornado mais forte na cidade, e eles ficaram parados em meio às rajadas, obviamente sem saber o que dizer.

— Que casal estranho — disse Harry.

— É mesmo — concordou Birgitta. — Eles são felizes.

O vento rodopiou e fez uma árvore balançar no parque. Harry pensou ver um vulto com cabelos esvoaçantes sair correndo em busca de abrigo.

— O que fazemos agora? — perguntou ele.

— Você vem para casa comigo.

— Ok.

45

Acerto de contas

Birgitta enfiou um cigarro entre os lábios de Harry e o acendeu.
— Muito merecido — disse.
Harry refletiu por um instante. Não se sentia nada mal. Puxou o lençol para se cobrir.
— Você está envergonhado? — Birgitta riu.
— Só não gosto dos seus olhos cheios de luxúria em mim. Você pode não acreditar, mas, na verdade, eu não sou uma máquina.
— Sério? — Birgitta mordeu o lábio inferior de Harry. — Você quase me enganou. Esse seu pistão é...
— Certo, certo. Você precisa ser tão vulgar agora que a vida está tão perfeita, querida?
Ela se aconchegou em Harry, apoiou a cabeça em seu peito.
— Você prometeu me contar outra história — sussurrou.
— Verdade. — Harry respirou fundo. — Vejamos. Então foi assim que tudo começou. Eu estava na oitava série, e uma garota nova entrou na sala ao lado. O nome dela era Kristin, e foram necessárias apenas três semanas para que ela e o meu melhor amigo, Terje, que tinha os dentes mais brancos da escola e tocava guitarra numa banda, se tornassem oficialmente namorados. O problema é que eu tinha esperado a vida toda por uma garota como ela. — Ele fez uma pausa.
— Então o que você fez?
— Nada. Esperei. Nesse meio-tempo, eu me tornei amigo de Kristin. Ela sentia que podia conversar comigo sobre absolutamente tudo. Ela desabafava comigo quando as coisas com Terje não iam bem, sem perceber que o amigo, na verdade, ficava feliz, esperando o momento de atacar. — Ele sorriu. — Meu Deus, eu era péssimo.

— Estou chocada — murmurou Birgitta, acariciando os cabelos dele.

— Um amigo convidou a nossa turma para ir à fazenda dos avós dele no mesmo fim de semana que a banda de Terje tinha um show. Bebemos vinho caseiro, e Kristin e eu passamos boa parte da noite conversando no sofá. Depois de algum tempo, decidimos explorar a casa e subimos até o sótão. Havia uma porta trancada, mas Kristin encontrou a chave pendurada num gancho e a abriu. Deitamos lado a lado sobre o edredom em uma cama de dossel mínima. Nas dobras do tecido havia uma camada de algo preto, e eu dei um pulo quando vi que eram moscas mortas. Devia haver milhares. Eu me deparei com o rosto dela perto do meu, cercado de moscas mortas no travesseiro branco, banhado pela luz azulada da lua, grande e redonda do outro lado da janela, fazendo a pele dela parecer transparente.

— Bah! — disse Birgitta, erguendo a cabeça. Os olhos de Harry se demoraram nos dela.

— Falamos de tudo e nada. Ficamos deitados, imóveis, escutando o silêncio. De madrugada, um carro passou pela estrada, e a luz dos faróis percorreu o telhado, projetando no quarto todo tipo de sombras estranhas. Kristin terminou com Terje dois dias depois.

Harry virou, ficando de costas para Birgitta. Ela se aninhou a ele.

— O que aconteceu depois, Casanova?

— Kristin e eu começamos a nos encontrar em segredo. Até não ser mais segredo.

— Como Terje encarou a situação?

— Bem. Às vezes, as pessoas reagem de forma padrão. Terje disse aos amigos que escolhessem: ele ou eu. Acho que foi uma vitória esmagadora. A favor do cara com os dentes mais brancos da escola.

— Deve ter sido horrível. Você se sentiu sozinho?

— Não sei o que foi pior. Ou de quem eu tinha mais pena. De Terje ou de mim mesmo.

— Pelo menos você e Kristin tinham um ao outro.

— Verdade, mas parte da magia havia acabado. A garota ideal não existia mais, entende?

— Como assim?

— Eu estava com uma garota que tinha trocado um cara pelo melhor amigo dele.

— E, para ela, você era o cara que não teve escrúpulo nenhum e usou o melhor amigo para se aproximar.

— Exatamente. E isso sempre estaria entre nós. Superficialmente, talvez, mas mesmo assim sempre haveria o desprezo mútuo, velado. Como se fôssemos cúmplices em um assassinato ultrajante.

— Então vocês precisaram se contentar com um relacionamento que não era perfeito. Bem-vindo à realidade!

— Não me entenda mal. Acho que nossos pecados acabaram nos unindo. Acho que nos amamos de verdade por algum tempo. Alguns dias eram... perfeitos. Como gotas de água. Como uma bela pintura.

Birgitta riu.

— Gosto quando você fala, Harry. Seus olhos parecem se iluminar quando diz coisas assim. Como se voltasse no tempo. Você sente vontade de voltar?

— Para Kristin? — Harry pensou. — Talvez sinta vontade de voltar ao tempo em que estávamos juntos, mas para Kristin? As pessoas mudam. Aquela pessoa de quem sentimos saudade pode não existir mais. Que diabos, todos nós mudamos, não mudamos? Depois que vivemos aquele instante, é tarde demais, você não pode ter de volta a sensação de vivenciar a mesma coisa pela primeira vez. É triste, mas a vida é assim.

— Como amar pela primeira vez? — perguntou Birgitta em voz baixa.

— Como amar... pela primeira vez — disse Harry, acariciando o rosto dela. Então respirou fundo outra vez. — Preciso pedir uma coisa a você, Birgitta. Um favor.

A música era ensurdecedora, e Harry precisava se curvar para ouvir o que ele dizia. Teddy se derramava em elogios à sua nova estrela em ascensão, Melissa, que tinha 19 anos e, naquele exato momento, botava fogo na casa, o que não era um exagero, Harry precisava admitir.

— Boca a boca. É isso que faz as coisas acontecerem, entende? — disse Teddy. — Você pode divulgar o quanto quiser, mas, no fim, existe apenas uma coisa que vende: o boca a boca.

E o boca a boca obviamente tinha sido bem-sucedido, porque, pela primeira vez em um bom tempo, a casa estava quase lotada. Ao fim do número de caubói de Melissa, os homens aplaudiram de pé, e até mesmo a minoria feminina bateu palmas educadamente.

— Veja — continuou Teddy. — Isso não é porque ela apresentou um número novo, isso é striptease clássico. Uma dúzia de garotas já fez o mesmo número aqui sem ninguém prestar atenção. O motivo para hoje ser diferente é inocência e emoção.

Por experiência própria, no entanto, Teddy sabia que tais ondas de popularidade infelizmente eram uma fase passageira. Por um lado, o público sempre estava à procura de algo novo; por outro, esse ramo tem a terrível tendência de consumir as próprias crias.

— Bom striptease requer entusiasmo, entende? — berrou Teddy acima da batida disco. — Poucas garotas conseguem manter o entusiasmo, por mais que se esforcem. Quatro shows todo santo dia, porra. Você perde o interesse e esquece a plateia. Já vi acontecer muitas vezes. Não importa o quanto você é popular, um olho treinado consegue ver quando uma estrela está se apagando.

— Como?

— Bem, elas são dançarinas, não são? Precisam ouvir a música, entrar no clima, sabe? Quando estão "nervosas" e um pouco fora do ritmo, não é porque estão entusiasmadas demais. Muito pelo contrário, é um sinal de que estão de saco cheio e querem acabar aquilo o quanto antes. E, inconscientemente, elas ficam mais contidas em seus movimentos, deixando-os mais sugestivos que completos. É a mesma coisa com um cara que contou a mesma piada muitas vezes; ele passa a omitir os detalhes pequenos mas vitais que fazem você rir. Não há muito o que fazer sobre esse tipo de coisa; a linguagem corporal não mente, e a plateia vê isso, sabe? As garotas têm consciência do problema e, para apimentar o show, para melhorar a situação, tomam uns tragos antes de subirem ao palco. Às vezes bebem mais do que deveriam. E então... — Teddy levou um dedo a uma narina e aspirou.

Harry assentiu. Conhecia aquela história.

— Elas descobrem o pó, que, ao contrário do álcool, dá uma energizada, e, segundo ouvem dizer, ajuda a controlar o peso. Logo passam a cheirar mais para ter o barato que precisam para dar seu melhor toda noite. Logo não conseguem subir ao palco sem ele. E logo os efeitos ficam visíveis, e elas percebem que estão perdendo a concentração e passam a odiar a plateia bêbada e seus gritos e assobios. E então, uma noite, abandonam o palco pisando forte. Furiosas e às lágrimas. Discutem com o gerente, tiram um fim de semana de folga e depois voltam. Mas não conseguem mais *sentir* a atmosfera, não conseguem sentir aquela chama interior que as ajudou a encontrar o tempo certo das coisas. O público, insatisfeito, vai embora, e, no fim, é hora de ir para as ruas e seguir em frente.

Sim, Teddy sabia bem do que estava falando. Mas tudo aquilo estava no futuro. Agora, era hora de tirar o leite de sua vaca, que naquele exato momento estava no palco com os olhos bem abertos e as tetas estourando de tão cheias. Provavelmente era uma vaca muito feliz.

— Você não acreditaria se eu dissesse quem vem até aqui conferir esses novos talentos. — Teddy riu, afastando uma poeirinha imaginária da lapela. — Alguns deles são seus colegas de profissão, se é que posso dizer dessa forma. E não são peixes pequenos.

— Um pouco de striptease não faz mal a ninguém, faz?

— Beeem — disse Teddy lentamente. — Não sei. Contanto que paguem suas dívidas depois, acho que um tira-gosto de vez em quando não faz mal não.

— O que você quer dizer com isso?

— Nada de mais. Mas chega dessa conversa. O que traz você a essas bandas, detetive?

— Duas coisas. A garota encontrada no Centennial Park acabou sendo menos ingênua do que sugeriam as primeiras impressões. Os exames de sangue mostraram que estava cheia de anfetaminas, e uma investigação mais atenta nos trouxe até aqui. Na verdade, descobrimos que ela esteve naquele palco na noite em que desapareceu.

— Barbara, sim. Trágico, não foi? — Teddy fez o seu melhor para assumir uma expressão de tristeza. — Não era grande coisa como stripper, mas uma garota excepcional. Vocês descobriram alguma coisa?

— Esperávamos que você pudesse nos ajudar, Mongabi.

Nervoso, Teddy passou a mão pelo cabelo penteado para trás.

— Sinto muito, detetive. Ela não era da minha equipe. Fale com Sammy. Ele vai chegar mais tarde.

Um par de peitos enormes cobertos de cetim interpôs-se entre eles por um momento, e, quando foi embora, havia uma bebida colorida na mesa, diante de Harry.

— Você disse que veio aqui por duas coisas, detetive. Qual é a segunda?

— Ah, sim. Um assunto puramente particular, Mongabi. Queria saber se você já viu meu amigo ali antes?

Harry apontou para o bar. Um negro alto de smoking acenou para eles. Teddy fez que não.

— Tem certeza absoluta, Mongabi? Ele é bem conhecido. Logo, logo será o campeão australiano de boxe.

Houve uma pausa. Os olhos de Teddy Mongabi ficaram inquietos.

— O que você gostaria de...

— Peso-pesado, nem precisa dizer. — Harry encontrou um canudo entre os guarda-chuvas e as rodelas de limão do copo de suco e bebeu.

Teddy forçou um sorriso.

— Escute, detetive, estou enganado ou nós estávamos tendo uma conversa agradável?

— É verdade, estávamos. Mas nem tudo na vida é agradável, é? A conversa agradável acabou.

— Veja bem, detetive Holy, eu também não gostei nada do que aconteceu outro dia. Sinto muito por aquilo. Mas você também devia assumir a sua parcela de culpa, entende? Quando entrou aqui hoje e se sentou, acreditei que havíamos deixado tudo aquilo para trás. Acho que nós concordamos em diversos pontos. Você e eu, nós falamos a mesma língua, detetive.

Houve um segundo de silêncio quando a música disco subitamente parou. Teddy hesitou. Foi possível ouvir o alto som de sucção quando o que restava do suco de fruta desapareceu canudo acima.

Teddy engoliu em seco.

— Por exemplo, eu sei que Melissa não tem nenhum plano especial para o resto da noite. — Ele lançou um olhar suplicante para Harry.

— Obrigado, Mongabi, agradeço a intenção. Mas simplesmente não tenho tempo agora. Preciso resolver esse assunto, então vou embora.

Ele tirou um cassetete preto da polícia de dentro da jaqueta.

— Estamos tão ocupados que eu nem sei se tenho tempo de matar você como se deve — disse Harry.

— Que diabos...?

Harry se levantou.

— Espero que Geoff e Ivan estejam de serviço hoje à noite. Meu amigo está *muito* ansioso para conhecê-los, entende?

Teddy ficou de pé com esforço.

— Feche os olhos — ordenou Harry, e o golpeou.

46

Isca

— Hã? — Alô, é Evans quem está falando?
— Talvez. Quem é?
— Oi, é Birgitta, amiga de Inger. Nós nos cruzamos no Albury algumas vezes. Tenho cabelo comprido, loiro, um pouco ruivo. Você se lembra de mim?
— Claro que me lembro de você. Tudo bem? Como você conseguiu meu número?
— Tudo bem. Mais ou menos. Você sabe. Um pouco deprimida por causa de Inger e tudo o mais, mas não vou incomodar você com isso. Peguei seu número com Inger, para o caso de precisarmos nos falar quando ela estava em Nimbin.
— Entendi.
...
— Então, eu sei que você tem algo de que eu preciso, Evans.
— Hã?
— Uma parada.
— Entendo. Odeio desapontá-la, mas duvido que eu tenha o que você está procurando. Escute... hã... Birgitta...
— Você não está entendendo, eu *preciso* encontrar você!
— Calma aí. Há centenas de outros fornecedores para o que você precisa, e esta não é uma linha segura, então sugiro que você não diga nada que não deveria. Sinto muito não poder ajudar.
— O que eu preciso começa com "m", não "h". E você é a única pessoa que tem.
— Que bobagem.

— Ok, pode haver alguns poucos fornecedores, mas eu não confio em nenhum deles. Vou comprar para várias pessoas. Preciso de muito e pago bem.

— Estou meio ocupado, Birgitta. Não ligue para cá outra vez, por favor.

— Espere! Eu posso... Eu sei de algumas coisas. Sei do que você gosta.

— Gosto?

— Do que você... gosta de verdade. Qual a sua tara.

...

...

— Desculpe, precisei pedir uma pessoa que saísse da sala. Isso é um verdadeiro pé no saco. Enfim. Do que você acha que eu gosto, Birgitta?

— Não posso dizer ao telefone, mas... mas tenho cabelo loiro e... e também gosto.

— Caramba. Amigas! Vocês não cansam de me surpreender. Achei que Inger ficaria de boca fechada sobre esse tipo de coisa.

— Quando posso encontrá-lo, Evans? É urgente.

...

— Estarei em Sydney depois de amanhã, mas talvez eu possa pegar outro voo antes...

— Sim!

— Humm.

— Quando nós podemos...

— Shh, Birgitta, eu estou pensando.

...

— Ok, escute. Vá até a Darlinghurst Road amanhã às oito da noite. Pare no Hungry Jack's, à esquerda. Procure um Holden preto com vidros fumê. Se o carro não estiver lá até as oito e meia, você pode ir embora. E certifique-se de que eu possa ver o seu cabelo.

47

Dados

— A última vez? Bem, Kristin me ligou do nada uma noite. Estava um pouco bêbada, acho. Me deu um sermão por alguma coisa, não lembro o quê. Por destruir a vida dela, provavelmente. Kristin tinha a tendência de achar que as pessoas à sua volta estavam sempre destruindo o que ela planejava com tanto cuidado.

— É sempre assim com garotas que passaram tempo demais sozinhas brincando de boneca, eu acho.

— Talvez. Mas, como eu disse, não lembro. Naquela época, eu quase nunca estava sóbrio.

Harry apoiou os cotovelos na areia e ficou admirando o mar. As ondas subiam, as cristas ficavam brancas, e a espuma pairava no ar por um segundo antes de cair, reluzindo ao sol como vidro triturado antes de bater nos rochedos da praia de Bondi.

— Mas eu a vi mais uma vez. Ela me visitou no hospital depois do acidente. A princípio, quando abri os olhos, pensei que estivesse sonhando ao vê-la ao lado da minha cama, pálida, quase transparente. Estava tão linda quanto na primeira vez que a vi.

Birgitta o beliscou no quadril.

— Estou indo longe demais?

— De jeito nenhum, continue.

Ela estava deitada de bruços, dando risadinhas.

— Como assim? Você devia sentir um pouco de ciúme quando eu falo de uma antiga paixão. Mas, quanto mais entro nos detalhes do meu passado romântico, mais você parece gostar.

Birgitta olhou para ele por cima dos óculos escuros.

— Gosto de saber que o meu policial machão teve uma vida emocional. Apesar de ter sido há algum tempo.

— Há algum tempo? Como você chamaria isso aqui então?

Ela riu.

— Isso aqui é um romance de verão maduro e consciente, que não é tão intenso mas tem sexo o bastante para valer o esforço.

— Isso não é verdade, Birgitta, e você sabe.

— Sim, é, mas tudo bem, Harry. Está ótimo *por enquanto*. Continue a história. Se os detalhes ficarem íntimos demais, eu digo. De qualquer forma, vou me vingar quando falar do meu ex-namorado. — Birgitta fez uma dancinha na areia com uma expressão satisfeita. — Dos ex-namorados, quero dizer.

Harry espanou a areia das costas brancas dela.

— Você tem certeza de que não vai ter uma insolação? Com esse sol e a sua pele...

— Foi você que passou protetor solar em mim, *herr* Hole!

— Só estou me perguntando se o fator é alto o suficiente para proteger sua pele. Ok, esqueça. Só não quero que você se queime demais.

Harry olhou para a pele sensível de Birgitta. Quando havia pedido o favor, ela dissera que sim de pronto, sem qualquer hesitação.

— Relaxe, papai, e conte a história.

O ventilador não estava funcionando.

— Que merda, essa porcaria é novinha em folha! — exclamou Watkins, dando uma pancada no aparelho e apertando repetidamente o botão de ligar e desligar. Em vão. Não passava de um trambolho de alumínio silencioso e circuitos elétricos mortos.

McCormack gemeu.

— Esqueça, Larry. Peça um novo a Laura. Hoje é o Dia D, e temos coisas mais importantes para resolver. Larry?

Irritado, Watkins deixou o ventilador de lado.

— Está tudo pronto, senhor. Teremos três carros na área. A Srta. Enquist estará equipada com um radiotransmissor para acompanharmos sua localização a qualquer momento, além de uma escuta, para ouvirmos e avaliarmos a situação. O plano é que ela o leve para o apartamento dela, onde Holy, Lebie e eu estaremos posicionados no armário do quarto, na sacada e no hall, respectivamente. Se algo acontecer no carro ou eles forem para algum outro lugar, os três carros os seguirão.

— Tática?

Yong ajeitou os óculos.

— O trabalho dela é fazer com que ele diga algo sobre os assassinatos, senhor. Ela o pressionará dizendo que irá procurar a polícia e contar o que Inger Holter falou sobre os hábitos sexuais dele. Se ele tiver certeza de que ela não tem como escapar, pode abrir o jogo.

— Quanto tempo precisamos esperar antes de entrarmos em ação?

— Até gravarmos provas suficientes. Na pior das hipóteses, até que ele bote as mãos na Srta. Enquist.

— Riscos?

— Eles existem, é claro, mas estrangular uma pessoa não é um processo rápido. Estaremos a segundos de distância da Srta. Enquist em todas as etapas.

— E se ele estiver armado?

Yong deu de ombros.

— Pelo que sabemos, esse seria um comportamento atípico, senhor.

McCormack se levantou e começou a andar de um lado para o outro na pequena sala. Harry se lembrou de um velho leopardo que vira no zoológico quando menino. A jaula era tão pequena que o animal mal cabia nela, ele nem sequer conseguia se esticar. De um lado para o outro, de um lado para o outro.

— E se ele quiser sexo antes de qualquer coisa?

— Ela se recusará. Dirá que mudou de ideia, que apenas disse aquilo para persuadi-lo a vender um pouco de morfina.

— E depois deixamos ele ir?

— Não vamos fazer alarde, a não ser que tenhamos certeza de que podemos pegá-lo, senhor.

McCormack comprimiu os lábios.

— Por que ela está fazendo isso?

Silêncio.

— Porque não gosta de estupradores e assassinos — respondeu Harry após uma longa pausa.

— Fora isso.

Houve um silêncio ainda mais longo.

— Porque eu pedi — disse Harry algum tempo depois.

— Posso incomodar você, Yong?

Yong Sue desviou os olhos do seu computador e sorriu.

— Claro, meu amigo.

Harry desabou em uma cadeira. O ocupado policial continuou a digitar, mantendo um olho na tela e outro nele.

— Seria bom se isso ficasse entre nós, Yong, mas eu não tenho mais certeza.

Yong parou de digitar.

— Não acho que Evans White seja o nosso homem — prosseguiu Harry.

Yong parecia perplexo.

— Por quê?

— É um pouco difícil de explicar, mas não consigo tirar algumas coisas da cabeça. Andrew tentou me dizer algo no hospital. E antes também.

Harry se calou. Yong gesticulou, pedindo que continuasse.

— Ele tentou me dizer que a solução estava mais próxima do que eu pensava. Acho que o criminoso é alguém que Andrew, por algum motivo, não podia prender. Precisava de alguém de fora. Como eu, um norueguês que dá as caras e logo precisa pegar o próximo voo de volta para casa. Foi isso que pensei quando achei que Otto Rechtnagel era o assassino; por ele ser um amigo próximo, Andrew queria que outra pessoa o prendesse. Mas, para mim, lá no fundo, algo não se encaixava. Agora percebo que não era ele que Andrew queria que eu pegasse, era outra pessoa.

Yong pigarreou.

— Não mencionei isso antes, Harry, mas fiquei surpreso quando Andrew veio com a história da testemunha que viu Evans White em Nimbin no dia do assassinato de Inger Holter. Pensando bem, me ocorreu que Andrew poderia ter outro motivo para tirar o foco de Evans White: o cara o tinha nas mãos. Evans White sabia que Andrew usava heroína e podia fazer com que fosse expulso da polícia e preso. Não gosto dessa ideia, mas você já considerou a possibilidade de Andrew e White terem feito um acordo? E, segundo esse acordo, Andrew nos manteria a uma distância segura de White?

— Isso está começando a ficar complicado, Yong, mas... bem, sim, eu considerei essa possibilidade. E a rejeitei. Não se esqueça de que foi Andrew quem nos ajudou a identificar Evans White na fotografia.

— Humm. — Yong coçou a nuca com um lápis. — Poderíamos ter feito isso sem ele, mas levaria mais tempo. Você sabe quais são as chances de o parceiro da vítima ser o assassino? Cinquenta e oito por cento. Andrew sabia que investiríamos recursos consideráveis para encontrar o amante secreto de Inger Holter depois que você traduzisse a carta. Então, se realmente queria proteger White, não teria por que não ajudar. Para manter as aparências. Você achou incrível, por exemplo, que ele conseguisse identificar imediatamente um lugar em que esteve apenas uma vez, chapado e há centenas de anos, não achou?

— Você pode estar certo, Yong. Não sei. De qualquer forma, acho que não faz muito sentido plantar dúvidas agora que os rapazes sabem o que fazer. Afinal, White pode ser o nosso homem, de qualquer forma. Mas, se eu realmente acreditasse nisso, nunca teria pedido a Birgitta que participasse.

— Então quem você acha que é o nosso homem?

— Quem eu acho que é *dessa* vez, você quer dizer?

Yong sorriu.

— Algo assim.

Harry coçou o queixo.

— Já soei o alarme duas vezes, Yong. Não foi na terceira vez que o menino gritou "lobo" que deixaram de acreditar nele? Por isso, preciso ter cem por cento de certeza agora.

— Por que você veio até mim, Harry? Por que não um dos chefes?

— Porque você pode fazer algumas coisas para mim, umas sondagens discretas, e descobrir alguns dados de que preciso sem que ninguém mais no prédio fique sabendo.

— Ninguém mais deve saber?

— Eu sei que soa arriscado. E sei que você tem muito a perder, mas você é a única pessoa que pode me ajudar, Yong. O que me diz?

Yong encarou Harry por um tempo.

— Isso vai nos ajudar a encontrar o assassino, Harry?

— Espero que sim.

48

O plano

— Bravo, responda.
O rádio chiou.
— O rádio está funcionando — disse Lebie. — Como estão as coisas por aí?
— Bem — respondeu Harry.
Ele estava sentado na cama arrumada e olhava para a fotografia de Birgitta no criado-mudo. Era uma foto da crisma. Ela parecia jovem, séria e estranha, o cabelo cacheado e nada de sardas, pois a imagem estava superexposta. Ela não era bonita. Birgitta tinha dito uma vez que deixava a fotografia ali como incentivo para os dias ruins, uma prova de que havia feito progressos, apesar de tudo.
— Qual é o cronograma? — perguntou Lebie.
— Ela sai do trabalho daqui a quinze minutos. Estão no Albury ajustando a escuta e o radiotransmissor agora mesmo.
— E vão levá-la de carro até Darlinghurst Road?
— Negativo. Não sabemos em que ponto White está. Ele pode vê-la descendo de um carro e ficar desconfiado. Ela vai caminhar do Albury até lá.
Watkins entrou, vindo do hall.
— Ótimo. Posso ficar logo depois da esquina sem que me vejam e segui-los. Teremos contato visual com ela o tempo todo, Holy. Onde você está, Holy?
— Aqui, senhor. Estou ouvindo. Bom saber disso, senhor.
— Lebie?
— Estou aqui, senhor. Todos em posição. Aguardando.

* * *

Harry havia pensado e repensado tudo. Tinha analisado a situação de todas as perspectivas. Discutira consigo mesmo, avaliara cada possibilidade e no fim decidira que não importava se ela interpretaria o gesto como um clichê barato, uma atitude infantil ou uma saída fácil. Ele desembalou a rosa que tinha comprado e a colocou no copo com água ao lado da fotografa no criado-mudo.

Ele hesitou. Será que isso a distrairia? Será que Evans White começaria a fazer perguntas se visse a rosa ao lado da cama? Ele passou o indicador sobre um dos espinhos. Não. Birgitta reconheceria o incentivo; a visão da rosa a fortaleceria.

Ele conferiu o relógio. Eram oito da noite.

— Ei, vamos acabar logo com isso! — gritou na direção da sala de estar.

49

Um passeio no parque

Algo estava errado. Harry não conseguia escutar o que diziam, mas ouvia os chiados do rádio que vinham da sala. E eram muitos. Todos sabiam previamente o que fazer, então, se tudo corresse de acordo com o plano, não seria preciso falar tanto no rádio.

— Porra, porra, porra — disse Watkins. Lebie tirou os fones de ouvido e se voltou para Harry.

— Ela não apareceu — disse.

— O quê?

— Saiu do Albury exatamente às oito e quinze. A caminhada até King's Cross não deveria levar mais de dez minutos. E já temos vinte e cinco minutos.

— Achei que você tinha dito que ela estaria sob vigilância o tempo todo!

— A partir do local do encontro, sim. Por que alguém...?

— E a escuta? Ela estava com uma escuta quando saiu, não estava?

— Eles perderam contato. Estava funcionando e, então, nada. Nem um pio.

— Nós temos um mapa? Que rota ela pegou? — Ele falava baixo e rápido.

Lebie tirou o guia de ruas de sua pasta e o entregou a Harry, que encontrou a página com Paddington e King's Cross.

— Que caminho ela deveria ter seguido? — perguntou Lebie no rádio.

— O mais simples. Desceria a Victoria Street.

— Aqui — disse Harry. — Ela viraria a esquina da Oxford Street e desceria a Victoria Street, passando pelo Hospital St. Vincent e o

Green Park à esquerda até o cruzamento. Depois subiria até o início da Darlinghurst Road e seguiria uns duzentos metros até o Hungry Jack's. Não poderia ser mais simples!

Watkins pegou o rádio.

— Smith, mande dois carros subirem a Victoria Street para encontrar a garota. Diga ao pessoal no Albury para ajudar. Um carro fica em frente ao Hungry Jack's, para o caso de ela aparecer. Sejam rápidos e não façam alarde. — Ele jogou o rádio de lado. — Porra, porra, porra! Que diabos está acontecendo? Será que ela foi atropelada? Roubada? Estuprada? Merda, merda, merda!

Lebie e Harry se entreolharam.

— Será que White poderia ter subido a Victoria Street e visto a Srta. Enquist, e aí ela entrou no carro? — sugeriu Lebie. — Ele já a viu antes, no Albury, e pode tê-la reconhecido.

— O radiotransmissor — lembrou Harry. — Ainda deve estar funcionando!

— Bravo, bravo, Watkins falando. Vocês estão recebendo o sinal do radiotransmissor? ... Sim? ... Na direção do Albury? Então ela não está longe. Rápido, rápido, rápido! Ótimo! Câmbio!

Os três homens ficaram em silêncio. Lebie encarou Harry.

— Pergunte se eles viram o carro de White — pediu Harry.

— Bravo, responda. Lebie falando. E quanto ao Holden preto? Alguém já viu o carro?

— Negativo.

Watkins levantou num pulo e passou a andar de um lado para o outro, praguejando entre os dentes. Harry estava agachado desde que tinha entrado na sala, e só naquele momento percebeu que os músculos da coxa tremiam.

O rádio chiou.

— Charlie, Bravo falando. Câmbio.

Lebie apertou o botão do viva voz.

— Charlie falando, Bravo. Prossiga.

— Stolz falando. Encontramos a bolsa com o radiotransmissor e a escuta no Green Park. A garota simplesmente evaporou.

— Na bolsa? — perguntou Harry. — Ela não devia estar com a escuta no corpo?

Watkins fez uma careta.

— Esqueci de dizer, mas discutimos o que aconteceria se ele a agarrasse... hã... se a abraçasse e, bem, você sabe. Desse o bote. A Srta. Enquist concordou que seria mais seguro levar o equipamento na bolsa.

Harry já vestia a jaqueta.

— Aonde você vai? — perguntou Lebie.

— Ele estava esperando por ela — respondeu Harry. — Talvez a tenha seguido desde o Albury. Ela nem sequer teve chance de gritar. Meu palpite é que usou um pano com éter. Do mesmo modo que fez com Otto Rechtnagel.

— No meio da rua? — perguntou Lebie num tom cético.

— Não. No parque. Estou indo agora. Tenho um conhecido por lá.

Joseph piscava sem parar. Estava incrivelmente bêbado.

— Acho que ficaram ali se agarrando, Harry.

— Você já disse a mesma coisa quatro vezes, Joseph. Como ele era? Para que direção eles foram? Ele tinha um carro?

— Mikke e eu comentamos, quando ele passou arrastando a moça, que ela estava ainda mais bêbada que a gente. Acho que Mikke ficou com inveja. Rá, rá. Diga oi para Mikke. Ele é da Finlândia.

Mikke estava deitado no outro banco, completamente apagado.

— Olhe para mim, Joseph. Olhe para mim! Preciso encontrá-la. Está entendendo? O cara provavelmente é um assassino.

— Estou tentando, Harry. Estou tentando de verdade. Merda, eu gostaria de poder ajudar.

Joseph estreitou os olhos e gemeu ao dar uma pancada na testa com a mão fechada.

— A luz é tão fraca no parque que eu não vi muita coisa. Acho que ele era bem grande.

— Gordo? Alto? Loiro? Moreno? Manco? Óculos? Barba? Chapéu?

Joseph revirou os olhos como resposta.

— Tem fumu, meu amigo? Me faz pensar melhor, sabe?

Mas nem todos os cigarros do mundo seriam capazes de soprar as brumas etílicas que anuviavam o cérebro de Joseph. Harry lhe deu o resto do maço e disse que perguntasse a Mikke se ele se lembrava de algo quando acordasse. Não que Harry achasse que ele se lembraria de grande coisa.

Eram duas da manhã quando Harry voltou ao apartamento de Birgitta. Lebie estava sentado ao lado do rádio e o observou com olhos solidários.

— Deu com os burros n'água, não? Nada feito?

Que burros? Harry não entendeu a expressão logo de cara, mas assentiu.

— Nada feito — disse, largando o corpo em uma cadeira.

— Como está o clima na sede da polícia? — perguntou Lebie.

Harry tateou os bolsos à procura de um cigarro, então lembrou que tinha dado o maço a Joseph.

— A um passo do caos. Watkins está quase enlouquecendo, e há viaturas rodando pela cidade como galinhas sem cabeça, com a sirene ligada. A única coisa que sabem a respeito de White é que ele saiu de Nimbin hoje cedo e pegou o voo das quatro da manhã para Sydney. Desde então, ninguém o viu.

Ele pegou um cigarro de Lebie, e os dois fumaram em silêncio.

— Vá para casa e durma algumas horas, Sergey. Vou passar a noite aqui para o caso de Birgitta aparecer. Deixe o rádio na escuta, para eu me manter informado.

— Eu posso dormir aqui, Harry.

Harry fez que não.

— Vá para casa. Eu ligo se acontecer alguma coisa.

Lebie cobriu a careca lustrosa com um boné dos Sydney Bears. Ele se deteve à porta.

— Nós a encontraremos, Harry. Eu sinto que a encontraremos. Então aguente firme, meu amigo.

Harry olhou para Lebie. Era difícil saber se ele realmente acreditava no que dizia.

Assim que ficou sozinho, Harry abriu a janela e olhou para os telhados. Tinha esfriado um pouco, mas o ar ainda estava morno e carregado dos cheiros de cidade, gente e comida de todos os cantos da Terra. Era uma das noites de verão mais bonitas do planeta, em uma das cidades mais bonitas do planeta. Harry olhou para o céu estrelado. Uma imensidão de pequenas luzes cintilantes que pareciam pulsar com vida própria se ele as contemplasse por algum tempo. Toda aquela beleza sem sentido.

Harry avaliou seus sentimentos. Não podia se dar ao luxo de deixá-los à mostra. Ainda não, agora não. Primeiro, os sentimentos bons. O rosto de Birgitta em suas mãos, seus olhos risonhos. Os sentimentos ruins. Esses eram mantidos a distância, mas nem tanto, para que Harry pudesse avaliar a força que tinham.

Sentia que estava em um submarino em um oceano muito profundo. O mar tentava entrar; ao seu redor, já começavam os rangidos e estalos. Só podia esperar que o casco aguentasse, que o treinamento de uma vida inteira para ter autocontrole finalmente mostrasse seu valor. Harry pensou nas almas que se tornavam estrelas quando suas carapaças terrenas morriam. Conseguiu se conter para não procurar uma estrela em especial.

50

O fator pavão

Depois do acidente, Harry havia se perguntado mais de uma vez se teria trocado seu destino se fosse possível. Se teria trocado de lugar com o homem que fez um poste de cerca se dobrar em Sørkedalsveien, que teve um enterro com honras policiais e pais enlutados, que teve sua fotografia pendurada no corredor da delegacia de Grønland e que com o tempo se tornaria uma lembrança vaga mas querida para colegas e parentes. Não teria sido uma alternativa tentadora à mentira que precisava viver, que de muitas formas era ainda mais humilhante que aceitar a culpa e a vergonha?

Mas Harry sabia que não teria trocado de lugar. Sentia-se feliz por estar vivo.

Todas as manhãs em que acordava desnorteado no hospital por causa dos remédios, com a mente vazia, era dominado pela sensação de que algo tinha dado terrivelmente errado. Quase sempre, demorava alguns segundos sonolentos até que a mente reagisse, dissesse quem ele era e onde estava e reconstruísse sua situação de forma aterrorizante, implacável. O pensamento seguinte era que estava vivo. Que ainda seguia em frente, que ainda não estava acabado.

Depois da alta, ele foi encaminhado para uma consulta com um psiquiatra.

— Na verdade, você chegou tarde demais — disse o psiquiatra. — É bem provável que seu subconsciente já tenha escolhido como lidar com o que aconteceu, então não podemos influenciar sua primeira decisão. Ele pode, por exemplo, ter optado por reprimir eventos. Se foi isso, podemos fazê-lo mudar de ideia.

Harry sabia apenas que seu subconsciente lhe dizia que era bom estar vivo, e não estava disposto a correr o risco de um psiquiatra fazê-lo mudar de ideia. Aquela foi a primeira e última vez que o viu.

Nos dias que se seguiram, ele também ensinou a si mesmo que era uma má estratégia tentar enfrentar todos os seus sentimentos de uma só vez. Em primeiro lugar, não tinha certeza do que sentia, ou pelo menos não tinha um panorama completo, então seria como desafiar um monstro que ele nunca tinha visto. Em segundo lugar, suas chances de vencer seriam maiores se transformasse a guerra em pequenas escaramuças, com as quais poderia formar impressões sobre o inimigo, descobrir suas fraquezas e, com o tempo, derrotá-lo. Era como colocar papel em uma fragmentadora. Se você coloca papel demais de uma vez, a máquina entra em colapso, tosse e morre engasgada. E é preciso recomeçar.

O amigo de um colega de trabalho, que Harry havia conhecido em um raro jantar de noivado, era psicólogo. Ele lhe dirigiu um olhar estranho quando Harry explicou seu método para lidar com suas emoções.

— Guerra? Fragmentadora? — O sujeito pareceu genuinamente preocupado.

Harry abriu os olhos. As primeiras luzes da manhã infiltravam-se pelas cortinas. Olhou para o relógio. Seis horas. O rádio chiou.

— Delta falando. Charlie, responda.

Harry deu um pulo do sofá e agarrou o rádio.

— Delta, aqui é Holy. O que houve?

— Encontramos Evans White. Recebemos uma denúncia anônima de uma mulher que o viu em King's Cross, então mandamos três viaturas e o pegamos. Está sendo interrogado agora.

— O que ele disse?

— Negou tudo até colocarmos a gravação da conversa com a Srta. Enquist. Ele disse que passou de carro três vezes em frente ao Hungry Jack's depois das oito da noite em um Honda branco. Mas desistiu quando não a viu e voltou ao apartamento que alugou na cidade. Depois foi a uma boate, e foi lá que o encontramos. A propósito, a denunciante perguntou por você.

— Imaginei que faria isso. O nome dela é Sandra. Vocês revistaram o apartamento?

— Sim. Nada. Zero. E Smith disse que viu o mesmo Honda branco passar por ele três vezes em frente ao Hungry Jack's.

— Por que ele não usou o Holden preto, como combinado?

— White disse que mentiu para a Srta. Enquist sobre o carro para o caso de alguém estar armando para cima dele, assim podia dar algumas voltas e garantir que a barra estava limpa.

— Certo. Já estou a caminho. Ligue para os outros e os acorde, está bem?

— Eles foram para casa há duas horas, Holy. Passaram a noite toda acordados, e Watkins disse que...

— Eu estou me lixando para o que Watkins disse. Ligue para eles.

Haviam trazido de volta o velho ventilador. Era difícil dizer se ele havia se beneficiado da folga; de qualquer forma, o aparelho rangia, protestando por ter sido tirado da aposentadoria.

A reunião havia terminado, mas Harry ainda estava à mesa. Sua camisa tinha grandes manchas de suor debaixo dos braços, e ele havia colocado um telefone à sua frente. Fechou os olhos e murmurou algo consigo mesmo. Então tirou o fone do gancho e discou um número.

— Alô?

— É Harry Holy.

— Harry! Que bom saber que você acordou cedo. É um bom hábito. Estava aguardando sua ligação. Você está sozinho?

— Estou sozinho.

A respiração soava pesada nos dois lados da linha.

— Você descobriu o que estou fazendo, não é, meu amigo?

— Já sei há algum tempo, sim.

— Você fez um bom trabalho, Harry. E agora está ligando porque eu tenho algo que você quer, certo?

— Certo. — Harry limpou o suor da testa.

— Você entende que eu precisava pegá-la, Harry?

— Não. Não entendo.

— Vamos, Harry. Você não é imbecil. Quando fiquei sabendo que havia alguém atrás de mim, soube que só poderia ser você, é claro. Para o seu próprio bem, espero que tenha sido esperto o bastante para ficar de bico fechado sobre isso. Você ficou, Harry?

— Sim, eu fiquei de bico fechado.

— Então ainda existe uma chance de você voltar a ver a sua amiga ruiva.

— Como você conseguiu? Como a levou?

— Eu sabia quando ela sairia do trabalho, então esperei dentro do carro em frente ao Albury e a segui. Quando entrou no parque, achei que alguém devia dizer a ela que não é aconselhável andar por ali à noite. Então saí do carro e fui atrás dela. Fiz com que ela inalasse um pano que eu levava comigo, e depois disso precisei ajudá-la a entrar no carro.

Harry se deu conta de que ele não tinha encontrado o radiotransmissor na bolsa.

— O que você quer que eu faça?

— Você parece nervoso, Harry. Relaxe. Não vou pedir muito. Seu trabalho é pegar assassinos, e é isso que vou pedir a você. Que continue a fazer seu trabalho. Veja bem, Birgitta me disse que o principal suspeito é um traficante, um certo Sr. Evans White. Inocente ou não, todo ano ele e outros como ele matam muito mais pessoas do que eu matei a vida inteira. E olha que é um número considerável. Rá, rá. Acho que não preciso entrar em detalhes. Quero que você garanta que Evans White seja condenado por seus crimes. E alguns dos meus. Se encontrassem resíduos de sangue e pele de Inger Holter no apartamento de White, isso poderia ser uma prova conclusiva? Já que você conhece o patologista, poderia conseguir com ele amostras dessas evidências e plantá-las na cena do crime, não poderia? Rá, rá. Estou brincando, Harry. Talvez eu possa conseguir isso para você. Talvez eu tenha resíduos de sangue e pele das vítimas e um ou outro fio de cabelo meticulosamente organizados em sacos plásticos em algum lugar. Afinal, nunca se sabe quando você pode precisar despistar a polícia. Rá, rá.

Harry segurou o fone suado com mais força. Tentava pensar. O homem obviamente não sabia que a polícia estava ciente do rapto de Birgitta e havia reavaliado sua opinião sobre o possível assassino. Isso significava que ela não tinha dito que estava a caminho de um encontro com White, sendo observada pela polícia. Ele a sequestrara debaixo do nariz de dezenas de policiais sem sequer se dar conta.

A voz trouxe Harry de volta.

— Uma possibilidade tentadora, não é, Harry? O assassino ajuda você a colocar outro inimigo da sociedade atrás das grades. Bem, vamos continuar em contato. Você tem... quarenta e oito horas para conseguir as acusações. Quero ouvir as boas-novas no noticiário de sexta à noite. Enquanto isso, prometo tratar a ruiva com todo o respeito que se espera de um cavalheiro. Se eu não ouvir nada, sinto dizer que ela não viverá até sábado. E prometo que a noite de sexta-feira vai ser infernal.

Harry desligou. O ventilador gemia e guinchava loucamente. Ele olhou para as mãos. Estavam trêmulas.

— O que o senhor acha? — perguntou Harry.

As costas largas que permaneceram o tempo todo imóveis diante do quadro-negro finalmente se moveram.

— Acho que devemos pegar o desgraçado — disse McCormack. — Antes que os outros voltem, conte-me exatamente como você descobriu que era ele.

— Sinceramente, senhor, eu não tinha certeza. Era apenas uma de muitas teorias que me ocorreram e na qual, a princípio, eu não acreditava muito. Depois do enterro, peguei uma carona com Jim Connolly, velho companheiro de boxe de Andrew. Ele estava com a esposa, e disse que ela era contorcionista de circo quando a conheceu. Que a cortejou por um ano antes de conseguir ficar com ela. No início, não pensei muito a respeito, então percebi que talvez ele estivesse sendo literal, que, em outras palavras, os dois haviam tido a oportunidade de se ver todos os dias por um ano inteiro. Lembrei-me de que a equipe de Jim Chivers estava em uma tenda enorme quando eu e Andrew os vimos em Lithgow e que também havia uma feira por lá. Então pedi a Yong que ligasse para o empresário de Jim Chivers para confirmar. E eu estava certo. Quando Jim Chivers sai em turnê, quase sempre acompanha um circo ou feira itinerante. Yong conseguiu os antigos itinerários por fax hoje de manhã, e descobrimos que a feira que Jim Chivers acompanhou nos últimos anos também tinha uma companhia de circo até pouco tempo. A companhia de Otto Rechtnagel.

— Certo. Então os boxeadores de Jim Chivers também estavam nas cenas dos crimes nas datas relevantes. Mas muitos deles conheciam Andrew?

— Andrew me apresentou apenas um, e eu deveria ter imaginado que ele não me arrastou até Lithgow para investigar um caso de estupro não resolvido. Andrew o considerava um filho. Eles tiveram trajetórias parecidas, e havia laços tão fortes entre os dois que ele pode ter sido a única pessoa na Terra que o órfão Andrew Kensington via de fato como família. Mesmo que nunca admitisse ter sentimentos fortes pelo próprio povo, acho que Andrew amava Toowoomba mais do que qualquer outra pessoa justamente porque eram da mesma raça. Por isso, Andrew não conseguiria prendê-lo. Seus conceitos morais inatos iam contra a lealdade que sentia por seu povo e o amor por Toowoomba. É difícil imaginar o conflito brutal pelo qual Andrew deve ter passado. Por isso precisava de mim, um forasteiro que poderia seguir na direção do alvo.

— Toowoomba?

— Toowoomba. Andrew descobriu que ele estava por trás de todos os assassinatos. Talvez Otto Rechtnagel, o amante rejeitado, desesperado, tenha contado a ele depois que Toowoomba o deixou. Talvez Andrew tenha feito Otto prometer que não iria à polícia, dizendo que resolveria o caso sem envolver nenhum dos dois. Mas acho que Otto estava quase abrindo o bico. Por um bom motivo: ele passou a temer pela própria vida ao perceber que Toowoomba dificilmente iria querer vivo por aí um ex-amante que poderia denunciá-lo. Toowoomba sabia que Otto me conhecia e que não demoraria para que o jogo chegasse ao fim. Então planejou assassinar Otto durante o espetáculo. Como já haviam viajado juntos com um espetáculo quase idêntico, Toowoomba sabia exatamente quando atacar.

— Por que não fazer isso no apartamento de Otto? Afinal, ele tinha a chave.

— Também já me perguntei isso. — Harry fez uma pausa. McCormack gesticulou.

— Harry, este velho policial aqui já tem tantas informações para absorver que qualquer nova teoria não fará diferença.

— O fator pavão.

— O fator pavão?

— Toowoomba não é apenas um psicopata, ele é como um pavão. Não se pode subestimar a vaidade de um pavão. Enquanto seus assassinatos de motivação sexual seguem um padrão semelhante a atos compulsivos, o Assassinato do Palhaço é algo bem diferente, é um ato racionalmente necessário, entende? Nesse crime ele teve liberdade de ação, não estava preso às psicoses que dão o tom das outras mortes. Uma chance de fazer algo espetacular de verdade, de coroar o trabalho de sua vida. O Assassinato do Palhaço será lembrado muito tempo depois de suas jovens vítimas terem sido esquecidas.

— Está bem. E Andrew fugiu do hospital para deter a polícia quando soube que iríamos prender Otto?

— Minha opinião é que ele foi direto ao apartamento de Otto para conversarem, para reforçar o quanto era importante que ele ficasse de boca fechada sobre Toowoomba por enquanto. Para acalmá-lo, dizendo que Toowoomba seria preso como ele havia planejado se tivesse mais algum tempo. Se *eu* tivesse mais algum tempo. Mas algo deu errado. Não faço ideia do quê. Mas estou convencido de que, afinal, foi Toowoomba quem matou Andrew Kensington.

— Por quê?

— Intuição. Bom senso. Além de um pequeno detalhe.

— Qual?

— Quando visitei Andrew no hospital, ele disse que Toowoomba o visitaria no dia seguinte.

— E?

— No Hospital St. Etienne, os visitantes precisam se registrar na recepção. Pedi a Yong que conferisse com eles se foram registrados telefonemas ou visitas para Andrew depois que estive lá.

— Não estou entendendo, Harry.

— Se Toowoomba tivesse tido algum imprevisto, ele teria ligado para Andrew para dizer que não iria. Como não fez isso, ele não teria como saber que Andrew não estava mais no hospital antes de chegar à recepção. Depois de assinar o livro de visitantes. A não ser que...

— A não ser que o tivesse matado na noite anterior.

Harry abriu as mãos.

— Ninguém vai visitar uma pessoa sabendo que ela não se encontra ali, senhor.

Seria um longo dia. Droga, já estava sendo um longo dia, pensou Harry. Eles estavam sentados na sala de reunião com as mangas arregaçadas, tentando ser gênios.

— Então você ligou para um celular — disse Watkins. — E acha que ele não está em casa?

— Ele é cauteloso. Está com Birgitta em algum outro lugar.

— Pode ser que a gente encontre alguém em casa, alguém que tenha uma pista de onde é o cativeiro — sugeriu Lebie.

— Não! — retorquiu Harry. — Se ele descobrir que estivemos no apartamento, Toowoomba saberá que eu contei tudo a vocês, e Birgitta já era.

— Bem, ele vai precisar voltar para casa em algum momento, e nós podemos ficar lá esperando — disse Lebie.

— E se ele pensou nisso e puder matar Birgitta sem estar presente? — rebateu Harry. — E se ela estiver amarrada em algum lugar, e Toowoomba se recusar a dizer onde? — Ele olhou em volta. — E se ela estiver em cima de uma bomba-relógio que é ativada depois de um determinado tempo?

— Alto lá! — Watkins deu um murro na mesa. — Isso não é um desenho animado. Pelo amor de Deus, agora o sujeito é um especialista em explosivos só porque matou algumas garotas? O tempo está passando, e não podemos mais ficar de papo para o ar. Acho que seria uma boa ideia darmos uma olhada na casa de Toowoomba. E vamos montar uma armadilha para prendê-lo se ele se aproximar do apartamento, posso garantir!

— O cara não é idiota! — exclamou Harry. — Vamos colocar a vida de Birgitta em risco se tentarmos uma coisa dessas. Você não entende isso?

— Sinto muito, Holy, mas seu relacionamento com a garota está afetando sua capacidade de tomar decisões racionais. Nós vamos fazer o que eu disse.

51

Um *kookaburra*

O sol da tarde atravessava a copa das árvores na Victoria Street. Um pequeno *kookaburra* estava no encosto do segundo banco vazio, ensaiando para o espetáculo noturno.

— Imagino que você ache estranho as pessoas serem capazes de andar por aí sorrindo em um dia como hoje — disse Joseph. — Imagino que considere uma afronta o sol brincar com as folhas em um momento que você preferiria ver o mundo desmoronar de sofrimento e se debulhar em lágrimas. Bem, meu amigo Harry, o que posso dizer? Não é assim que as coisas funcionam.

Harry se voltou para o sol com os olhos semicerrados.

— Talvez ela esteja com fome, talvez sinta dor. Mas o pior é saber o quanto deve estar apavorada.

— Então ela será uma boa esposa para você se passar no teste — disse Joseph, assobiando para o *kookaburra*.

Harry olhou para ele surpreso. Joseph estava sóbrio.

— Há muito tempo, uma mulher aborígine precisava passar por três testes antes de poder se casar — contou Joseph. — O primeiro era controlar a fome. Ela precisava caçar por dois dias sem comer. Então, era levada até uma fogueira com um suculento churrasco de canguru ou outra guloseima qualquer. O teste deveria avaliar se ela conseguiria se controlar e não comer com avidez, deixando o suficiente para os outros.

— Tínhamos uma coisa parecida quando criança — interveio Harry. — Chamavam de bons modos à mesa. Mas acho que isso não existe mais.

— O segundo teste era ver se ela conseguia suportar a dor. Por isso, enfiavam pregos em suas bochechas e no nariz, e faziam marcas no corpo dela.

— E daí? As garotas hoje em dia pagam por isso.

— Cale a boca, Harry. Depois, quando a fogueira estava se apagando, ela tinha que deitar sobre as brasas com apenas alguns galhos separando-as do corpo. Mas o terceiro teste era o mais difícil.

— Medo?

— Isso mesmo, Harry. Depois que o sol se punha, os integrantes da tribo se reuniam em torno da fogueira, e os anciãos se revezavam para contar à mulher histórias aterrorizantes, de arrepiar os cabelos, sobre fantasmas e Muldarpe, o espírito maligno que mudava de forma. Algumas coisas eram bem pesadas. Depois, eles a enviavam para algum lugar deserto ou próximo de onde seus antepassados haviam sido sepultados. Na calada da noite, os anciãos se esgueiravam até lá com o rosto pintado de argila branca e usando máscaras de espinhos...

— Isso não é um pouco como chutar cachorro morto?

— ... e faziam barulhos sinistros. Você é um péssimo ouvinte, Harry. — Joseph parecia ofendido.

Harry passou a mão pelo rosto.

— Eu sei — disse, algum tempo depois. — Desculpe, Joseph. Só vim até aqui para pensar em voz alta e ver se ele deixou qualquer pista que me dê uma luz sobre o paradeiro de Birgitta. Mas parece que estou andando em círculos, e você é a única pessoa com quem posso desabafar. Você deve estar achando que eu sou um idiota cínico e insensível.

— Você é uma pessoa que acha que precisa lutar contra o mundo todo. Mas, se não abaixar a guarda de vez em quando, seus braços vão ficar cansados.

Harry deu um sorriso de canto de boca.

— Você tem certeza absoluta de que não tem um irmão mais velho?

Joseph riu.

— Como eu disse, é tarde demais para perguntar à minha mãe, mas acho que ela teria me contado.

— Pelo modo de falar, vocês parecem irmãos.

— Você já disse isso algumas vezes, Harry. Talvez seja bom tentar dormir um pouco.

O rosto de Joe ganhou vida quando Harry entrou pela porta do Springfield Lodge.

— Bela tarde, hein, Sr. Holy? A propósito, você está com uma cara boa hoje. E recebeu uma encomenda. — Ele pegou uma caixa embrulhada em papel pardo com "Harry Holy" escrito em letras maiúsculas.

— De quem é? — perguntou Harry, surpreso.

— Não sei. Um taxista deixou aqui há umas duas horas.

Já no quarto, Harry colocou o pacote sobre a cama, rasgou o embrulho e abriu a caixa. Meio que já sabia de quem era, mas o conteúdo eliminou qualquer dúvida: seis pequenos tubos de plástico com etiquetas brancas. Ele pegou um e leu uma data que instantaneamente reconheceu como o dia do assassinato de Inger Holter, com os dizeres "pelos pubianos". Não era necessária muita imaginação para concluir que os outros tubos conteriam sangue, cabelo, fibras de roupas e por aí afora. E continham.

Meia hora depois, ele foi acordado pelo telefone.

— Recebeu as coisas que mandei, Harry? Achei que fosse precisar delas o quanto antes.

— Toowoomba.

— A seu dispor. Rá, rá.

— Recebi. São de Inger Holter, imagino. Estou curioso, Toowoomba. Como você a matou?

— Foi muito fácil — respondeu Toowoomba. — Fácil *demais*. Eu estava no apartamento de uma amiga quando ela apareceu, tarde da noite.

Então Otto era uma *amiga*?, Harry quase perguntou.

— Inger trazia comida para o cachorro da garota, que é a dona do apartamento, ou devo dizer que *era* a dona do apartamento? Eu tinha entrado, mas ia passar a noite sozinho, já que a minha amiga estava passeando pela cidade. Como sempre.

Harry percebeu que a voz se tornou mais cortante.

— Você não assumiu um risco enorme? Alguém poderia saber que ela tinha ido à casa... hã... da sua amiga.

— Eu perguntei a ela — disse Toowoomba.

— Perguntou? — repetiu Harry, cético.

— É incrível como algumas pessoas são ingênuas. Elas falam antes que o cérebro se dê conta disso, porque se sentem seguras e, portanto, não precisam pensar. Ela era uma garota tão doce, inocente. "Não, ninguém sabe que eu estou aqui, por quê?" Rá, rá. Eu me senti o lobo de *Chapeuzinho Vermelho*. Então eu disse que ela havia chegado na hora certa. Ou devo dizer na hora errada? Rá, rá. Quer ouvir o resto?

Harry queria ouvir o resto. De preferência, tudo, até os mínimos detalhes: como Toowoomba era quando criança, quando matou pela primeira vez, por que não tinha um ritual, por que algumas vezes apenas estuprava, como se sentia depois de um assassinato, se ficava deprimido depois do êxtase, como acontece com os serial killers, por não ter sido perfeito daquela vez, por não ter sido como havia sonhado e planejado. Ele queria saber quantas vítimas, quando e onde, os métodos e as ferramentas. E queria entender as emoções, a paixão, qual era a força motriz daquela insanidade.

Mas não tinha forças. Não agora. Naquele momento, não se importava se Inger tinha sido estuprada antes ou depois de morta, se o assassinato fora uma punição por Otto tê-lo deixado sozinho, se a havia matado no apartamento ou no carro. Harry não queria saber se Inger tinha implorado e chorado ou se seus olhos fitaram Toowoomba quando ela chegou ao limiar entre a vida e a morte, quando soube que ia morrer. Não queria saber porque não conseguia impedir a si mesmo de trocar o rosto de Inger pelo de Birgitta, porque isso o tornaria fraco.

— Como você soube onde eu estou hospedado? — perguntou Harry para ter algo a dizer, para manter a conversa fluindo.

— Harry, você está começando a se sentir cansado? Você me contou onde estava hospedado na última vez que saímos juntos. Ah, sim, a propósito, obrigado por aquilo. Eu me esqueci de agradecer.

— Escute, Toowoomba...

— Tenho pensado muito no motivo de você ter me ligado para pedir ajuda naquela noite, Harry. Além dos sopapos nos dois caras de terno bombados. É, foi divertido, mas você foi mesmo até a boate só para dar uma lição no cafetão? Posso não ser muito bom em entender o que se passa na cabeça das pessoas, Harry, mas isso não faz sentido. Você está no meio de uma investigação de assassinato e desperdiça tempo e energia se vingando depois de levar uma surra em uma boate.

— Bem...

— Bem...?

— Esse não foi o único motivo. A garota que encontramos no Centennial Park por acaso trabalhava na boate, então eu tinha a teoria de que a pessoa que a matou podia ter estado lá naquela noite, aguardado perto da saída dos fundos para segui-la até em casa. Queria ver como você reagiria se descobrisse aonde estávamos indo. E você é um sujeito bem chamativo, então eu queria que Mongabi o visse. Se ele o tivesse visto naquela noite, o reconheceria.

— Não teve sucesso?

— Não. Acho que você não esteve lá.

Toowoomba riu.

— Eu nem sabia que ela era stripper — disse ele. — Vi quando entrou no parque e achei que alguém devia dizer a ela que é perigoso fazer isso à noite. E demonstrar o que pode acontecer.

— Bem, ao menos esse caso está solucionado — comentou Harry secamente.

— É uma pena que ninguém além de você tenha o prazer de saber disso.

Harry decidiu arriscar.

— Já que ninguém terá o prazer de saber de nada, talvez você também possa me dizer o que aconteceu com Andrew no apartamento de Otto. Porque Otto era a sua *amiga*, não era?

O outro lado da linha ficou em silêncio por um instante.

— Você não prefere saber como está Birgitta?

— Não — disse Harry. Não muito rápido, não muito alto. — Você disse que a trataria como um cavalheiro. Eu confio em você.

— Espero que não esteja tentando me deixar com a consciência pesada, Harry. De qualquer forma, é inútil. Sou um psicopata. Eu sei — falou Toowoomba com uma risadinha. — Assustador, não é? Nós, psicopatas, supostamente não sabemos disso. Mas eu sempre soube. E

Otto sabia. Otto sabia até mesmo que às vezes eu precisava puni-las. Mas Otto não conseguiu ficar de bico fechado. Já tinha contado a Andrew e estava a ponto de surtar, então eu fui forçado a agir. Na tarde em que Otto se apresentaria no St. George, entrei no apartamento depois que ele saiu, para tirar de lá qualquer coisa que pudesse me ligar a ele: fotos, presentes, cartas, esse tipo de coisa. A campainha tocou. Abri a janela do quarto devagar e, para minha grande surpresa, vi que era Andrew. Meu primeiro instinto foi não abrir a porta. Mas então percebi que meu plano original tinha caído por terra. Veja bem, eu pretendia visitar Andrew no hospital no dia seguinte e discretamente fornecer a ele uma colher de chá, um isqueiro e uma seringa descartável, além de um saquinho de sua muito desejada heroína, enriquecida com minha própria mistura caseira.

— Um coquetel mortal.

— Pode-se dizer que sim.

— Como você podia ter certeza de que ele usaria a heroína? Andrew sabia que você é um assassino, não?

— Ele não sabia que eu sabia que ele sabia. Se é que você me entende, Harry. Andrew não sabia que Otto tinha me contado. Enfim, um viciado com sintomas de abstinência é propenso a correr riscos. Como confiar em alguém que ele acredita considerá-lo um pai. Mas não havia mais sentido em especular sobre nada daquilo. Ele tinha saído do hospital e estava parado na entrada do prédio.

— Então você decidiu deixá-lo entrar?

— Você sabe com que rapidez o cérebro humano é capaz de funcionar, Harry? Sabe que aqueles sonhos com tramas longas e intrincadas que nós achamos que duram a noite inteira na verdade acontecem em alguns poucos segundos de atividade cerebral intensa? Foi mais ou menos com essa rapidez que elaborei o plano para fazer parecer que Andrew estava por trás de tudo. Juro que não tinha pensado nisso até aquele momento! Então apertei o botão do interfone e esperei que ele subisse. Fiquei atrás da porta com o meu pano mágico...

— Éter etílico.

— ... e depois amarrei Andrew na cadeira, revistei-o, achei um pouco da heroína que ele ainda tinha e injetei tudo nele, para ter certeza de que ficaria quieto até que eu voltasse do teatro. Na volta, consegui mais algumas coisas, e nós fizemos uma festa das boas. Sim, foi um sucesso, e, quando fui embora, ele ficou pendurado no teto.

Outra risadinha. Harry se concentrou em respirar fundo, calmamente. Nunca tinha sentido tanto medo na vida.

— O que você quis dizer com *precisava puni-las*?

— O quê?

— Você disse antes que precisava puni-las.

— Ah, isso. Bom, tenho certeza de que você sabe que os psicopatas geralmente são paranoicos ou delirantes. Meu delírio é acreditar que minha missão na vida é vingar meu povo.

— Estuprando mulheres brancas?

— Mulheres brancas *sem filhos*.

— Sem filhos? — repetiu Harry, perplexo. Aquela era uma característica comum às vítimas que a investigação não havia apontado, e por que deveria? Não havia nada de incomum em mulheres tão jovens não terem tido filhos.

— Sim, exato. Você ainda não havia percebido? Terra Nullius, Harry! Quando vocês vieram para cá, nos definiram como nômades que não possuíam a terra porque não plantávamos nela. Vocês tiraram o país de nós, estupraram e mataram nossa terra diante dos nossos olhos. — Toowoomba não precisava aumentar o tom de voz. As palavras eram altas o bastante. — Bem, suas mulheres sem filhos são agora a minha *terra nullius*, Harry. Ninguém as semeou, portanto não pertencem a ninguém. Apenas sigo a lógica do homem branco, e faço o que ele fez.

— Mas você mesmo chamou isso de delírio, Toowoomba. Você sabe o quanto isso é doentio!

— É claro que é doentio. Mas ser doente é normal, Harry. É a ausência de doença que é perigosa, porque o organismo para de lutar e logo sucumbe. Mas não subestime os *delírios*, Harry. Eles são válidos em qualquer cultura. Tomemos a sua, por exemplo. No cristianismo, há amplas discussões sobre como é difícil ter fé, como até o padre mais devoto, mais sábio, pode ter seus instantes de dúvida. Mas não seria a constatação da dúvida o mesmo que admitir que a fé pela qual optamos é um delírio? Você não deveria menosprezar seus delírios com tanta facilidade, Harry. Do outro lado do arco-íris, pode haver uma recompensa.

Harry deitou na cama. Tentou não pensar em Birgitta, no fato de ela não ter filhos.

— Como você sabia que elas não tinham filhos? — Harry ouviu-se dizer com uma voz áspera.

— Eu perguntei.

— Como...?

— Algumas disseram que tinham filhos porque acreditavam que eu as pouparia se dissessem que sustentavam um monte de crianças. Elas tinham trinta segundos para provar. Uma mãe que não carrega a foto do filho não é mãe, se quer saber minha opinião.

Harry engoliu em seco.

— Por que loiras?

— Não é uma regra. Apenas minimiza a chance de terem o sangue do meu povo nas veias.

Harry tentou não pensar na pele branca como leite de Birgitta. Toowoomba soltou outra risadinha.

— Estou vendo que você quer saber muitas coisas, Harry, mas falar pelo celular sai caro, e idealistas como eu não são ricos. Você sabe o que deve e o que não deve fazer.

Ele desligou. A noite havia caído rápido, lançando uma escuridão cinzenta sobre o quarto durante a conversa. As antenas inquietas de uma barata espiaram por baixo da fresta da porta para conferir se a barra estava limpa. Harry puxou o lençol e se encolheu. No telhado do outro lado da janela, um *kookaburra* solitário começou seu espetáculo noturno, e King's Cross se preparava para outra longa noite.

Harry sonhou com Kristin. Talvez o sonho tenha durado dois segundos na fase REM, mas havia metade de uma vida para reviver, então deve ter durado mais. Ela estava com um roupão de banho verde; acariciava o cabelo de Harry e lhe dizia para segui-la. Ele perguntou para onde, mas ela estava parada à porta semiaberta da sacada, com as cortinas esvoaçando à sua volta, e as crianças faziam tamanha algazarra no quintal que ele não ouviu a resposta. De vez em quando, seus olhos eram tão ofuscados pelo sol que não era possível vê-la.

Harry se levantou da cama e se aproximou para ouvir o que ela dizia, mas ela riu e correu para a sacada, subiu no parapeito e saiu flutuando como um balão verde. Voou até os telhados, gritando: "Venham todos! Venham todos!" Ainda no sonho, ele saiu correndo, perguntando a todos que conhecia onde era a festa, mas as pessoas respondiam que não sabiam ou que já haviam ido até lá. Então ele foi até a piscina do Frogner Park, mas não tinha dinheiro para a entrada e precisou pular a cerca. Quando já estava do outro lado, viu que havia se cortado e deixara um rastro de sangue na grama, no piso e nos degraus que subiam até o trampolim de dez metros. Ninguém mais estava lá, então ele se deitou e olhou para o céu, escutando os respingos distantes das gotas de sangue na borda da piscina, lá embaixo. No alto, perto do sol, teve a impressão de discernir uma forma verde flutuante. Colocou as mãos diante dos olhos, como se fosse um binóculo, e conseguiu vê-la com clareza. Estava linda, quase transparente.

Ele foi acordado por um estampido alto que poderia ter sido um tiro, e ficou deitado escutando a chuva e os sussurros da vida em King's Cross. Algum tempo depois, voltou a dormir. Então sonhou com Kristin outra vez, ou assim imaginou, pelo restante da noite. Porém, em breves momentos, ela tinha cabelos ruivos e falava sueco.

52

Um computador

NOVE DA MANHÃ.
Lebie encostou a testa na porta e fechou os olhos. Dois policiais com colete à prova de balas preto posicionavam-se ao seu lado, atentos, as armas a postos. Atrás deles, na escada, estavam Watkins, Yong e Harry.

— Aqui vamos nós! — disse Lebie, e cuidadosamente puxou a gazua.

— Lembrem-se: não toquem em nada se o apartamento estiver vazio — sussurrou Watkins para os policiais.

Lebie deu um passo para o lado e abriu a porta para os dois policiais, que entraram no apartamento seguindo o procedimento padrão, empunhando as armas com as duas mãos.

— Tem certeza de que não tem alarme? — sussurrou Harry.

— Checamos com todas as empresas de segurança da cidade, e não há registros desse apartamento em nenhuma delas — lembrou Watkins.

— Shh, que barulho é esse? — perguntou Yong.

Os outros se esforçaram para ouvir, mas não conseguiram escutar nada fora do comum.

— Lá se vai a teoria do perito em bombas — disse Watkins secamente.

Um dos policiais saiu do apartamento.

— Está tudo certo — disse.

Os quatro soltaram suspiros de alívio e entraram. Lebie tentou acender a luz do hall, mas o interruptor não funcionou.

— Que estranho. — Ele testou então o interruptor da sala de estar pequena, limpa e arrumada, que também não funcionou. — Um fusível deve ter queimado.

— Não importa — disse Watkins. — Aqui tem luz suficiente para fazermos a revista. Harry, fique com a cozinha. Lebie, você fica com o banheiro. Yong?

Yong estava em frente ao computador na mesa junto à janela da sala.

— Eu acho... — começou ele. — Lebie, pegue a lanterna e dê uma olhada no quadro de luz no hall.

Lebie saiu, e imediatamente a luz voltou e o computador ganhou vida.

— Merda — disse Lebie ao voltar à sala. — Precisei tirar um pedaço de barbante que estava enrolado no fusível. Ele seguia pela parede e ia até a porta.

— É uma fechadura eletrônica, não é? O fusível estava ligado à fechadura, de modo que, se a porta fosse aberta, a eletricidade seria desligada. O som que eu ouvi era o cooler do computador desligando — disse Yong, digitando algo no teclado. — Essa máquina tem reinicialização rápida, então poderemos ver que programas estavam sendo usados antes que fosse desligada.

Uma imagem da Terra apareceu na tela, e uma música feliz soou nas caixas de som.

— Foi o que pensei! — exclamou Yong. — Seu canalha ardiloso! Olhem aqui! — Ele apontou para um ícone na tela.

— Yong, pelo amor de Deus, não vamos perder tempo com isso agora — disse Watkins.

— Senhor, posso pegar seu celular emprestado por um instante? — O detetive franzino arrancou o Nokia da mão de Watkins sem esperar pela resposta. — Qual é o número daqui?

Harry leu o número no telefone ao lado do computador, e Yong apertou as teclas do celular. Pressionou o botão de discagem. Quando o telefone tocou, um som de campainha saiu do computador, e o ícone na tela ficou maior e começou a pular.

— Shhh — disse Yong.

Alguns segundos depois, um bipe soou. Yong rapidamente desligou o celular.

Watkins estava com o cenho franzido.

— O que, em nome de Deus, você está fazendo, Yong?

— Senhor, temo que Toowoomba tenha criado um alarme para nós, afinal. E ele foi acionado.

— Explique-se! — A paciência de Watkins tinha limites.

— O senhor está vendo esse ícone pulando na tela? É um serviço de secretária eletrônica ligado ao telefone pelo modem. Antes de sair, Toowoomba gravou uma mensagem no computador. Quando alguém liga, o programa é ativado, toca a mensagem de Toowoomba e, depois do bipe que o senhor ouviu, a pessoa pode deixar uma mensagem.

— Yong, eu sei o que é uma secretária eletrônica. Para que tudo isso?

— O senhor ouviu uma mensagem antes do bipe quando eu liguei ainda há pouco?

— Não...

— Isso aconteceu porque a mensagem foi gravada, mas não foi salva.

Watkins começou a entender.

— Você está dizendo que, quando a energia foi desligada, o computador também foi desligado, e, com ele, a secretária eletrônica.

— Exatamente, senhor. — Às vezes, as reações de Yong eram incomuns. Como agora. Ele dava um sorriso amplo. — E esse é o sistema de alarme dele, senhor.

Harry não sorriu quando vislumbrou a extensão do desastre.

— Então tudo que Toowoomba precisa fazer para saber que alguém entrou no apartamento é ligar para casa e não ouvir a mensagem.

A sala ficou em silêncio.

— Ele nunca virá até aqui sem ligar antes — disse Lebie.

— Merda, merda, merda — praguejou Watkins.

— Ele pode ligar a qualquer momento — disse Harry. — Precisamos ganhar um pouco de tempo. Alguma sugestão?

— Bem, podemos falar com a companhia telefônica e pedir que bloqueiem o número e toquem uma mensagem de "estamos em manutenção" — sugeriu Yong.

— E se ele ligar para companhia telefônica?

— Eles podem alegar problemas com as linhas na área devido a... hã... sei lá, obras.

— Isso soa suspeito. Ele vai tentar o número do vizinho — disse Lebie.

— Precisaremos desligar a área toda — concluiu Harry. — O senhor consegue fazer isso?

Watkins coçou atrás da orelha.

— Será um caos. Por que diabos...

— É urgente, senhor!

— Merda! Passe o telefone, Yong. McCormack vai precisar resolver essa. Mas, independentemente do motivo, não podemos desligar os telefones de um bairro inteiro por muito tempo, Holy. Precisamos planejar nosso próximo passo. Merda, merda, merda!

ONZE E MEIA DA MANHÃ.

— Nada — disse um Watkins desesperado. — Absolutamente nada!

— Bem, não poderíamos esperar que ele deixasse um bilhete dizendo onde está, não é? — comentou Harry.

Lebie veio do quarto. Balançou a cabeça negativamente. Nem mesmo Yong, que percorrera o prédio todo, tinha algo a reportar.

Eles se sentaram na sala.

— Na verdade, é um tanto estranho — disse Harry. — Se revistássemos os apartamentos uns dos outros, encontraríamos *algo*. Uma carta interessante, uma revista pornô manchada, a foto de um antigo amor, uma mancha no lençol, qualquer coisa. Mas esse cara é um serial killer, e não encontramos absolutamente nada que sugira que ele tenha uma *vida*.

— Nunca vi um apartamento de um homem solteiro tão arrumado — disse Lebie.

— É arrumado *demais* — concordou Yong. — É quase estranho.

— Deixamos algo passar batido — disse Harry, estudando o teto.

— Revistamos tudo — comentou Watkins. — Se ele deixou pistas, elas não estão aqui. Tudo que o cara faz é comer, dormir, assistir à TV, cagar e gravar mensagens no computador.

— Você está certo — interveio Harry. — Não é aqui que Toowoomba, o assassino, mora. A pessoa que mora aqui é um sujeito estranhamente organizado que não está preocupado em ser alvo de olhares inquisitivos. Mas e quanto ao outro? Será que tem outra casa? Outro apartamento, uma casa de veraneio?

— Nada registrado no nome dele, pelo menos — disse Yong. — Chequei antes de sairmos.

O celular tocou. Era McCormack. Tinha falado com a companhia telefônica. O argumento de que era uma questão de vida ou morte fora refutado, afinal, também poderia ser uma questão de vida ou morte para os vizinhos, no caso de precisarem ligar para chamar uma ambulância. Mas, com um pouco de ajuda do gabinete do prefeito, McCormack havia conseguido desligar as linhas até as sete da noite.

— Nada nos impede de fumar aqui — disse Lebie, pegando uma cigarrilha. — Ou de bater as cinzas no tapete, ou de deixar pegadas enormes no corredor. Alguém tem um isqueiro?

Harry tateou os bolsos à procura da caixa de fósforos e acendeu um. Sentado, ficou olhando para ela, interessado.

— Vocês sabem o que existe de especial nessa caixa? — perguntou.

Os outros prontamente fizeram que não.

— Diz que é à prova d'água. E que pode ser usada nas montanhas e no mar. Vocês conhecem alguém que ande por aí com uma caixa de fósforos à prova d'água?

De novo, cabeças balançando negativamente.

— Eu estaria errado se dissesse que só é possível comprar uma dessas caixas de fósforos em lojas especializadas e que elas custam um pouco mais que as caixas comuns?

Os outros deram de ombros.

— Bom, elas não são comuns. Nunca vi nada parecido — disse Lebie.

Watkins inspecionou a caixa atentamente.

— Acho que meu cunhado tem caixas como essa no barco dele.

— Toowoomba me deu essa caixa — contou Harry. — No enterro.

Seguiu-se um silêncio.

Yong tossiu.

— Tem uma foto de um barco no hall — afirmou ele, hesitante.

UMA DA TARDE.

— Obrigado pela ajuda, Liz — disse Yong, encerrando a ligação. — Conseguimos! Está na marina de Lady Bay, registrado em nome de certo Gert Van Hoos.

— Ok — disse Watkins. — Yong, fique aqui para o caso de Toowoomba aparecer. Lebie, Harry e eu vamos até lá agora.

O tráfego estava livre, e o Toyota novo de Lebie ronronava ao seguir pela New South Head Road a 120 quilômetros por hora.

— Nada de reforços, senhor? — perguntou Lebie.

— Se ele estiver lá, três homens serão mais que suficientes — respondeu Watkins. — De acordo com Yong, ele não tem porte de armas, e eu tenho a sensação de que não é do tipo que ande com uma por aí.

Harry não conseguiu se conter.

— Que sensação é essa, senhor? A mesma que disse ser uma boa ideia entrar no apartamento? A mesma que disse que Birgitta deveria levar o radiotransmissor na bolsa?

— Holy, eu...

— Só estou perguntando, senhor. Se formos usar a sua intuição como guia para qualquer coisa, isso significa, levando-se em consideração tudo que aconteceu até agora, que ele terá uma arma. Não que...

Harry se deu conta de que tinha elevado o tom de voz e se calou. Agora não, disse a si mesmo. Ainda não. Em voz mais baixa, terminou a frase:

— Não que eu me importe. Isso apenas significa que posso mandar chumbo nele.

Watkins optou por não responder; em vez disso, olhou amuado pela janela, e seguiram viagem em silêncio. Pelo retrovisor, Harry viu o sorriso cauteloso, inescrutável de Lebie.

UMA E MEIA DA TARDE.

— Praia de Lady Bay — indicou Lebie. — E é um nome apropriado. Essa é a principal praia gay de Sydney, sabe?

Eles decidiram estacionar fora da marina e desceram por uma encosta gramada até o pequeno porto, onde mastros se espremiam ao lado de pontões estreitos. No portão estava um guarda sonolento com uma camisa de uniforme azul desbotada pelo sol. O homem se empertigou quando Watkins mostrou o distintivo da polícia e explicou onde o barco de Gert Van Hoos estava atracado.

— Alguém a bordo? — perguntou Harry.

— Não que eu saiba — disse o guarda. — É um pouco difícil ficar por dentro de tudo que acontece por aqui no verão, mas acho que ninguém entra no barco há uns dois dias.

— Alguém esteve lá recentemente?

— Sim. Se não me falha a memória, o Sr. Van Hoos esteve aqui na terça, tarde da noite. Ele geralmente estaciona bem perto da água. Foi embora na mesma noite.

— E ninguém esteve no barco desde então? — perguntou Watkins.

— Não no meu turno. Mas, felizmente, somos muitos vigias.

— Ele estava sozinho?

— Pelo que eu me lembro, sim.

— Levou algo para o barco?

— Provavelmente. Não lembro. A maioria das pessoas leva algo para o barco.

— Você pode nos dar uma descrição do Sr. Van Hoos? — pediu Harry.

O guarda coçou a cabeça.

— Bem, não. Na verdade, não.

— Por que não? — perguntou Watkins, surpreso.

O guarda ficou meio sem graça.

— Para ser bem sincero, acho que todos os aborígines têm a mesma cara.

O sol cintilou na água da marina, porém, mais ao longe, havia ondas grandes e fortes. Ao se aproximar cautelosamente pelo pontão, Harry sentiu uma brisa mais fresca. Reconheceu o nome do barco, *Adelaide*, e o número de registro pintado na lateral do casco. O *Adelaide* não era um dos maiores barcos da marina, mas parecia ser bem-cuidado. Yong tinha explicado que apenas barcos com motor acima de determinado tamanho precisavam ser registrados, então, na verdade, tiveram mais sorte do que previram. E, por isso, Harry tinha a desagradável sensação de que a sorte deles havia se esgotado. Sentia seu coração disparar só de pensar que Birgitta poderia estar a bordo.

Watkins fez um sinal para que Lebie entrasse primeiro. Harry destravou a arma e a apontou para a cabine de proa no mesmo instante que Lebie silenciosamente pisava no convés da popa. Watkins tropeçou na corda da âncora ao embarcar e caiu no convés com um baque. Eles pararam e ouviram, mas escutaram apenas o barulho do vento e das marolas batendo no casco. As escotilhas das cabines de popa e de proa estavam fechadas com cadeados. Lebie pegou sua gazua e começou a trabalhar. Alguns minutos depois, ambos haviam sido removidos.

Lebie abriu a escotilha da proa, e Harry entrou primeiro. Estava escuro lá embaixo, e ele ficou agachado com a arma à sua frente até que Watkins desceu e abriu as cortinas. Era um barco simples, mas decorado com bom gosto. A cabine era de mogno, mas, fora isso, o interior não exibia nenhum luxo. Uma carta náutica repousava sobre a mesa, enrolada. Acima, havia a fotografia de um jovem boxeador.

— Birgitta! — gritou Harry. — Birgitta!

Watkins deu um tapinha em seu ombro.

— Ela não está aqui — confirmou Lebie depois de vasculharem o barco de uma ponta à outra.

A cabeça de Watkins estava enfiada em uma das caixas do convés de popa.

— Ela pode *ter estado* aqui — disse Harry, perscrutando o mar. O vento tinha se tornado mais forte, e as cristas das ondas ao longe brilhavam com espuma branca.

— É melhor chamarmos a perícia e esperarmos para ver se descobrem alguma coisa — sugeriu Watkins, ficando de pé. — Isso só pode significar que Toowoomba tem algum outro lugar que não conhecemos.

— Ou... — disse Harry.

— Bobagem! Ele a escondeu em algum lugar. É só uma questão de encontrá-la.

Harry se sentou. O vento agitava seus cabelos. Lebie tentou acender uma cigarrilha, mas desistiu depois de algumas tentativas.

— Então, o que vamos fazer agora? — perguntou Harry.

— Nós vamos sair rápido desse barco — decidiu Watkins. — Ele pode nos ver da rua se vier naquela direção.

Eles trancaram os cadeados, e Watkins pulou a corda da âncora para não tropeçar outra vez.

Lebie ficou imóvel.

— O que foi? — perguntou Harry.

— Bem, não sou especialista em barcos, mas isso é normal? — indagou Lebie.

— O quê?

— Soltar a âncora quando você está atracado na popa e na proa?

Eles se entreolharam.

— Me ajude a puxá-la — disse Harry.

53

Os lagartos estão cantando

TRÊS DA TARDE.
 Eles seguiam em alta velocidade. Nuvens cruzavam o céu. As copas das árvores às margens da estrada balançavam, acenando para que seguissem em frente. O mato do acostamento curvava-se até quase ficar plano, e o rádio chiava. O sol havia sido ofuscado, e sombras fugazes avançavam mar adentro.
 Harry estava no banco de trás, mas não via nada da tempestade que soprava ao redor. Só enxergava a corda verde lodosa que retiraram do fundo do mar com puxões espasmódicos. Gotas de água caíram no mar como cristais cintilantes, e, bem mais abaixo, discerniram uma figura branca subindo na direção deles.
 Em um fim de semana de verão, seu pai tinha saído com ele em um barco a remo, e os dois pescaram um halibute. Era branco e incrivelmente grande, e naquele instante a boca de Harry também tinha ficado seca e suas mãos também haviam começado a tremer. A mãe e o avô bateram palmas, empolgados, quando pai e filho entraram na cozinha com a presa, e imediatamente passaram a cortar o peixe frio e sangrento com facas grandes, reluzentes. Pelo restante do verão, Harry sonhou com o enorme halibute no barco, de olhos saltados e expressão paralisada de choque, como se não conseguisse acreditar que de fato estava morrendo. Naquele Natal, Harry se deparou com algo de consistência gelatinosa em seu prato, e o pai, orgulhoso, contou a todos que ele e o filho haviam saído para pescar o halibute no Isfjorden. "Achamos que seria bom tentar algo novo este Natal", disse a mãe. Tinha gosto de morte e imoralidade, e Harry se levantou da mesa furioso e indignado, com lágrimas nos olhos.

E agora ele estava no banco de trás de um carro em alta velocidade; fechou os olhos e se viu olhando para a água, onde algo parecido com uma medusa contraía seus tentáculos vermelhos a cada puxada da corda, parava e espalhava-os antes de cada novo movimento. Ao se aproximar da superfície, eles formaram um leque, tentando ocultar o corpo branco e despido abaixo. A corda estava enrolada no pescoço, e o cadáver inerte parecia inexplicavelmente estranho a Harry.

Mas, quando a viraram de frente, Harry teve a mesma sensação. No rosto dela havia a mesma expressão daquele fim de semana de verão. Olhos turvos com uma última pergunta surpresa, acusatória: então é isso? As coisas deviam sempre terminar assim? A vida e a morte são mesmo tão banais?

— É ela? — perguntou Watkins então, e Harry respondeu com uma negativa.

Quando ele repetiu a pergunta, Harry olhou para os ombros magros, a pele vermelha junto a uma faixa branca onde estivera a parte de cima do biquíni.

— Ela tomou sol demais — respondeu, atônito. — Pediu que eu passasse protetor em suas costas. Disse que confiava em mim. Mas acabou se queimando.

Watkins posicionou-se diante dele e colocou as mãos em seus ombros.

— A culpa não é sua, Harry. Está me ouvindo? Teria acontecido de qualquer forma. A culpa não é sua.

Estava perceptivelmente mais escuro agora, e rajadas de vento sopravam com tanta força que os eucaliptos tremiam e balançavam seus galhos, aparentemente tentando se desprender do chão e sair por aí como as trífides de John Wyndham, trazidas à vida pela tempestade que estava em curso.

— Os lagartos estão cantando — disse Harry subitamente do banco de trás. Eram as primeiras palavras que falava desde que entraram no carro.

Watkins se virou, e Lebie o observou pelo espelho. Harry tossiu.

— Andrew disse isso uma vez. Que lagartos e humanos da família dos lagartos tinham o poder de criar tempestades quando cantavam.

Disse que o Dilúvio foi criado pela família dos lagartos, que cantava e se cortava com facas de pedra lascada, para afogar os ornitorrincos. — Ele deu um sorriso cansado. — Quase todos os ornitorrincos morreram. Mas alguns sobreviveram. Sabem o que eles fizeram? Aprenderam a respirar debaixo da água.

As primeiras grandes gotas de chuva caíram trêmulas no para-brisa.

— Não temos muito tempo — prosseguiu Harry. — Toowoomba logo vai perceber que estamos atrás dele e vai desaparecer como um rato. Sou o único elo que temos com ele, e agora vocês estão se perguntando se eu aguento a barra. Bem, o que posso dizer? Acho que eu amava aquela garota.

Watkins pareceu desconfortável. Lebie assentiu lentamente.

— Mas vou respirar debaixo da água — completou Harry.

TRÊS E MEIA DA TARDE.
Ninguém na sala de reunião tomava conhecimento dos lamentos do ventilador.

— Ok, sabemos quem é o nosso homem — começou Harry. — E sabemos que ele pensa que a polícia *não* sabe quem ele é. Ele provavelmente acha que estou tentando plantar as provas contra Evans White. Mas temo que essa seja uma situação bem temporária. Não podemos deixar as pessoas sem telefone por muito tempo, e, além disso, logo começará a parecer suspeito se o suposto problema não for consertado.

"Temos homens posicionados para o caso de ele aparecer em casa. O mesmo vale para o barco. Mas, pessoalmente, estou convencido de que Toowoomba é cauteloso demais para fazer qualquer estupidez sem ter cem por cento de certeza de que a barra está limpa. Talvez seja realista presumir que, em algum momento dessa noite, ele saberá que estivemos no apartamento. Isso nos dá duas opções. Podemos soar os alarmes, aparecer ao vivo na TV e torcer para encontrá-lo antes que ele desapareça. O ponto negativo é que qualquer um que monte um sistema como aquele certamente tem um plano. Assim que ele vir sua foto na TV, correremos o risco de ele se entocar. Portanto, a segunda opção é usar o pouco tempo que nos resta antes que ele sinta o nosso bafo no pescoço dele, pegá-lo enquanto ainda está relativamente desatento.

— Voto em irmos atrás dele — disse Lebie, tirando um fio de cabelo do ombro.

— *Pegá-lo?* — perguntou Watkins. — Sydney tem mais de quatro milhões de habitantes, e nós não temos a menor ideia de onde ele possa estar. Nem mesmo sabemos se *está* em Sydney!

— Quanto a isso não resta dúvida — retrucou Harry. — Ele definitivamente esteve em Sydney na última hora e meia.

— Como assim? Você está dizendo que ele foi visto?

— Yong. — Harry cedeu o lugar ao detetive eternamente sorridente.

— O celular! — começou ele, como se tivessem pedido que lesse uma redação para a turma. — Todas as conversas de celular são conectadas pelo que chamamos de estações-base, que recebem e transmitem sinais. Companhias telefônicas registram quais estações-base recebem os sinais de seus clientes. Cada uma cobre um raio de cerca de dez quilômetros. Onde há boa cobertura, como em áreas urbanizadas, os telefones são cobertos por duas ou mais estações ao mesmo tempo, um pouco como acontece com os radiotransmissores. Isso significa que, quando você está ao telefone, a companhia é capaz de localizar a sua posição dentro desse raio. Se a conversa for pega por duas estações ao mesmo tempo, isso reduz a área à zona de convergência entre as duas estações. Se o sinal for pego por três estações, a zona é ainda menor, e daí por diante. Assim, celulares não podem ser rastreados a um endereço específico, como acontece com os telefones comuns, mas temos uma indicação.

"Agora mesmo estamos em contato com três caras da companhia telefônica que transmite os sinais de Toowoomba. Podemos conectá-los a uma linha aberta aqui na sala de reunião. Até o momento, recebemos sinais simultâneos de apenas duas estações, e a área convergente cobre o centro todo, o porto e metade de Woolloomooloo. A boa notícia é que ele está em movimento."

— E precisamos de um pouco de sorte — interrompeu Harry.

— Esperamos que ele entre nas pequenas áreas cobertas por três estações-base ou mais. Se isso acontecer, podemos mandar todos os carros civis que temos de imediato e ter esperança de encontrá-lo.

Watkins não parecia tão convencido.

— Então ele falou com alguém agora e também ligou uma hora e meia atrás, e ambas as vezes os sinais foram pegos por uma estação-base em Sydney. E dependemos de que ele continue a falar no maldito telefone para encontrá-lo? E se ele não ligar para ninguém?

— Podemos ligar para ele, não podemos? — perguntou Lebie.

— Maravilha! — exclamou Watkins. Suas bochechas estavam muito vermelhas. — Ótima ideia! Podemos ligar a cada quinze minutos fingindo ser um despertador ou qualquer merda parecida! E isso vai mostrar a ele que não é uma boa ideia falar ao telefone!

— Ele não precisa fazer isso! — disse Yong. — Ele não precisa falar com ninguém.

— Como...?

— Basta que o telefone esteja ligado — respondeu Harry. — Parece que Toowoomba não sabe disso, mas, contanto que o telefone não seja desligado, ele automaticamente envia um pequeno bipe a cada meia hora, para dizer que ainda está vivo. Esse bipe é registrado nas estações-base da mesma forma que uma ligação.

— Então...

— Então vamos manter a linha desocupada, fazer um café, ser pacientes e ficar de dedos cruzados.

54

Um bom ouvido

Uma voz metálica soou no viva voz do telefone.
— O sinal dele está sendo captado pelas estações-base 3 e 4.
Yong apontou para o mapa de Sydney aberto sobre o quadro-negro. Nele, círculos numerados indicavam as áreas de cobertura das diversas estações-base.
— Pyrmont, Glebe e uma parte de Balmain.
— Que droga! — praguejou Watkins. — A área é grande demais. Que horas são? Ele tentou ligar para casa?
— Seis — respondeu Lebie. — Discou o número do apartamento duas vezes na última hora.
— Ele logo vai concluir que algo está errado — disse McCormack, voltando a ficar de pé.
— Mas ainda não concluiu — interveio Harry em voz baixa. Ele havia passado as últimas duas horas sentado em uma cadeira encostada na parede.
— Alguma novidade sobre o alerta da meteorologia? — perguntou Watkins.
— Apenas que vai piorar — disse Lebie. — Ventos muito fortes, com velocidade de furacão à noite.
Os minutos passavam. Yong foi pegar mais café.
— Alô? — Era o telefone no viva voz.
Watkins levantou em um pulo.
— Sim?
— O cliente acaba de usar o telefone. Captamos o sinal nas estações 3, 4 e 7.

— Espere aí! — Watkins consultou o mapa. — Isso é parte de Pyrmont e Darling Harbour, certo?

— Certo.

— Merda! Se o sinal também tivesse sido captado pelas estações 9 e 10, pegaríamos ele!

— Para quem ele ligou? — quis saber McCormack.

— Para a nossa central de atendimento — disse a voz metálica. — Perguntou qual era o problema com o telefone de casa.

— Merda, merda, merda! — Watkins estava vermelho como uma beterraba. — Ele está fugindo! Vamos alertar todos agora!

— Cale a boca! — foi a resposta contundente. A sala ficou em silêncio. — Desculpe minha escolha de palavras, senhor — disse Harry. — Mas sugiro esperarmos até o próximo bipe antes de tomarmos uma atitude precipitada.

Watkins fitava Harry com olhos arregalados.

— Holy está certo — afirmou McCormack. — Sente-se, Watkins. Em menos de uma hora, os telefones serão religados. Isso significa que temos um, no máximo dois bipes antes que Toowoomba descubra que apenas o telefone dele ainda está cortado. Pyrmont e Darling Harbour não são áreas grandes em termos geográficos, mas estamos falando de uma das regiões centrais mais movimentadas de Sydney à noite. Mandar um monte de carros até lá só vai criar o caos, e Toowoomba usará isso para escapar. Vamos esperar.

Às seis e quarenta, a mensagem soou no viva voz.

— Um bipe foi recebido pelas estações 3, 4 e 7.

Sente-se, Watkins.

— Obrigado — disse Harry, desconectando o microfone. — A mesma área da última vez, o que sugere que ele não está mais se movendo. Então, onde poderia estar?

Todos se espremeram em frente ao mapa.

— Talvez ele esteja treinando boxe — sugeriu Lebie.

— Boa sugestão! — elogiou McCormack. — Há alguma academia na área? Alguém sabe onde o sujeito treina?

— Vou conferir, senhor — disse Yong, e sumiu.

— Outras sugestões?

— A área é cheia de atrações turísticas que ficam abertas à noite — disse Lebie. — Será que ele está no Jardim Chinês?

— Com esse clima, ele só pode estar num lugar fechado — disse McCormack.

Yong voltou, balançando a cabeça negativamente.

— Liguei para o treinador dele. O cara não queria falar nada, então tive de dizer que era da polícia. A academia de Toowoomba fica em Bondi Junction.

— Boa! — exclamou Watkins. — Quanto tempo vocês acham que vai levar até que o treinador ligue para o celular de Toowoomba e pergunte o que diabos a polícia quer com ele?

— Isso é urgente — disse Harry. — Vou ligar para Toowoomba.

— Para perguntar onde ele está? — rebateu Watkins.

— Para ver o que está acontecendo — respondeu Harry, pegando o fone. — Lebie, veja se o gravador está ligado, e fiquem quietos!

Todos permaneceram imóveis. Lebie olhou de relance para o velho gravador e fez um sinal de positivo. Harry engoliu em seco. Seus dedos estavam dormentes ao pressionar os números. O telefone tocou três vezes antes que Toowoomba atendesse.

— Alô?

A voz... Harry prendeu a respiração e pressionou o fone no ouvido. Ao fundo, conseguia ouvir pessoas.

— Quem está falando? — perguntou Toowoomba em voz baixa.

Houve um som ao fundo, seguido por gritos de crianças. Então ele ouviu a risada grave e calma de Toowoomba.

— Ora, se não é Harry. Estranho você ligar, porque eu estava justamente pensando em você. Parece haver algo de errado com o meu telefone de casa, e eu estava me perguntando se você tem alguma coisa a ver com isso. Espero que não, Harry.

Houve outro som. Harry se concentrou, mas foi incapaz de identificar o que era.

— Fico nervoso quando você não responde, Harry. Muito nervoso. Não sei o que você quer, mas acho que talvez eu deva desligar o telefone. É isso, Harry? Você está tentando me encontrar?

O som...

— Merda! — gritou Harry. — Toowoomba desligou. — Ele desabou em uma cadeira. — Sabia que era eu. Como diabos ele soube?

— Rebobinem a fita — ordenou McCormack. — E vão buscar Marguez.

Yong correu para fora da sala enquanto os outros ouviam a gravação do telefonema.

Harry não conseguiu evitar. Os pelos da nuca se arrepiaram quando a voz de Toowoomba ecoou outra vez nos alto-falantes.

— É sem dúvida um lugar com muita gente — concordou Watkins.
— Que estrondo foi esse? Escutem, crianças. É um parque de diversões?

— Volte a fita e toque outra vez — disse McCormack.

— *Quem está falando?* — repetiu Toowoomba, seguido por um som alto e gritos de crianças.

— O que é...? — começou Watkins.

— Isso é o som bem alto de algo chapinhando na água — disse uma voz vinda da porta.

Todos se viraram. Harry viu uma cabecinha morena com cachos pretos, bigode fino e óculos pequenos e de armação grossa em cima de um corpanzil que parecia ter sido inflado com uma bomba de bicicleta e podia explodir a qualquer momento.

— Jesús Marguez, os melhores ouvidos da polícia — apresentou McCormack. — E ele nem é cego.

— Apenas quase cego — murmurou Marguez, ajeitando os óculos.
— O que vocês têm aí?

Lebie tocou a fita outra vez. Marguez escutou de olhos fechados.

— Espaço fechado. Paredes de tijolos. E vidro. Nenhum tipo de abafamento, nada de carpete ou cortinas. Pessoas, pessoas jovens de ambos os sexos, provavelmente muitas famílias jovens.

— Como você pode saber tudo isso ouvindo alguns ruídos? — perguntou Watkins desconfiado.

Marguez suspirou. Claramente não era a primeira vez que se deparava com céticos.

— Você tem noção de como os ouvidos são instrumentos fantásticos? — indagou. — Eles são capazes de distinguir entre um milhão de variações de pressão. Um milhão. E cada som pode englobar dezenas de frequências e elementos distintos. Isso nos oferece dez milhões de opções. O dicionário médio contém apenas cerca de cem mil verbetes. Uma margem de escolha de dez milhões, o resto é fichinha.

— Que som é esse que ouvimos o tempo todo ao fundo? — perguntou Harry.

— Esse entre 100 e 120 hertz? É difícil dizer. Podemos filtrar os outros sons no nosso estúdio e isolá-lo, mas isso leva tempo.

— E tempo é algo que não temos — disse McCormack.

— Mas como ele pôde identificar Harry apesar de ele não ter dito nada? — perguntou Lebie. — Intuição?

Marguez tirou os óculos e os limpou, distraído.

— O que nós chamamos de intuição, meu amigo, é sempre sustentado pelas nossas impressões sensoriais. Mas, quando a impressão é tão tênue que a percebemos apenas como uma sensação, como se uma pena estivesse embaixo do nosso nariz quando dormimos, e não somos capazes de dar nome a essas associações, o cérebro intervém, e chamamos de intuição. Talvez tenha sido a forma como... hã... Harry respirou?

— Eu prendi a respiração — disse Harry.

— Você já ligou daqui antes? Talvez a acústica? Ruídos ao fundo? Os seres humanos têm uma memória sensacional no que diz respeito a ruídos, geralmente melhor do que nós mesmos temos consciência.

— Liguei para ele daqui uma vez... — Harry olhou para o velho ventilador. — É claro. Por isso reconheci o ruído ao fundo. Já estive lá. As bolhas... — Harry se virou. — Ele está no Aquário de Sydney!

— Humm — disse Marguez, avaliando o polimento dos óculos. — Faz sentido. Também já estive lá, é claro. Um chapinhar como aquele pode ser feito pela cauda de um *saltie* dos grandes.

Quando ele ergueu os olhos, estava sozinho na sala.

55

Um cruzado de esquerda e três tiros

SETE DA NOITE.

Não fosse pela tempestade, que tinha esvaziado as ruas de gente e de carros, eles provavelmente teriam colocado em risco a vida de civis no curto trecho entre a delegacia e Darling Harbour. Lebie fez o seu melhor, no entanto, talvez graças a luz azul no teto do carro, um pedestre solitário teve que saltar no último instante para salvar a própria vida e dois carros que vinham na direção contrária foram forçados a dar guinadas para evitar uma colisão. Watkins estava no banco de trás e praguejava sem parar, enquanto McCormack estava na frente falando ao telefone com o Aquário de Sydney, preparando--os para uma ação policial.

Quando entraram no estacionamento, as bandeiras do porto esvoaçavam, e as ondas quebravam na beira do cais. Várias viaturas já estavam ali, e policiais uniformizados fechavam as saídas.

McCormack deu as últimas ordens.

— Yong, distribua fotos de Toowoomba para o nosso pessoal. Watkins, você fica comigo na sala de controle; eles têm câmeras que cobrem o aquário todo. Lebie e Harry, vocês vão procurá-lo. O aquário fecha daqui a pouco. Aqui estão os rádios; coloquem os fones nos ouvidos, as escutas na lapela e confirmem imediatamente que têm contato. Nós os guiaremos da sala de controle, ok?

Quando Harry desceu do carro, uma rajada de vento o acertou e quase o jogou no chão. Eles correram em busca de abrigo.

— Felizmente, não está tão cheio quanto de costume — disse McCormack. A breve corrida tinha sido o suficiente para que ele ficasse ofegante. — Deve ser o clima. Se ele estiver aqui, nós o encontraremos.

Eles foram recebidos pelo gerente de segurança, que mostrou a McCormack e Watkins o caminho para a sala de controle. Harry e Lebie checaram os rádios, passaram direto pelas bilheterias e seguiram pelos corredores.

Harry apalpou a arma no coldre de ombro. O aquário parecia diferente agora, com toda aquela luz e toda aquela gente. Além disso, sentia como se uma eternidade tivesse se passado desde que estivera ali com Birgitta. Parecia outra era.

Ele tentou não pensar a respeito.

— Estamos em posição. — A voz de McCormack soou firme e segura. — Estamos estudando as câmeras agora. Yong saiu com alguns homens, e eles estão revistando os banheiros e o café. A propósito, podemos vê-los. Sigam em frente.

Os corredores do aquário conduziam o público por um círculo; ou seja, todos voltavam ao ponto de partida. Harry e Watkins seguiam em sentido anti-horário, para que todos os rostos viessem na direção deles. O coração de Harry estava acelerado. Sua boca estava seca, e as palmas das mãos, suadas. Havia um murmúrio de línguas estrangeiras ao redor, e, para Harry, ele e Lebie pareciam nadar em um turbilhão de diferentes nacionalidades, rostos e equipamentos. Os dois atravessaram o túnel onde ele e Birgitta passaram a noite e onde, agora, crianças estavam com o nariz grudado no vidro, observando o mundo das profundezas marinhas seguir seu imperturbável cotidiano.

— Este lugar me dá calafrios — sussurrou Lebie. Ele andava com a mão dentro da jaqueta.

— Apenas prometa que você não vai disparar um tiro aqui — disse Harry. — Não quero metade da Baía de Sydney e uma dúzia de tubarões no meu colo, ok?

— Não esquenta — respondeu Lebie.

Eles saíram no outro lado do aquário, que estava praticamente deserto. Harry praguejou.

— As bilheterias fecham às sete — disse Lebie. — As pessoas que ainda estão aqui precisam sair.

McCormack os contatou.

— Lamento, rapazes, mas parece que o pássaro voou. É melhor vocês virem até a sala de controle.

— Espere aqui — disse Harry a Lebie.

* * *

Do outro lado das bilheterias havia um rosto conhecido. Ele estava de uniforme, e Harry agarrou seu braço.

— Oi, Ben, você se lembra de mim? Vim aqui com Birgitta.

Ben se virou e olhou para o cabelo loiro despenteado.

— Sim, lembro. Harry, não é? É, é, então você voltou? A maioria volta. Como vai Birgitta?

Harry engoliu em seco.

— Escute, Ben. Eu sou policial. Como você provavelmente já deve estar sabendo, viemos atrás de um homem muito perigoso. Ainda não o encontramos, mas tenho a sensação de que ele ainda está aqui. Ninguém conhece este lugar melhor do que você. Tem algum esconderijo onde ele possa estar?

O rosto de Ben ficou repleto de vincos profundos, reflexivos.

— Bem, você sabe onde fica Matilda, o nosso *saltie*?

— Sim.

— Entre aquela coisinha ardilosa que chamamos de arraia-viola e a grande tartaruga-marinha... Bem, nós a mudamos de lugar e vamos construir um tanque para podermos ter alguns *freshies*...

— Eu sei onde ela fica. Isso é urgente, Ben.

— Certo. Se estiver em forma e não for muito medroso, você pode pular por cima da divisória de acrílico no canto.

— Para dentro de onde fica o crocodilo?

— Ela passa a maior parte do tempo cochilando no tanque. Do canto, são uns cinco ou seis passos até a porta que usamos para alimentar Matilda e dar banho nela. Mas você precisa ser rápido, porque os *salties* também são bem rápidos. Ela estará em cima de você, com todas as suas duas toneladas, antes que você se dê conta. Uma vez, íamos...

— Obrigado, Ben. — Harry saiu correndo, abrindo caminho entre as pessoas. Ele dobrou a lapela e falou: — McCormack, aqui é Holy. Vou conferir atrás do tanque do crocodilo.

Ele puxou Lebie pelo braço e o arrastou junto.

— Última chance — disse.

Os olhos de Lebie se arregalaram de medo quando Harry parou perto do crocodilo e tomou impulso.

— Venha comigo — disse Harry, e saltou na parede de acrílico, pulando-a.

Quando seus pés tocaram o chão do outro lado, a água no tanque começou a se agitar. Uma espuma branca subiu, e, ao se encaminhar para a porta, Harry viu um carro de Fórmula 1 verde acelerando ao sair da água, baixo, com pequenas patas de lagarto nas laterais girando como pás de batedeira. Ele correu e escorregou na areia fofa. Bem atrás, ouviu o bramido e, em sua visão periférica, notou o capô levantado. Novamente de pé, Harry correu os poucos metros até a porta e agarrou a maçaneta. Por uma fração de segundo, sua mente cogitou a possibilidade de a porta estar trancada. No momento seguinte, ele estava lá dentro. Uma cena de *Jurassic Park* aflorou dos recantos de seu cérebro e o fez passar o ferrolho na porta às suas costas. Só para garantir.

Ele sacou a arma. A sala úmida recendia a uma mistura nauseante de detergente e peixe podre.

— Harry! — Era McCormack no rádio. — Antes de mais nada, há uma rota mais simples para onde você está do que atravessar o viveiro daquele monstro. Segundo, fique onde está, calmo e comportado, até Lebie dar a volta.

— Não consigo ouvir... recepção r... im, senhor — disse Harry, passando a unha pelo microfone da escuta. — Vou ...ntrar ...ozinho.

Ele abriu a porta no outro extremo da sala e se deparou com uma torre com uma escada caracol no meio. Harry concluiu que a escada descia até os túneis subaquáticos e decidiu subir. No patamar seguinte havia mais uma porta. Ele espiou o topo da escada, mas não parecia haver outras portas.

Harry girou a maçaneta e empurrou a porta com a mão esquerda com cautela, mantendo a arma apontada à sua frente. Estava escuro como a noite ali dentro, e o fedor de peixe podre era opressivo.

Harry encontrou um interruptor ao lado da porta, o qual apertou com a mão esquerda, mas não funcionou. Ele soltou a porta e deu dois passos à frente. Ouviu o som de algo sendo triturado sob seus pés. Harry suspeitava do que era e recuou silenciosamente até a porta. Alguém havia quebrado a lâmpada no teto. Ele prendeu a respiração e escutou. Havia mais alguém ali? Um exaustor zumbia.

Harry se esgueirou para fora da sala.

— McCormack, acho que o encontrei — sussurrou. — Escute, faça um favor e ligue para o celular dele.

— Harry Holy, onde você está?

— Agora, não, senhor. Por favor.

— Harry, não faça disso uma vingança pessoal. É...

— Está quente hoje, senhor. Vai me ajudar ou não?

Harry ouviu a respiração ofegante de McCormack.

— Ok, vou ligar agora.

Harry abriu a porta com o pé e ficou parado no umbral, com as pernas afastadas, a arma apontada para a frente, aguardando o telefone tocar. O tempo parecia uma gotícula que se recusava a cair. Talvez dois segundos tenham se passado. Nem um som sequer.

Ele não está aqui, pensou Harry.

Então três coisas aconteceram ao mesmo tempo.

A primeira foi que McCormack começou a falar.

— Ele desligou o...

A segunda foi que Harry viu a silhueta de um homem no vão da porta, como um animal selvagem em pleno voo.

A terceira foi que o mundo explodiu numa chuva de estrelas e manchas vermelhas em sua retina.

Harry se lembrou de fragmentos das aulas de boxe de Andrew durante a viagem de carro para Nimbin. Como um gancho executado por um boxeador profissional geralmente é mais que suficiente para deixar um homem sem treinamento inconsciente. Ao mover o quadril, o atacante coloca toda a parte superior do tronco para trás e dá o golpe com tanta força que o cérebro tem um curto-circuito instantâneo. Um *uppercut* encaixado na ponta do queixo com precisão levanta você do chão e o atira direto na terra dos sonhos. Com certeza. O cruzado de direita perfeito de um boxeador destro também lhe dá pouca chance de conseguir se manter de pé depois. E o mais importante de tudo: se você não vê o golpe vindo, o corpo não reage, não se esquiva. Um leve movimento da cabeça pode suavizar consideravelmente o impacto de um soco. É muito raro que um boxeador veja de antemão o golpe decisivo que o derruba.

Portanto, a única explicação para Harry não estar inconsciente só poderia ser que o homem na escuridão estava à sua esquerda. Uma vez que Harry estava no batente da porta, ele não havia conseguido acertar sua têmpora de lado, o que, de acordo com Andrew, muito provavelmente teria bastado. Não poderia ter desferido um gancho ou *uppercut* com eficácia, pois Harry empunhava a arma com os braços à sua frente. Tampouco um cruzado de direita, já que isso implicaria ficar de frente para a pistola. A única opção que lhe restou foi um cruzado de esquerda, um soco que Andrew desprezava como um "soco de mulher, mais indicado para irritar o oponente ou, na melhor das hipóteses, deixar um olho roxo em uma briga de rua". Andrew podia ter razão sobre isso, mas aquele cruzado de esquerda mandou Harry voando pelos degraus. Ele bateu as costas no corrimão e quase caiu para fora da escada.

Quando abriu os olhos, no entanto, Harry ainda estava de pé. Uma porta fora aberta do outro lado da sala, e ele teve quase certeza de ver Toowoomba escapar por ela. Mas também escutou tinidos, e teve quase certeza de que eram provocados pela sua arma, que rolava pela escada de metal. Decidiu ir atrás dela. Com um mergulho suicida, Harry machucou os antebraços e os joelhos, mas pegou a pistola quando ela estava prestes a cair da beirada do degrau e despencar vinte metros até o fundo do fosso. Ele se esforçou para ficar de pé, tossiu e verificou que havia perdido o segundo dente desde que chegara àquele maldito país.

Ele se levantou e quase imediatamente perdeu os sentidos.

— Harry! — gritou alguém em seu ouvido.

Ele também ouviu uma porta abrir em algum lugar lá embaixo e sentiu pés apressados estremecerem a escada. Harry conseguiu chegar até a porta à sua frente, viu a que ficava do outro lado da sala, trombou nela e cambaleou para a noite com a sensação de que havia deslocado o ombro.

— Toowoomba! — gritou ele para o vento.

Harry olhou ao redor. A cidade se descortinava à sua frente, e, abaixo, a Ponte Pyrmont. Estava no telhado do aquário, e precisou se segurar com força no alto da escada de incêndio fustigada por rajadas de vento. A água do porto parecia ter sido batida até se transformar em espuma branca, e ele sentia o gosto de sal no ar. Abaixo, viu um vulto escuro descendo a escada. O vulto parou por um segundo e olhou em volta. À sua esquerda havia uma viatura da polícia com as luzes ligadas. À sua frente, atrás de uma cerca, os dois tanques que se projetavam do Aquário de Sydney.

— Toowoomba! — gritou Harry, tentando erguer a arma.

O ombro se recusou terminantemente a se mover, e Harry gritou de dor e raiva. O vulto saltou da escada, correu até a cerca e começou a escalá-la. Naquele instante, Harry entendeu o que ele pretendia: entrar no prédio que abrigava o tanque, sair pelos fundos e nadar a curta distância até o cais do outro lado. De lá, precisaria de apenas poucos segundos para desaparecer na multidão. Trôpego, Harry desceu a escada de incêndio. Ele se lançou na cerca como se quisesse derrubá-la. Com um braço, fez o corpo rolar sobre ela e caiu no cimento com um baque.

— Harry, responda!

Ele tirou o fone do ouvido e disparou na direção do prédio. A porta estava aberta. Harry entrou correndo e caiu de joelhos. Abaixo do teto abobadado à sua frente, banhada por luzes suspensas por cabos de aço, estava uma parte da Baía de Sydney. Um pontão estreito atravessava o tanque, e, quando estava quase terminando a travessia, Harry viu Toowoomba. Ele estava de suéter preto de gola rulê e calça preta e corria da forma mais elegante e tranquila que aquele pontão estreito e instável permitia.

— Toowoomba! — gritou Harry pela terceira vez. — Eu vou atirar!

Harry se curvou para a frente, não porque não conseguisse se manter de pé, mas porque não conseguia levantar o braço. Mirou no vulto escuro e apertou o gatilho.

O primeiro tiro espirrou um pouco de água na frente de Toowoomba, que parecia correr com extrema facilidade. Harry mirou um pouco à esquerda. Houve um respingo atrás de Toowoomba. A distância era de quase cem metros agora. Um pensamento absurdo ocorreu a Harry: era como praticar tiro na sede de Økern — as luzes no teto, o eco das paredes, a pulsação no dedo do gatilho e a concentração intensa, meditativa.

Era exatamente como treinar no estande de tiro em Økern, pensou Harry, e atirou pela terceira vez.

Toowoomba mergulhou de cabeça.

Harry diria depois, em seu depoimento, que pensou ter visto o tiro acertar Toowoomba na coxa esquerda, e que, portanto, era pouco provável que o tivesse matado. Todos sabiam, no entanto, que aquilo não passava de um chute, já que ele havia disparado a cem metros de distância. Harry poderia ter dito o que quisesse, ninguém seria capaz de provar o contrário. Já que não sobrara corpo para se fazer uma necropsia.

Toowoomba gritava na água, parcialmente submerso, enquanto Harry avançava pelo pontão. Harry se sentia zonzo e nauseado, e tudo começava a ficar turvo — a água, as luzes no teto e o pontão balançando de um lado para o outro. Ao correr, recordou-se das palavras de Andrew sobre o amor ser um mistério maior que a morte. E lembrou-se da velha lenda.

O sangue pulsava em seus ouvidos em uma explosão de sons, e Harry se tornou o jovem guerreiro Walla. Toowoomba era a cobra Bubbur, que havia tirado a vida de sua amada Moora. E agora Bubbur precisava ser morto. Por amor.

Em seu depoimento, McCormack foi incapaz de dizer o que Harry Holy havia gritado no microfone da escuta depois que ouviram os tiros.

— Só o ouvimos correr e gritar alguma coisa, provavelmente em norueguês.

Nem mesmo Harry foi capaz de dizer o que tinha gritado.

Em uma corrida de vida ou morte, Harry avançou pelo pontão. O corpo de Toowoomba se agitava, fazendo o pontão inteiro estremecer. A princípio, Harry pensou que algo havia colidido contra a estrutura, mas então percebeu que roubavam sua presa.

Era o grande tubarão-branco.

A cabeça branca emergiu da água e abriu as mandíbulas. Tudo parecia acontecer em câmera lenta. Harry tinha certeza de que o bicho mataria Toowoomba, mas não conseguia segurá-lo direito e apenas arrastava o corpo, que continuava gritando, mais para dentro do tanque antes de mergulhar outra vez.

Sem os braços, pensou Harry, lembrando-se de um aniversário com a avó em Åndalsnes há muito, muito tempo, quando brincaram de pescar maçãs; tentavam pegá-las com a boca em uma bacia de água com os braços para trás, e sua mãe tinha rido tanto que acabou desabando no sofá.

Apenas trinta metros. Ele achou que conseguiria chegar a tempo, mas o tubarão estava de volta. Tão perto que Harry o viu revirar os olhos frios, como se estivesse em êxtase, ao mostrar triunfante as fileiras duplas de dentes. Dessa vez, conseguiu segurar o pé de Toowoomba com firmeza e balançou a cabeça de um lado para o outro. A água esguichou para cima, Toowoomba foi atirado pelo ar como uma boneca sem membros, e seus gritos cessaram.

— Seu monstro maldito, ele é meu! — gritou Harry em meio às lágrimas, apontando a arma para o tanque e esvaziando o pente em uma única rajada.

A água adquiriu uma tonalidade avermelhada, como um licor de cereja, e mais abaixo Harry viu a luz do túnel onde adultos e crianças se acotovelavam para ver o *grand finale*, um drama genuíno em todo seu horror, um banquete que competiria com o "Assassinato do Palhaço" como evento do ano nos tabloides.

56

A tatuagem

Gene Binoche aparentava ser exatamente o que era — um cara que tinha vivido uma vida bem rock'n'roll e não pretendia parar até chegar ao fim da jornada. E estava quase lá.

— Acho que também precisam de um bom tatuador aqui por essas bandas — disse Gene, mergulhando a agulha na tinta. — O demônio gosta de um pouco de variedade quando está torturando, você não acha, meu amigo?

Mas o cliente estava chapado, incapaz de manter a cabeça erguida, então provavelmente não compreenderia as observações filosóficas de Gene nem sentiria a agulha penetrando em seu ombro.

A princípio, Gene tinha se recusado a atender aquele camarada que havia entrado em seu pequeno estúdio e balbuciado o pedido com um estranho sotaque.

Ele havia respondido que não tatuavam gente naquelas condições e pedido que voltasse no dia seguinte, depois de curar a ressaca. Mas o camarada colocou uma nota de 500 dólares sobre a mesa pelo que Gene estimava ser um trabalho de 150 dólares, e, para falar a verdade, os negócios andavam um tanto fracos nos últimos meses, então ele pegou uma lâmina de barbear e o desodorante stick Mennen e começou o serviço. Mas recusou quando o camarada ofereceu um gole da garrafa. Gene Binoche tatuava clientes havia vinte anos, tinha orgulho do seu trabalho e, em sua opinião, profissionais sérios não bebem em serviço. Não uísque, pelo menos.

Quando terminou, colou com fita adesiva um pedaço de papel higiênico sobre a tatuagem da rosa.

— Fique longe do sol e, na primeira semana, lave apenas com água. A boa notícia é que a dor vai diminuir à noite e você pode tirar isso amanhã. A má notícia é que você vai voltar para fazer mais tatuagens. — Gene sorriu. — Todo mundo sempre volta.

— Essa é a única que eu quero — disse o camarada, e saiu cambaleando porta afora.

57

Mil e duzentos metros e um final

A porta se abriu, e o rugido do vento era ensurdecedor. Harry ficou de joelhos em frente à porta aberta.

— Você está pronto? — gritou uma voz em seu ouvido. — Puxe a corda aos mil e duzentos metros e não se esqueça de contar. Se não sentir o paraquedas em três segundos, algo está errado.

Harry assentiu.

— Estou indo! — gritou a voz.

Ele viu o vento agitar a roupa preta usada pelo homenzinho, que agora segurava-se em uma barra debaixo da asa. O cabelo que escapava por baixo do capacete esvoaçava. Harry olhou para o altímetro que levava no peito. Mostrava um pouco mais de três mil metros.

— Obrigado de novo! — gritou ele para o piloto. O homem se virou.

— Sem problema, meu amigo! Isso é muito melhor que fotografar plantações de maconha!

Harry botou o pé direito para fora. Era uma sensação semelhante à de quando era pequeno e atravessavam o Gudbrandsdalen de carro a caminho de Åndalsnes para as férias de verão, e ele abria a janela e colocava a mão para fora para "voar". Lembrava-se do vento vindo de encontro à palma da sua mão.

A força do vento era extraordinária, e Harry obrigou-se a pôr o pé para fora para apoiá-lo na barra. Repetiu mentalmente as instruções de Joseph: "pé direito, mão esquerda, mão direita, pé esquerdo." Estava ao lado de Joseph. Pequenos chumaços de nuvens flutuavam na direção deles, aceleravam, envolviam-nos e sumiam no mesmo segundo. Abaixo, viam uma colcha de retalhos de diferentes nuances de verde, amarelo e marrom.

— Hora da checagem! — gritou Joseph no ouvido dele.

— Estou em posição! — gritou Harry, e olhou de relance para o piloto na cabine, que fez um sinal de positivo com o polegar. — Pronto! — Ele olhou para Joseph, que envergava o capacete, os óculos de voo e um sorriso enorme.

Harry se curvou para a frente e ergueu o pé direito.

— Horizonte! Para o alto! Para baixo! Aqui vou eu!

Então ele estava no ar, sentindo como se o vento o puxasse para trás enquanto o avião seguia adiante em seu voo impassível. Em sua visão periférica, observou o avião fazer uma curva, antes de se dar conta de que era ele quem girava. Olhou para o horizonte, onde a terra descrevia um arco e o céu gradualmente ficava mais azul até se fundir ao azul-celeste do Oceano Pacífico pelo qual o capitão Cook havia navegado para chegar ali.

Joseph o agarrou, e Harry adotou uma postura de voo melhor. Conferiu o altímetro. Dois mil e setecentos metros. Meu Deus, tinham muito tempo! Ele curvou o tronco e estendeu os braços para fazer um giro. Caramba, era o Super-Homem!

À frente, a oeste, estavam as Montanhas Azuis, que eram dessa cor porque seus eucaliptos muito especiais emanavam um vapor azulado que podia ser visto de longe. Joseph lhe dissera isso. Ele também tinha dito que atrás delas ficava o que os seus antepassados, o seminômade povo nativo, chamavam de lar. Planícies áridas sem fim — o *outback* — constituíam a maior parte daquele imenso continente, uma fornalha implacável onde parecia que nada poderia sobreviver, e ainda assim o povo de Joseph tinha sobrevivido ali por milhares de anos, até a chegada dos brancos.

Harry olhou para baixo. Parecia tão calmo e deserto agora, só podia ser um planeta pacífico e benigno. O altímetro mostrava dois mil e cem metros. Joseph o soltou, como tinham combinado. Uma séria violação às regras de treinamento, mas já haviam violado todas as regras ao irem até ali sozinhos e saltarem. Harry observou Joseph posicionar os braços retos ao lado do corpo para ganhar velocidade e mergulhar à sua esquerda com uma aceleração espantosa.

Então Harry estava sozinho. Como sempre estamos. Mas a sensação é muito melhor quando você está em queda livre, mil e oitocentos metros acima do solo.

Kristin havia feito sua escolha em um quarto de hotel em uma manhã cinzenta de segunda-feira. Talvez tenha acordado, cansada do novo dia antes mesmo que ele houvesse começado, olhado pela janela e decidido que bastava. Que pensamentos haviam passado por sua cabeça, Harry não sabia. A alma humana é uma grande floresta escura, e todas as decisões são tomadas na solidão.

Mil e quinhentos metros.

Talvez ela tenha feito a escolha certa. O frasco de pílulas vazio sugeria que, ao menos, não tivera dúvidas. E um dia precisaria chegar ao fim de qualquer forma; um dia chegaria a hora. A necessidade de deixar este mundo com certo estilo depunha, é claro, em favor de uma vaidade — uma fraqueza — que pouquíssimas pessoas têm.

Mil trezentos e cinquenta metros.

Outras apenas têm uma fraqueza por viver. Pura e simplesmente. Bem, talvez não seja tão simples assim, mas naquele momento tudo isso estava lá embaixo. A mil e duzentos metros, para ser absolutamente preciso. Ele segurou a alavanca alaranjada à direita, puxou a corda num movimento firme e começou a contar:

— Um, dois...

Este livro foi composto na tipografia
Sabon LT Std, em corpo 11/15,1, e impresso em
papel off-white no Sistema Digital Instant Duplex
da Divisão Gráfica da Distribuidora Record.